KB273503

보고사

한국현대시와 서정성

Korean Modern Poetry and Its Lyricism

김종태 지음

보고사

머리말

최근 이삼 년 동안 학술지에 발표한 논문들과『한국현대시와 전통성』의 일부를 수정한 논문들을 합쳐서 새로 책 한 권을 묶는다. 오랫동안 서정시의 미학적 구조와 주제 의식에 관심을 기울여 오다보니, 수록 논문들이 대부분 서정적 특징을 보여주는 시인을 연구한 글들이다. 그런 의미에서 이 책의 이름을『한국현대시와 서정성』이라고 붙였다. 이 책은 근대적 서정시의 개념보다는 전통적 서정시의 개념에 충실하였다.

세계와의 동일성을 향한 주객 혼융의 감정에서부터, 세계와의 분열을 직시하는 타자의식까지를 서정이라 지칭한다면, 현대시는 모두 서정시이다. 그러나 전자의 서정이 더 본질적이다. 물질문명의 광포함으로 인하여 우리의 삶이 훼손될수록 서정을 향한 갈망은 더욱 절실해질 수밖에 없다. 세계와의 합일을 향한 서정적 탐구는 인간 삶의 가장 중요한 정신적 지표이다. 변화무상한 우주와 자연과 인생에 대한 감흥은 자아가 주체 밖으로 향할 수 있는 통로를 만든다. 서정적 향유가 없는 삶은 메마르고 공허하다. 서정시가 존재해야 할 이유가 여기에 있다.

이 책은 열한 편의 논문을 싣고 있다. 인위적인 기획을 통하여 쓴 것은 아니지만, 한 자리에 모으고 보니 한국현대시의 한 흐름을 만들어 놓은 듯하다. 김소월론은 김소월 시의 전통성을, 한용운론은 한용운 시의 역설적 세계관을, 정지용론은 정지용이 근대문명을 바라본 관점을, 백석론은 백석이 시대상황을 바라본 관점을, 서정주론은 서정주 시에 나타난 욕망과 여성성의 상관성을, 조지훈론은 조지훈 시에 나타난 자연 대상과 자아의 교감을, 박목월론은 박목월 시의 가족 이미지를, 김춘수론은 김춘수 처용연작의 시의식을, 박재삼론은 박재삼 시의 죽음의식을, 정진규론은 정진규 시의 변모 양상을, 오탁번론은 오탁번 시의 동심적 상상력을 규명한 글이다. 김소월에서 오탁번에 이르는 시인들은 한국 전통서정시의 중요한 계보가 된다.

글을 수정하면서 논리가 바뀐 경우도 있다. 부분 인용되었던 작품은 될 수 있는 대로 전문을 수록하였고, 노출되었던 본문의 한자는 모두 다 괄호 안에 넣도록 했다. 너무 현학적인 문장은 풀어서 쉽게 바꾸어 보았다. 전공자가 아닌 일반 독자들도 편하게 책을 읽을 수 있도록 하기 위한 배려가 수정의 한 가지 원칙이었다. 그러나 인용 작품의 경우, 문법에 맞지 않는 띄어쓰기나 요즘 쓰지 않는 표기가 있어 읽기가 불편하더라도 함부로 바꾸지 않고 원전의 표기를 따랐다. 이것이 연구자의 기본 태도이며 시인들에 대한 최소한의 예의가 아닐까 생각한다.

삶과 문학을 제대로 바라보려고 노력할수록, 지나간 일들의 부족함만이 눈에 밟힌다. 문학에 대한 열정이 삶에 대한 지혜로 이어질 수 있었으면 좋겠지만 쉬운 일이 아니었다. 우주 만물에는 모두 진리의 뜻이 있으니 그 진리를 찾아 원고지를 더듬는 하루하루가 점점 더 어려워지고 두려워진다. 그러나 시라는 존재가 없었다면 내 삶은 더 궁색했을 것이다. 이 일만큼 보람과 즐거움을 주는 일도 없었다. 앞으로 더 조심스러운 마음가짐으로 삶을 꾸려나가야겠다.

보고사 김홍국 사장님의 권유가 없었다면 이 책을 발간하지 못했을 것이다. 앞으로 좀더 독창적이고 심도 있는 논문들을 발표하겠다는 다짐으로 그동안 빚진 분들께 감사의 마음을 전한다. 이 책이 서정시를 사랑하고 공부하는 분들께 작은 도움이 될 수 있었으면 좋겠다. 날은 벌써 거뭇거뭇해지는데 남아 있는 석양의 검붉은 빛을 뚫고 나아가야 할 길은 너무나 멀다.

2004년 처서 무렵

응봉산 기슭에서 김종태 씀

차 례

머리말 · 5

김소월 시에 나타난 전통의 세 요소 ———————— 13

   1. 서론 · 13

   2. 애인 상실과 한의 형성 · 15

   3. 무속적 요소와 현실 극복 · 23

   4. 관념적 자연과 낙원 회복 의지 · 31

   5. 결론 · 38

한용운 시의 역설적 세계관 ———————— 43

   1. 서론 · 43

   2. 부재하는 존재로서의 님 · 47

   3. 부재를 극복하는 역설적 인식 · 52

   4. 완전한 긍정과 님의 찬송 · 59

   5. 결론 · 63

정지용 시의 문명 인식 ———————— 65

   1. 서론 · 65

   2. 신문명 체험과 고향 상실감 · 68

   3. 문명의 난해성과 위험성 · 75

   4. 이상적 문명과 반문명적 대안 · 87

   5. 결론 · 98

백석 시의 세계 대응 양상 ———————————— 101

　1. 서론 · 101
　2. 공동체의 붕괴와 원형적 삶의 동경 · 105
　3. 고립된 자아와 허무의 내면화 · 115
　4. 결론 · 127

서정주 시에 나타난 여성성과 욕망의 관련 양상 ———— 129

　1. 서론 · 129
　2. 관능적 여성성과 불안한 성욕망 · 135
　3. 모성적 여성성과 신라 정신의 지향 · 144
　4. 신화적 여성성과 생산적 성의 구현 · 151
　5. 결론 · 157

조지훈 초기 자연서정시에 나타난 세계와 자아의 대응 양상 — 161

　1. 서론 · 161
　2. 쇠락하는 자연과 자아의 정적화 · 164
　3. 생동하는 자연과 자아의 정서적 충일 · 176
　4. 결론 · 189

박목월 시의 가족 이미지와 내면 의식 ———————— 193

　1. 서론 · 193
　2. 고단한 일상과 온유한 부성 · 198
　3. 모성 지향과 가족의 안식 · 204
　4. 모성을 통한 신성의 확인과 가족의 완성 · 208
　5. 결론 · 215

김춘수 처용연작의 시의식 ———————————— 217

　1. 서론 · 217

2. 내성적 자아와 소외의식 · 221

3. 유폐적 자아와 한의 내면화 · 226

4. 탈전기적 자아와 비극 극복 의지 · 233

5. 결론 · 241

박재삼 시의 죽음의식과 미적 구조 ———— 243

1. 서론 · 243

2. 죽음에 대한 미적 인식 · 247

3. 생의 의지를 고양시키는 죽음의식 · 254

4. 낭만성과 부활의식 · 258

5. 결론 · 266

정진규 시의 변모 양상 ———— 269

1. 서론 · 269

2 - 1. 제1기 : 불가시적 세계와 의식의 혼돈 · 273

2 - 2. 제2기 : 불안한 현실과 의식의 변전 · 280

2 - 3. 제3기 : 연대적 삶과 의식의 확대 · 286

2 - 4. 제4기 : 통합적 세계와 의식의 평정 · 292

3. 결론 · 297

오탁번 시의 동심적 상상력 ———— 301

1. 서론 · 301

2. 고향의식과 동심 · 303

3. 에로티시즘의 해학성 · 309

4. 동화적 상상력 · 313

5. 결론 · 320

찾아보기 · 323

김소월 시에 나타난 전통의 세 요소

1. 서론

김소월은 한 권의 시집만을 남기고 작고하였지만 우리는 김소월을 '국민시인'이라고 부른다. 이는 김소월 시가 지니는 문학사적 의미와도 통하겠지만 특히 그의 시가 많은 국민 대중들로부터 아낌없는 사랑을 받고 있다는 사실에 기인할 것이다. 오늘날 문학이 위기에 처하고 시가 독자들로부터 외면당하고 있는 현실에서도 남녀노소를 막론하고 김소월을 모르는 사람은 거의 없다. 김소월은 한 명의 시인이기를 넘어서 우리 국민의 집단무의식 속에서 하나의 원형 심상을 이루고 있다. 김소월 시가 두터운 독자층을 형성할 수 있었던 이유는 여러 가지가 있을 것이나 가장 중요한 것은 그의 시에 나타난 전통 의식이다. 김소월은 우리 민족의 문학사적 전통을 포함하여 나아가 정신사적 전통까지 수용하고 있다.

한 나라의 현대 문학은 그 나라의 고전문학적 전통에서 자유로울 수 없을 것이며 그 나라의 고유한 민간 신앙이나 민족의 집단무의식을 어떤 식으로든 반영하기 마련이다. 서구의 모더니즘이 문학 연구와 비평의 중요한 방법론으로 부각되고 있는 현 시점에서 전통을 생각하는 작업이 한낱 수구주의로 폄하될 수도 있겠으나 이는 새로운 현대성의 세계로 나아가기 위한 과정의 의미도 지닌다. 당대의 시인, 작가가 아무리 새로운 사상과 기법으로 작품을 쓸지라도, 그 새로움이 전통과의 변증법적 상관성을 이루지 못한다면 진정한 가치를 인정받지 못한다. 김소월 시의 전통성을 생각해 보는 작업은 김소월 개인에 대한 평가라는 의미를 넘어서 오늘날 과도한 난해성으로 위기를 자초한 한국 현대시의 새로운 돌파구를 찾아본다는 의미 또한 지닐 것이다.

김소월 시의 전통성을 연구한 논객들은 특히 한의 정서와 율격에 관심을 기울여왔다. 이들 대부분은 그의 시가 한(恨)이라는 민족 보편 정서를 계승했다는 점과 전통적 운율인 7·5조와 3음보의 율격을 지녔다는 점에 동의해 왔다. 김소월이 슬픔과 한을 민족의 공통 정서에 알맞은 호흡으로 형상화하는 데에 성공했다는 것은 이제 정설이 되었다. 김소월 시가 지닌 7·5조의 가락이 우리의 전통에서 기인한 것이 아니라, 일본 문학의 영향이었다는 지적이 제기되기도 하였지만, 홍일식[1]은 7·5조는 우리나라의 고유한 율격임을 밝혀냈다. 또한 "당시로서는 참신했던 다양한 율조가 이 시기에 과감하게 실험되었으나 유독 7·5조와 4·4조만 남아 끈질기게 그 생명력을 유지하며 현대 한국시의 주류를 이루게 된 것은 오히려 잠재해 있던 전통의

---

[1] 홍일식, 『한국개화기의 문학사상연구』, 열화당, 1980, pp. 117-124. 홍일식은 6음조, 7음조, 8음조는 그것을 어떻게 배치했건 전통적인 우리의 3·3조, 3·4조, 또는 4·4조를 발전적으로 변형시킨 것으로 보는 데는 누구라도 별 이의가 없을 것이라고 하면서 또한 말음 5음조 역시 우리 고시가에서 드물지 않게 나타난다고 주장하였다.

내면에 부합되는 요인을 갖고 있었기 때문일 것이다."[2]라는 주장이 뒤이어 나와서 김소월 시에 대한 율격 논의는 정리되고 있다. 본고는 이와 같은 율격 논의를 제외하고 주제와 소재 그리고 시의식을 중심으로 하여 김소월 시의 전통성을 첫째, 애인[3] 상실과 한의 형성, 둘째, 무속적 요소와 현실 극복, 셋째, 관념적 자연과 낙원 회복 의지로 나누어 고찰하고자 한다. 물론 이 세 가지 요소는 개별 작품마다에서 뚜렷이 분리되어 나타나는 것이 아니라, 서로 조화하고 교접하면서 상호상승적인 역할을 한다.

2. 애인 상실과 한의 형성

김소월이 한의 정서를 갖게 된 근거를 살피는 견해는 크게 두 가지로 나누어지고 있다. 첫째, 그의 상실감이 식민지 상황에서 연유한다는 견해이다. 가령 김우창이 "素月의 허무주의의 밑바닥에 있는 것은 무엇인가? 시인의 개인적인 기질이나 自傳的인 사실이 거기에 관여되었음을 생각할 수도 있다. 그러나 그 원인이 된 것은 무엇보다도, 한국인의 정신적 지평에 瘴氣처럼 서려 있어 그 모든 활동을 힘없고 병든 것이게 한 일제 점령의 重壓感이었을 것이다."[4]라고 한 것은 바로 김소월의 개인사적 문제와 그의 삶을 포위한 시대사적 문제를 포괄적으로 이해하려고 한 의도에서 나온 말이다.

---

2) 조창환, 『한국현대시의 운율론적 연구』, 일지사, 1986, p. 16.
3) 대부분의 연구자들은 '연인 상실'이라는 말을 즐겨 쓰는데 필자는 '애인 상실'이라는 용어를 쓰고자 한다. '연인'이라는 말이 풍기는 왜색적 느낌을 피하기 위해서이다.
4) 김우창, 「한국시의 형이상」, 『궁핍한 시대의 시인』, 민음사, 1974, pp. 43–44.

둘째, 김소월 시의 한과 식민지적 상황을 연결시킬 필요가 없다는 견해이다. 김소월 시를 포함한 1920년대의 애인 상실이 3·1 운동 이후의 좌절감의 발로라는 의견은 비약이 따른다는 것이다. 김소월 시의 상실 의식이 일본의 영향을 받았다는 주장도 이와 같은 맥락에서 일 것이다.5) 이는 김소월 시가 지니는 의미 구조가 사회적 맥락에서 파악될 것이 아니라 개인적 차원에서 우선 검토되어야 한다는 의견과도 이어진다.

앞의 두 견해는 김소월 시의 애인 상실 의식을 서로 상반된 각도에서 접근하려 하고 있지만 그것을 김소월 시의 가장 중요한 모티브로 파악하고 있다는 점에서는 일치한다. 이 두 견해를 포괄하면서 김소월 시에 접근할 때 더욱 설득력 있는 김소월 이해에 이를 수 있다. 필자는 김소월 시가 지니는 전통적 맥락에서 가장 중요한 것이 '한의 정서'라고 생각한다. 또한 그 한의 정서 중에서도 애인 상실로 인한 것이 독자들로부터 더욱 많은 공감대를 형성시켜 오늘날 그가 국민 시인이라는 칭호까지 받게 한 것이다. 김소월 시 전체를 자세히 살펴보면 상실 대상의 범주에는 고향과 조국과 민족도 들어간다. 그의 시에는 다양한 상실의식이 혼합되어 있다. 본고는 좀더 좁은 범주로 님

---

5) 유종호는 「임과 집과 길」(『동시대의 시와 진실』, 민음사, 1995, p. 51)에서 위와 같은 주장을 하고 있다. 유종호는 이 지면에서 "저항시인의 전형적인 초상이 되기에는 미흡한 점이 많은 소월에 관해서 사람들은 소극적으로 그의 시에 나타난 슬픔과 포한이 식민지적 상황의 발로라고 말해 왔다. 이것은 결코 거짓되거나 헛된 지적은 아니나 별 쓸모없는 일반론이다. 흘러간 노래의 해설자들은 곧잘 〈일제 치하에서 우리 가요계는 망국의 한을 달래면서 비애 속을 방황해야만 했다〉라고 청승을 떠는데 그것은 틀린 말은 아니지만 비슷한 시기에 식민지주의의 약탈의 쾌감을 만끽하고 있었을 일본에 왜 비슷한 애조의 유행가가 퍼지고 있었는가에 대해선 아무런 해답도 내릴 수 없는 막연한 일반론이다."라고 하였다.

의 의미를 이해하면서 애인 상실의 전통적 맥락을 살펴보고자 한다.

님을 상실한 슬픔을 노래하는 김소월 시는 대부분 여성 화자를 내세우고 있다. 김소월 시에 나오는 여성 화자는 현실에서 성취하지 못한 사랑에 애태우면서 다가올 미래를 준비하고 있다. 그는 황폐화된 사랑의 현실을 비관하면서 님이 다시 돌아오기를 간절히 기다린다. 김소월은 어찌할 수 없으면서도 포기할 수 없는 마음을 지니는데 이때 한은 생겨난다. 한의 형성에 관한 다음과 같은 지적은 김소월 시를 이해하는 데 시사하는 바가 크다.

> 失戀한 사람의 예를 들어 설명해 보자. 우선 그는 좌절과 절망 속에 빠진다. 그런데 그가 만일 현명한 판단의 소유자라면 비록 어느 정도의 미련이 남아 있다 하더라도 그는 새로운 戀人을 찾음으로써 슬픔을 잊으려 할 것이다. 그러나 恨을 지닌 자는 결코 체념할 수 없다. 현실적으로 戀人은 떠나갔지만 그의 잠재 의식은 그것을 기정 사실로 인정하려 하지 않기 때문이다. 따라서 새로운 대상을 찾으려하기보다는 오히려 옛 戀人에 대한 애정을 심화시키고 再會의 可能性을 찾으려 한다.
>
> 그러나 그러한 기다림이 성취될 수는 없다. 그가 현실로 되돌아 왔을 때 그는 자기를 버리고 떠난 戀人이 원망스러워진다. 한편 그러한 원망은 자신이 사랑하는 사람을 미워했다는 자책감을 불러일으킴으로써 이차적인 감정의 갈등을 형성시킨다. 결코 실마리가 풀리지 않는 이 모순된 감정의 갈등이야말로 바로 恨인 것이다.[6]

요컨대 오세영은 "恨은 긍정적인 감정과 부정적인 감정, 우호적인 감정과 배타적인 감정, 방어적인 감정과 공격적인 감정들이 의식과 무의식의 세계 속에 상호 갈등을 이루는"[7] 것이라고 하였다. 한의 여

---

6) 오세영, 『한국낭만주의시 연구』, 일지사, 1980, p. 335.

인상을 일러 혹자는 동양적인 여인상이라고도 한다. 가부장적 질서 아래에서 자신의 솔직한 심정을 털어놓으며 살 수 없었던 한국의 여인들은 사랑의 좌절 앞에서 적극적인 저항도 하지 못하면서 또한 쉽게 단념하지도 않았다. 이러한 한의 정서는 우리 문학사에서 매우 중요한 주제 의식으로 변주되면서 동양적 여인상이라는 것이 하나의 미학적 요소로 자리잡게 되었다. 최근에는 이 용어가 여성의 수동성을 뜻한다고 하여 부정적인 의미로 쓰이기도 하지만 오랫동안의 유교 사회를 거쳐온 우리는 이 말을 바람직한 여인의 모습으로 수용하기도 한다. 김소월의 연시에서 감동을 받는 독자는 이미 이러한 전제를 인정하였을 것이다.

예컨대, 고대가요 「공무도하가」에서 "그대여 물을 건너지 마오/그대 마침내 물을 건너셨네/물에 빠져 돌아가시니/가신 님을 어찌할꼬"라고 한 것이나, 고려가요 「가시리」에서 "가시리 가시리잇고/ᄇ리고 가시리잇고/날러는 엊디 살라ᄒ고/ᄇ리고 가시리잇고/좁사와 두어리마ᄂᆞᆫ/선ᄒ면 아니 올세라/셜온 님 보내ᅌᅳᆸ오니/가시ᄂᆞᆫ 듯 도셔 오쇼셔"라고 한 것이나, 조선시대에 와서 황진이가 "어져 내 일이야 그릴 줄 모르더냐/있으랴 하더면 가랴마는 제 구태여/보내고 그리는 정을 나도 몰라 하노라"라고 한 것은 우리 문학사에 애인 상실로 인한 한의 정서가 뿌리 깊게 흐르고 있다는 사실을 일러준다.

이들 화자의 자세는 대동소이하다. 이들 노래들은 모두 다 애상적이고 감상적인 분위기를 제시하는데 이러한 비애의 정서가 독자들의 마음을 사로잡는 데 중요한 동인으로 기능하였다. 우리의 민요에도 즐겁고 신나는 것들보다는 슬픔을 간직한 한의 노래들이 많으며 우

---

7) 오세영, 위의 저서, 같은 면.

리는 그러한 노래를 훨씬 선호하고 있는 것을 보면 한이라는 것이 우리 민족의 집단무의식과 통한다는 사실을 짐작할 수 있다. 이와 같은 한의 정서를 가장 잘 수용하여 발전시킨 시인이 김소월이다.

> 나 보기가 역겨워
> 가실 때에는
> 말업시 고히 보내드리우리다
>
> 寧邊에 藥山
> 진달내꼿
> 아름 짜다 가실 길에 뿌리우리다
>
> 가시는 거름거름
> 노힌 그 꼿츨
> 삽분히 즈려밟고 가시옵소서
>
> 나 보기가 역겨워
> 가실 때에는
> 죽어도 아니 눈물 흘니우리다
>
> ─「진달내꼿」 전문[8]

이 시의 화자인 버림받은 여인은 자신을 떠나려는 님을 표면적으로 순순히 보내 주고 있다는 점에서 「가시리」, 「서경별곡」 등에 나타난 주인공과 흡사한 태도를 보인다. 자기를 무정하게 버리고 떠나는 님에게 할 말이 없는 여인은 없을 것이다. 어떤 행동이나 말이 떠나

---

8) 이하 인용시의 텍스트는 김종욱 편 『원본소월전집』(홍성사, 1982)으로 한다. 다만 띄어쓰기는 다소 수정하였다. 이것은 김소월론만의 예외이다. 이 책에 실린 다른 글들은 띄어쓰기도 원문 그대로 실었다.

는 님을 잡아 둘 수만 있다면 수단과 방법을 가리지 않을 것이다. 화자는 이런 노력들이 아무 소용이 없음을 깨닫고 체념한다. 그는 순응적으로 이별을 맞이한다. 그의 체념은 더욱 매몰찬 마음가짐을 형성시킨다. 님을 보내기 싫어하는 마음과 님을 보내면서 눈물 한 방울 흘리지 않는 독한 마음의 충돌은 화자의 가슴에 한을 맺히게 한다.

이루어질 수 없는 희미한 가능성을 완전히 단념하지 못하는 미련은 그 한을 강화시키게 된다. 그러나 이러한 의식에 역설적 세계관이 보태어진다. 우리는 그것을 진달래꽃을 꺾어서 님에게 뿌리는 모습에서 발견할 수 있다. 님을 원망하지 않고, 떠나는 님에게 꽃을 건네는 행위는 슬픈 이별의 일반적인 모습이 아니다. 시인은 현실에서 쉽게 찾을 수 없는 독특한 이별의 형식을 설정함으로써 이별의 정한을 극복해내는 적극성을 보여 준다. 님을 순순히 보내는 표면적인 모습은 세계 대응의 소극성을 지닌다고 할 수 있겠지만 한없이 원망스러운 님에게 꽃은 바치는 행위는 한을 승화시키려는 강한 적극성을 내포한다. 그렇다면 김소월의 「진달래꽃」은 「가시리」, 「서경별곡」의 전통을 계승하긴 했지만 이들 작품보다 한층 입체적인 시의식과 표현법을 지닌다. 다음 시 역시 애인 상실로 인한 한의 정서가 구구절절 애절하게 배어 있는 작품이다.

비가 온다
오누나
오는 비는
올지라도 한닷새 왔으면 죠치.

여드래 스무날엔

온다고 하고
초하루 朔望이면 간다고 햇지.
가도가도 往十里, 비가 오네.

웬걸, 저새야
울냐거던
往十里 건너가서 울어나다고,
비마자 나른해서 벌새가 운다.

天安에 三거리, 실버들도
촉촉이 젓저서 느러젓다데.
비가와도 한닷새 왓으면 죠치.
구름도 山마루에 걸녀서 운다.

—「往十里」 전문

제목인 "往十里"를 서울시 성동구에 위치한 "왕십리"라는 지역과 굳이 연결시키지 않아도 될 것 같다. 여기서 "里"는 행정 구역을 의미하는 접미사라기보다는 약 393m를 뜻하는 우리나라의 거리 단위로 보는 것이 더 타당하다. 지금 화자는 누군가를 만나기 위하여 혹은 어떤 공간에 다다르기 위하여 어디론가 가고 있는 중인데 아무리 거기에 닿으려고 애를 써도 그곳은 십리 밖의 거리에 있다. 그러므로 언제나 존재하는 "十里"라는 거리는 단순한 물리적 거리라기보다는 심리적 거리이며 시간적 거리이기도 하다. 이 거리는 아주 먼 거리가 아니면서도 영원히 닿을 수 없는 숙명적 거리이다.

"오는 비는/올지라도 한닷새 왓으면 죠치."라는 구절은 두 가지 서로 다른 의미로 해석되고 있다. 이 구절에 대하여 첫 번째 해석은, 비가 오려면 2-3일 정도 짧게 오지 말고 한 5일 확 쏟아지라는 뜻으로 파악하며, 두 번째 해석은, 비가 오려면 너무 오래 오지 말고 5일만 왔으면 좋겠다는 뜻으로 파악한다. 이 두 해석은 2연에 나오는 "여드레 스무날"과 "초하루 朔望"의 해석의 방향성과 맞물리면서 그 나름대로의 설득력을 지니는데 본고는 두 번째 해석이 더 타당하다고 생각한다. "여드레 스무날"9)은 음력 28일로 "초하루 삭망"10)은 음력 1일로 보아야 한다. 즉 비가 28일에 온다고 하고 1일에 간다고 했는데 왜 이렇게 비가 그치지 않는지 화자는 그 비가 제발 이제 그만 그쳐주기를 바라는 마음 간절하다. 비가 이렇게 오래 내리지 말고 딱 5일간만 내리라는 것이다.11)

지금 여기는 비가 퍼붓고 있으니 화자는 "새"에게 왕십리의 거리를 건너가 비가 오지 않는 곳에서 울어달라고 말한다. 화자 자신처럼 애타는 심정으로는 이곳에 머물지 말기를 바란다. 그러나 그 새는 비오는 이곳에서 울고 있다.12) 왕십리라는 한계 상황을 넘지 못한 채 울

---

9) '여드레 스무날'을 각각 나누어 음력 8일과 음력 20일로 보는 논자가 있는데 이들은 이때가 조수가 가장 낮은 때인 조금 때라고 설명한다. 그런데 이는 잘못된 해석이다. 조금 때는 초여드레와 스무사흘을 이르는 말이다. '여드레 스무날'은 '스무 여드레'가 도치된 것으로 음력 28일로 보아야 한다.

10) 삭망은 음력 초하루와 보름을 뜻한다. 즉 삭망에는 '초하루 삭망'과 '보름 삭망'이 있다. 이 시의 '초하루 삭망'은 음력 1일을 뜻한다. 혹자는 초하루 삭망을 각각 나누어 초하루와 보름으로 보면서 이때는 조수가 가장 높이 들어오는 한사리 때라고 설명한다. 그런데 한사리 때는 정확히 매달 그믐날과 보름날이지 초하루와 보름날이 아니다.

11) 이 부분의 해석은 이건제, 정끝별 선생님의 도움을 받았음을 밝히며 두 분께 감사드린다.

12) 이승훈 교수는 『한국대표시해설』(문학과비평사, 1993, p. 17)에서 '벌새'를 벌샛과에 속하는 벌 비슷한 작은 새라고 해석하고 있는데 이는 잘못된 해석이다. 벌새과의 벌새가 있기는 하지만 이 벌새는 우리나라에는 서식하지 않고 열대의 산림과 덤불에 살며 중남미나 중앙아메리카 이북에 분포되어 있다.(동아출판사 판, 『동아세계대백과사전』 14권, 1982, p. 40 참조) 김소월이 우리나라에 존재하지도 않는

고 있는 새는 화자의 분신이다. 벌새처럼 비를 맞으며 울고 있는 화자는 새가 되어 왕십리를 훌쩍 뛰어넘어 님이 있는 그곳으로 가고 싶은 것이다. 그곳은 "天安"의 한자 뜻처럼 하늘이 편안한 곳으로 더 이상 고독과 이별의 아픔이 존재하지 않는 곳이다. 그런데 화자는 그곳에 쉽게 닿을 수 없다. 천안과 화자의 심리적 거리가 "왕십리"이기도 하다. 화자의 감정이 이입된 구름 역시 산을 넘어 가지 못한 채 산마루에 걸려서 울고 있다. 구름이 운다는 것은 아직도 비가 오고 있다는 의미이기도 하다.

전체 4연으로 되어 있는 이 시는 1, 2연에서는 비가 오는 상황이 강조되어 있으며 3, 4연에서는 운다는 상황이 강조되어 있다. 1, 2연은 "온다", "오누나", "올지라도", "왓스면", "온다고", "오네" 등에서 보이는 '오'음의 연속 배치를 통하여 이러한 정황을 더욱 극적으로 전개하고 있으며, 3, 4연은 "웬걸", "울나거든", "울어나다고", "운다" 등에서 보이는 '우'음의 연속 배치를 통하여 화자의 심정을 구체적으로 드러내어 "운다"라는 상황을 더욱 강조하고 있다. 「왕십리」는 그 해석의 복잡함과 구조의 완결성으로 인하여 복잡하고 미묘한 감동을 불러일으키는 좋은 시다.[13]

3. 무속적 요소와 현실 극복

김소월의 시에는 종교적 상상력이 구체적으로 나타나는 작품이 없

새를 시어로 사용했을 리는 만무하다. 여기서 '벌새'는 묏새(산새)의 반대인 들새로 해석해야 옳다. 이 새는 들(벌)에 사는 새를 통틀어 이르는 말이다.

13) 박호영, 「소월시의 위상」, 정한모 해설, 김열규·신동욱 편저, 『김소월연구』, 새문사, 1982, I-75. 참조.

기 때문에, 그의 시를 종교적 관점에서 다룬 연구물은 그리 많지 않다. 이 분야의 연구 성과 가운데에서 서정주의 논의는 주목을 요한다. 서정주는 "素月이 무슨 기성의 종교를 그에게 제일 가까운 것이라고 주장했는지, 또 어느 敎門을 그중 많이 드나들었는지 그것은 알 바 없으나, 그 시집에 나타난 몇 편의 종교적인 시편을 통해서 보면, 그 종교적 정신의 核心은 유교나 기독교에 가까운 데에 있었던 듯하다. 즉, 자각된 인간과 신의 가치를 동일하게 치부하는 불교나 그런 종교의 성질로 마음을 먹은 것이 아니라, 신이나 하늘을 인간보다는 높은 것으로 보기 마련인 그 점이 유교나 기독교에 방불하기 때문이다."14)라고 하면서 김소월 시에는 유교적 세계관과 기독교적 세계관이 공존하고 있다고 하였다.15) 필자는 이와 같은 서정주의 견해와는 달리 무속적 관점에서 김소월 시의 전통적 맥락을 짚어 보고자 한다.

무속은 우리 민족이 지닌 고유한 민속 신앙 중에서 가장 오래된 것으로 민족의 생활양식의 변천에 많은 영향을 미친 정신 유산이다. 그러므로 무속의 지도자인 "무는 신병이라는 종교 체험을 통해 신의 영력을 획득하여 신과 교통하는 신권자로, 무가 체험하여 신앙하는 신은 산신, 칠성신, 천신, 용신 등 자연신 또는 장군신, 왕신 등(인격신 포함)이며, 무는 이들 신의 영력에 의해 길흉화복의 인간운명을 굿으로 조절하는 능력을 가진 민간층의 종교적 지도자"16)라고 할 수 있다. 무속은 우리 민족의 공동체적 의식 속에 깊이 뿌리 내려 지금

---

14) 서정주, 『한국의 현대시』, 일지사, 1969, p. 127.
15) 서정주는 자신의 이러한 논지를 입증하기 위해서 「비난수하는 맘」, 「신앙」 등의 작품을 분석하고 있다.
16) 김태곤, 『한국무속연구』, 집문당, 1995, p. 14.

까지 그 영향력을 행사하고 있다. 불교 또한 전파 이후 무속과 융화되는 모습을 보여주었고, 기독교가 전래된 후부터 무속을 미신(迷信)처럼 여기는 경향이 두드러지기도 했지만 기독교 역시 은연중에 무속과 결합되는 양상을 보인 것이 사실이다.

　김소월 시에는 무속적 생활양식을 형상화한 작품들이 많다. 그는 기독교 교육에 근간을 둔 서양식 교육을 받은 바 있지만 그의 시는 민속적 신앙에 바탕하고 있었다.

　　산산히 부서진 이름이어!
　　盧空中에 헤여진 이름이어!
　　불녀도 主人업는 이름이어!
　　부르다가 내가 죽을 이름이어!

　　心中에 남아 잇는 말 한 마듸는
　　끗끗내 마자하지 못하엿구나.
　　사랑하든 그 사람이어!
　　사랑하든 그 사람이어!

　　붉은 해는 西山마루에 걸니웟다.
　　사슴이의 무리도 슬피 운다.
　　쩌러저 나가 안즌　山 우헤서
　　나는 그대의 이름을 부르노라.

　　서름에 겹도록 부르노라.
　　서름에 겹도록 부르노라.
　　부르는 소리는 빗겨가지만
　　하눌과 쌍사이가 넘우 넓구나.

선 채로 이 자리에 돌이 되여도
부르다가 내가 죽을 이름이어!
사랑하든 그 사람이어!
사랑하든 그 사람이어!

—「招魂」 전문

 '초혼'은 죽은 자의 혼을 부르는 행위로 우리 민족 고유의 장례 양식이다.[17] 「초혼」의 화자는 망각할 수 없는 님을 애타게 부르고 있다. 이 애타는 목소리를 들어야 할 청자는 현상 세계에 존재하지 않는다. 그는 죽음의 세계로 건너가고 있으며 "부서진 이름"과 "헤여진 이름"만이 사라진 존재의 형상을 희미하게 확인시켜 줄 뿐이다. 화자가 님의 죽음 앞에서 이토록 오열하는 이유가 2연에 나타난다. 화자는 죽은 자를 사랑했지만 그가 살아 있을 때는 사랑한다는 말 한 마디도 하지 못했다. 사랑의 표현을 하지 못했다는 것은 그와의 사랑을 이루지 못했음을 의미한다. 이것은 일종의 짝사랑이었다.

 님이 죽은 후에야 비로소 부재하는 존재 앞에서 화자는 못 다한 말을 전한다. "사랑하든 그 사람이어!"를 4번씩이나 반복함으로써 그 죽음을 무화시켜서 님의 부재를 망각하려 한다. 님의 부재를 망각한다는 것은 이 시의 전제 상황인 님의 죽음을 인정하지 않는 것이다.

---

17) 초혼 의식은 종교적 관점에서 볼 때, 기본적으로 죽은 자에 대한 예를 나타내는 의식이다. 그렇지만 이 시에 죽은 자에 대한 예의만 있는 것은 아니다. 이 점에 관하여 오세영은 다음과 같이 설명하고 있다. "이 시행의 표면적 의미는 비록 님은 죽었어도 그 님에 대한 애정은 영원 불변하다는 식의 유교적 열(烈), 혹은 정절(貞節)의 표현이다. 그러나 뒤바꾸어 그 심층적인 의미를 새겨 본다면, 이 시행은 암암리에 죽은 연인에 대한 원한이 숨겨져 있음을 알 수 있다." 오세영, 『김소월, 그 삶과 문학』, 서울대학교출판부, 2000, p. 40.

화자는 대상을 살려냄으로써 그 죽음을 부정하는 동시에 자기 스스로가 죽음으로써 대상과 합일하여 그 죽음을 무화시키고자 한다. 이는 쉬운 일이 아니다. 넋을 부르는 목소리는 화자와 대상 사이, 즉 죽음과 삶 사이에서 끊임없이 파동한다.

이러한 화자의 행위는 샤먼의 주술성과 깊은 관계를 가진다. 샤먼은 삶과 죽음의 세계를 넘나들면서 신과 영혼의 목소리를 이생의 사람들에게 전하는 사람이다. 그의 존재는 신과 인간, 죽음과 삶 사이에 있다. 죽은 자를 위로하고 미래를 점치는 일은 오직 샤먼만이 할 수 있다. 「초혼」에 나타난 밝음과 어둠, 하늘과 땅의 대립적 구조 속에서 화자는 괴로워한다. 이는 곧 삶과 죽음의 이원적 구조에 맞물려 있기 때문이다. 화자는 붉은 해가 서산 마루에 걸린 시간에, 하늘과 땅을 연결시켜 주는 산 위에 있다. 황혼녘의 산은 죽음과 삶, 그 어느 한쪽에도 소속되어 있지 않으면서도 그 어느 쪽에라도 들어갈 수 있는 공간이다. 이곳에 서 있는 화자는 샤먼적 권능을 지니게 된다. 그는 샤먼의 주술을 통하여 삶과 죽음의 이분법적 구조를 무화시키려 하고 있다.

삶을 멀리한 채 죽음에 가까워진 산마루에 서서야 삶의 아름다움을 볼 수 있다는 김소월의 영혼관은 달이나 별 등 영원한 존재로 인식되는 천체들보다 인간의 영혼이 더 영원히 불멸하는 존재라는 영혼불멸(靈魂不滅)의 믿음을 동반한다. 그리고 이런 관념은 영혼의 영생을 신앙하면서, 주로 유암(幽暗)에 존재한다고 믿는 사령(死靈)을 신사(神事)의 상징으로 삼고 있는 무속의 전통적 관념과 그 뿌리를 같이한다고 보인다.[18]

---

18) 이몽희, 『한국현대시의 무속적 연구』, 집문당, 1990, p 34.

함께 하려노라, 비난수하는 나의 맘,
모든 것을 한 짐에 묵거 가지고 가기까지,
아츰이면 이슬마즌 바위의 붉은 줄로,
긔여오르는 해를 바라다보며, 입을 버리고.

쩌도러라, 비난수하는 맘이어, 갈메기가치,
다만 무덤뿐이 그늘을 얼는이는 하눌우흘,
바다짜의 일허바린 세상의 잇다든 모든 것들은
차라리 내 몸이 죽어가서 업어진 것만도 못하건만.

쏘는 비난수하는 나의 맘, 헐버슨 山 우헤서,
쩌러진 닙 타서 오르는, 낸내의 한 줄기로,
바람에 나붓기라 저녁은, 흐터진 거미줄의
밤에 매든든 이슬은 곳다시 쩌러진다고 할지라도.

함께 하려 하노라, 오오 비난수하는 나의 맘이어,
잇다가 업서지는 세상에는
오직 날과 날이 닭소래와 함께 다라나 바리며,
갓가웁는, 오오 갓가웁는 그대뿐이 내게 잇거라!

—「비난수하는 맘」 전문

이 시는 「초혼」보다 더 뚜렷한 무속적 종교성을 지니고 있다. "비
난수"는 무당이 귀신에게 빌 때 쓰는 말이라는 뜻을 지닌 정주 방언
이다. 화자는 삶이 끝나는 날까지 그대와 함께 하고자 한다. "모든 것
을 한 짐에 묵거 가지고" 가는 곳이 죽음의 공간이라면 "긔여오르는
해를 바라다보"는 아침은 살아 있는 시간이다. 화자는 생사와 시공을
초월하여 님과 만나고자 한다.

그러나 2연에서는 님의 죽음으로 인한 화자의 슬픔이 표출된다.

님이 죽어서 간 하늘은 무덤 같은 죽음이 있는 공간이다. 그곳에 있는 님에게 화자의 목소리는 전달될 수 없다. 그는 "비난수"라는 샤먼적 행위를 통하여 자신의 마음을 님에게 전달하고자 한다. 지상과 하늘을 자유롭게 날 수 있는 "갈메기"는 살아 있는 화자와 죽은 님을 연결하는 매개체이다. 님이 없는 상황에서 "바다까의" 모든 것들조차 의미가 없으므로 화자는 "차라리" 죽음을 택하고자 하는 비장함을 보인다.

다시 3연에서 "비난수하는 나의 맘"이 연기(낸내)가 되어 하늘로 날아가기를 희구한다. 그 연기는 "떨어진 잎"이 타서 만들어진 것이다. 타는 낙엽의 연기는 죽어서라도 님에게 전하고 싶은 화자의 간절한 마음을 담고 있다. 4연에서 화자는 "잇다가 업서지는" 이 무상한 세월 속에서 오직 중요한 것은 님뿐이라며 "그대쑌이 내게 잇거라"고 간절히 되뇌지만 님은 이미 이 세상 사람이 아니다. 이처럼 화자는 현실에서 못다 이룬 애절한 삶의 소망을 초월적 존재에게 빌고 있다. 초월적 존재와 통하여 그 은혜를 얻는 방법 중 가장 빠르고 정확한 것은 인간 스스로가 샤먼적 권능을 지니는 일이다. 그래서 화자는 "비난수"라는 샤만적 행위와 언어를 쓰게 된다.

> 그 누가 나를 헤내는 부르는 소리
> 붉으스럼한 언덕, 여긔저긔
> 돌무덕이도 음즉이며, 달빗혜,
> 소리만 남은 노래 서리워 엉겨라,
> 옛 祖上들의 記錄을 무더둔 그곳!
> 나는 두루 찻노라, 그곳에서,
> 형적 업는 노래, 흘너퍼져,

　　그림자 가득한 언덕으로 여기저기,
　　그 누가 나를 헤내는 부르는 소리
　　부르는 소리, 부르는 소리,
　　내 넋을 잡아끄러 헤내는 부르는 소리.

—「무덤」 전문

　「초혼」이 산 자가 죽은 자를 부르는 형식을 취한다면, 「무덤」은 죽은 자가 산 자를 부르는 형식을 취하고 있다. 삶의 공간과 죽음의 공간을 오가는 김소월 시의 특징은 이 두 작품에서 구체적으로 나타난다. 김소월에게 육체가 기거하는 현재적 공간은 삶의 공간이지만, 그의 정신은 죽음의 공간으로부터 강한 유혹을 받고 있다. 화자는 무덤 주위를 배회하다가 그 무덤 속에서 들리는 이상야릇한 소리에 귀를 기울인다. 환청처럼 다가오는 그 소리는 돌무더기도 움직이게 하는 강한 파장을 일으키면서 화자에게 다가온다. 이때 화자의 심리 상태는 공포와 호기심을 동반한다. 지금 자신이 다가가고 있는 곳이 생과 사의 갈림길이 되는 곳일지도 모른다고 생각하면서도 그는 소리를 따라 무덤을 향하여 가까이 간다.

　그러나 그 소리는 "소리만 남은 노래"이고 "형적 업는 노래"일 뿐이다. 그는 더욱 적극적으로 그 노래의 정체를 알고자 하는데 이러한 의식 속에는 죽음에 대한 충동이 있다. 화자는 죽은 자의 집인 무덤에서 들려오는 소리에 이끌려서 자신도 죽음의 공간인 무덤 속으로 들어가고자 하는 것이다. 샤먼이 죽음과 삶, 초월과 현실을 이어주는 기능을 한다고 볼 때, 이 노래의 구조 역시 샤먼적 성격을 갖는다고 볼 수 있다. 마지막 3연에 이르러 "부르는 소리"가 네 번이나 반복되어 시적 정서의 긴장이 최고조에 이른다. 현실 세계와의 불화로 인하여 화자는 죽음의 세계를 동경하지만 이것조차 쉽지 않을 때의 절망감을 마지막 세 개의 행은 여실히 보여주고 있다. 「무덤」은 삶과 죽음 사이의 긴장과 간극을 극복하고자 하는 시의식의 치열성이 있는 작품이다.

4. 관념적 자연과 낙원 회복 의지

김소월 시에 나타나는 세 번째 전통적 요소로 자연 친화적 정서를 들 수 있다. 한국의 근대시인 중에서 김소월만큼 자연에서 소재를 많이 취한 이도 드물다. 그에게 자연은 그만큼 각별한 존재였던 것이다. 김소월은 자연의 형상 안에 자신의 감정을 충분히 이입시켰다. 또한 그의 자연 속에는 현실 인식이 숨어 있기도 하였다. 그의 자연 형상화 방법의 특징적 맥락은 첫째, 그가 그린 자연 형상은 구체적인 모습을 담는 것을 지양하고 이상화된 동시에 관념적이라는 점, 둘째, 그러한 자연에 대한 무한한 동경과 사랑을 노래했음에도 불구하도 그 자연과의 합일을 시인 스스로 거부하였다는 점이다. 이 두 가지 맥락에서 김소월 시의 자연관이 고전문학적 전통과 통하는 맥락을 찾을 수 있다. 특히 자연 형상화 방법의 관념성이 중요한 맥락으로 지적될 수 있다.

김소월의 자연은 비현실적이고 관념적인 형상을 하고 있는데 그의 자연이 이렇게 형상화된 데는 이유가 있었다. 즉 김소월은 개인적 혹은 역사적 상황의 피폐함 때문에 자연의 아름다움을 즐길 수도 없었을 뿐만 아니라 오히려 자신의 처지와 전혀 다른 아름답고 행복한 자연을 이야기함으로써 자신의 비극성을 더욱 강화시킨다. 이런 측면에서는 김소월의 시는, 청산과 바다의 세계로 가고 싶지만 쉽게 갈 수 없어서 더욱 서러운 심정을 토로하는 고려가요 「청산별곡」을 떠올리게 한다. 한편 김소월이 자연을 즐기지 못했다는 점에서는 조선시대의 강호가도와는 구별된다. 그러나 김소월의 시나 조선의 강호가도나 「청산별곡」이나 모두 관념적 자연을 다루고 있다는 점, 또 그것을 즐겼든 안 즐겼든 간에 자연을 삶의 안식과 평화를 추구할 수 있는 이상향으로 상정해 놓았다는 점에서는 마찬가지이다.

山에는 꼿피네
꼿치 피네
갈 봄 녀름업시
꼿치 피네.

山에
山에
피는 꼿츤
저만치 혼자서 피여 잇네.

山에서 우는 적은 새요
꼿치 죠와
山에서
사노라네.

山에는 꼿지네
꼿치 지네
갈 봄 녀름업시
꼿치 지네.

—「山有花」 전문

문덕수는 이 시에 제시된 시간은 사계절의 구별을 초월한 보편적인 계절, 꽃이 피는 계절의 항구성을 암시하고 있다고 하였다.[19] 사계절의 기후 변화가 뚜렷한 한국의 시인이 계절을 초월한 자연을 노래했다는 사실은 그만큼 그 자연에는 관념적 조형성이 가미되었다는 점을 일러준다. 「산유화」의 자연은 계절도 초월하고 생사도 초월한 절대 자유의 경지이기 때문에 이 시에서 사계절의 순환을 통한 우주적 질서는 읽히지 않는다.[20]

김소월의 자연은 그가 산문 「시혼」에서 "우리의 詩魂은 물론 경우에 따라 大小深淺을 자유 변환하는 것도 아닌 동시에 時間과 空間을 초월한 존재입니다."라고 했을 때의 시혼과도 같이 시공을 초월하여 관념적으로 존재한다. 항상 꽃이 피고 지는 산의 모습은 김소월이 바라본 자연의 일반화된 모습이다. 그것은 시인의 관념 속에 있는 이상적인 낙원이다. 그런데 화자는 스스로 인정한 아름다운 자연 속에 자리 잡고 있지 않다. 자연과 화자의 거리는 멀게만 느껴진다. 그 거리는 "저만치"라는 부사어에서 잘 나타난다. 이것은 "詩人은 自然(꽃이 피고 지는 山)과 合一하려 하지만 항상 〈저만치〉의 거리 밖에서 거부당"[21]하는 거리이다. 그러므로 이 거리를 "人事의 無常과 自然의 恒

---

19) 문덕수, 「소월의 서정시에 나타난 자연관」, 정한모 해설, 위의 저서, p. IV-31.

20) 이남호는 「한국 현대문학에 나타난 자연의 모습」(유종호 외, 『현대한국문학 100년』, 민음사, 1999, p. 351)에서 "이 시에서 그려진 자연은 어떤 면에서 고전문학 속의 자연과 비슷하다."라고 설명하면서 이 논거로 산유화가 "사계절의 순환을 통하여 어떤 우주적 질서를 엿보게 한다."고 하였다. 이러한 김소월의 자연에 대한 설명을 통하여 이남호는 "좋게 보면 김소월의 시는 전통에 닿아 있으며, 나쁘게 보면 김소월의 시는 전근대적 요소를 여전히 지니고 있다고 말할 수 있다."라고 하였다.

21) 오세영, 위의 저서, p. 314.

久와의 거리"[22]라고 보는 주장은 적절하다.

3연에서 나타나는 "적은 새"는 자연과 먼 거리를 두고 있는 화자 자신과는 달리 자연 속에서 평화롭게 존재한다. 새는 꽃이 좋아서 자연 속에서 살아가는데 화자는 새처럼 꽃을 좋아하기는 하지만 자연에 이르지 못한다. 화자는 현실에서 파생하는 다른 고민들 때문에 산속으로 들어가서 가까이에서 꽃을 바라보지 못하고 있다. 결국 새와 자연이 화해하고 있는 3연의 모습은 자아와 자연의 불연속성만을 더욱 강화시키고 있을 따름이다. 김소월은 이처럼 자연에 완전히 몰입하지 못하고 있다. 즉 시인의 시정(詩情)과는 달리 자연 혼자서 아름답게 존재한다. 그의 자연은 현실 상황에서의 상실감과 결핍감을 고조시키는 자연이다. 자연을 대상으로 하여 님의 부재를 노래하는 시들은 이 사실을 증거한다.

> 잔듸,
> 잔듸,
> 금잔듸.
> 深深山川에 붓는 불은
> 가신 님 무덤까엣 금잔듸.
> 봄이 왓네, 봄빗치 왓네.
> 버드나무 싯터도 실가지에.
> 봄빗치 왓네, 봄날이 왓네,
> 深深山川에도 금잔듸에.

—「金잔듸」 전문

---

22) 김춘수, 『김춘수전집 2−시론』, 문장사, 1982, p. 100.

깊고 깊은 산골짜기에 아름답게 자라 있는 금잔디가 봄소식을 전하고 있다. 그런데 화자가 바라보는 금잔디는 "가신 님" 무덤가에 있다. 물론 그것은 아름답게 피어 있는 존재이다. 그러나 화자가 바라보고 있는 금잔디는 그에게 봄날의 기쁨을 불러일으키지 못한 채 사별한 님에 대한 기억만을 부추기고 있다. 화자의 인식 대상이 "봄", "봄빛", "봄날"로 이어지면서 그는 인사(人事)의 황폐함을 더욱 뼈저리게 느끼게 된다. 이처럼 자아와 자연의 불연속성은 이 시에서도 나타난다.

화자에게 금잔디는 죽은 님의 영혼처럼 인식되기까지 한다. 님의 영혼이 님의 무덤에 꽃피어 있는 것이다. 그러므로 금잔디는 화자의 서러움과 외로움을 투영하는 자연물이다. 무덤은 죽은 몸이 거처하는 곳이다. 화자는 무덤을 보면서 님의 죽음을 재확인한다. 죽은 님의 영혼은 그에게 아무런 의미가 없다. 님이 죽어 있다는 인식은 님의 영혼인 금잔디와 화자를 일체화할 수 없게 만든다. 님이 없는 봄이 의미가 없듯이 몸이 없는 님의 영혼 또한 아무런 의미를 지닐 수 없다. 「금잔듸」의 자연 상황 역시 시인이 조형한 관념적인 성격을 지닌다. 그 아름다운 금잔디를 만들어 놓고도 그것을 즐기기는커녕 오히려 그것으로 인하여 더 큰 슬픔에 젖어드는 것이 김소월과 자연의 대응 양상이다.

김소월과 자연의 대응 양상은 조선조 강호가도(江湖歌道)의 형상성과 닮은 점이 있다. 자연 속에서 갈등하는 자아의 모습이 강호가도에 나타나는 경우가 많다. 강호가도는 두 가지 주제를 나타낸다. 첫째, 군왕에 대한 감사이며, 둘째, 자연에 대한 완상이다. 그런데 나라와 임금이 편안하지 못할 때 강호가도를 지은 시인의 마음이 행복할

수만은 없다. 그렇기 때문에 강호가도에도 자아와 세계의 불연속성
이 나타나는 것이다. 자아와 자연의 불연속성은 김소월 시의 주요한
특징이다.

김소월이 자연 속에서 인식한 애인 상실은 고향 상실로 확대된다.
초기에 발표된 시에는 님의 상실을 노래한 시편들이 많았다면 발표
시기가 뒤로 갈수록 집과 길, 그리고 고향의 상실을 나타내는 시편들
이 많아진다. 상실 의식의 폭이 확대되어 갔던 것이다. 다음 시에서
시인은 고향과도 같은 아름다운 자연 속으로 들어가서도 다시 고향
을 그리워하면서 고향으로 돌아가려고 한다.

> 三水甲山 내 왜 왔노 三水甲山이 어디뇨
> 오고나니 奇險타 아하 물도 많고 산 첩첩이라 아하하
>
> 내 故향을 도로 가자 내 고향을 내 못 가네
> 三水甲山 멀더라 아하 蜀道之難이 예로구나 아하하
>
> 三水甲山이 어디뇨 내가 오고 내 못 가네
> 不歸로다 내 故향 아하 새가 되면 쩌가리라 아하하
>
> 님 계신 곳 내 고향을 내 못 가네 내 못 가네
> 오다가다 야속타 아하 三水甲山이 날 가두었네 아하하
>
> 내 고향을 가고지고 오호 三水甲山 날 가두었네
> 不歸로다 내 몸이야 아하 三水甲山 못 벗어난다 아하하
>
> ―「三水甲山」 전문

고향에 대한 그리움은 사전적 의미와는 상관없이 두 가지 양상으
로 나누어 볼 수 있다. 첫째는 고향을 떠나온 사람이 고향을 그리워

하는 마음, 둘째는 몸은 고향에 있으나 현실에 대한 불만족으로 인하여 더 넓은 의미의 고향을 그리워하는 마음이다. 필자는 첫째 것을 홈식크니스(homesickness)라 부르며, 두 번째 것을 노스텔지어(nostalgia)라 부르겠다.[23] 노스텔지어는 육체적 고향보다 더 근원적인 곳에 대한 그리움이라 할 만한데 김소월 시에 나타나는 그리움은 여기에 가깝다.[24] 그는 인생의 대부분 시간을 자신의 고향에서 보냈지만 현실의 결핍과 불안과 갈등은 그가 또 다른 고향을 그리워하게 만들었다. 후자의 그리움은 주로 관념화된 이상적 자연에 대한 동경으로 이어졌다.

이 시에서 화자는 물 많고 산 험한 "삼수갑산"에 찾아갔지만 그 경계의 아름다움을 즐기기도 전에 또 다른 고향을 그리워하게 된다. 애인 상실과 고향 상실 의식은 시인으로 하여금 자연의 세계에 몰입하지 못하게 만들었다. 자연에 완전히 몰입할 수 없었던 시인은 현실의 결핍 요소를 자연 속으로 불러들여 그곳을 완전한 이상향으로 만들고자 한다.

> 엄마야 누나야 江邊 살쟈,
> 뜰에는 반짝는 金모래빗,
> 뒷門 박게는 갈닙의 노래
> 엄마야 누나야 江邊 살쟈.

—「엄마야 누나야」 전문

---

23) 이와 같은 명칭은 사전적 의미와는 다른 사용이다. 많은 사전들은 이 두 단어를 거의 비슷한 뜻으로 해석하고 있다.

24) 이성교는 이러한 그리움의 맥락을 이야기하면서, 김소월을 "천성적으로 낭만주의 시인"이라고 지칭하였다. 이성교, 「김소월시에 나타난 향토색 연구」, 정한모 해설, 위의 저서, p. IV-49.

강변은 시인이 꿈꾸고 있는 이상적 세계이다. "금모래빗"이 반짝이고 "갈닙"이 노래하는 아름다운 자연에서의 삶을 시인은 동경하고 있다. 그곳에서 시인은 훼손된 낙원을 재건시키고자 한다. 그러나 그곳은 현재에 존재하지 않으며 그 세계의 완성은 미래적 의미를 지닐 뿐이다. 그러므로 시인은 선뜻 그곳으로 달려가지 못한다. 그곳에는 엄마와 누나가 없기 때문이기도 하다. 엄마와 누나가 없는 자연의 세계는 그것이 아무리 아름답더라도 그에겐 의미가 없다. 엄마와 누나는 여느 시에 나타나는 님의 다른 이름이다. 시인은 상실한 님을 엄마와 누나라는 더욱 구체적이고 친근한 모습으로 치환시켜 자연으로 불러들인다. 엄마와 누나와 님이 함께 하는 자연의 세계가 이상향이다. 현실의 상실감이 극복될 때에 비로소 시인은 이상적 자연 세계를 만끽할 수 있을 것이다.

5. 결론

이상에서 김소월 시가 지니는 전통성의 맥락을 첫째, '애인 상실과 한의 형성', 둘째, '무속적 요소와 현실 극복', 셋째, '관념적 자연과 낙원 회복 의지'로 나누어서 고찰해 보았다. 이 세 가지 맥락은 상호 밀접하게 연결되면서 김소월 시의 내면 구조를 뚜렷이 보여주고 있는 요소들이다.

첫 번째 항목은 김소월 시의 전통성을 구성하는 가장 중요한 맥락인 한의 문제를 분석하고 있다. 본고는 애인 상실 의식이 김소월의 한의 형성을 유발한 주요한 원인이라고 했다. 김소월의 연시(戀詩)에 나타난 화자는 대부분 여성이고, 이들은 님과 이별하는 상황에서 체념과 인고라는 소극적 대응 양상을 보였는데 이것은 고대가요 「공무도하가」, 고려가요 「가시리」, 황진이의 시조 등에 나타난 시의식과 상통한다는 사실을 증명하였다. 그러나 김소월 시는 이러한 전통적인 여인상만을 보여주는 데에서 그치지 않고, 고전 시가에서 찾아 볼 수 없었던 내포적 적극성과 표현의 중의성까지 보여주고 있다는 사실을 확인하였다. 「진달래꽃」, 「왕십리」 등의 작품은 김소월의 애인 상실 의식이 입체적으로 구현된 좋은 작품이다. 요컨대 김소월의 연시에는 체념과 저항, 우울과 낭만이 공존하고 있었다.

두 번째 항목은 김소월 시에 나타나는 무속적 요소를 논의하고 있다. 그동안 김소월 시의 종교적 배경에 관하여서는 대체로 그의 시가 유교적인 맥락을 함의하고 있다는 데에 의견이 모아지고 있었다. 그러나 본고는 그의 시에 나타난 샤머니즘적 성격에 주목하였다. 무속은 불교나 기독교보다 훨씬 더 일찍부터 우리 민족의 민간 생활 신앙이 되어 있었다. 또한 무속은 불교 및 기독교와 융화하기도 하였다. 「초혼」, 「비난수하는 맘」 등에서 화자는 샤먼적 행위를 하고 있다. 「무덤」 역시 무속적 의미를 짙게 내포하는 작품이다. 이 시에 나타난 죽음에 대한 이끌림은 바로 삶의 공간 안에서 죽음의 세계를 자세히 인식하고자 하는 무속적 세계관을 반영한다. 이 때 시의 화자는 죽음의 세계까지 바라볼 수 있는 샤먼적 권능을 발휘하여 현실의 고통을 무화시키고자 하였다. 이처럼 김소월 시는 고유한 민간 신앙의 세계와 깊이 접맥하여 전통친화적 성격을 더욱 폭넓게 확보하게 된다.

세 번째 항목은 김소월의 자연관을 살피고 있다. 김소월은 현실의 갈등과 고뇌를 잊기 위해서 자연 공간을 지향하였다. 김소월이 형상화한 자연은 관념적 조형성이 강하다. 그에게 자연은 아름답고 행복한 곳이지만 그 자연의 미덕을 시인은 자신의 것으로 받아들이지 못했다. 시인은 아름답고 화해로운 자연을 만들어 놓고 인간사의 비극성으로 인하여 거기에 이르지 못하는 자신의 신세를 한스러워한다. 오히려 자연의 초월적 모습이 인간사의 비극성을 드러내 보여주는 역할을 한 것이다. 「산유화」, 「금잔듸」는 이와 같은 시의식을 단적으로 보여준다. 자연과 합일하기 위한 전제 조건은 인간사에서 결핍된 것들을 속히 회복하는 일이다. 그는 그래서 자연의 세계 속으로 결핍을 채워 줄 수 있는 요소들을 불러들인다. 「삼수갑산」에 갇히고 말았던 시인이, 「엄마야 누나야」에서 비교적 행복한 세계관을 가지게 된 것은 강변이라는 자연 공간에 엄마와 누나가 있다는 믿음이 있었기 때문이다. 자연을 이상향으로 상정해 놓았다는 점에서 고려가요 「청산별곡」이나 조선시대의 강호가도(江湖歌道)와 유사하지만 자연 속에 완전히 몰입하지 못했다는 점에서는 강호가도와는 다소간의 변별성을 지니기도 한다.

중요한 것은 이 세 가지 전통지향적 요소가 서로 조화하고 교접하면서 김소월을 국민시인으로 자리매김하여 주었다는 사실이다. 그러므로 위의 요소 중 하나씩만으로는 김소월 시를 온전히 이해할 수 없다고 할 수 있다. 그가 남긴 유일한 시론인 「詩魂」에서 알 수 있듯이 김소월은 내성적인 인생관을 지녔다. 만 32세에 아편을 먹고 자살한 것[25]은 그의 성격의 중요한 일면을 시사하는 바 크다. 그는 크고

25) 김소월의 죽음에 대해서는 의견이 분분하다. 필자는 김소월의 숙모인 계희영의 다음과 같은 회고를 참고하였다. "남산리 조상님들의 무덤을 찾아서 일일이 돌볼 때 누구 한 사람 소월의 성묘함을 보고 이상하게 느끼고 생각했던 사람이 없었던 것처럼 소월이 난데없이 장에 가서 아편을 구해 가지고 돌아온 것을 보면서도 가

화려한 것보다는 작고 소박한 것을, 현실적 세계보다는 초월적인 세계를 선호하였다. 그가 지닌 이러한 세계관은 당대의 고통스런 현실 문제에 초연할 수 없었던 시인의 섬세한 감수성의 결과라고도 할 수 있다. 차후 김소월 시의 전통성에 대한 연구는 김소월의 천성적인 성품과 시대 상황의 문제를 더욱 섬세히 고려하는 차원에서 이루어지길 바란다.

족들 중에 누구 하나 이상하게 본 사람이 없었다. 아마 소월이가 그 약을 먹고 세상을 하직하리라고 믿었던 사람이 없었던 까닭이다." 계희영, 『약산 진달래는 우런 붉어라』, 문학세계사, 1982, p. 272.

한용운 시의 역설적 세계관

1. 서론

조지훈이 "혁명가(革命家)와 선승(禪僧)과 시인의 일체화―이것이 한용운 선생의 진면목이요, 선생이 지닌 바 이 세 가지 성격은 마치 정삼각형과 같아서 어느 것이나 다 다른 양자(兩者)를 저변(底邊)으로 한 정점을 이루었으니 그것들은 각기 독립한 면에서도 후세의 전범(典範)이 되었던 것이다."[1]라고 말한 것은 한용운에 대한 매우 적절한 평가이다. 한편 김우창은 횔덜린의 시 「빵과 포도주」의 한 구절을 빌어 한용운을 "궁핍한 시대의 시인"이라고 지칭하였는데,[2] 이는 한용운이 살다간 시대의 물질적 궁핍을 이야기한 것이 아니라 정신적이고 도덕적인 측면에서의 인간 삶과 세계의 불화를 지적한 것이다.

시인이며 혁명가며 승려로서 다양하고 역동적인 활동을 펼쳤던 한용운은 김우창의 지적처럼 자신의 신념과 현실 상황 사이의 불연속

---

1) 조지훈, 「한용운론」, 『조지훈전집』 3권, 나남출판사, 1996, p. 304.
2) 김우창, 『궁핍한 시대의 시인』, 민음사, 1977.

성으로 인하여 참으로 비극적인 방법으로 세계에 대응하였다. 국가의 기본 토대마저 존재하지 않는 시대에 개혁과 혁명이라는 것은 불가능했다. 다만 끝없는 투쟁과 쓰라린 실패만이 존재했을 터이다. 그러나 그는 포기하지 않았다. 때로는 조직을 만들어 정치적 항거를 도모하기도 하였으며 때로는 불교적 진리를 탐구함으로써 새 시대의 도래를 종교적 차원에서 예견하기도 하였으며 때로는 위기에 처한 민족어로 시를 지으며 민족정기를 문학적으로 승화하였다. 그의 전인적 삶은 불가능성의 시공에서 가능성을 읽어내는 세계관을 함양하였다. 이러한 인식 방법은 그가 깊이 탐색한 불교 철학 중에서도 중관론 및 유마적인 형이상학과 많은 관련성을 갖는다.[3] 또 이 두 가지 불교 사상은 변증법적이며 역설적인 세계관과도 일맥상통한다.

그동안 한용운 시에 대한 연구는 크게 다섯 가지 측면에서 이루어졌다. 첫째, 한용운 시에 나타난 님의 정체성을 밝히는 연구이다.[4] 둘째, 한용운 시와 불교적 세계관의 연관성을 밝히는 연구이다.[5] 셋

---

3) 이 점에 관해서는 김흥규의 논문이 주목할 만하다. 김흥규의 「님의 소재와 진정한 역사」(『문학과 역사적 인간』, 창작과비평사, 1980)는 "중관론(中觀論)적 역사 의식"과 "유마적(維摩的) 이념(理念)"이라는 관점에서 한용운의 시를 면밀히 검토하고 있다.

4) 조동일, 「김소월·이상화·한용운의 님」, 『문학과지성』, 문학과지성사, 1976. 여름.
윤재근, 「만해시의 '나'와 '님'」, 『월간문학』, 월간문학사, 1983. 2.
신상철, 「한국현대시에 나타난 님의 연구」, 동아대 대학원 박사학위 논문, 1983.
이병석, 「만해시에서의 '님'의 불교적 연구」, 동아대 대학원 박사학위 논문, 1996.

5) 최원규, 「만해 시의 불교적 영향」, 『현대시학』, 현대시학사, 1977. 8-11.
송재갑, 「만해의 불교사상과 시세계」, 동국대 대학원 석사학위논문, 1977.
김희철, 「한국현대시에 나타난 불교사상 연구」, 동국대 대학원 박사학위 논문, 1978.
임성조, 「만해시의 선해적 연구」, 연세대 대학원 박사학위 논문, 1995.
이선이, 『만해시의 생명사상 연구』, 월인, 2001.

째, 한용운 시의 상징, 역설, 은유 등 기법적 측면을 밝히는 연구이다.[6] 넷째, 한용운 시를 역사전기적 방법으로 분석한 연구이다.[7] 다섯째, 한용운이 지은 한시에 관한 연구이다.[8] 이상의 여러 연구물을 보면 알 수 있듯, 한용운의 시는 한국 현대시사에서 거론되는 다른 어떤 시인보다 다양하고 풍부하게 연구되었다. 또한 한용운의 시는 많은 독자를 지니고 있다. 연구와 감상을 아우르는 한용운 시에 대한 애정은 근본적으로 작품의 우수성에서 기인하는 현상이겠지만, 다른 한편으로는 한용운의 전기적 삶이 지닌 진정성 때문이기도 할 것이다.

본고는 위와 같은 연구 성과를 토대로 하여 한용운이 역설적(逆說的) 세계 인식 방법을 통하여 님의 실체를 확인해 나가서 님의 존재에 대한 대긍정에 도달하는 과정을 추적해 보고자 한다. 한용운 시의

---

6) 오세영, 「침묵하는 님의 역설」, 『국어국문학』 65-66 합본호, 국어국문학회, 1974. 12.
　김재홍, 「만해 상상력의 원리와 그 실체화 과정의 분석」, 『국어국문학』 67호, 국어국문학회, 1975. 4.
　박의상, 「만해시와 이상시의 아이러니 연구」, 인하대 대학원 석사학위 논문, 1985.
　오탁번, 「만해시의 어조와 의미」, 고려대 『사대논집』 13집, 1988.
　이혜원, 「한용운 김소월 시의 비유구조와 욕망의 존재방식」, 고려대 대학원 박사학위 논문, 1996.
7) 조지훈, 「한국의 민족시인 한용운」, 『사상계』, 사상계사, 1966. 1.
　염무웅, 「만해 한용운론」, 『창작과비평』, 창작과비평사, 1972. 겨울.
　김우창, 「궁핍한 시대의 시인」, 『문학사상』, 문학사상사, 1973. 1.
　김흥규, 「시인인가 혁명가인가」, 『문학사상』, 문학사상사, 1978. 8.
　정대호, 「한용운 시에 나타난 현실 대응의 논리」, 『국어국문학』 106호, 국어국문학회, 1991.
8) 박원길, 「한용운 한시 연구」, 전북대 대학원 석사학위 논문, 1988.
　김미선, 「한용운의 한시 연구」, 청주대 대학원 석사학위 논문, 1989.
　박정환, 「만해 한용운 한시 연구」, 충남대 대학원 박사학위 논문, 1991.
　최태호, 「만해·지훈의 한시 연구」, 한국외국어대 대학원 박사학위 논문, 1994.

역설에 대한 연구의 경우, 일반론적으로 행해진 바는 자주 있었으나 이 자체에 대한 심도 있는 논의는 많지 않다. 비교적 깊이 있는 논의를 펼친 이 분야 연구 중에서 전기한 오세영의 연구9)와 김재홍의『한용운문학연구』(일지사, 1982)의 일부분10)은 한용운 시의 역설을 간파한 바 있다.

현대시에서 역설이란 근본적으로 모순어법을 기반으로 삼고 있다. 그러나 모순이 모순으로 끝나지 않고 초월적 진리로 승화하는 것, 이것이 바로 역설의 본질이다. 일반적으로 역설은 표층적 역설과 심층적 역설로 나뉜다. 다시 심층적 역설은 존재론적 역설과 시적 역설로 나뉜다. 표층적 역설은 두 사물이나 현상 혹은 관념을 어딘가에서 모순되는 것처럼 보이게 하는 것이다. 표층적 역설은 사물과 관념들의 관계를 재정립시킴으로써 경이감을 준다. 이와 달리 심층적 역설은 그것이 지닌 모순의 의미를 일상적 논리로써는 충분히 설명할 수 없는 역설이다. 표면적인 진술과 그 심층에 내면화된 의미 사이에는 근본적으로 모순이 있다. 심층적 역설의 하나인 시적 역설은 표면적 진술과 그것이 암시하는 내적 의미 사이에 구조적 모순이 있는 경우이다. 시인은 표면적인 의미와 정반대의 의미로 이 세계를 형상화하면서 이 모순의 관계에서 야기되는 의미론적 긴장 속에서 시적 가치를 창조한다. 한편 존재론적 역설은 삶의 초월적 진리를 내포한 역설이다. 시인이 작품에서 존재론적 역설을 자주 사용하는 것은 현실적인 삶 속에 숨겨진 참된 이치를 시적 인식을 통하여 발견해내려는 의도

---

9) 오세영은 이 논문에서 만해시의 역설을 푸는 두 열쇠는 님과 침묵이라고 하였다. 그는 만해 시의 전체 내용은 침묵하는 님의 역설이라고 주장하였다.

10) 김재홍은 만해시의 역설을 내용적인 면에서 세 가지로 나누고 있다. 그것은 첫째, 정서적 역설, 둘째, 의지적 역설, 셋째, 관념적 역설이다.

에서 역설을 구사하기 때문이다.[11]

불교 사상이 깊이 배어 있는 한용운의 역설은 한용운의 님이 존재하는 방식이며 초월적 진리를 향한 구도의 방법이기도 하다. 역설의 원리를 통하여 그의 시는 인간과 우주에 대한 형이상학적인 통찰을 구가한다. 본고의 2장은 한용운이 지향한 님이 역설의 원리 속에서 어떻게 존재하느냐를 밝힐 것이고, 본고의 3장은 한용운이 님을 확인하여 세계 긍정에 도달하는 역설적 원리를 해명할 것이고, 본고의 4장은 가장 완전한 긍정에 이른 한용운의 시의식을 분석할 것이다. 이렇게 함으로써 한용운 시에서 가장 중요한 문학적 형상화 원리인 '역설적 세계관'을 총체적으로 이해해 보고자 한다.

2. 부재하는 존재로서의 님

『님의 침묵』은 무수히 많은 역설적 표현들로 가득 차 있다. 모순으로 가득 찬 이 세계에 처한 시인 한용운이 애타게 갈구하던 세계의 형상은 쉽게 체득될 수 없는 것이었지만 그 형상을 확인하려는 시인의 노력은 그치지 않는다. 그 노력은 세계의 악(惡)을 변증법적으로 인식하여 부정(不正)을 부정(否定)하여 긍정에 이르는 것이다. 그가 바라본 세계는 단절성과 연속성, 부재성과 존재성이라는 이중적 구조를 내포한다. 이는 곧 님과 자아의 관계에서도 그대로 적용되어 한

---

11) 이 단락에서 다룬 역설에 관한 설명은 다음과 같은 글을 인용하고 참조하였다.
　　오세영, 「침묵하는 님의 역설」, 『국어국문학』 65-66 합본호, 국어국문학회, 1974. 12.
　　오세영, 「역설」, 현대문학사 편, 『시론』, 현대문학사, 1989, pp. 188-197.
　　김준오, 『시론』, 삼지원, 1991, pp. 225-230.

용운이 세계와 관계 맺는 모습은 님과 나의 관계성으로 구체화한다.
이때 님은 존재로서 존재하는 것이 아니라 부재로서 존재한다. 부재
하는 존재로서의 님의 형상은 한용운이 인식한 세계의 가장 포괄적
이고 전면적인 형국이다.

> 당신의 소리는 沈默인가요.
> 당신이 노래를 부르지 아니하는 때에, 당신의 노래가락은 역력히 들립
> 니다그려.
> 당신의 소리는 沈默이여요.
>
> 당신의 얼골은 黑闇인가요.
> 내가 눈을 감은 때에, 당신의 얼골은 분명히 보입니다그려.
> 당신의 얼골은 黑闇이여요.
>
> 당신의 그림자는 光明인가요.
> 당신의 그림자는 달이 넘어간 뒤에, 어두운 창에 비칩니다그려.
> 당신의 그림자는 光明이여요.

—「反比例」 전문12)

임성조의 지적처럼 이 시는 상파상생의 구성력에 중관론의 실천적
관법을 병행시켜 놓고 있다.13) 한용운은 중관론적 인식을 통하여 세
속적인 고정 관념을 끝없이 파기하려 하였으며 불의와 모순의 현실
을 부정하려 하였다. 침묵과 어둠은 세속적인 측면에서 보면 부재의
방법일 테지만 시인은 부재의 형상성을 존재의 역설적 구조로 파악

---

12) 본고에 인용된 시는 최동호 편 『한용운시전집』(문학사상사, 1989)의 표기를 따랐
  다. 다만 '읍니다'를 '습니다'로 바꾸어 표기하였다.
13) 임성조, 「한용운 시의 선해적 연구」, 연세대 대학원 박사학위 논문, p. 90, 1995.

함으로써 침묵과 부재의 속뜻을 읽어낸다. 또한 한용운이 님을 침묵과 흑암으로 존재한다고 한 것은 님을 둘러싼 세계현실의 소리와 어둠이 그가 추구한 님이라는 존재의 형상보다 더욱 막막하고 어둡기 때문이다. 마침내 님은 언어마저 초월하여 존재한다. 부재로서 존재하는 님이기에 그러한 님을 지칭할 합당한 언어가 없다. 이는 나아가 언어의 부정을 의미한다.

불교는 언어도단(言語道斷)의 진리를 추구하는 종교이다. 색즉시공 공즉시색의 진리를 내포하고 있는 반야심경(般若心經)에서도 보이듯이 언어와 색을 초월한 곳에 공의 진리가 존재한다. 색은 곧 언어이며 공은 곧 언어를 초월한 진리이다. 진리를 언어로 말하지 않는다는 것 혹은 진리를 형상화하는 언어가 존재하지 않는다는 것은 역설의 원리를 떠나서는 생각할 수 없는 이치이다. 역설이야말로 불교적인 측면에서 이해할 수 있는 시학의 원리가 된다.[14] 한용운의 시에서 침묵은 가장 강력한 언어가 된다는 인식은 바로 이러한 불교적 세계관에서 비롯한다.

> 님이여 나를 책망하랴거든, 차라리 큰 소리로 말씀하야 주서요. 沈默으로 책망하지 말고, 沈默으로 책망하는 것은 아픈 마음을 얼음 바늘로 찌르는 것입니다.
>
> —「차라리」 부분

한용운에게 "침묵"은 "마음을 얼음 바늘로 찌르는 것"과 같은 매우

---

14) 平川彰・梶山 雄一・高崎直道 편,『中觀思想』, 윤종갑 역, 경서원, 1995, pp. 110-144.
　　平川彰・梶山 雄一・高崎直道 편,『대승불교개설』, 정승석 역, 김영사, 1999.
　　하인리히 두몰린,『禪과 깨달음』, 고려원, 1989, pp. 162-179.

강력한 목소리이다. 그러나 이것은 극복해야 하는 형상이기도 하다.
침묵은 강력한 실제적 비극이므로 화자에게 슬픔만을 가중시키기 때
문이다. "침묵"으로만 존재하는 님은 애타는 그리움의 님이며 캄캄한
어둠의 님이다. 현재로서는 침묵이 가장 강력한 목소리일지라도 미
래의 언젠가 그 침묵은 아름다운 목소리로 거듭나야 한다.

당신이 가신 뒤로 나는 당신을 잊을 수가 없습니다.
까닭은 당신을 위하나니보다 나를 위함이 많습니다.

나는 갈고 심을 땅이 없음으로 秋收가 없습니다.
저녁거리가 없어서 조나 감자를 꾸러 이웃집에 갔더니, 主人은 "거지
는 人格이 없다. 人格이 없는 사람은 生命이 없다. 너를 도와주는 것은
罪惡이다."고 말하얏습니다.
그 말을 듣고 돌어 나올 때에, 쏟아지는 눈물 속에서 당신을 보았습니다.

나는 집도 없고 다른 까닭을 겸하야 民籍이 없습니다.
"民籍 없는 者는 人權이 없다. 人權이 없는 너에게 무슨 貞操냐."하고
凌辱하랴는 將軍이 있었습니다.
그를 抗拒한 뒤에 남에게 대한 激憤이 스스로의 슬픔으로 화하는 刹那
에 당신을 보았습니다.
아아 왼갖 倫理, 道德, 法律은 칼과 黃金을 제사지내는 烟氣인 줄을 알
었습니다.
永遠의 사랑을 받을까, 人間歷史의 첫 페이지에 잉크칠을 할까, 술을
마실까 망서릴 때에 당신을 보았습니다.

　　　　　　　　　　　　　—「당신을 보았습니다」 전문

이 시에서 화자는 매우 비참한 처지에 처했을 때 님을 만난다.15)
그 님은 본래부터 화자의 마음속에 있었던 님이다. 이 시에서 말하는

것은 외부세계에는 부재하나 내면에 존재하는 님과의 만남이다. '一切唯心造'라는 불교 진리에서 가르치듯, 님은 마음먹기에 따라서 있기도 하고 없기도 하다. 김우창의 지적16)처럼 이 시의 주인공은 재산상의 인격도 법률상의 인격도 없는 사회의 천민(賤民)이다. 그런데 문제는 그가 이러한 천민의 삶을 살 수밖에 없었던 이유는 그 자신만의 문제에만 있는 것이 아니라는 점이다. 주권을 상실한 나라의 백성 치고 천민의 자격을 뛰어넘을 만한 사람은 국가와 민족의 이름을 더럽힌 매국노일 뿐이다. "내"가 바라는 것은 소박한 민중의 삶이다. 지금 최소한의 생존을 위한 조건마저 위협받고 있는 화자가 인격과 정조를 지키는 것은 쉬운 일이 아니다. 그러므로 장군은 그를 능욕하는 것이다. 그 장군에게 항거한 힘은 미약한 것일 뿐이어서 결국 그 격분은 스스로에 대한 울분으로 변하고 만다. 이 순간에 화자가 "당신"을 본다는 것은 당신의 필요성을 인식하는 것과 같다.

"당신"은 기쁨보다는 슬픔과 함께 하며 선보다는 악과 함께 하는 존재이다. "당신"은 악과 슬픔을 견디어 낼 수 있는 힘을 준다. 부정(不正)한 세상에서 "윤리, 도덕, 법률"이 권력과 돈의 원리에 지배당하며 존재할 때, "님"은 돈과 권력의 폭력 앞에서 절망하는 천민들의 마음 내부에 존재하여 그들이 그러한 폭압을 견디어 낼 수 있는 힘을 준다. "당신"은 "당신"이 없는 현실을 견디어야 할 화자의 마음 내부에 늘 존재하는 진리이며 철학이다. 세상에 님이 존재한다면 화자

---

15) 이점에서 "당신은 피폐해진 삶을 스스로 인정하지 못하게 하는 실존적 자존심이며 절대선의 원리적 존재이다. (중략) 한용운의 님은 언제나 부재를 통해서 또는 나의 가혹한 반성의 절차를 요구하면서 비로소 자기를 내보이고 증거한다."라는 고재석의 논의가 설득력을 준다. 고재석,『한국근대문학지성사』, 깊은샘, 1991, p. 180.
16) 김우창, 위의 저서, p. 132.

는 슬픔의 순간에 님을 만날 필요가 없다. "영원의 사랑"을 받는다는 것은 그러므로 님은 이 세상에 존재하지 않음으로써 화자 내부에 영원히 존재할 수도 있다는 뜻을 내포한다. 세상에 님이 없다는 인식이 그 인식자의 가슴속에 님을 아로새겨 놓았다.

3. 부재를 극복하는 역설적 인식

『님의 침묵』에 나오는 대부분의 시는 님이 부재로서 존재하는 현실에 대한 쓰라린 고백인 동시에 그 현실에 대한 강력한 부정(否定)이다. 『님의 침묵』에 대하여 님을 만나는 노래라기보다는 미래의 시간에 이루어질 님과의 만남을 현재에 확신하고 있는 노래라고 파악하는 것은 이 때문이다. 한용운은 님이 먼 훗날의 언젠가는 돌아오리라는 진리를 확신하고 님의 모습을 찾아갈 때 역설의 어조를 사용함으로써 더욱 역동적으로 님과 합일하여 가는 과정을 보여준다. 이때 역설은 인식의 방법이며 태도가 된다.

바람도 없는 공중에 垂直의 波紋을 내이며, 고요히 떨어지는 오동잎은 누구의 발자최입니까.

지리한 장마 끝에 서풍에 몰려가는 무서운 검은 구름의 터진 틈으로, 언뜻언뜻 보이는 푸른 하늘은 누구의 얼골입니까.

꽃도 없는 깊은 나무에 푸른 이끼를 거쳐서, 옛 塔 위의 고요한 하늘을 슬치는 알 수 없는 향기는 누구의 입김입니까.

근원을 알지도 못할 곳에서 나서, 돍부리를 울리고 가늘게 흐르는 적은 시내는 굽이굽이 누구의 노래입니까.

연꽃 같은 발꿈치로 갓이 없는 바다를 밟고, 옥 같은 손으로 끝없는 하늘을 만지면서, 떨어지는 날을 곱게 단장하는 저녁놀은 누구의 詩입니까.

　타고 남은 재가 다시 기름이 됩니다. 그칠 줄을 모르고 타는 나의 가슴은 누구의 밤을 지키는 약한 등불입니까.

—「알 수 없어요」 전문

　아는 것을 모른다고 하거나, 모르는 것을 안다고 하는 발화의 방법이야말로 역설적 태도를 형성하는 근간이다. 「알 수 없어요」의 화자는 그가 목도하고 있는 이 세계의 현상과 그것의 본질을 간파하고 있음에도 불구하고 그것을 "알 수 없어요"라는 언술을 통하여 역설적으로 표현하고 있다. 그가 이러한 발화 방법을 택하고 있는 것은 이 세계에 두루 존재하는 님의 모습을 더욱 명확히 알아내고자 하는 의지에서 비롯된다. 이 시의 각 행이 님의 형상을 여러 가지 사물로 치환하면서 님의 입체성을 입증하고자 하는 진술 방법을 선택한 것 역시 님에 대한 강렬한 인식 의지와 맞물린다.

　이 시는 호흡이 긴 여섯 개의 행으로 구성되어 있다. 6행에서 약간의 변주가 있긴 하지만 각 행의 형태상의 구조는 동일하다고 볼 수 있다. 즉 모든 행은 "무엇은 누구의 무엇입니까"라는 질문의 형식을 가지고 있는데 여기서 "누구"라는 것은 바로 이 시의 대상인 "님"이다. 1행에서 님의 "발자최"는 공중에서 떨어지는 오동잎으로 은유되고 있다. 즉 님은 님을 만나고 싶은 화자가 존재하는 수평적 세계를 구원할 수 있는 수직적 형상으로 현현한다. 이러한 님의 수직성은 2행에서 "하늘"에 관한 상상력을 가능하게 하는 구실을 한다. 2행에서 님의 얼굴은 검은 구름 사이로 보이는 "푸른 하늘"로 은유되고 있는데 검은 구름이 세계에 대한 인식 능력을 저하시키는 기능을 한다면 푸른 하늘은 세계를 더욱 명쾌하게 드러내 보여주는 님의 가능성을 상징한다. 3행에서 더욱 구체화된 님의 모습은 "옛 塔"이라는 우주적 시공을 넘나드는 초월적 형상을 획득한다. 4행과 5행에 나오는 "노래"와 "詩"는 님의 형상의 매우 은밀한 곳을 인식시키는 매개물이다. 님의 시와 노래에는 님의 정신이 깃들어 있기 때문에 화자는 그것을 통하여 비로소 님의 전모를 확인할 수 있게 된다. 발자취와 얼굴과 입김이 님의 외양을 상징하는 것이라면 노래와 시는 님의 내면을 상징하는 것이기 때문이다. 님의 외면과 내면을 다 파악한 화자는 6행에 이르러 님의 완전한 실체를 밝히는 광명이 되고 나아가서는 그 스스로가 님이 되는 존재의 우주적 전환을 이루게 된다. 이러할 때 "한용운 시의 주체는 님에 대한 욕망의 적극성과 기다림의 실천을 통해 님과 합일된 이상적인 자아에 도달하게 된다."[17]라는 견해도 가능해진다.

요컨대 화자는 "누구"가 무엇인지 속으로는 이미 다 알고 있었음에도 불구하고 겉으로는 그것을 전혀 모른다고 말함으로써 "누구"에 대한 복합적인 의식지향성을 가지게 된다. 이 시의 시의식이 님에 대한 인식 욕구에서 출발하여 님에 대한 합일 의지로 발전하는 것은 유기적으로 전개되고 있는 역설적 발화 방법에 힘입은 바 크다.

 남들은 自由를 사랑한다지마는, 나는 服從을 좋아하야요.
 自由를 모르는 것은 아니지만, 당신에게는 服從만 하고 싶어요.
 服從하고 싶은데 服從하는 것은 아름다운 自由보다도 달금합니다, 그것이 나의 幸福입니다.

 그러나 당신이 나더러 다른 사람을 服從하라면 그것만은 服從할 수가

17) 이혜원, 위의 논문, p. 76.

없습니다.

　　다른 사람을 服從하랴면, 당신에게 服從할 수가 없는 까닭입니다.

―「服從」 전문

　　김용직은 이 시의 역설적 구조 속에서 창작의 근대적 기법을 확인하고 있다. 그의 지적대로 이 시의 표면적인 진술은 바닥에 숨어 있는 의미 내용과 다르다.[18] 그러므로 이 시가 지향하는 것은 맹목적인 복종도 아니며 낭만적인 자유도 아니다. 시인에게 복종은 일종의 주체적 태도의 방법론이며 나아가 세계인식의 철학이다. “당신”으로 표현된 절대 진리의 세계에 복종한다는 것은 종교적인 귀의와도 같아서 그 귀의를 통하여 화자는 그 스스로 자존이며 자유가 된다. 즉 복종은 중생의 마음속에 본래 있었던 불심을 확인하는 과정이다. ‘一切衆生 悉有佛性’의 철학이 여기 있는 것이다. 화자는 “당신”에게만 복종함으로써 “당신”이 아닌 다른 모든 것들에게서는 독립을 보장받아 더욱 완전한 자유에 도달한다.

　　그러나 “당신”이라는 진리는 이 세계에 완전한 모습을 드러내면서 존재하지 않으며 그렇다고 완전히 모습을 감추어 버리지도 않았다. “당신”에게 복종하는 길은 당신의 모습을 알아 나가는 과정이며 당신의 모습을 이 세계에 현현하게 하는 인식 과정이라 하겠다. 화자의 노력과 인식 과정 여하에 따라서 님의 존재는 그 형상을 달리한다. 요컨대 “복종”은 투철한 세계 인식의 방법이다. 도도한 역사의 흐름 속에서 님이 지속적으로 존재할 수 있으리라는 확신은 님에 대한 행복한 복종을 가능케 하였다. 이 시집의 표제작인 「님의 침묵」은 더욱

---

18) 김용직, 「先驗과 徹底―한용운론」, 『한국현대시해석비판』, 시와시학사, 1993, p. 29.

고양된 역설적 인식을 통하여 님을 확신하고 세계 긍정의 경지에 이르는 작품이다.

님은 갔습니다. 아아 사랑하는 나의 님은 갔습니다.

푸른 산빛을 깨치고 단풍나무 숲을 향하야 난 적은 길을 걸어서 참어 떨치고 갔습니다.

黃金의 꽃같이 굳고 빛나던 옛 盟誓는 차디찬 티끌이 되야서, 한숨의 微風에 날어갔습니다.

날카로운 첫 "키쓰"의 追憶은 나의, 運命의 指針을 돌려 놓고, 뒤걸음 쳐서, 사러졌습니다.

나는 향기로운 님의 말소리에 귀먹고, 꽃다운 님의 얼골에 눈 멀었습니다.

사랑도 사람의 일이라, 만날 때에 미리 떠날 것을 염려하고 경계하지 아니한 것은 아니지만, 이별은 뜻밖의 일이 되고 놀란 가슴은 새로운 슬픔에 터집니다.

그러나 이별을 쓸데없는 눈물의 源泉을 만들고 마는 것은 스스로 사랑을 깨치는 것인 줄 아는 까닭에, 걷잡을 수 없는 슬픔의 힘을 옮겨서 새 希望의 정수박이에 들어부었습니다.

우리는 만날 때에 떠날 것을 염려하는 것과 같이, 떠날 때에 다시 만날 것을 믿습니다.

아아 님은 갔지마는 나는 님을 보내지 아니 하았습니다.

제 곡조를 못 이기는 사랑의 노래는 님의 沈默을 휩싸고 돕니다.

—「님의 沈默」 전문

이 시는 한용운의 유일한 작품집의 표제시이다. 최근까지도 한용운 시의 님을 조국으로 보는 견해가 강하다.[19] 한편 한용운 시의 님

---

19) 최근에 발표된 김선학의 「시인 한용운론」(『우리말글』 24집, 우리말글학회, 2002. 4)

을 "근원적인 생명본성"이라고 보는 주장이 새로이 대두되고 있다.[20] 그러나 님을 어떤 식으로 보든 간에 이 시에 나타난 역설에는 이견이 없다. 이 시 역시 님을 역설적으로 인식한다. "아아"라는 감탄사로 시작하여 점점 더 강화되어 가는 님 부재의 상황은 이별의 절망감을 고조시킨다. 님은 자발적으로 떠났다. 그는 "푸른 산빛"이 상징하는 생성의 공간을 거역하고 오히려 그 반대의 장소인 "단풍나무 숲"으로 향한다.

"盟誓"는 영원히 피어 있을 상주불멸(常住不滅)의 꽃이 되지 못한 채 "미풍"에 날리는 "티끌"이 된다. "첫 키쓰"로 구체화된 님과의 짧았던 만남은 화자에게 매우 중요한 의미를 주는 사건이었다. 만남의 시간이 짧음으로 인하여 님은 더욱 의미 있는 존재로 화자의 뇌리에 각인된다. 화자는 님으로 인하여 귀먹고 눈이 멀게 된다. 이러한 육체의 무감각화를 통하여 화자는 더욱 큰 정신의 감각을 재생시킨다. 슬픔이 새로울 수 있는 것은 그 슬픔 속에 이미 슬픔을 극복할 수 있는 가능성이 들어 있기 때문이다. "새로운 슬픔"을 품고 있는 화자는 이미 회자정리(會者定離), 거자필반(去者必反)의 진리를 어느 정도 터득하였다. 그러므로 그는 "슬픔의 힘"을 "希望의 정수박이"에 들이붓는 희망적 어조를 지닌다.

> 이별은 美의 創造입니다.
> 이별은 美의 아츰의 바탕(質) 없는 黃金과, 밤의 올(糸) 없는 검은 비단과, 죽음 없는 永遠의 生命과, 시들지 않는 하늘의 푸른 꽃에도 없습니다.

역시 한용운의 님을 강탈당한 조국으로 국한시키고 있다.
20) 이선이, 『만해시의 생명사상연구』, 월인, 2001, p. 70.

님이여, 이별이 아니면, 나는 눈물에서 죽었다가 웃음에서 다시 살아
날 수가 없습니다. 오오 이별이여.
美는 이별의 創造입니다.

—「이별은 美의 創造」 전문

한용운에게 이별은 만남의 다른 이름이다. 왜냐하면 이별을 통하
여 만남의 전제가 생기기 때문이다. 님은 이별로서 존재하며 이별이
곧 님과의 만남이다. 님과의 만남은 님의 부재로서만 확신될 수 있
다. 님의 침묵과 님과 이별한 상황은 님과의 합일을 향한 자아의 소
망을 강화한다. 한용운의 님을, 과거에 있었고 현재에 없으며 미래에
있을 존재라고 규정하는 일각의 주장은 단순한 일반론이다. 오히려
한용운의 님은 현재에도 있다. 그러나 그 현재적 있음은 없음으로써
있음을 증거하여 더욱 지고지순하고 강렬한 울림을 준다. 이것은 색
즉시공(色卽是空) 공즉시색(空卽是色)의 이치를 궁극적으로 말한 반
야경의 진리나 "세속의 세계에서 이루어지는 사람의 행위와 노작(勞
作), 즉 역사적 삶을 긍정하는 태도를 견지하고 소극주의적 수행의
방법을 비판함으로써 불교의 진리가 공적·허무에의 머무름에 있지
않음을 설파"[21]한 유마경의 세계와 통한다.

요컨대 님에 대한 역설적 확신은 님을 현존케 하는 가장 큰 가능
성이다. 님의 존재는 과학적 차원이 아니라 신념의 차원이다. 이는
"불은 신앙자의 상상(想像)에 떠 있는 환영에 불과한 것이다. 이러한
문제는 많은 사람의 입신(入信) 시기에 제출되는 문제다. 그러나 여
래(如來)의 존재 문제는 역사적 또는 신앙적으로만 논의할 수 있는

---

21) 김흥규, 위의 글, p. 26.

것이요, 천박한 관념적 비판으로 긍정 혹은 부정할 바 아니며, 상식적 학문으로도 판단하기 곤란한 것이다."22)라는 한용운의 말에서도 알 수 있듯 불교의 일반적 교리와도 통한다.

4. 완전한 긍정과 님의 찬송

한용운 시에는 세계에 대한 완전한 긍정의 태도를 보이는 작품이 별로 없다. 그럼에도 불구하고 드물게나마 이러한 태도가 돋보이는 시가 나타나는 것은 한용운이 근본적으로 지향한 변증법적 역설 때문이다. 한용운은 역설적 세계 인식을 통하여 님에 대한 절대 긍정에 도달하게 된다. 이때 님을 부르는 화자의 목소리는 더욱 간절하고 긍정적이며 낭만적이다. 님에 대한 완전한 긍정에 이르러 한용운 시의 어조는 더욱 경쾌한 리듬을 타고 있다.23) 그 리듬은 님에 대한 축복을 고양시키는 데에 기능한다. 그 축복은 님에 대하여 찬송하는 신앙심을 극대화한다.

> 네 네 가요, 지금 곧 가요.
> 에그 등불을 켜랴다가 초를 거꾸로 꽂었습니다그려. 저를 어쩌나, 저 사람들이 숭보것네.
> 님이여, 나는 이렇게 바쁩니다. 님은 나를 게으르다고 꾸짖습니다. 에그 저것 좀 보아, "바쁜 것이 게으른 것이다." 하시네.

---

22) 한용운, 「신앙에 대하여」, 『한용운 전집』 2권, 신구문화사, 1973, p. 302.

23) 한용운 시의 어조에 관하여 오탁번은 위의 논문(p. 7)에서 "說法의 말투와도 같고 하소연 같기도 한 悠長한 어조가 시집 전체에 일관되게 흐르고 있는 것이야말로 단순한 形式의 성질을 떠나서 시가 담고 있는 시적인 의미를 뚜렷하게 지시하고 있다."고 하였다.

내가 님의 꾸지럼을 듣기로 무엇이 싫겠습니까. 다만 님의 거문고 줄
이 緩急을 잃을까 저퍼합니다.

님이여, 하늘도 없는 바다를 거쳐서, 느름나무 그늘을 지어버리는 것
은 달빛이 아니라 새는 빛입니다.
홰를 탄 닭은 날개를 움직입니다.
마구에 매인 말은 굽을 칩니다.
네 네 가요, 이제 곳 가요.

—「사랑의 끝판」 전문

이 시에서 화자가 활기찬 어조를 작품 전면에 내세우면서 나아가
고자 하는 곳은 새로운 삶이 열리는 지평이다. 이곳으로 가고자 하는
화자의 낙천적 어조는 그러한 세계가 멀지 않은 곳에 있다는 확신으
로 인한 것이다. 화자는 님의 꾸짖음을 교훈 삼아서 그곳으로 향하는
발걸음을 더욱 재촉한다. 그곳으로 가는 과정에서 초를 거꾸로 꽂는
실수가 있을지라도 아랑곳하지 않을 것이다. 그곳은 사소한 실수를
포용할 수 있는 화합의 지평이기 때문이다. 지금 날은 새고 있다. 느
름나무의 그늘은 달빛으로 인하여 생겨나는 것이 아니라, 새벽녘 동
터오는 빛에 의하여 생겨난다. 여기서 보이는 새 빛에 대한 강렬한
지향성은 다음 시에서 더욱 구체화한다.

님이여, 당신은 百番이나 鍛鍊한 金결입니다.
뽕나무 뿌리가 珊瑚가 되도록 天國의 사랑을 받읍소서.
님이여, 사랑이여, 아츰 볕의 첫걸음이여.

님이여, 당신은 義가 무거웁고, 黃金이 가벼운 것을 잘 아십니다.
거지의 거친 밭에 福의 씨를 뿌리옵소서

님이여, 사랑이여, 옛 梧桐의 숨은 소리여.

님이여, 당신은 봄과 光明과 平和를 좋아하십니다.
弱子의 가슴에 눈물을 뿌리는 慈悲의 菩薩이 되옵소서.
님이여, 사랑이여, 얼음바다의 봄바람이여.

—「찬송」 전문

이 시는 한용운의 시 중에서 가장 긍정적인 세계관을 보여주는 작품이다. 이 시에서 시인은 역설의 방법으로 님을 찬송하고 있다기보다는 그러한 역설의 진리마저 초월한 자리에서 님에 대한 무한한 찬송을 보내고 있다. 김우창이 이 시를 언급하면서 "韓龍雲의 不在意識의 강도에서 이러한 빛과 사랑과 평화에 대한 열망은 그 다른 면을 이루는 것이다."[24]라고 한 것도 이와 같은 맥락에서일 것이다. 한용운은 선(善)이 부재하는 현실을 완전히 초월하지도 않고 또한 그러한 세상을 완전히 부정하지도 않은 채, 선은 오히려 악(惡)의 세계 속에서 되찾아야 함을 삶과 문학으로써 실천적으로 역설(力說)하여 서서히 역사 긍정의 경지에 도달하게 된다. 그는 『조선불교의 진로』[25]에서 다음과 같이 말하고 있다.

불교가 출세간(出世間)의 도가 아닌 것은 아니나, 세간(世間)을 버리고 세간에 나는 것이 아니라 세간에 들어서 세간에 나는 것이니, 비유컨대 연(蓮)이 비습오니(卑濕汚泥)에 나되 비습오니에 물들지 아니하는 것과 같은 것이다. 그러므로 불교는 염세적(厭世的)으로 고립독행(孤立獨行)

---

24) 김우창, 위의 저서, p. 143.
25) 한용운, 「朝鮮佛敎의 改革案」, 『조선 불교의 진로』, 『한용운 전집』 2권, 신구문화사, p. 167.

하는 것이 아니오, 구세적(救世的)으로 입니입수(入泥入水)하는 것이다.

이 구절은 한용운이 주장한 불교 개혁의 핵심적인 내용을 담고 있다. 이것을 응용하여 표현한다면 한용운이 추구한 진리는 세상의 현실적 문제를 외면하지 않으면서도 동시에 탈속적 경지에 닿아 있는 진리이다. 결국 정의와 도덕이란, 세상에 위치하면서도 세상을 버리고, 또한 세상을 버리면서도 세상을 구원하는 것이라고 한용운은 생각하였던 셈이다. 그가 불교의 승려 자격으로 독립운동가의 삶을 살 수 있었던 것도 이러한 철학에서 기인하였다. 한용운이 마침내 세계에 대한 절대 긍정에 도달한 것 역시 세계에 대한 절대 부정의 과정이 먼저 있었기 때문이다. 한용운에게 부정과 긍정은 늘 결합되어 있다. 그러므로 그의 시에 드물게 나타나는 이러한 긍정의 시정신은 아직 님의 현현을 실제적으로 완성시키지 못한 시대에 대한 부정의 역설이다.

한용운은 그 자신이 스스로 세속의 치욕스러운 현실에서 도피하지 않은 채 그 안에서 추한 현실에 물들지 않은 진리를 궁구하였다. 여기서의 진리란 종교적인 도의 세계일 수도 있으며, 섬세하고 은밀한 애인간의 사랑일 수도 있고, 민족 비극을 극복하는 해방의 시간일 수도 있다. 이러한 고귀한 존재들은 승려·혁명가·시인이라는 그의 통합적 삶의 지평이 고통스러운 삶을 견디며 피워 올린 미륵의 현신이다. 미륵이 미래의 부처님으로서 그 부재가 그 존재를 더욱 가치 있게 입증하는 진리의 화신이라는 점을 살필 때, 한용운의 총체적 삶 역시 그러한 측면을 지닌다고 판단된다.

5. 결론

한용운이 "여러분이 나의 詩를 읽을 때에, 나를 슬퍼하고 스스로 슬퍼할 줄을 압니다./나는 나의 詩를 讀者의 子孫에게까지 읽히고 싶은 마음은 없습니다."[26]라고 말하면서 자손의 삶을 염려한 것은『님의 침묵』이 담고 있는 '부재의 현실'을 스스로 인정했기 때문이다. 그는 이 시집이 형상화하는 바가 후세에 이르러 의미 없는 것이 되어주길 바랐다. 그러나『님의 침묵』이 님의 부재에 더 가까이 닿아 있다고 하더라도 중요한 것은 그 부재를 극복하여 새로운 각성에 도달하려는 의식 투쟁의 과정이다. 이 과정의 치열성을 이해할 때, 한용운이 "식민지 체제에 매몰된 순응주의를 단호히 비판"[27]하였다는 주장이 나올 수 있다.

본고는 본론을 2장, 3장, 4장으로 나누어 한용운 시에 나타난 역설적 세계관을 고찰해 보았다. 한용운의 님은 역설적 원리를 통하지 않고서는 이해할 수 없는 존재이다. 한용운의 님은 부재로서 존재하며, 그 부재의 역설적 원리를 이해할 때, 님은 변증법적으로 현현한다. 마침내 그의 님은 이 세계의 근원적 진리로서의 역설적 세계관 그 자체가 된다. 그는 그러한 진리를 님으로 신봉하였으며 그 진리가 님으로서 현세에 나타나기를 희망했다. 한용운은 절망과 부정으로 가득 찬 세상에 처하여 역설의 세계관을 구가하며 시인과 혁명가와 승려로서의 전인적 삶을 보여주었다. 그가 "植民地 초기 최대의 시인"[28]이며, "3·1 운동이 낳은 최대의 시민시인"[29]이라는 평가를 받는

---

26) 한용운, 「독자에게」, 위의 전집, p. 130.

27) 염무웅, 「한용운론」, 박철희 편, 『한용운』, 서강대학교출판부, 1997, p. 37.

28) 김현·김윤식, 『한국문학사』, 민음사, 1973, p. 151.

것 또한 이와 같은 전인적 삶에 대한 온당한 평가라고 여겨진다.

한용운이 추구한 역설의 사유 구조는 불교 교리와도 많은 상관성을 지니고 있었다. 그가 오랜 세월 동안 닦아온 불가적 진리를 바탕으로 이와 같은 사유의 깊이를 체득한 것은 당연하다. 이 속에는 일체유심조, 일체중생실유불성, 색즉시공 공즉시색 등의 진리가 있다. 거짓된 나(假我)를 버리고 진실한 나(眞我)를 찾아가는 수행자의 구도 과정이 『님의 침묵』에 내포된 것 또한 사실이지만, 그렇다고 해서 그가 지향한 님은 "불교 존재론의 추구"[30]로서만 국한시킬 필요는 없을 것 같다. 한용운은 훗날 자신의 시가 "늦은 봄의 마른 국화 향기" 같은 철지난 희망의 노래가 되어 줄 것을 바랐다. 그러나 조국 해방 이후 60년이 지난 오늘에도, 한용운이 갈망한 희망의 지평은 온전히 이 세상에 도래하지 않은 듯하다.

---

29) 백낙청, 『민족문학과 세계문학』, 창작과비평사, 1979, p. 49.
30) 오세영은 위의 논문(p. 283)에서 "萬海 시는 現實的 意味를 지닌 祖國에 관한 시가 아니라 佛敎 存在論의 探究에 있는 것"이라고 하였다.

정지용 시의 문명 인식

1. 서론

정지용은 1930년대의 대표적인 시인으로 알려져 있지만 그가 본격적으로 작품 활동을 시작한 것은 1926년 6월경이다. 그는 이 무렵『학조』창간호에 10편의 시를 발표하였다. 이때 발표한 시가「카뻬·뜨란스」,「슬픈 인상화」,「파충류동물」,「지는해」,「병」,「띄」,「딸레와 아주머니」,「삼월삼짓날」,「홍시」,「딸레」와 같은 작품들이다. 앞의 3편이 서구의 감각적인 이미지즘을 표방하는 주지주의 경향이라면 뒤의 7편은 민요와 시조의 소재와 율격을 지닌 전통 지향적인 경향이었다. 특히 이 7편의 시는 모더니즘적인 시작 방법론과는 상관없는 작품이며 또한 동시(童詩)로 분류할 수도 있는 것들이다. 그동안 앞의 세 작품들에 과도한 의미를 부여함으로써 정지용의 시적 출발을 모더니즘적 세계로 파악하는 경우가 많았다. 그러나 등단 작품들을 포함한 초기 시 세계를 살펴보면 정지용 시의 근간은 원형적 세계와 전통에 더 닿아 있는 것으로 판단된다.

1902년에 출생하여 1950년에 불행하게 작고한 정지용의 삶[1]은 전근대와 근대 사이에 가로 놓여 있었다. 그는 농경 사회적 터전에서 유소년기를 보내다가 청년이 된 뒤 경성과 동경 생활을 하면서 국권 상실의 시대에 근대화의 발단을 체험하였다. 그가 도시 공간에서 생활하면서부터 문제시했던 것은 근대적 삶 자체가 아니라 그러한 근대가 전근대적 삶과 교접하였을 때의 충돌이었다. 그가 초기에는 원형적 공간과 그 공간의 훼손을, 중기에는 근대적 체험과 종교적 세계를 형상화하다가, 후기에 와서 자연시를 쓸 수 있었던 것은 이러한 삶의 특수성에 기대는 바 크다.[2] 그동안 정지용의 시는 매우 다각적인 방법으로 연구되었으나 그의 시를 바라보는 시각은 연구자들의 취향에 따른 편협성을 지니면서 모더니즘시 혹은 자연시라는 이분법적 사고의 틀을 형성하기도 하였다. 그러나 모더니즘이란 방법, 정신, 소재 등 다양한 맥락에서 이해해야 하는 문제일진대 다만 정지용의 시를 모더니즘이냐 전통이냐 하는 말로 구획하는 것은 연구자의 문학관을 정지용에 기대어 피력하고자 하는 의도를 지닌 것처럼 보였다. 이러한 이분법적 논의는 정지용 시의 역동적 구조와 시 세계 변모의 내적 동인을 밝히는 일에 미흡했음은 물론이다.[3]

본고는 『백록담』 이후의 시가 앞 시기의 시 세계의 '퇴보'냐 아니면

---

1) 정지용의 죽음에 대해서는 의견이 분분하나 최근 남북한 자손들의 상봉에 의해서 그가 6·25동란 발발 직후 사망했다는 설이 설득력을 지니게 되었다.

2) 본고의 견해와는 달리 김용직은 그의 저서 『한국현대시 비판』(시와시학사, 1993)에서 정지용 시의 전개를 '초기의 모더니즘시, 중기의 신앙시, 후기의 자연시'라는 도식으로 설명하고 있다. 이렇게 본다면 동시를 포함하여 원형적 공간을 형상화한 정지용의 초기시들이 놓일 곳이 없어진다.

3) 이에 비해 정지용의 시를 '바다의 시, 산의 시, 도회의 시, 향촌의 시, 신앙의 시'로 나눈 오탁번의 정지용 연구(『현대문학산고』, 고려대학교 출판부, 1976)는 도식화의 위험에서 벗어나고 있다.

'발전'이냐로 보는 가치 평가적 입장에서 한 발 물러나 이러한 세계로 도달할 수밖에 없었던 이유를 그의 문명 인식 방법을 중심으로 규명하고자 한다. 문명(civilization)이란 엥겔스가 『가족 사유재산 및 국가의 기원』에서 설명하였듯이 '야만'이나 '미개'에 대비하여 인간 역사 발전 형태의 하나를 지칭하는 말로 쓰이는 경우가 많다. (그러나 이 개념 역시 상대적이어서 '고대 문명·중세 문명·근대 문명' 등의 하의어가 나타나는 것이다.) 이에 비해 토인비는 '종교의 진화·예술 양식의 개발·대발견' 등의 사회적 변화에 근거를 두고, 고립되고 이질적인 시공간에서의 각 문명을 설명하였다. 한편 문명 발전은 인간 삶의 외부적인 환경으로서의 자연을 개발하는 과정과 연결되는 측면도 간과할 수 없다. 본고는 "문명이란 인류가 이룩한 사회적이고 물질적인 발전의 상태이며, 자연 그대로의 원시 상태에 비하여 개화되고 세련된 삶의 양식"이라는 보편적이고 사전적인 의미를 존중하면서 근대적 환경 변화에 수반된 갖가지 물질적이고 정신적인 토대 형성을 문명의 총체적 국면으로 인정하고자 한다.

자연관 혹은 자연 인식 방법을 중심으로 한 정지용 연구는 매우 풍부하게 이루어진 바 있다. 정지용 시에 나타난 자연은 주로 동양적인 세계를 형상화하는 데에 기여하는 자연이었다는 점에서 이러한 연구는 정지용 시의 전통성을 입증하는 쪽으로 진행되어 왔다. 이에 비하여 정지용 시를 문명관 혹은 문명 인식 방법을 중심으로 연구한 논문은 매우 드문 상황이다. 정지용 시의 문명 인식을 연구함으로써 정지용 시의 숨겨진 면모가 드러날 수 있을 것이다. 그렇다고 정지용 시에 나타난 자연과 문명의 형상이 서로를 배제하는 형국만을 보이는 것은 아니다. 이들은 서로를 정의 내리고 서로를 함의하기 때문에 정지용 시에서의 자연과 문명은 매우 밀접한 관계성을 지니고 있다. 그의 문명 인식 방법을 이해하는 일은 그의 자연 인식 방법을 이해하는 일과 상통한다. 본고의 논의는 원형적 공간, 도시적 공간, 초월적 공간으로 이어지는 정지용 시의 역동적 구조를 해명하는 실마리를 제공할 것이다.

2. 신문명 체험과 고향 상실감

정지용은 등단 초기부터 근대 문명에 대한 관심을 보였다. 그러나 근대 문명의 세속성은 그가 간직해 온 화해로운 삶의 방식을 화석화시켰다. 여기서 '세속성'이란 성스러운 원형성을 훼손시켜서 그러한 원형적 공간이 갖는 가치를 무화시키려 하는 성질을 뜻한다. 근대 문명은 시인이 소중하게 간직해 온 원형적 체험을 훼손시켜서 원형적 공간의 붕괴를 예감하게 만드는 구실을 하였다. 문명의 황막함을 견디기 위해서 자아는 모성으로 가득 찬 넓은 대지나 개방적인 집의 공간과는 다른 축소되고 은폐된 공간으로의 도피를 시도하게 되고 그러한 밀실에서 그는 모성의 원형성과 자연의 신성성을 완전히 상실할지도 모른다는 공포를 느끼게 된다. "한길로만 오시다/한고개 넘어 우리집/앞으로 오시지는 말고/뒤ㅅ동산 새이ㅅ길로 오십쇼/늦인 봄날 복사꽃 연분홍 이슬비가 나리시거든/뒤ㅅ동산 새이ㅅ길로 오십쇼"라며 자연에 동화하는 집의 개방성을 노래했던 시인은 이와는 다른 어조로 다음과 같이 고향의 변질과 상실에 대한 안타까움을 토로하게 된 것은 이 때문이다.

집 써나가 배운 노래를
집 차저 오는 밤
논ㅅ둑 길에서 불럿노라.

나가서도 고달피고
돌아와 서도 고달폇노라.
열네살부터 나가서 고달폇노라.

나가서 어더온 이야기를
닭이 울도락,
아버지께 닐으노니—

기름ㅅ불은 쌈박이며 듯고,
어머니는 눈에 눈물을 고이신대로 듯고
니치대든 어린 누이 안긴데로 잠들며 듯고
우ㅅ방 문설쭈에는 그사람이 서서 듯고,

큰 독 안에 실닌 슬픈 물 가치
속살대는 이 시고을 밤은
차저 온 동네ㅅ사람들 처럼 도라서서 듯고,

—그러나 이것은 모도 다
그 녜전부터 엇던 시연찬은 사람들이
싯닛지 못하고 그대로 간 니야기어니

이 집 문ㅅ고리나, 집붕이나,
늙으신 아버지의 착하디 착한 수염이나,
활처럼 휘여다 부친 밤한울이나,

이것이 모도다

그 녜전 부터 전하는 니야기 구절 일러라.

—「녯니약이 구절」 전문

화자는 "돌아와 서"의 삶이나 "나가서"의 삶이나 고달프기는 마찬가지라고 말한다. 화자가 고향집으로 돌아오는 밤의 길 위에서 타향에서 배운 노래를 부르는 것은 그가 유년 공간에서 익혔던 노래를 잊어가고 있었기 때문이다. 지금 화자가 귀향의 길에서 부르는 노래는 세속적 번뇌가 가득 찬 우울한 노래이다. 이 길 위에 선 그가 "집 써나가 배운 노래"를 부르며 우울한 심리 상태를 나타내는 것은 고향의 원래적 의미를 찾을 수 없는 현실 상황에 대한 무의식적 반발이다. "나가서도 고달피고/돌아와 서도 고달폈노라."라고 말하는 데서 고향이 이제 그 본래적인 기능을 수행할 수 없는 곳이 되어 버렸다는 점을 알게 된다. 여기서 매우 중요하게 짚고 넘어가야 할 점은 지금 화자가 가족과 마을 사람들에게 들려주고 있는 이야기가 "그 녜전 부터 엇던 시연찬은 사람들이/잊닛지 못하고 그대로 간 니야기"라는 사실이다. 즉 이곳에는 늘 비슷한 이야기와 비슷한 삶의 모습이 있어 왔음으로 인하여 화자는 이 고향에서 여전히 고달픈 것이다. 시인이 바라는 안식처로서의 고향은, 정체된 고향의 모습과는 구분된다. 그러므로 현실의 고향은 "나가서"의 삶에 지쳐서 귀향한 화자를 위로하지 못한다.

고향에 고향에 돌아와도
그리던 고향이 아니러뇨.

산꿩이 알을 품고

뻐꾹이 제철에 울건만,

마음은 제고향 진히지 않고
머언 港口로 떠도는 구름.

오늘도 메끝에 홀로 오르니
힌점 꽃이 인정스레 웃고,

어린 시절에 불던 풀피리 소리 아니나고
메마른 입술에 쓰디 쓰다.

고향에 고향에 돌아와도
그리던 고향은 아니러뇨.

—「고향」 전문

「향수」가 고향의 화해로웠던 모습을 재현하는 데에 초점을 둔 작품이라면 「고향」은 낯선 고향과 마주한 화자의 쓸쓸한 심정을 형상화하는 작품이다. 현재의 고향은 화자에게 상실감만을 부추긴다. 이러한 상실감은 고향의 원형성이 사라지고 없어서가 아니라 고향의 정체성에 대한 화자 자신의 갈등으로 인한 것이다. 즉 화자는 새로운 근대 문명을 받아들여서 적극적으로 발전하지도 못하는 고향 혹은 고향의 원형성을 충만하게 유지하지 못한 채 어중간하게 존재하는 고향의 모습에 의해서 소외되는 것이다. 아직도 이곳에는 "산꽁이"와 "뻐꾹이"가 여전히 제철에 울고 "메 끝에 홀로" 올랐을 때 "힌점 꽃"은 웃고 있다. 그러나 이러한 자연의 형상은 고향의 원형성을 재구하는 부분성일 따름이어서 화자가 소망하는 고향의 모습을 만들어내는 데 크게 기여하지 못한다. 오히려 "산꽁이", "뻐꾹이", "힌점 꽃"은 현재까지 남아 있음을 통하여 화자의 상실감을 부추긴다.

화자는 이 시의 종결부에 이르기까지 고향 상실감의 원인을 구체적으로 밝혀놓지는 않는다. 다만 "그리던 고향은 아니러뇨"라는 구절만을 두 번 반복함으로써 단절 의식을 강조하여 나타낼 뿐이다. 즉 이 시에 나타난 상실감은 고향에 대한 구체적인 관찰과 명확한 인식을 통하여 이루어졌다기보다는 귀향 이전에 체험한 근대적 공간에 대한 고달픔으로 인한 것이라 할 수 있겠다. 고향이 새롭게 변하기 전에, 이미 전근대적인 고향의 모습을 받아들일 수 없을 정도로 화자의 태도가 먼저 변하였던 것이다. 정지용은 고달픈 도시 생활을 경험한 이후 그 고달픔에 대하여 위로 받을 수 있는 공간으로서의 고향을 희구하였으나 성인이 되어 찾아간 그의 고향은 그러한 안식처가 되어줄 수 없었다.

화해로운 고향의 기억을 간직한 정지용은 도시 공간에 잘 적응하지 못했다. 정지용은 그가 경험한 근대가 전근대적 삶과 조화하기를 바라였으나 마침내 그의 근대는 전근대적 세계와 결별하기에 이른다. 그가 「카페·프란스」에서 형상화한 근대인의 우울한 몽상과 도피 심리는 이러한 세계 인식에서 기인한다. 「카페·프란스」의 공간은 새로운 문명이 창출한 이국적 세계이다. 고향과 농촌을 그리워한 시인이 이러한 공간으로의 도피를 시도한 것은 원형 훼손에 대한 반발 심리로 인한 것이다. 여기 보이는 우울한 퇴폐성은 근대 문명에 대한 적극성의 부족이다. 그가 "나는 나라도 집도 없단다"라고 한 것은 자신의 안식처로서의 조국과 고향이 훼손되는 상황에 대한 실존적 자각이다. 근대 문명의 세속성의 침투로 인한 원형적 공간의 상실은 궁극에는 시인 자신의 존재 의의를 부정하게 하여 스스로를 유폐적 공

간으로 내몰게 한다. 시인은 자신이 귀한 신분을 타고난 것도 아니면
서도 남달리 손이 흴 정도로 문약하기 이를 데 없기 때문에 부정적
현실을 타개할 수 있는 실천적 의지를 지니지 못하였다는 점을 부끄
러워한다. 그리하여 시인은 대리석의 차가움에 의탁한 우울한 심사
로 인하여 "異國種강아지"에게 발을 빨라고 말한다. 이는 근대 문명
의 세속성을 극복하여 원형적 공간으로 회귀하고 싶은 강렬한 자의
식의 발현이며 또한 이 회귀가 쉽지 않은 현실에 대한 자각이다. 「카
페 · 프란스」가 폐쇄된 공간 안에서의 문명의 세속성 인식을 형상화
한 작품이라면, 「幌馬車」는 열린 공간에서의 방황을 통한 고단한 문
명 체험을 형상화하는 작품이다. 「幌馬車」와 같은 시들에 나타나는
수평적으로 열린 공간은 낯선 문명을 더욱 직접적으로 체험해야 하
는 불안한 공간이다.

　이따끔 지나가는 늦인 電車가 끼이익 돌아나가는 소리에 내 조고만魂
이 놀란 듯이 파다거리나이다. 가고 싶어 따듯한 화로갈을 찾어가고싶
어. 좋아하는 코-란經을 읽으면서 南京콩이나 까먹고 싶어, 그러나 나
는 찾어 돌아갈데가 있을나구요?

　네거리 모통이에 씩 씩 뽑아 올라간 붉은 벽돌집 塔에서는 거만스런
XII時가 壁時計에게 위엄있는 손까락을 치여 들었소. 이제야 내 목아가
지가 쭐 삣 떨어질듯도 하구료. 솔닢새 같은 모양새를 하고 걸어가는 나
를 높다란데서 굽어 보는것은 아주 재미 있을게지요. 마음 놓고 술 술
소변이라도 볼까요. 헬멭 쓴 夜警巡査가 왜일림처럼 쫒아오겠지요!

―「幌馬車」 부분

"마악 돌아 나가는 곳은 時計집 모롱이"라는 공간성에 주목해야겠

다. 이 시의 공간은 수평적으로 팽창되어 있는 곳이어서 개방 공간에 대한 공포 심리인 '광장공포증(agoraphobia)'을 불러일으킨다.[4] 그가 맞이하는 불안한 공간성은 공포와 암흑의 시간성을 동반한다. "時計집 모롱이"에 시선을 멈추는 것은 이러한 시간에 대한 두려움 때문이다. 시간에 대한 공포는 그러한 시간성이 시인에게 낙원 상실감을 부추겼기 때문에 생겨난다. 여기서 자정은 강한 공포감을 불러일으킨다는 측면에서는 출구를 가지지 않은 극단적인 시간이기도 하며 방황을 더욱 부추긴다는 점에서는 아무런 시점을 가지지 못한 공허의 시간이기도 하다. "가고 싶어 따듯한 화로갛을 찾어가고싶어. 좋아하는 코―란經을 읽으면서 南京콩이나 까먹고 싶어"라고 말하는 것은 원형적 과거를 회복하고 싶은 욕망에서 기인한다. 그러나 그에게는 위험한 직선적 시간을 거역할 수 있는 방법이 없다.

정지용은 이 무렵 황마차, 자동차 등과 더불어 중요한 교통 수단으로 부상했던 기차라는 근대 문물을 소재로 하여서도 우울한 상념을 나타내는 것은 이와 같은 맥락에서 이해할 수 있다. 신문학 초기의 시인들 중에는 기차를 대상으로 문명 예찬의 시를 발표한 이가 여럿 있었다. 그런데 정지용은 기차를 예찬하기보다는 기차 속에서 고향의 상실로 인한 서러움의 정조를 표현한다. 「기차」에서 기차에 탄 시

---

4) 반 드 밴은 자신의 방을 옛날 가구로 채우며 정원에서 풍성한 관목을 가꾸려는 의식은 광장공포증과 관계된다고 하였다.(반 드 밴, 『건축공간론』, 정진원·고성룡 공역, 기문당, 1994, p. 128) 즉 그 거대한 개방 공간에 내몰린 인간은 식물적 세계나 원형적 사물에 집착하게 된다는 것이다. 이 시에서 시인이 과거의 집을 그리워하는 것 역시 이러한 심리 상태에서 연유한다. 또 반 드 밴은 같은 저서 같은 면에서 인간의 이상주의는 '공간에 대한 사랑'뿐만 아니라, '공간에 대한 혐오'에 의해서도 명확해질 수 있다고 하였다. 광장공포증은 공간에 대한 혐오이며 이를 통하여 인간은 안락한 실존을 희구하는 행동을 지향한다.

인은 고단한 도시적 삶을 견디지 못한 '병든 육체'를 이끌고 귀향한다. 근대 문명의 상징인 기차라는 공간은 행복한 문명 체험의 장소가 되지 못한 채 울분과 좌절감만을 안겨 준다. 「조약돌」에서 "비낄리는 異國거리를/歎息.하며 헤매노나."라고 한 표현에서도 「황마차」, 「기차」 등과 유사한 시의식을 읽을 수 있다. 시인은 문명의 낯선 공간에서 방황했던 자신의 삶이 "도글도글" 굴러다녀야 했던 "조약돌"의 고난에 찬 삶과 닮았다고 생각했다. 시인은 자신의 방황이 깊어질수록 혹은 그 방황의 공간적 배경이 더욱 가혹해질수록 원형적 세계에 대한 회귀 욕망을 강하게 분출하였다. 시인은 원형적 세계에 대한 향수를 근본적으로 잃지 않고 있었음에도 불구하고 다른 한편으로는 엘리트 지식인으로서 근대 문명을 수용하려고 노력하기도 하였으며 나아가 문명에 대한 가담과 투시를 통하여 문명의 난해성과 위험성을 인식하기도 하였다.

3. 문명의 난해성과 위험성

원형 회귀의 꿈을 상실한 시인은 고독과 울분을 딛고 조금 더 적극적으로 새로운 근대 문명에 대한 탐색을 도모한다. 그러나 그는 근대 문명 속에서의 삶은 어렵고도 위험하다는 사실을 잘 알고 있었다. 이 무렵 시인은 문명적 삶에 대한 이해의 어려움과 고단한 도시적 일상의 위험성을 개인적 체험의 서사를 통하여 형상화하게 된다. 근대 문명의 '난해성'과 '위험성'은 오늘날의 사회학에서 매우 중요한 문제로 다뤄지고 있다. 문명의 난해함과 위험성을 인식한 자아는 늘 그곳에서 정신과 육체의 고단함을 느껴야 했다.[5]

먼저 바다시편의 의미를 이러한 시의식의 시작으로 이해할 수 있다. 근대 탐색의 상징적 작업인 '바다시편'은 그의 작품들 중에서 단일 제목으로 가장 여러 편 쓰인 연작시이다. 이처럼 그가 여러 편의 '바다시'를 쓸 수 있었던 것은 이국을 오가는 과정에서 보게 된 바다라는 공간에 대한 관심이 있었기 때문이다. 그러나 그가 바다 공간을 애정 어린 호기심만으로 바라본 것만은 아니었다. 정지용은 바다라는 새롭고도 낯선 공간을 통하여 원형적인 공간에서 체험하지 못했던 새로운 문명과 문물에 대한 상징적 호기심을 표명하려 하기도 하였으며, 수평적으로 개방된 미지의 근대 세계에 대한 이해의 어려움과 그로 인한 불안감을 은유적으로 형상화하려 하기도 하였다.

바다는 뿔뿔이
달어 날랴고 했다.

푸른 도마뱀떼 같이
재재발렀다

꼬리가 이루
잡히지 않았다.

―「바다 9」 부분

---

5) 울리히 벡은 그의 저서 『위험사회－새로운 근대(성)을 향하여』(홍성태 역, 새물결, 1997)에서 현대 문명 사회의 위험성에 대하여 매우 심도 있는 논의를 펼치고 있다. 그가 말한 현대 사회의 위험성 논의는 다음의 네 가지로 요약된다. '첫째, 현대 사회의 위험은 개인의 예지와 과학적 예측을 벗어난 것들이 많다. 둘째, 개인과 집단이 처한 위험의 양과 질에 따라서 그들의 사회적 계급성이 정해진다. 셋째, 위험은 근대 산업화사회를 종식시키지 않는 반면 이 사회가 지닌 자본주의적 체제의 복잡화를 초래한다. 넷째, 사회적으로 인정되는 위험성은 정치적으로 재해석될 가능성이 있다.' 이와 같은 저자의 논의는 「유선애상」에서의 위험의 의미를 이해하는 데에 참조가 되었다.

‘바다’ 공간에 대한 동경은 근대에 대한 동경과 연결된다.[6] 그러나 새로운 사물들로 가득 차 있는 근대 공간은 정지용에게 그리 쉽게 이해될 수 있는 것이 아니었다. 그는 근대를 인식론적으로 장악할 수 있을 만큼 풍부한 경험을 쌓지 못했다. 원형적 공간에 익숙한 시인에게 근대 공간은 늘 새롭고 충격적인 곳일 수밖에 없었다. “바다는 뿔뿔히 달어 날랴고 했다”라는 표현에는 이러한 근대의 난해성이 나타난다. 바다를 통찰하여 그것을 미적인 언어로 형상화하고 싶었지만 바다는 자아의 인식 범주에서 벗어나려고 할 뿐 그 실체를 좀처럼 드러내지 않았다. 바다의 형상을 언제나 빠른 질주를 준비하는 “푸른 도마뱀떼” 같다고 표현하는 시의식 역시 이러한 맥락에서 파악할 수 있다. 바닷물을 겨우 몰아 부쳐서 변죽을 만들어 거기에 그 바닷물을 고이게 한다는 것은 바다에 대한 적극성을 상징하고, “손을 싯고 떼”는 행위 역시 바다 공간에 자아를 투사시키고 가담하려 한다는 의미를 지님에도 불구하고 바다 공간에 대한 시인의 장악력은 충분치 않았다.[7]

---

6) 유종호는 「시는 언어로 빚는다」(유종호 전집 5 『문학의 즐거움』, 민음사, 1995, pp. 128-129)에서 “정지용에 의한 시 속의 바다 발견은 그 자체가 새로운 요소로서 옛 시가(詩歌)의 관습을 벗어난 일이고 따라서 모더니스트란 호칭은 이러한 면에서도 타당하다. 바다는 그의 〈근대〉 경험의 표상이다.”라고 하였다. 유종호의 이러한 지적에서도 알 수 있듯 바다는 그 자체가 근대적 문명 공간과 직접 이어지는 것은 아니지만 상징적 차원에서의 ‘근대 경험’이라 할 수 있을 것이다.

7) 이남호는 「한국 현대문학에 나타난 자연의 모습」(유종호 외 31인 공저, 『현대 한국문학 100년』, 민음사, 1999, pp. 357-358)에서 “이 시의 후반부는 관찰의 사실성을 상실한다. 관찰의 시점은 현실을 벗어나 갑자기 우주적인 것이 된다. 마치 우주에서 지구를 내려다보고 있는 것처럼 바다의 썰물과 밀물을 연꽃의 피고 짐에 비유하고 있는 것이다. 형이상학적 의미를 찾으려 하지 않고 여전히 관찰의 대상으로 자연을 바라보지만, 그러나 그 바라봄에는 사실성이 없다. 이것은 자연에 대한 정지용의 태도가 한편으로는 시각적 관찰을 통하여 자연과학적 정확성을 추

그는 바다라는 거대한 인식 대상을 경험하고 그것을 장악하려는 과감한 노력을 통하여 "지구"라는 더욱 큰 범주가 지닌 의미 역시 인식하여 그것을 형상화하고 싶었다. 요컨대 바다는 정지용에게 폭넓은 상상력을 발휘하게 만드는 낯선 체험의 대상이었다. 정지용이 바다 공간을 통하여 근대 체험을 상징적으로 시화할 수 있었음에도 불구하고 바다 공간에는 근대적 삶의 양식에 대한 구체적 형상은 결여되어 있다. 왜냐하면 바다는 근대 문물이 존재하는 구체적 공간이 아니라 근대 문명 체험의 상징적 매개물에 불과하였기 때문이다. 이리하여 정지용은 「바다 9」에서 바다연작을 마무리하게 된다. 이제 그에게 남은 일은 더욱 구체적으로 문명 경험을 형상화하는 것이다.

정지용을 모더니즘 시인이라고 지칭할 수 있었던 이유 중의 하나는 그의 시에 문명 체험적 소재가 많기 때문이다. 간혹 몇몇 논객들은 이러한 도시적 취향의 시를 정지용 시의 주류로 보는 동시에 이 시들을 정지용 시의 초기 시편으로 보는 경우도 있었다. 그러나 좀더 엄밀히 말한다면 정지용에게 도시 체험은 원형적 체험 다음에 오는

구하지만 그것이 철저하게 객관적 사실성으로 나아가지 못했음을 드러낸다. 이러한 태도는, 『백록담』과 같은 후기의 시집에서 정지용이 자연에 대해 일종의 신비주의적인 태도를 지니게 되었다는 사실과 연결되는 것으로 짐작된다."라고 하였다. 이남호의 지적처럼 정지용은 갖가지 대상을 객관적으로 관찰하기도 하다가 어떤 경우에는 관념적이거나 초월적으로 그것을 형상화하기도 하였다. 그런데 바다시편과 산시편에 나타나는 비사실성의 이유와 의미는 차이가 있다. 요컨대 바다시편에 나타나는 비사실성은 미지의 공간에 대한 장악력의 결여로 말미암은 것이라면 산시편에 나타나는 비사실성은 산수 공간에서의 현실 초월 의지에서 비롯되었다. 정지용에게 산은 바다보다 훨씬 익숙한 공간이었다. 정지용의 자연에 대한 투시력은 바다시편에서보다 산시편에서 더욱 강하게 나타나는데 이는 바다가 진취적이고 낙관적인 호기심이 투영된 두려움의 공간이었다면 산은 존재의 안전한 실존을 확인하는 낯익은 안식처였기 때문이다. 바다 공간은 신문물로 가득 찬 근대 공간과도 같이 시인에게 반어적이고 역설적인 공간이었다.

것이다. 원형적 공간에서 최초의 시심을 키웠던 시인에게 도시의 공
간은 매력 있는 신문물 체험의 공간이기도 했던 동시에 근대의 위험
성을 감내해야 하는 반어적인 공간이기도 하였다. 여기에 문명 체험
의 역설적 의식이 나타나는데 이 문제에 관해서는 그동안 해석이 분
분하였던 「流線哀傷」에서 해답의 단서를 얻을 수 있다.

  생김생김이 피아노보담 낫다.
  얼마나 뛰어난 燕尾服맵시냐.

  산뜻한 이紳士를 아스빨트 우로 꼰돌라인 듯
  몰고들 다니길래 하도 딱하길래 하로 청해왔다.

  손에 맞는 품이 길이 아조 들었다.
  열고보니 허술히도 半픔키-가 하나 남었더라.

  줄창 練習을 시켜도 이건 철로판에서 밴 소리로구나.
  舞臺로 내보낼 생각을 아예 아니했다.

  애초 달랑거리는 버릇 때문에 궂인날 막잡어부렸다.
  함초롬 젖여 새초롬하기는새레 회회 떨어 다듬고 나선다.

  대체 슬퍼하는 때는 언제길래
  아장아장 팩팩거리기가 위주냐.

  허리가 모조리 가느래지도록 슬픈 行列에 끼여
  아조 천연스레 굴든게 옆으로 솔쳐나자-

  春川三百里 벼루ㅅ길을 냅다 뽑는데
  그런 喪章을 두른 表情은 그만하겠다고 꽥- 꽥-

몇킬로 휘달리고나서 거북 처럼 興奮한다.
징징거리는 神經방석우에 소스듬 이대로 견딜 밖에.

쌍쌍이 날러오는 風景들을 뺨으로 헤치며
내처 살폿 엉긴 꿈을 깨여 진저리를 쳤다.

어늬 花園으로 꾀어내어 바눌로 찔렀더니만
그만 胡蝶 같이 죽드라.

—「유선애상」 전문8)

그동안 난해시로 평가되어 온 「유선애상」은 도시 공간에서의 신문
물인 자동차를 체험한 내용을 다루는 작품이다.9) 특히 이 시에 대한
분분한 해석은 '유선'이 무엇인가라는 문제에 귀결된다. 신범순은 '유
선'을 현악기 중의 하나라고 하였고,10) 이숭원은 오리라고 하였고,11)
황현산은 공기 마찰을 덜 받도록 설계한 세단형 자동차로 파악한
다.12) 이 시의 소재는 황현산의 견해와 같이 '자동차'로 보는 것이 타
당할 것 같다. 이 시가 발표된 1936년 무렵에는 우리나라에서도 '에섹
스', '포드 V-8형' 같은 상자형 자동차에 뒤이어 '드 소토 에어플로',
'판티액' 같은 유선형 자동차가 실제로 유행하기 시작했다. 18세기 후
반에 일어난 산업혁명 이후 급속히 발달하기 시작한 초기 자본주의

---

8) 「流線哀傷」은 『백록담』의 II부에 실려 있는데 I부에 실려 있는 『백록담』의 주류
　작품들의 시의식과는 다른 국면을 보여준다.

9) 「유선애상」에 관해서는 졸고 「근대 체험의 아이러니―유선애상론」(『시의 아포리
　아를 넘어서』, 이룸, 2001)에서 상세히 논의한 바 있다.

10) 신범순, 『한국현대시의 퇴폐와 작은 주체』, 신구문화사, 1998, p. 67.

11) 이숭원, 『정지용 시의 심층적 탐색』, 태학사, 1999, p. 140.

12) 황현산, 「이 시를 어떻게 읽을 것인가 13―정지용의 '누뤼'와 '연미복의 신사'」,
　『현대시학』, 현대시학사, 2000. 4, pp. 197-202.

는 모든 방면에서 속도를 높이기 위한 노력을 했다. 최고의 속도를 향한 자본주의 발전에 중요한 견인차 역할을 한 것이 자동차 산업이었다.

이 축조된 공간은 새롭게 닦여진 근대의 여로를 따라서 인간의 신속한 공간 이동을 가능케 하였다. 인간은 자동차를 통하여 근대적 삶과 원형적 삶을 손쉽게 오고갈 수 있었던 것이다. 그럼에도 불구하고 자동차는 인간의 불행을 초래하는 위험한 문명의 이기였다. 순간의 사고는 인간을 병든 육체로 만들거나 그 목숨을 앗아갔다. 근대를 '위험 사회'라고 지칭하는 이유 중의 하나는 자동차의 존재가 담당할 것이다. 화자는 지금 자동차 안에 있다. 근대적 신문물인 자동차에 대한 화자의 대응은 우선 그 모습의 수려함을 찬양하는 데서 시작하여 자동차의 기능을 몸소 경험해 보기 위하여 전세를 내어오는 적극성으로 발전한다. 그러다가 시인은 자동차가 사람들을 싣고 다니는 모습에서 마소가 이끄는 전근대적 운송 수단을 연상하면서 그 수고로운 모습을 딱하게 생각하게 된다. 이러한 생각은 신문물에 대한 양가적 대응 의식과도 연결된다. 이는 정지용의 등단작인 「카페 · 프란스」에서 보이는 근대적 삶의 양식에 대한 즐김과 그 즐김의 한 극단에서 나타나는 불안의 심정이라는 이중 감정과도 이어진다.

또한 화자는 자동차라는 최첨단의 문명에 기대어 자연의 풍경마저 즐기고 있다. 이는 문명성 속에서 즐기는 자연성이다. 그러나 이러한 낭만은 오래 가지 못한다. 풋잠이 들었다가 깨어난 그가 다시 진저리를 치게 되는 것은 자동차의 빠른 속도와 엔진 소음 때문이었을 것이다. 시인은 자신을 춘천으로 데려다 준 자동차의 노고를 위로하기 위하여 요정으로 불러내는 상상을 한다. 그러나 그는 그 자동차를 위로한 것이 아니라 그것의 고무바퀴를 바늘로 찔러본다는 가정을 한다. 이 상상에는 문명과 속도의 위험성에 대한 공포 심리가 개입된다. 요컨대 시인은 한편으로는 문명의 이기가 주는 편리함과 새로움을 즐겼으며 또 다른 한편으로는 그것의 기계적 원리에 진저리쳤다. 자동차 여행은 기분 좋은 경험이었던 동시에 생사(生死)를 오가는 참 아슬아슬한 모험이기도 하였다. 이러한 이중 심리가 자동차에 대한 '살해'를 꿈꾸게 한다. 신문물의 대표적 상징으로 자리잡아 오늘날의 현대 사회에서도 문명의 이기로서의 기능을 충실히 수행하면서 가끔씩 교통 사고와 매연으로 인한 역작용까지 동시에 일으키는 것이 자동차인데 이 자동차에 대한 근대인의 긍정과 부정이 동시에 존재하는 작품이 「유선애상」이다. 이숭원의 지적[13]처럼 이 시가 '재기와 익살'이 승하기도 하지만 그 근저에는 문명의 위험한 이기 앞에 놓인 불안감이 있다. 정지용은 「衣服一家見」이라는 산문에서 서양 복식에 대하여 다음과 같이 말하고 있는데 여기 보이는 가치관 역시 「유선애상」의 시의식과 통한다.

洋服을 입고 洋人 앞에 서기가 어색하다. 衣服이라고 입은 꼬락선이를 어떠케 보아주는가 생각하면 不快하기까지 하다. 조선옷은 부끄럼없이 입고 버틸 수가 잇다. 조선옷은 洋人 앞에서 自信이 잇는 까닭이다.
그러나 洋服을 입은대로 洋人 앞에서 悠悠히 견딜 수도 잇다. 왜 그런고 하니 우리는 洋服을 作業服으로 實務用으로 밖에는 아니 입을 수도 잇는 까닭이다.(중략)
滿天下 洋服쟁이들! 그대들이 몬지 때투성이를 뒤집어 쓰고 다니기가 몸이 근질근질하지 않소?[14]

---

13) 이숭원, 위의 저서, pp. 142-143.

양복은 자동차만큼 근대적 삶의 주요한 생활 형식 중의 하나이다. 정지용은 양복만을 선호한 채 한복의 우수함을 간과하는 사람을 "未開人"이라고 지칭한다. 그는 양복은 실용적인 것에 불과하지만 한복은 품위와 미술이 있는 예술품이라고 생각하였다. 정지용은 서구적인 물질문명에 대해서도 많은 관심을 가진 바 있으나 이처럼 그의 취향은 한국적이고 동양적인 것에 더욱 가까이 있었다. 신나는 자동차 체험을 마침내 불편하고 위험한 시간이었다고 생각하는 「유선애상」에 나타난 시의식 역시 이러한 복고적인 내면 세계와 이어진다. 마침내 근대와 전근대의 사이에 놓인 정지용의 복합 심리는 문명과 반문명 사이의 갈등으로 발전하기에 이른다. 또한 문명과 반문명 사이에 놓인 모순은 근대적 시간성의 문제로 귀결된다. 도시 공간을 경험한 정지용이 그곳에서 화해로운 적응을 하지 못한 채 과거의 원형적 공간으로 회귀하려는 의식을 보인 점은 그의 중기시의 시의식을 규명하는 데 중요한 실마리를 제공한다. 이러한 시의식은 문명의 난해성과 위험성에 대한 거부이며 직선적 시간에 대한 반역이다. 도시 공간에서의 고된 노동의 삶을 그리는 「時計를 죽임」이라는 시에서 정지용의 이러한 시의식을 확인할 수 있다.

> 한밤에 壁時計는 不吉한 啄木鳥!
> 나의 腦髓를 미신바늘처럼 쫏다.
>
> 일어나 쫑알거리는 「時間」을 비틀어 죽이다.
> 殘忍한 손아귀에 감기는 간열핀 목아지여!

---

14) 정지용, 『정지용전집 2』, 민음사, 1988, p. 420.

오늘은 열시간 일하였노라.
疲勞한 理智는 그대로 齒車를 돌리다.

나의 生活은 일절 憤怒를 잊었노라.
琉璃 안에 설레는 검은 곰인 양 하품하다.

꿈과 같은 이야기는 꿈에도 아니 하란다.
必要하다면 눈물도 製造할뿐!

어쨌든 定刻에 꼭 睡眠하는 것이
高尚한 無表情이오 한趣味로 하노라!

明日!(日字가 아니어도 좋은 永遠한 婚禮!)
소리없이 옴겨가는 나의 白金체펠린의 悠悠한 夜間航路여!

—「時計를 죽임」 전문

처음엔 희망을 가지고 경험하게 되었던 근대 도시는 결국 정지용에게 동물적이고 기계적인 삶의 형태를 강요했다. 그가 모성적이고 식물적인 이미지로 가득 차 있었던 원형적 세계에 대한 동경을 계속할 수밖에 없었던 이유는 이러한 자아와 공간의 불일치 때문이었다. 정지용은 근대적 삶에 대한 공포감을 느낀 나머지 협소한 공간 속으로 더욱 침강해 가는 모습을 보여 준다. 이곳에는 모성성과 자연성이 거세되고 생존을 위한 합리적인 노동만을 강요하는 폭력적인 시간이 지키고 있을 따름이다. 근대 공간은 원형적 체험이 속의 세계에 묻혀버린 공간이며 원형적 공간으로의 도피는 생존 자체를 포기해야 하는 일이므로 도시인인 시인은 그곳에 살아남기 위해서는 생활의 고독과 고난을 감내해야만 한다는 사실을 잘 알고 있었다. 시인은 다만 시계와 시간을 저주하듯 근대적 도시 공간의 위험한 질서를 혐오할 뿐이다. 그는 시계의 침을 뽑아 버린다고 해도 '시간 엄수'를 요구하는 문명 질서로부터 자유로워질 수 없다는 사실을 잘 알고 있었다. 시간은 근대인의 내면을 근본적으로 지배하는 억압기제이기 때문이다.

문명은 계몽의 합리성을 내세워 인간을 교육시키기도 하고, 병든 인간을 치유할 과학적인 방법을 창출해 내기도 하였다. 이때 시간은 인간의 행복을 위하여 철저히 계량화된다. 속도와 편리에 기여하지 못하는 시간은 합리성이 결여되었다는 이유로 배제되었다. 더 많은 편리와 더 증가한 속도를 위하여 근대의 시간은 전근대의 시간과 속히 분리되어야만 했다. 그러나 근대적 시간성에 발맞추어 문명이 발달할수록 인간의 절대 행복이 비례하여 증가하는 것은 아니다. 오히려 근대적 삶의 환경에 적응을 이루지 못한 인간들은 그 공간 안에서 불안해하고 우울해 한다. 문명의 위험성이 주는 불안감은 존재자들로 하여금 도시 공간에서의 죽음 의식에 젖게 한다. 정지용의 도시 시에서 죽음을 소재로 한 시가 여럿 나타나는 것 역시 이러한 맥락에서 이해할 수 있다. 물론 시각적 이미지를 중심으로 한 모더니즘의 기법을 동원하여 그 비애와 허무를 일정 정도 객관화해 보려는 시도를 하긴 했지만 감상주의(感傷主義)적 요소가 완전히 희석되지는 않는다. 이러한 주제 의식이 나타나는 대표적인 작품은 「유리창 1」과 「유리창 2」이다.[15]

---

15) 정지용 시에 나타난 다양한 죽음 의식에 대해서는 졸고 「정지용 시의 죽음의식 연구」(『우리어문연구』 16집, 우리어문학회, 2001)에서 상세히 논의한 바 있다.

내어다 보니
아조 캄캄한 밤,
어험스런 뜰앞 잣나무가 자꼬 커올라간다.
돌아서서 자리로 갔다.
나는 목이 마르다.
또, 가까히 가
유리를 입으로 쫏다.
아아, 항안에 든 金붕어처럼 갑갑하다.
별도 없다, 물도 없다, 쉬파람 부는 밤.
小蒸汽船처럼 혼들리는 窓.
透明한 보라ㅅ빛 누뤼알 아,
이 알몸을 ᄭᅳ집어내라, 때려라, 부릇내라.
나는 熱이 오른다.
뺨은 차라리 戀情스레히
유리에 부빈다, 차디찬 입마춤을 마신다.
쓰라리, 알연히, 그싯는 音樂―
머언 꽃!
都會에는 고혼 火災가 오른다.

―「琉璃窓 2」 전문

정지용이 유리창을 통하여 바라본 도시는 문명의 축소판이며 상징
물이다. 이 무렵에 나타나는 집 공간은 상실과 죽음의 공간이며 혹은
그러한 뼈아픈 현실을 수동적으로 인식해야만 하는 폐쇄적 공간이었
다. 유리창이 밀폐된 방의 공간성을 외부 세계와 소통시키는 기능을
전혀 하지 않는 것은 아니지만 바깥 세상의 혼돈과 무질서가 화자의
자의식을 짓누르기 때문에 화자는 바깥 세상으로 나가는 것을 기피
한다. 그리하여 혼돈으로 가득 찬 바깥 세계를 유리창의 투명성을 통

하여 바라보는 일만으로도 그의 마음은 우울해진다. 외부의 현실 속으로 나아가지도 못하고 그렇다고 이러한 폐쇄적 공간 속에 갇혀 있을 수만도 없었던 자아의 갈등 상황이 이 시에 잘 나타난다. 결국 시인이 처한 방은 도시에서 일어나는 죽음의 "火災"를 지켜볼 수밖에 없는 소극적이고 유폐적인 공간이다. 여기서의 화재는 이 공간을 극복하지 못하는 화자 내면에서 일어나는 우울한 상념이기도 하다. 그 화재를 꽃으로 인식하는 반어적 태도에 이르러 화자의 심리적 복잡성은 극대화한다. 이는 「유리창 1」에서 유리창을 통하여 자식의 죽음을 인식하는 우울한 태도와 흡사하다. 「유리창1」에서 자식의 죽음에 대하여 감정적 대응을 하고 있는 것은 죽음이 삶의 연장선에 있다기보다는 생사의 단절 형상으로서 기능하며 시인 스스로 죽음은 삶의 가장 큰 '비극'이라고 생각했기 때문이다. 이 무렵 정지용의 문명 인식은 더욱 비관적으로 나아간다. 이러한 죽음의식은 시인이 처한 문명의 특질과 관련시켜서 생각해 볼 문제이다. 이 때의 죽음의식은 종교시편에서 나타나는 '죽음의 겸허한 수용'이나 『백록담』 시편들에 나타나는 '초월적 죽음 의식'과는 다른 세계 대응 양상이었다.

4. 이상적 문명과 반문명적 대안

문명의 세속성과 난해성과 위험성을 간파한 정지용은 이러한 문명 현실의 어려움이 제거된 이상적 세계를 찾고자 고심하였다. 즉 그는 종교시와 자연시 창작으로 초월적 세계만을 동경하였던 것이 아니라 도시 공간 안에서 자연과 문명이 화해하는 아름다운 낙원을 형상화해 보기도 하였다. 이는 도시 공간을 경험한 시인이 자신의 실존적 어려움을 극복하기 위한 하나의 모색이었다. 그러나 이러한 문명의 가능성이 그보다 큰 불가능성에 의해서 잠식되었을 때 시인은 비로소 초월적 세계로 나아갔던 것이다. 이상적 문명의 모습을 형상화한 시로는 「아츰」을, 산문으로는 「아스팔트」를 예시할 수 있다.

프로펠러 소리……
鮮姸한 커-앱를 돌아나갔다.

快晴! 짙푸른 六月都市는 한層階 더자랐다.

나는 어깨를 골르다.
하픔……목을 뽑다.
붉은 숳닭모양 하고
피여 오른 噴水를 물었다……뿜었다……
해ㅅ살이 함빡 白孔雀의 꼬리를 폈다.

睡蓮이 花瓣을 폈다.
옴치라첫던 잎새. 잎새. 잎새.
방울 방울 水銀을 바쳤다.
아아 乳房처럼 솟아오른 水面!
바람이 굴고 게우가 미끄러지고 하늘이 돈다.

좋은 아츰-
나는 탐하듯이 呼吸하다.
때는 구김살 없는 흰돛을 달다.

—「아츰」 전문

「아츰」은 근대 문명이 전근대적 토대와 조화할 수 있는 상황에 대한 성찰이 나타나는 작품이다. 이 시는 시인이 희망한 이상적인 문명

의 형상을 알려 준다. 화자는 유월의 도시에서 화창한 아침을 맞이한
다. 그리고 그 도시의 풍경과 형상의 아름다움을 만끽한다. 이는 도
시가 이상적 문명 공간이 되어 주기를 바라는 소망을 표현한 것이다.
비행기(헬리콥트)의 프로펠러 소리마저 이토록 아름답게 인식되고 도
심의 중앙에 분수대가 있고 그 분수대에서 화려한 물줄기가 뿜어져
나오고 있다. 흡사 도시 계획에 의하여 잘 정돈된 도심의 아침을 보
는 듯한 느낌을 준다. 시인은 도시 공간에 있는 사물들의 생명력을
느끼고 그것을 화려한 수사적 언어로써 형상화하고 싶었다. "아아 乳
房처럼 솟아오른 水面!"이라는 표현은 인공적인 도시 공간이 모성적
인 원형 공간과 이어질 수 있음을 표현한 것이다. 이처럼 시인은 도
시 공간과 원형적 공간의 화해를 원했다. 그러한 화해가 가능할 때
도시의 아침은 이상적 문명 공간이 될 것이다. 산문인 「아스팔트」는
문명과 자연의 아름다운 화해를 더욱 구체적으로 형상화하고 있다.

　거르량이면 아스앨트를 밟기로 한다. 서울거리에서 흙을 밟을 맛이 무
엇이랴.
　아스앨트는 고무밑창보담 징 한개 박지 않은 우피 그대로 사붓사붓
밟아야 쫀득쫀득 받히우는 맛을 알게 된다. 발은 차라리 다이야처럼 굴
러간다. 발이 한사코 돌아다니자기에 나는 자꼬 끌리운다. 발이 있어서
나는 고독하지 않다.
　가로수 이팔마다 발발하기 물고기 같고 6월초승 하늘 아래 밋밋한 고
층건물들은 杉나무 냄새를 풍긴다. 나의 파나마는 새파라틋 젊을 수 밖
에. 家犬 洋傘 短杖 그러한 것은 閑雅한 교양이 있어야 하기에 연애는
시간을 심히 낭비하기 때문에 나는 그러한 것들을 길들일 수 없다. 나는
심히 유창한 푸로레타리아트! 고무뽈처럼 퐁퐁 튀기어지며 간다. 오후 4
시 오쪡스의 피로가 나로 하여금 궤도 일체를 밟을 수 없게 한다. 작난

감 기관차처럼 작난하고 싶구나. 풀포기가 없어도 종달새가 나려오지 않아도 좋은, 푹신하고 판판하고 만만한 나의 유목장 아스빨트! 흑인종은 파인애플을 통채로 쪼기어 새빨간 입술로 쪽쪽 드리킨다. 나는 아스빨트에 조금 빗겨들어서면 된다.

  탁! 탁! 튀는 생맥주가 폭포처럼 황혼의 서울은 갑자기 팽창한다. 불을 켠다.

—「아스빨트」 전문16)

이 글은 산문으로 발표되었지만 시와 같은 밀도를 유지한다. 언뜻 보면 이 산문은 근대 도시에 대한 찬양만을 진술한 것처럼 보이지만 실상은 그렇지 않다. 신문명을 총체적으로 대표하는 도시는 자연을 파괴하는 과정에서 형성되었으며 또한 도시는 그 자신 안에 인공 자연을 이룩하려고 애쓰는 이중적인 지향성을 보이기도 하였다. 도시민들은 문명성을 즐기는 삶을 영위하다가도 이미 멀어져 간 자연의 세계를 동경하기도 하며 때로는 도시가 만들어 놓은 인공 자연을 만끽하며 고독한 삶을 위로 받기도 한다. 문명에 대한 정지용의 태도 또한 이런 것에서 유추할 수 있는 문제이다. 지금 도시의 산책자로서의 정지용이 거닐고 있는 아스팔트는 근대 문명을 간파하여 경험할 수 있는 지름길이다. 이 공간에 나타나는 시인의 행동과 의식은 근대 문물에 대한 관점을 집약적으로 보여준다. 산문의 초반부에서 정지용은 "서울거리에서 흙을 밟을 맛이 무엇이랴"라고 하면서 흙의 자연성보다는 아스팔트의 인공성이 오히려 더 나은 것이라고 말하지만 그 뒤에 이어지는 단락에서 정지용의 도시 인식은 복잡하게 전개된

---

16) 이 산문은 1936년 6월 19일 조선일보에 발표되었다.
   본고는 『정지용전집 2』(민음사, 1988, p. 25)에서 인용하였다.

다. 그가 아스팔트라는 인공의 조형물을 즐길 수 있었던 것은 그 주변에 '발발하기 물고기' 같은 '가로수 이팔'과 고층건물들이 풍기는 '삼나무 냄새'가 있었기 때문이다. 그는 도시성을 자연성과 연결시키면서 그 도시성을 즐기게 된다. 그는 인공의 도시를 완전히 부정하지도 완전히 긍정하지도 않으면서 그 도시성에 내재한 자연성을 추출하려고 애쓴다. 그러므로 그가 원하는 것은 자본의 세례를 받은 유한 계급의 '가견 양산 단장'을 겸비한 연애를 위한 산책이 아니라 자연의 원형성을 체득한 '푸로레타리아트'의 산책이다. 그러나 무산 계급은 노동의 피로를 언제나 지니고 있는 자이기 때문에 육체의 고단함으로부터 온전한 산책을 방해받는다.

'푸로레타리아트'와 '흑인종'은 노동의 피로가 문제시되긴 하지만 육체성과 자연성을 결합시킬 수 있기 때문에 도시를 감각적으로 체험할 수 있는 가능성 또한 지닌 자들이다. 아스팔트에 대하여 "풀포기가 없어도 종달새가 나려오지 않아도 좋은, 푹신하고 판판하고 만만"하다고 진술하는 것은 아스팔트에 대한 전폭적인 찬양이라기보다는 도시성 속에서 자연성을 끊임없이 확인하려는 반어적 대응으로서의 의미 또한 지닌다고 보인다. 아스팔트를 '유목장'으로 인식하는 것이나 '생맥주'라는 근대성을 '폭포'라는 자연성과 연결시키는 시의식 역시 이와 같은 맥락에서 이해할 수 있겠다. 이러한 심리적 대응은 "나는 아스팔트에서 조금 빗겨들어서면 된다"라는 부분에 집약적으로 나타난다. 특히 "빗겨들어서면 된다"라는 어구에는 아스팔트가 주는 도시적 감각성을 즐기는 발랄한 시의식과 전근대적 자연에 대한 동경과 자연성에 대한 미련으로 인한 불안이 뒤섞인다. 이처럼 정지용은 문명과 반문명 사이에서 끊임없이 길항한 시인이다. 그는 근대 도시의 낯선 이미지와 반근대의 상징인 전통적 자연의 이법 사이에 놓인 팽팽한 긴장을 줄타기하면서 문학적 상상력을 극대화시켰다. 요컨대 건강한 육체성과 자연성을 회복할 때만이 도시와 문명은 그 이상적 형식을 현현할 수 있다는 것이 정지용의 생각이었다. 이러한 세계관은 산문 「더 좋은 데 가서」에 나오는 "성당도 있고, 과수원, 목장도 있고, 산도 있고, 바다도 멀지 않고, 말을 싫컷 탈 수 있고, 밤이면 마을 사람만 모여도 음악회가 될 수 있는 데 가서 선생이 쨍쨍거리지 않아도, 시험을 극성스럽게 뵈지 않아도 질겁게 공부하겠소."[17] 라는 구절에서도 찾아볼 수 있다. 성당과 음악회는 근대적인 삶의 양식일진대 이와 같은 것들이 과수원·목장·산·바다 등 원형적인 삶의 양식과 어울릴 수 있는 곳에서 정지용이 희망한 이상적 문명 사회는 태동할 수 있을 것이다.

이 두 인용에서 알 수 있듯 정지용은 근대 문명의 위험성으로부터 해방된 곳 혹은 문명성과 자연성이 화해하는 곳에서 자신의 존재론적 안위를 보장받고 싶었다. 그러나 이와 같은 그의 노력이 오래 가지 못한 점은 안타까운 일이다. 정지용의 종교시나 자연시를 '퇴영' 혹은 '도피'로 규정짓는 일은 이와 같은 안타까움이 비판으로 전이한 것이다. 오늘날에도 문명의 문제점을 문명 스스로의 진보를 통하여 해결해 보려는 시도가 계속되고 있지만 그러한 해결 시도가 또 다른 폐해를 가져오게 되는 상황에서 그 바람직한 해결의 가능성은 답보적인 상태에 머물러 있는 것이 사실이다. 그가 종교시와 자연시로 나아간 것은 문명의 문제점을 해결해 줄 문명 자체의 가능성을 포기하였기 때문이다. 그는 문명의 세속성과 난해성, 위험성의 극대화를 목

---

17) 정지용, 『정지용전집 2』, 민음사, 1988, p. 423.

도하면서 문명의 가능성을 포기하고 만 셈이다. 그렇다면 정지용은 문명 속에 있는 존재자의 안위는 궁극적으로 불가능할 수밖에 없다고 생각했던 것일까. 이러한 절망감 속에서 마침내 이상적 문명의 가능성을 향한 노력을 접고 반문명적이고 초월적인 세계의 형상화를 통하여 존재의 실존적 안위를 획득하고자 한 것이 종교시와 자연시이다.

정지용의 종교시는 그의 시가 근대적 도시 공간에서 초월적 공간으로 나아가는 분수령에 놓여 있다. 정지용 시 전반에는 죽음에 대한 다양한 대응 의식이 나타나는데 이 죽음에 대한 태도가 완곡해지고 겸손해지기 시작한 것은 그가 가톨릭에 귀의하면서부터이다. 「다른 한울」, 「임종」 등의 시에는 가톨릭에 바탕한 생사관이 들어 있다. 이들 시에서 시인은 죽음을 삶의 고통을 극복하는 방식으로 여기면서 그것을 긍정적으로 수용하는 자세를 보인다. 이는 「유리창 1」에 나타난 죽음관과도 다르며 『백록담』 시편에 나타나는 자연 합일로서의 죽음관과도 구분된다.[18] 그의 종교시에 나타난 죽음 의식은 근대 문명에 대한 대응 의지와 상징적으로 이어진다는 점에서는 앞 시기의 죽음 의식과 연결되지만 이 때 시인은 그 죽음을 매우 편안하게 받아들인다는 점에서 그것들과 다르다.[19] 정지용의 종교시는 문명 공

---

18) 이기서는 『한국현대시의식연구』(고려대 민족문화연구소, 1984, p. 150)에서 "그가 당면했던 각종 고뇌와 상황에 의하여 安息의 世界를 잃게 된 喪失感으로부터 回復할 수 있었던 것은 가톨릭의 信仰이었던 것이다. 다시 그것으로부터 深化된 그의 믿음은 自然을 찾았고, 그 自然과 神의 合一을 발견하였다. 그것은 땅과 하늘의 垂直構造에서 自然과 神의 水平的인 超越構造로 昇華된 모습을 보여주고 있다."라고 하였다. 이기서의 이와 같은 지적은 『백록담』의 세계와 종교시의 세계가 접맥하는 지점을 정확히 간파하고 있다.

19) 정지용이 느낀 문명의 위험성이 죽음의 문제로 나아간다는 점을 「유리창 1」, 「유

간에서의 불안감을, 죽음 의식에 대한 수용을 통하여 초월적으로 극복하는 양상을 보여준다. 그의 종교시를 다만 귀족 취향의 고답적 세계로만 폄하할 수 없는 이유가 여기에 있다.

靈魂은 불과 사랑으로! 육신은 한낮 괴로움.
보이는 한울은 나의 무덤을 덮을뿐.

그의 옷자락이 나의 五官에 사모치지 안었으나
그의 그늘로 나의 다른 한울을 삼으리라.

—「다른 한울」 부분

제목으로 쓰인 "다른 한울"은 종교적 귀의를 통하여 얻게 되는 성스러운 경지이다. 그 경지가 하늘이라는 상징적 공간으로 나타나는 점은 정지용의 종교시가 지닌 수직상승의 국면을 잘 보여준다. 정의홍은 이 시에 관하여 정지용이 가톨릭을 인생의 근본적인 통찰과 고뇌의 과정으로 파악하였다기보다는 다만 시적인 멋으로 수용하였다고 평한 김윤식의 견해[20]를 비판하는 입장에서 "신앙생활에 대한 기쁨을 찬미한 동시에 물과 聖神으로 세속적인 오염을 털어 버리고 가톨릭에 완전히 귀의한 만족감을 노래하고 있다."[21]라고 하였다. 정의홍의 지적처럼 이 시는 가톨릭 신앙에 기초하여 영혼의 힘으로 "한낮 괴로움"으로 가득 차 있는 '세속적 문명' 속에서의 죽음의 한계를 극복하고자 하는 의지를 담는다. 종교시에 나타난 이와 같은 수직상승

리창 2」, 「有線哀傷」에서 확인할 수 있었다.
20) 김윤식, 『한국근대작가론고』, 일지사, 1978, pp. 111–118.
21) 정의홍, 『정지용의 시 연구』, 형설출판사, 1995, p. 212.

의식은 자연시에서는 '향천적 역동성(向天的 逆動性)'으로 더욱 구체
화된다.

> 풀도 떨지 않는 돌산이오 (1) 돌도 한덩이로 (2) 열두골을 고비고비 돌
> 았세라 (3) 찬 하눌이 골마다 (4) 따로 씨우었고 (5) 어름이 굳이 얼어 (6)
> 디딤돌이 믿음즉 하이 (7) 꿩도 그리고 곰이 밟은 자옥에 (8) 나의 발도 노
> 히노니 (9) 물소리 (10) 귀또리처럼 啷啷하놋다 (11) 피락 마락하는 해ㅅ살
> 에 (12) 눈우에 눈이 가리어 앉다 (13) 흰시울 알에 흰시울이 (14) 눌리어
> 숨쉬는다 (15) 온산중 나려앉는 휙진 시울들이 (16) 다치지 안히! (17) 나
> 도 내더져 앉다 (18) 일즉이 진달래 꽃그림자에 붉었던 (19) 絶壁 보이한
> 자리 우에!

―「長壽山 2」 전문22)

정지용이 자연의 세계에서 정신적인 귀의를 도모할 수밖에 없었던
것은 근대 문명의 고달픈 현실에 대한 각성으로 인한 것이다. 「장수
산 2」는 인간과 자연의 순연한 조화가 섬세한 시각적 이미지를 바탕
으로 하여 펼쳐지는 작품이다. 이 시에 나타난 소재들은 이 시가 「장
수산 1」의 공간보다 더욱 수직 상승한 공간이라는 점을 암시한다. 특
히 "돌산"으로서의 산 이미지 강조와 찬 하늘에 대한 묘사, 그리고 시
의 말미에서 나오는 "보이한 절벽"이라는 상황 설정은 이 시의 공간
이 처한 수직적 높이를 가늠하게 한다. "돌", "찬 하눌", "어름", "디딤
돌", "꿩", "곰", "물소리", "귀또리", "해ㅅ살", "절벽" 등의 소재들은 제
각각의 의미를 지니면서 존재하지만 이들은 또한 한데 어우러져 신
비로운 공간을 창출한다. 이들 소재들은 스스로 향천적 공간 지향성

---

22) 작품 속의 번호는 인용자가 표시한 것이다. 원전에는 번호표가 있는 자리만큼의
   여백이 있다. 이하 동일.

을 지닌 채 은닉과 돌출을 거듭한다.[23] 여기서 시인은 산의 일부로서 산과 일체화하면서 세속의 번뇌를 초월하여 존재한다. 시인이 앉은 "절벽"은 존재의 안존(安存)을 위협하는 장소가 아니라 하늘과 땅이 가장 근접하는 장소로서 존재의 열락을 극대화하는 공간이다. 이곳은 산정과도 같은 상징성을 지닌다.[24] 정지용이 산수의 공간에서 행복한 죽음의 축제를 도모한 것 역시 문명의 위해를 초월하는 '죽음의 극복'이라는 맥락에서 이해할 수 있다.[25]

모오닝코오트에 禮裝을 가추고 (1) 大萬物相에 들어간 한 壯年紳士가 있었다 (2) 舊萬物 우에서 알로 나려뛰었다 (3) 웃저고리는 나려 중간 솔가지에 걸리여 벗겨진채 (4) 와이샤쓰 바람에 넥타이가 다칠세라 납족이 업드렸다 (5) 한겨울 내— 흰손바닥 같은 눈이 나려와 덮어 주곤 주곤 하였다 (6) 壯年이 생각하기를 「숨도아이에 쉬지 않어야 춥지 않으리라」고 (7) 주검다운 儀式을 가추어 三冬내— 俯伏하였다 (8) 눈도 희기가 겹겹히 禮裝같이 봄이 짙어서 사라지다.

—「禮裝」 전문

---

23) 한영옥은 「정지용의 시, 산정으로 오른 정신」(『한국현대시의 의식탐구』, 새미, 1999, p. 170)에서 "〈찬 하늘〉, 〈얼음이 굳이 얼어〉, 〈피락 마락하는 햇살〉, 〈눈우에 눈〉, 〈흰 시울 아래 흰 시울〉 등의 이미지는 차갑게 흩어져 형체를 벗어버리는 공기의 속성과 잘 닿아 있다. (중략) 이 시에 스며 있는 추위와 흰빛, 침묵과 높이의 이미지는 정신의 높이를 한껏 뽑아 올려 준다."고 하였다.

24) 「白鹿潭」 같은 산정 지향적 운동성이 매우 구체적으로 나타난 시들에서 자연과의 혼연일체의식이 더욱 잘 읽히는 것도 이와 같은 맥락에서이다.

25) 정지용의 자연시에는 산 속에서의 죽음을 형상화한 경우가 많다. 가령, 「盜掘」은 심마니 노인의 깊은 산중에서의 죽음을, 「예장」은 신사복을 잘 차려 입고 산 속에 들어간 장년신사의 죽음을, 「호랑나븨」는 어느 화가와 산장 여주인이 행한 연애와 죽음을, 「진달래」는 죽음이 상존(常存)하는 산수 공간에서의 은유적 죽음을 형상화하고 있다.

여기의 죽음 자체에 무슨 특별한 생의 번민과 갈등이 개입하고 있지는 않다.[26] “舊萬物” 위에서 아래로 뛰어내리는 하강 행위는 더 이상 상승할 수 없는 경지에서 벌어지는 상징적 하강이다. 이 행동 역시 못 다한 상승 욕망의 발현이겠다. 이 시의 자살이 편안하고 아름다워서 충일한 행복감을 전하는 이유가 여기에 있다. 죽어서도 넥타이가 손상될까봐 납작하게 엎드려 있는 주인공의 태도는 죽음 자체를 하나의 놀이 혹은 자연의 원리로 수용하고 있기에 가능해진다. 죽음이 놀이가 될 때 인간은 그 죽음 앞에서 어떠한 주저함과 슬픔을 가질 필요가 없다. 이는 신선만이 할 수 있는 일이다. 신선이 된다는 것, 그것은 아마도 문명의 세속성과 위험성과 폭력성 속에서 고달팠던 정지용이 추구한 최후의 이상형이었을 터이다. 정지용은 이제 초월적 공간에서 모든 고민을 놓아 버렸다. 이것이 『백록담』의 의도였다. 정지용이 ‘종교시편’을 거쳐서 산의 공간에 몰입하게 되는 일련의 과정 자체가 문명에 대한 고민을 내포하는 것이었다. 그러나 후기시의 시편들 속에서는 존재의 열락을 위한 초월적 자세가 강조될 뿐 문명 현실에서 비롯되는 고뇌는 드러나지 않는다. 정지용은 이러한 반문명적 공간 속에서 모든 세속적인 고민을 잊어버리면서 그의 시 세계의 말미를 화려하게 장식하였다.

---

26) 최동호는 「산수시의 세계와 은일의 정신」(『불확정시대의 문학』, 문학과지성사, 1987, p. 37)에서 “투신 자살한 장년 신사에게서 우리는 현실을 탈출하고자 하는 지용의 정신적 갈등을 느낄 수 있다.”고 하였다.

5. 결론

이상으로 정지용 시의 문명 인식에 관하여 고찰해 보았다. 근대와 전근대에 가로놓인 삶을 살았던 시인은 문명에 대한 체험과 인식을 작품으로 형상화하여 우리 시의 근대성을 제고시킨 공로가 크다. 그는 근대 문명을 노골적으로 찬양한 시인도 아니었고, 문명의 어려움을 직시하지 않고 다만 비현실적인 도피를 일삼은 시인도 아니었다. 그는 자신의 인식 능력보다 더욱 빨리 발전하여 오는 문명 질서를 성실하게 추적해 보고자 노력하였다. 「황마차」에서 알 수 있듯 농경 사회적 원형성을 훼손하는 문명의 세속성에 대한 인식을 할 수 있었던 것은 문명에 대한 진지한 성찰이 뒷받침되었기 때문이다. 이와 같은 세계관은 고향 상실 의식을 토로한 「고향」에도 이어진다. 이러한 정지용 시의 성실성을 인정할 때 「카페·프란스」가 형상화하는 퇴폐적이고 염세적인 공간의 의미 또한 적절히 수용할 수 있을 것이다.

동경 유학을 통하여 폭넓은 근대 체험을 하고 돌아온 시인은 적극적인 자세로 근대 문명을 간파하려고 노력한 바 있다. 이 무렵을 전후하여 비롯된 「바다시편」에서 바다는 상징적인 근대 체험의 공간으로 자리잡았다. 바다시편에서 문명에 대한 구체적인 인식을 발견해 내기는 어려운 일이었으나 「유선애상」, 「기차」, 「時計를 죽임」 같은 시들과 「아스팔트」 같은 산문을 통하여서는 더욱 복잡해진 문명 인식 태도를 추출할 수 있었다. 특히 3장과 4장에서 비중 있게 다루고 있는 「유선애상」과 「아츰」은 각각 문명이 주는 위험성에 대한 인식이라는 측면과 문명·자연의 화해 가능성의 시사라는 측면에서 중요한 시이다. 또 「時計를 죽임」은 근대적 시간성을 비판함으로써 문명에 대한 혐오를 드러낸 시다. 그가 산문 「아스팔트」에서 형상화한 바 있는 문명의 가능성과 그러한 가능성의 난점에 대한 인식은 이 작품들의 주제 의식과 연결시켜 이해해야겠다. 그는 끝내 문명의 이상성에 대한 기대를 접고 종교시와 자연시로 대표되는 초월적 세계로 접어들 수밖에 없었다.

4장에서 종교시와 자연시를 더불어 언급하고 있는 것은 정지용 시의 문명관이 그의 시의 역동적인 구조 형성의 내적인 동인이 되었다는 사실을 입증하기 위해서이다. 정지용의 문명 인식 방법을 이해할 때 그의 종교시와 자연시가 지닌 의의 또한 제대로 이해할 수 있다. 도시 공간의 삭막함을 극복하고자 오늘날의 시인들도 종교와 자연으로의 초월을 꿈꾸듯이 정지용 역시 고독과 불안을 가중시키는 근대 문명의 세속성·난해성·위험성을 극복하여 정신적 위안을 얻고자 종교시와 자연시를 창작하였다. 이는 문명의 '위해'에 맞선 뼈아픈 반문명적 대안 모색이었다. 그러한 고민의 흔적을 짐작할진대 그의 종교시와 자연시를 일제의 문인 탄압으로 인한 탈사회적인 공간 모색[27]이나 혹은 초월 세계로의 귀족적인 도피[28]로만 평가할 수는 없을 것 같다. 요컨대 '동시-농촌시-바다시-도시시-종교시-자연시' 등으로 이어지는 정지용 시의 전체 구조는 근대 문명에 대한 고민과 성찰의 과정을 함의하고 있음을 주장하는 바이다.

---

27) 가령 최동호는 위의 논문에서 정지용의 산문 「조선시의 반성」을 인용하면서 친일도 배일도 할 수 없었던 식민지 시인의 갈등이 『백록담』으로의 이행 원인이 되었다고 하였다.

28) 가령 이명찬은 『1930년대 한국시의 근대성』(소명출판, 2000, p. 181)에서 『백록담』이 감동을 주지 못하는 이유에 대하여 "작가적 현실의 문제를 정신적 교양의 문제로 좁혀 버림으로써 고만(高慢)한 시적 위의(威儀)에 머물러 언어의 사회성을 외면하는 결과를 낳았기 때문이다."라고 하였다.

백석 시의 세계 대응 양상

1. 서론

백석(본명 백기행 白夔行, 1912-?)은 1935년 조선일보에 「정주성」을 발표하면서 작품 활동을 시작했다. 그는 정치·문화적 억압이 가혹했던 시대를 살다간 지식인으로서 당대 민중의 고달프면서도 아름다운 삶을 내면화하면서 민족적이고 원형적인 삶의 세계를 부단히 동경하였다. 김소월의 고향이기도 한 평북 정주에서 태어난 그는 서북 지방의 민속과 정서를 체현함을 통하여 민족적 삶의 원형성을 아름다운 모국어로 형상화해 내는 데에 성공하였다.

백석은 등단 이후 6년 남짓한 기간 동안 시집『사슴』에 실린 작품들을 포함하여 100편 정도의 시를 발표하였다. 송준, 김자야 등에 의해서 분단 이후 북쪽에 머물면서 발표한 12편의 작품이 발굴되긴 하였지만 내용에 나타난 과다한 정치적 성향은 백석 시로서의 가치를 훼손시키고 있었다. 그런데 최근에 북한에서 창작한 백석의 동시가 발굴된 것은 참으로 뜻깊은 일이 아닐 수 없다.

백석은 그가 이루어 놓은 문학적 성취에도 불구하고 우리나라의 일그러진 역사적 현실로 인하여 문학사적 입지를 정당하게 담보 받지 못한 시인이었다. 좀 늦은 감이 있긴 하지만 1980년대 후반 월북 문인들에 대한 대대적인 해금 작업이 이루어지면서 비로소 우리 문학사의 가려진 금빛 모서리가 그 잃었던 광채를 회복하게 된 것은 다행한 일이다.

해방 이전 백석 시는 김기림[1], 박용철[2], 오장환[3] 등에 의해서 평가되었다. 백석 시집 『사슴』에 대하여 김기림은 "그 외관의 철저한 향토 취미에도 불구하고 주착없는 일련의 향토주의와는 명료하게 구별되는 '모더니티'를 품고 있는 것이다."[4]라고 하였으며 박용철 역시 "그것의 힘은 향토 취미 정도의 작위가 아니고 향토의 생활이 제 스사로의 강열에 의하여 필연의 의상을 입었다는 데 있다."[5]라고 긍정적으로 평가하였다. 그러나 오장환은 이 시집을 두고 "追憶과 回想과 야튼 感覺과 幻想을 노래하였다."[6]고 비판하면서 백석을 "스타일만을 찾는 모-던이스트라고 박게 볼 수가 없다."[7]고 했다. 해방 이후 백석은 월북 시인이라는 족쇄에 갇혀 자유로운 연구의 대상이 되지 못하다가 김현, 김종철에 의해 시사적 평가라는 맥락에서 개괄적으로 언급된다. 김현은 체념과 수락이 지배하는 백석시가 자유 의지를 말살할 수 있다는 우려를 하였고,[8] 김종철은 이같은 분석과 유사한

1) 김기림, 「'사슴'을 안고」, 조선일보, 1936. 1. 29.
2) 박용철, 「병자시단의 1년 성과」, 동아일보, 1936. 12.
　　　「백석시집 『사슴』 평」, 『박용철전집 2』, 동광당서점, 1940.
3) 오장환, 「백석론」, 『풍림 5호』, 풍림사, 1937. 4.
4) 김기림, 「'사슴'을 안고」, 『김기림 전집 2』, 심설당, 1988, p. 373.
5) 박용철, 「백석시집 사슴평」, 『박용철전집 2』, 동광당서점, 1940, p. 123.
6) 오장환, 위의 글, p. 18.
7) 위와 같음.

입장에서 역사적 현실의 희석화를 문제 삼는다.9) 그 후 1988년 7월 월북 문인에 대한 해금이 이루어지면서 여러 논객들에 의해서 새로운 평가를 얻게 되었다. 김명인10), 고형진11), 박태일12), 이숭원13), 최두석14), 김재홍15), 김은자16) 등은 주제 의식, 소재적 취향, 공간 의식, 창작 방법 등을 중심으로 백석의 시를 새롭게 연구하였는데 그들의 평가는 1930년대에 행해진 전대 비평가들의 평가처럼 대체로 긍정적인 맥락에서 이루어졌다.

이와 같은 기존의 연구물들은 섬세한 내재비평을 제시하여 백석 시를 이해하는 기틀을 잡았으나 백석 시의 주제 의식을 사회역사적인 맥락으로 이해하려는 시도는 거의 하지 않았다. 그의 시에 당대 현실에 대한 저항 의식이 직접적으로 드러나 있지 않으므로 이러한 접근이 불가능할 것같이 보이지만, 백석 시의 탁월한 서정성 속에는 당대 현실을 고민하고 거기에 맞서고자 했던 시대정신이 은밀히 내재해 있음을 밝힐 수 있다. 그러므로 백석 시의 역사성과 시대정신을

---

8) 김현·김윤식, 『한국문학사』, 민음사, 1973, pp. 217–219.

9) 김종철, 「30년대의 시인들」, 『시와 역사적 상상력』, 문학과지성사, 1978.

10) 김명인, 「백석 시고」, 『우보 전병두박사 화갑기념논문집』, 1983.
　　　「1930년대 시의 구조 연구」, 고려대 대학원 박사학위 논문, 1985.

11) 고형진, 「백석시연구」, 고려대 대학원 석사학위 논문, 1983.
　　　「1920–1930년대 시의 서사 지향성과 시적 구조」, 고려대 대학원 박사학위 논문, 1991.

12) 박태일, 「백석 시의 공간 인식」, 『국어국문학』 21호, 부산대 국문과, 1983.

13) 이숭원, 「풍속의 시화와 눌변의 미학」, 『한국시문학의 비평적 탐구』, 삼지원, 1985.

14) 최두석, 「백석의 시세계와 창작방법」, 『우리시대의 문학』 6호, 문학과지성사, 1987.

15) 김재홍, 「민족적 삶의 원형과 운명애의 진실미–백석」, 『한국문학』, 한국문학사, 1989. 10.

16) 김은자, 「백석 시 연구」, 『한림대학교 논문집』 8호, 1990.

고찰해 보는 작업은 나름대로의 의미를 지닐 것으로 보인다.

본고는 백석 시에 나타나는 두 가지 주요한 주제적 특질을 중심으로 하여 백석이 시인으로서 당대의 모순된 세계 현실에 대응한 양상을 구명해 보고자 한다. 백석이 활동했던 시기인 1930년대 말과 1940년대 초에 일제는 창씨개명과 모국어 사용 금지를 강요하면서 민족 정신을 말살시키려 하였고 군수 물자 조달을 위하여 수탈을 극대화하였다. 살벌한 검열을 통과해야 했던 이 시기의 시인들은 궁핍한 식민지의 모순에 대하여 직서적으로 대응하지 못한 채 자연의 세계로 몰입하거나 시대고를 개인 내면의 문제로 응축시킬 수밖에 없었다. 백석 역시 현실을 직접 고발하는 시편들을 쓰지 않았지만 여러 편의 시에 현실의 모순과 갈등은 응축되어 있었다. 백석은 이상화나 이육사 등 저항적 색채가 농후한 시인들과는 다른 방법으로 세계의 모순에 대응한 것이다.

그의 시에 나타나는 세계 대응 양상은 원형적 삶에 대한 동경과 운명적 허무의 내면화라는 말로 요약될 수 있는데 이는 식민지 현실을 비켜간 나약한 지식인의 소극적 도피라는 의미를 넘어서 당대 현실을 치열하게 고민한 후 세계에 대응한 서정성의 결과라고 평가할 수 있을 것이다. 백석 시에 나타나는 농익은 서정성이 현실에 대한 도피 욕망에서 비롯된 것이 아니며 그것 속에는 식민지 현실의 질곡에 대한 저항 의식이 다분히 내포되어 있다. 식민지 현실이 구체적으로는 드러나지 않는 아름답고 고즈넉한 서정시 속에 시인의 세계 대응의 원리와 자세가 숨어 있는 것이다.

2. 공동체의 붕괴와 원형적 삶의 동경

백석 시를 이해할 때 간과할 수 없는 가장 주요한 특질은 고향의식이다. 백석 시에 나타난 고향의식은 순진무구한 동심(童心)의 세계관을 바탕으로 하여 나타난다. 성년이 되어 고향을 떠난 시인에게 유년의 고향 체험은 화해롭고 평화로운 세계 체험과 다를 바가 없다. 그의 시의 많은 부분에서 유년의 화자가 겪었던 아름다운 고향의 풍경이 추체험 형식으로 전개되고 있는 점은 잃어버린 화해로운 세계에 대한 갈망에서 비롯되었다. 시인이 유년의 고향에 애착을 갖는 것은 여러 갈등으로 뒤얽힌 현실 세계로부터의 탈출구를 찾기 위한 모색이라고 보인다.

백석이 바라본 현실의 가장 큰 문제점은 일제의 가혹한 식민 통치로 인해서 화해로운 농촌 공동체가 붕괴된 모습에 있다. 그가 일찍이 고향을 떠나 유랑했던 타향과 타국은 파괴되고 있는 농촌의 피폐한 현실 상황과 이어진다. 허물어져 가는 고향의 현실은 시인을 객지로 내몰았고 화해로운 유년의 고향을 상실한 시인은 더욱 고달픈 방랑의 세월을 보낼 수밖에 없었다. 「정문촌」, 「여승」 등의 작품은 농촌 공동체 혹은 가족공동체의 파괴와 몰락을 그리고 있다.

女僧은 合掌하고 절을했다
가지취의 내음새가났다
쓸쓸한 낯이 녯날같이 늙었다
나는 佛經처럼 설어워졌다

平安道의 어늬 山깊은 금덤판
나는 파리한女人에게서 옥수수를샀다

女人은 나어린딸아이를따리며 가을밤같이차게울었다

섭벌같이 나아간지아비 기다려 十年이갔다
지아비는 돌아오지않고
어린딸은 도라지꽃이좋아 돌무덤으로갔다

山꿩도 설게울은 슲븐날이있었다
山절의마당귀에 女人의머리오리가 눈물방울과같이 떨어진날이있었다

—「女僧」17) 전문

이 시에 나타난 여인의 삶은 가족의 해체와 이산이라는 비극적인 현실의 정중앙에 놓여 있다. 가족공동체의 붕괴는 일제의 식민 통치라는 시대적인 상황과 맞물리면서 백석이 바라본 현실 상황의 중요한 문제로 등장하게 된다. 이 시의 주인공인 여승은 가족공동체의 파멸로 인한 비애와 고독으로 인하여 쓸쓸한 낯을 하고 있다.

화자는 지난날 평안도의 어느 산 속을 지난 적이 있다. 그곳에 있는 금덤판(금을 캐거나 파는 산골의 장소 또는 그곳에서 간이 식료품 등을 파는 곳)에서 "파리한 여인"을 만난다. 그 때 딸을 데리고 옥수수를 팔던 여인이 지금 여승이 되어 화자 앞에 있는 것이다. 그의 남편은 섶벌(재래종 꿀벌)이 벌통으로 꿀을 따 모으려고 분주히 드나드는 것처럼 가족에게 먹일 양식을 마련하기 위하여 집을 나섰다가 십 년이 지나도록 돌아오지 않는다. 가장인 지아비가 없는 가정은 날로 피폐

---

17) 본고에서 인용한 시는 『사슴』에 실렸던 경우, 이 시집의 표기법을 따랐고, 『사슴』에 실리지 않은 경우에는 발표된 잡지의 표기를 기준하였다. 백석은 조선일보 기자였다. 그럼에도 그가 문법적인 띄어쓰기를 무시하고 나름대로의 방법을 시도한 것은 읽기의 호흡을 고려했기 때문이다. 몇몇 연구자의 경우, 백석 시를 인용하면서 띄어쓰기를 고치는 경우가 있는데 이는 잘못된 것이다.

해 갔을 것이며 그리하여 그의 어린 딸마저 가난과 굶주림으로 인하여 죽어갈 수밖에 없었던 것이다.

여인이 중이 된 것은 뚜렷한 종교적인 목적이 있었기 때문이 아니라 다만 자신의 비극적인 삶을 피해보고자 하는 소극적인 세계 대응에 불과할 따름이다. 그러나 생존의 수단과 삶의 의미마저 상실한 여인이 울음 울며 머리를 깎을 수밖에 없었던 것은 너무나도 당연한 상황의 귀결일 것이다. 가족이 해체되는 소용돌이 속에서 중이 된 여인의 삶은 당대 현실 속에서는 그리 드문 일일 수 없다.

> 아카시아꽃의 향기가가득하니 꿀벌들이많이날어드는 아츰
> 구신은없고 부헝이가 담벽을며쫗고 죽었다
>
> 기왓골에 배암이푸르스름히빛난달밤이있었다
> 아이들은 쪽재피같이 먼길을돌았다
>
> 旌門집가난이는 열다섯에
> 늙은말군한테 시집을갔겄다
>
> ──「旌門村」 부분

이 시는 음울하고 비극적인 분위기를 풍기고 있다. "아카시아꽃의 향기"조차 정문촌의 황폐한 상황을 고조시키는 기능을 한다. 이곳에 세워진 정문(旌門)은 충신이나 열녀를 기린다는 그 본래의 기능을 상실하고 말았음을, 인용되지 않은 이 시의 전반부는 말해주고 있다. 목각의 액은 비웃음거리가 되어버렸고 아이들은 흉가가 된 그 집에 가까이 가지 않는다. 정문집의 딸은 늙은 남자와 원하지 않는 결혼을 하여 그 집을 떠나게 된다. 폐허가 된 정문집의 모습과 정문집 가족

의 슬픈 이산(離散)은 조선의 유교적 가치 체계의 붕괴를 의미한다. 백석이 바라본 가족공동체의 붕괴는 개별적 상황이라기보다는 민족 공동의 문제로서의 의미를 강하게 지닌다. 백석의 시는 "극도로 폐쇄된 사회에서 한 공동체적인 삶의 근원과 유대를 환기시킴으로써, 역설적으로 民族的 喪失感에 닿아 있었다."라고 할 수 있다.[18] 가족과 공동체의 파괴에 대한 인식이 전민족적으로 확대되어 나타나고 있는 시가 「北方에서」이다.

아득한 녯날에 나는 떠났다
扶餘를 肅愼을 渤海를 女眞을 遼를 金을,
興安嶺을 陰山을 아무우르를 숭가리를.
범과 사슴과 너구리를 배반하고
송어와 메기와 개구리를 속이고 나는 떠났다.

나는 그때
자작나무와 익갈나무의 슬퍼하든것을 기억한다
갈대와 장풍의 붙드든 말도 잊지않었다
오로촌이 멧돌을 잡어 나를 잔치해 보내든것도
쏠론이 십리길을 딸어나와 울든것도 잊지않었다.

나는 그때
아모 이기지못할 슬픔도 시름도 없이
다만 게을리 먼 앞대로 떠나나왔다
그리하여 따사한 해ㅅ귀에서 하이얀 옷을 입고 매끄러운 밥을 먹고 단 샘을 마시고 낮잠을 잤다
밤에는 먼 개소리에 놀라나고

---

18) 김명인, 「백석시고」, 고형진 편, 『백석』, 새미, 1996, p. 107.

아츰에는 지나가는 사람마다에게 절을 하면서도
나는 나의 부끄러움을 알지 못했다.

그동안 돌비도 깨어지고 많은 은금보화는 땅에 묻히고 가마귀도 긴
족보를 이루었는데
이리하야 또 한 아득한 새 넷날이 비롯하는때
이제는 참으로 익이지못할 슬픔과 시름에 쫓겨
나는 나의 넷한울로 땅으로 – 나의 胎盤으로 돌아왔으나

이미 해는 늙고 달은 파리하고 바람은 미치고 보래구름만 혼자 넋없
이 떠도는데

아, 나의 조상은 형제는 일가친척은 정다운 이웃은 그리운것은 사랑하
는것은 우럴으는것은 나의 자랑은 나의 힘은 없다 바람과 물과 세월과
같이 지나가고 없다.

—「北方에서–鄭玄雄에게」 전문

만주 제국의 수도인 신경에 살면서 쓴 이 시는 화가 정현웅에게
자신의 경험과 심경을 편지글처럼 전달하는 대화체 형식을 취하고
있다. 이 시가 다루고 있는 주된 공간은 만주인데 과거 이 지역은 부
여, 숙진, 발해, 요, 금, 홍안령, 음산, 아무우르 등의 나라들이 홍망을
반복한 곳으로 우리 민족의 정기가 살아 숨쉬던 터전이었다. 만주족
들이 세운 여러 나라들에 대한 화자의 애정은 북방 정서의 일종이라
고 할 수 있다. 이러한 북방 정서가 시인이 생각한 민족주의와 교차
하고 있음을 이 시는 알려 준다. 화자가 현재 발 딛고 있는 만주 땅
은 이미 남의 나라 소유가 되어버린 지 오래다. "아득한 넷날에" 이
땅에 살던 자연물인 범, 사슴, 너구리, 송어, 메기, 개구리 등을 배반

하고 떠난 "나"는 개인적인 화자가 아니라 민족적 삶을 경험한 "역사적 화자이며 그의 삶은 역사 그 자체"[19]가 될 수 있는 것이다. 역사적 화자인 "나"가 지니고 있는 세계관 속에는 백석이라는 시인이 지니는 개인 화자의 현실관이 다분히 투사되어 있다. 자작나무와 이깔나무와 갈대와 장풍과 쏠론이 슬퍼하면서 만류하였음에도 불구하고 그 때 화자는 "슬픔도 시름도 없이" 그곳을 떠나왔다. 그의 떠남은 비극의 시작이 되었다. 이는 우리 민족이 광활한 만주의 역사를 개척하지 못하고 그곳에서 밀려났던 것으로 말미암아 화해로운 민족적 삶이 붕괴되는 암담한 상황이 전개된 현실을 암시한다.

  "따사한 햇귀", "하이얀 옷", "매끄러운 밥", "단샘", "낮잠"을 즐기는 떠나온 나의 삶은 일면 평화롭고 안락한 것처럼 보이나 오욕과 위선을 지울 수 없었음에 분명하다. 화자는 밤마다 들려오는 개소리에 놀라거나 아침에는 지나가는 사람들에게 아부하면서도 부끄러움을 몰랐던 삶을 뉘우친다. "금은 보화"가 쌓여 가는 옛날의 화려한 역사는 온데 간데 없고 이제 남은 것은 슬픔과 시름뿐이라는 것을 직시하게 된다. 그는 이러한 역사의 오명을 역사 주체의 잘못으로만 돌리지 않고 그것을 자신의 현재적 삶의 문제와 연결시키는 반성적 태도를 취한다. 그는 지금 다시 "나의 넷 한울"이며, "나의 태반"인 북방으로 돌아와 건강한 역사 환경을 재건하고자 한다. 그러나 다시 찾은 북방은 늙은 해, 파리한 달, 미친 바람, 넋잃은 보래구름만 떠도는 황폐한 공간이 되어버렸다. "바람과 물과 세월"이 지나가고 없는 이곳에서 화자가 자랑도 힘도 상실한 채 체념할 수밖에 없는 것은 당연한 일이

---

19) 유재천, 「백석 시 연구」, 이선영 편, 『1930년대 민족 문학의 인식』, 한길사, 1990, p. 209.

며, 이러한 체념과 회한에 빠진 화자의 태도를 수동적이고 나약한 지식인의 모습이라고 비판할 수 있을까? 오히려 과거의 역사를 조상의 탓으로만 돌리지 않은 채 역사의 질곡을 자신의 슬픔과 한으로 형상화하고자 한 식민지 시대 한 시인이 지닌 영혼의 염결성을 높이 사야 할 것이다.

공동체의 붕괴와 나아가 패배적인 역사 환경의 질곡을 경험한 백석은 자책감과 상실감 속으로 침강하게 된다. 이러한 상황을 타개할 수 있는 힘을 찾아보려고 한 그는 일제의 수탈과 억압 앞에서 다시 한 번 나약한 자신의 모습에 실망하고 체념과 절망감에 사로잡히게 되는데 이러한 절망감을 극복하여 정신적인 승리를 얻기 위해서 지향한 세계는 유년의 화해로운 공간이다. 유년 이후 줄곧 타향을 전전했던 시인에게 가슴 속에 남아 있는 유년의 모습은 간절한 그리움의 대상이었다. 황량한 현실로 내몰린 시인은 평화로운 공동체의 모습을 재구함을 통하여 현실을 견디어 낼 수 있는 힘을 충전시킬 수 있게 된다.

아배는타관가서오지않고 山비탈외따른집에 엄매와나와단둘이서 누가 죽이는듯이 무서운밤 집뒤로는 어늬山곬작이에서 소를잡어먹는노나리 군들이 도적놈들같이 쿵쿵걸이며다닌다

날기멍석을저간다는 닭보는할머니를차굴린다는땅아래 고래같은기와 집에는언제나 니차떡에 청밀에 은금보화가그득하다는 외발가진조마구 뒷山어늬메도 조마구네나라가있어서 오줌누러깨는재밤 머리맡의문살에 대인유리창으로 조마구군병의 새깜안대가리새깜안눈알이들여다보는때 나는이불속에자즐어붙어 숨도쉬지못한다.
또이러한밤같은때 시집갈처녀망내고무가 고개넘어큰집으로 치장감을

가지고와서 엄매와둘이 소기름에쌍심지의 불을밝히고 밤이들도록 바느
질을하는밤같은때 나는 아릇목의샅귀를들고 쇠든밤을내여 다람쥐처럼
밝어먹고 은행여름을 인두불에구어도먹고 그러다는 이불웅에서 광대넘
이를뒤이고 또 놓어굴면서 엄매에게 웅목에둘은평풍의 샛빩안천두의이
야기를듣기도하고 고무더러는 밝는날 멀리는못간다는뫼추라기를 잡어
달라고졸으기도하고

내일같이명절날인밤은 부엌에 쩨듯하니 불이밝고 솥뚜껑이놀으며 구
수한내음새 곰국이무르끓고 방안에서는 일가집할머니가와서 마을의소문
을펴며 조개송편에 달송편에 쥐두기송편에 떡을빚는곁에서 나는밤소 팟
소 설탕든콩가루소를먹으며 설탕든 콩가루소가 가장맛있다고생각한다.
나는얼마나 반죽을주물으며 힌가루손이되여 떡을빚고싶은지모른다

섯달에 내빌날이드러서 내빌날밤에눈이오면 이밤엔 쌔하얀할미귀신
의눈귀신도 내빌눈을받노라못난다는말을 든든히녁이며 엄매와나는 앙
궁웅에 떡돌웅에 곱새담웅에 함지에버치며 대냥푼을놓고 치성이나들이
듯이 정한마음으로 내빌눈약눈을받는다
이눈세기물을 내빌물이라고 제주병에 진상항아리에 채워두고는 해를
묵여가며 고뿔이와도 배앓이를해도 갑피기를앓어도 먹을물이다

—「古夜」 전문

"古夜"라는 제목에서도 알 수 있듯, 이 시에는 유년에 대한 화자의
기억이 환기시켜 주는 아름답고 평화로운 시골 밤의 풍경이 제시되
어 있다. 1연에서 화자는 산비탈에 있는 외딴집에서 어머니와 함께
보내야 했던 "무서운 밤"을 이야기한다. 밀도살꾼인 노나리꾼이 산골
짜기를 쿵쿵거리며 다닌다는 청각적 이미지는 유년 화자의 무서움을
강화시킨다. 2연에서 뒷산에 조마구(난쟁이)군병이 산다는 동화적인
이야기가 펼쳐지면서 1연의 이미지는 이어진다. 한밤에 오줌이 마려

워 깨면 문살의 유리창 사이로 눈알을 내빈 조마구 군병이 있다는 진술은 서정적 화자의 순진무구한 상상력의 공간을 거침없이 펼쳐 보인다. 화자는 노나리꾼이나 조마구 나라에 대하여 무서운 감정을 표하고 있기는 하나, 그 무서움을 스스로가 만들어 놓은 환상적 공간으로 몰고 가면서 그것을 즐기게 된다.

화자가 사는 "산비탈 외따른 집"과 대조를 이루는 조마구의 나라인 "고래 같은 기와집"은 "니차떡(인절미)"과 청밀, 은금보화가 가득하여 화자를 유혹한다. 아버지도 없는 가난하고 외로운 상황에 처해 있는 유년의 화자는 자신에게 부족한 것들을 충족시켜 줄 수 있는 공간으로 환상적 세계를 그려내고 있는 것이다. 이러한 동화적 상상력을 마음껏 발휘할 수 있었던 유년의 공간은 성년이 된 화자에게 더없이 그리운 세계가 될 수밖에 없다.

1, 2연에서 환상적 세계와 이어진 유년의 모습은 3, 4연에서 놀이와 음식물의 이미지를 통하여 더욱 큰 생동감을 얻게 된다. 고모와 엄마가 혼수 옷감을 손질하는 밤에 화자는 할 일 없이 시간을 보낸다. 이 시간 동안 화자는 "쇠든 밤을 내여 다람쥐처럼 밝어 먹고 은행 여름을 인두불에 구어도 먹"기도 하면서 먹는 것에 싫증이 나면 "이불 위에서 광대넘이"를 하면서 심심찮은 밤을 보낸다. 병풍에 새겨진 "천두 이야기"나 밝은 날에는 멀리 못 난다는 "뫼추라기" 이야기 등의 동화적 설정은 1연에 나타난 환상적 이미지와 잘 연결된다.

4연과 5연은 민속적 생활 양식과 관련되는 이야기를 담고 있다. 모두가 밤에 일어나는 내용이라는 점에서도 "古夜"라는 한 제목 아래 묶을 수 있었겠지만 환상적이고 동화적 세계와 민속적 풍습을 한 자리에 놓은 데는 시인의 각별한 의도가 있었을 것이다.

4연에는 명절 전날 밤의 풍경이 나타난다. 다양한 음식물을 만들고 있는 정다운 세시 풍습은 성년 화자로 하여금 유년의 기억을 풍요롭게 간직하게끔 하는 매개물이다. 다른 연에서 보이지 않는 행갈이된 부분인 "나는-모른다"는 음식을 장만하고 있는 어른들 사이에 끼어 한 몫을 하고 싶은 유년 화자의 바람인 동시에 낯선 도시를 헤매던 성년 화자의 고향 회귀 욕망의 표현이기도 하다. 5연에서는 넵일날에 얽힌 무속적 생활 양식이 제시되어 있다. 현대 의술이 발전하지 못했던 근대 이전 사회에서 행해지던 민간 요법은 과학적 근거를 확보하지 못했을지라도 민족적 삶의 원형을 탐구하는 데 중요한 원천이 된다. 원형적인 삶의 세계를 끊임없이 동경해 왔던 시인에게는 속신적(俗信的) 세계 또한 애정과 관심의 대상이었다.

이 시를 통하여 시인은 동화, 민담, 전설, 민간요법 등의 비현실적 세계를 밤의 이미지를 중심으로 통합하여 민족적 삶의 원형성이 지니는 상징적 의미를 응축시키고 있다. 또한 그것들은 순진무구한 유년의 화자가 지닌 동심의 눈을 통해 재구성되고 있어 순수함과 아름다움을 더욱 제고시키고 있다. 백석 시에 여러 편 나타나는 음식물과 관련된 풍속을 드러내는 시들에도 원형적 삶에 대한 강한 동경이 나타난다. "그의 시 전편에 나타나는 음식물의 종류를 조사해 보면 총 150여 종에 이르고 있다".[20]

아, 이 반가운것은 무엇인가
이 히수무레하고 부드럽고 수수하고 슴슴한것은 무엇인가

---

20) 고형진은 위의 논문에서 백석시에 나타나는 식생활에 관한 어휘를 상세히 조사해 놓고 있다.
고형진, 「백석시 연구」, 고형진 편, 『백석』, 새미, 1996, p. 23.

> 겨울밤 쩡 하니 닉은 동티미국을 좋아하고 얼얼한 댕추가루를 좋아하
> 고 싱싱한 산꿩의 고기를 좋아하고
>   그리고 담배내음새 탄수내음새 또 수육을 삼는 육수국 내음새 자욱한
> 더북한 삳방 쩔쩔 끓는 아르궅을 좋아하는 이것은 무엇인가
>
>   이 조용한 마을과 이마을의 으젓한 사람들과 살틀하니 친한것은 무엇
> 인가
>   이 그지없이 枯淡하고 素朴한것은 무엇인가
>
> —「국수」 부분

토속적인 음식, 고향 근처의 지명, 놀이 문화 등 백석 시의 다양한
소재는 고향에 대한 그리움이라는 주제와 적절한 상관성을 지닌다.
인용된 시에서 보이는 음식 문화에 관한 진술들은 시인이 희구한 공
동체적 질서를 환기시킨다. 이름만 들어도 군침이 나는 "이 히수무레
하고 부드럽고 수수하고 슴슴한 것"에 대한 반가움은 "동티미국", "댕
추가루(고춧가루)", "산꿩 고기", "육수국" 등 국수를 먹는 방법과 관련
되는 다채로운 음식물들을 떠올리게 하여 민족적 동질성에 대한 향
수의 구체적인 형상화로 이어진다. 지역과 민족에 따라 다양하게 전
개되는 음식 문화는 지역성과 민족성을 근본적으로 함의하고 있기
때문이다. "그지없이 枯淡하고 素朴한 것"이라는 국수에 대한 평가는
우리 민족과 국가에 대한 화자의 느낌을 동시에 내포함으로써 중의
성을 확보하고 있다.

3. 고립된 자아와 허무의 내면화

백석 시가 지니는 또 하나의 특징으로 허무주의적인 경향을 들 수

있다. 그의 허무는 자신의 삶의 원천이었던 고향을 상실한 것에 주요한 원인을 두고 있으며, 특히 고립된 자아의 모습 속에 투영되어 나타난다. 1930년대에는 일제의 수탈이 가속화되면서 농촌에서의 삶의 의미를 상실해 버린 농민들의 연이은 탈향이 있었다. 많은 민초들은 객지를 전전하면서 고난에 찬 생활 속에서 하루하루를 연명하게 되었다. 지식인이었던 백석 역시 붕괴되어 가는 고향을 떠나 이국과 타향을 떠돌면서 실향과 망국의 아픔을 깊이 느꼈으며 이러한 슬픔을 당대의 민중들과 공유하려는 노력을 문학 작품으로 보여 주었다.

그의 시에 나타나는 고립된 자아의 모습은 개인적 의미를 넘어 공동체적 의미 영역으로 확대될 수 있다. 그러므로 허무주의적 세계 인식이 뚜렷이 나타나는 「南新義州柳洞朴時逢方」이나 「흰 바람벽이 있어」의 배경인 작은 방이라는 장소는 정신과 육체의 근간을 상실한 당대인들이 힘든 생존과 고뇌에 찬 사색을 할 수 있었던 공간이라는 시대적인 의미를 지닌다. 백석은 시대와 개인을 휘감고 있었던 허무 의식 속에서 전망 없는 태도로만 안주했던 것이 아니라 불굴의 신념을 통하여 그 상황을 내면화하면서 극복하고자 했다.

오늘 저녁 이 좁다란방의 흰 바람벽에
어쩐지 쓸쓸한것만이 오고 간다
이 흰 바람벽에
희미한 十五燭전등이 지치운 불빛을 내어던지고
때글은 다낡은 무명샷쯔가 어두운 그림자를 쉬이고
그리고 또 달디단 따끈한 감주나 한잔 먹고싶다고 생각하는 내 가지가지 외로운 생각이 헤메인다
그런데 이것은 또 어인일인가

이 힌 바람벽에
내 가난한 늙은 어머니가 있다
내 가난한 늙은 어머니가
이렇게 시퍼러둥둥하니 추운날인데 차디찬 물에 손을 담그고 무이며
배추를 씻고 있다
또 내 사랑하는 사람이 있다
내 사랑하는 어여쁜 사람이
어늬 먼 앞대 조용한 개포가의 나즈막한 집에서
그의 지아비와 마주 앉어 대구국을 끓여놓고 저녁을 먹는다
벌서 어린것도 생겨서 옆에 끼고 저녁을 먹는다
그런데 또 이즈막하야 어늬사인엔가
이 힌 바람벽엔
내 쓸쓸한 얼골을 쳐다보며
이러한 글자들이 지나간다
─나는 이 세상에서 가난하고 외롭고 높고 쓸쓸하니 살어가도록 태어
났다
그리고 이 세상을 살아가는데
내 가슴은 너무도 많이 뜨거운것으로 호젓한것으로 사랑으로 슬픔으
로 가득찬다
그리고 이번에는 나를 위로하는듯이 나를 울력하는듯이
눈질을하며 주먹질을하며 이런 글자들이 지나간다
─하늘이세상을 내일적에 그가 가장 귀해하고 사랑하는것들은 모두
가난하고 외롭고 높고 쓸쓸하니 그리고 언제나 넘치는 사랑과 슬픔속
에 살도록 만드신것이다
초생달과 바구지꽃과 짝새와 당나귀가 그러하듯이
그리고 또 "프랑시쓰·짬"과 陶淵明과 "라이넬·마리아·릴케"가 그러
하듯이

─「힌 바람벽이 있어」 전문

이 시는 백석 시 전반에 두루 나타나는 비극적 세계관과 그것의 내면화라는 측면에서 이해할 수 있다. 그가 지닌 비극적 세계관은 지식인 시인의 과장된 포즈가 아니라 궁핍한 시대를 횡단하면서 고향의 붕괴를 뼈저리게 체험하며 유랑의 삶을 살아야 했던 구체적 경험으로 인하여 피해 갈 수 없었던 현실 인식의 방법이었다. 유년의 화해로운 공동체적 세계에 누구보다도 애정을 가졌던 시인에게 고향 상실은 곧 생존의 근본적인 의미를 박탈하는 것과 다름 아니었다. 그러나 그는 원형적 삶의 붕괴를 극복하면서 존재의 의미를 성찰해 나갔고 그리하여 그의 허무주의가 아름다운 서정시의 품격을 유지할 수 있었던 것은 비극적 세계관을 가슴 깊이 내면화하여 다시 그것을 승화시키고자 했던 시인 자신의 처절한 의식 투쟁의 결과에 이유가 있겠다.

「흰 바람벽이 있어」의 화자는 추운 겨울의 어느 저녁 작은 방안에 홀로 앉아 바람벽을 바라보고 있다. 바람을 막아 주는 바람벽은 외부 세계와의 단절을 의미하는 동시에 시인의 내면에 드리운 의식을 끄집어내는 존재의 거울 역할을 한다. 또한 바람벽은 흡사 영화관의 은막(銀幕)과도 같은 역할을 하는데 화자는 그것을 통하여 자신의 현재 모습과 내면의 풍경으로 만들어낸 영화 한 편을 보고 있는 것이다.

바람벽이 시인에게 뚜렷이 환기시켜 주는 것은 존재의 쓸쓸함이다. 바람벽에 지친 불빛을 내어 던지는 "십오촉 전등"과 바람벽에 어두운 그림자를 쉬게 하는 "낡은 무명샷쯔"에 화자의 "외로운 생각"이 이입되고 있다. 그러므로 "지치운", "어두운" 등은 화자의 현재 모습을 수식하는 형용사이기도 한 것이다. 이 상황에서 떠올린 "감주"는 상실이 없었던 토속적인 유년 세계로 회귀하고자 하는 욕망이 투영된 소재이다.

다시 화자는 흰 바람벽을 통하여 헤어진 어머니와 애인의 모습을 떠올린다. 어머니는 이미 가난하게 늙어 버렸으며 이렇게 추운 날에 차디찬 물에 손을 담그는 모습을 하고 있어 화자의 마음을 더욱 아프게 한다. 애인 역시 지아비에 자식까지 있어 영영 멀어진 사람이 되어 버렸다. 화자의 내면 공간을 비추어 주고 있는 흰 바람벽은 그리하여 그에게 극도의 슬픔과 외로움을 전해 준다. 이 모든 것은 화자 스스로가 행하는 사고 과정의 결과일 뿐이다. 스스로 자신의 의식을 비극의 중심으로 옮겨 놓은 것이다.

"그런데"에서 시상은 반전된다. 화자는 흰 바람벽에서 존재의 비극성을 해명해 주는 진술을 발견하게 된다. "나는-태어났다"라는 말을 확인하면서 그는 자신의 절망을 인간의 힘이 미치지 않는 운명의 영역으로 돌리며 스스로를 위로한다. 그것은 운명에 대한 사랑이기도 하다. 그리하여 그의 가슴은 "뜨거운 것", "호젓한 것", "사랑", "슬픔" 등으로 가득 차게 된다. 그는 세상의 가장 귀한 것들은 "가난하고 외롭고 높고 쓸쓸하"게 살아가야 하는 숙명을 타고났다고 생각함으로써, 고독과 가난의 정중앙에 놓인 자신을 지고지순한 가치를 지닌 존재로 받아들인다. 여기에 백석 시가 지닌 자기 긍정의 아름다움이 자리잡는다. 이 시는 절망적 처지에 있는 시인이 자신의 의식적 정황을 비극의 극단으로 몰고 간 다음 그 비극을 내면화하여 승화시키고 있는 감동적인 구조를 지니고 있는 작품이다. 화자가 자신의 삶과 등가를 이룬다고 여기고 있는 "초생달", "바구지꽃", "짝새", "당나귀"는 「남신의주유동박시봉방」에서 "갈매나무"로 변주되고 있다.

어느 사이에 나는 아내도 없고, 또,
아내와 같이 살던 집도 없어지고,
그리고 살뜰한 부모며 동생들과도 멀리 떨어져서,
그 어느 바람 세인 쓸쓸한 거리 끝에 헤매이었다.
바로 날도 저물어서
바람은 더욱 세게 불고, 추위는 점점 더해 오는데,
나는 어느 木手네 집 헌 샅을 깐,
한 방에 들어서 쥔을 붙이었다.
이리하여 나는 이 습내 나는 춥고, 누긋한 방에서,
낮이나 밤이나 나는 나 혼자도 너무 많은 것 같이 생각하며,
딜옹배기에 북덕불이라도 담겨 오면,
이것을 안고 손을 쬐며 재위에 뜻 없이 글자를 쓰기고 하며,
또 문밖에 나가디두 않고 자리에 누워서,
머리에 손깍지 벼개를 하고 굴기도 하면서,
나는 내 슬픔이며 어리석음이며를 소처럼 연하여 쌔김질하는 것이었다.
내 가슴이 꽉 메어 올 적이며,
내 눈에 뜨거운 것이 핑 괴일 적이며,
또 내 스스로 화끈 낯이 붉도록 부끄러울 적이며,
나는 내 슬픔과 어리석음에 눌리어 죽을 수 밖에 없는 것을 느끼는 것
이었다.
그러나 잠시 뒤에 나는 고개를 들어,
허연 문창을 바라보든가 또 눈을 떠서 높은 턴정을 쳐다보는 것인데,
이 때 나는 내 뜻이며 힘으로, 나를 이끌어 가는 것이 힘든 일인 것을
생각하고,
이것들보다 더 크고, 높은 것이 있어서, 나를 마음대로 굴려가는 것을
생각하는 것인데,
이렇게 하여 여러 날이 지나는 동안에,
내 어지러운 마음에는 슬픔이며, 한탄이며, 가라앉을 것은 차츰 앙금
이 되어 가라앉고,

외로운 생각만이 드는 때 쯤 해서는,

더러 나줏손에 쌀랑쌀랑 싸락눈이 와서 문창을 치기도 하는 때도 있
는데,

나는 이런 저녁에는 화로를 더욱 다가 끼며, 무릎을 꿇어 보며,

어니 먼 산 뒷옆에 바우 섶에 따로 외로이 서서

어두어 오는데 하이야니 눈을 맞을, 그 마른 잎새에는

쌀랑쌀랑 소리도 나며 눈을 맞을,

그 드물다는 굳고 정한 갈매나무라는 나무를 생각하는 것이었다.

—「南新義州柳洞朴時逢方」 전문

이 시는 여러 논자들에 의해서 높은 평가를 받았다. 유종호는 이
시를 두고 "落魄한 영혼이 펼쳐 보이는 이 페시미즘의 절창이 한국
최상의 시의 하나라는 사실이다"[21]라고 하면서 "이 작품이야말로 한
국인의 생활 철학과 인생관이 집약된 대표적인 사상시라고 말할 수
가 있을 것이다"[22]라고 극찬하였다. 김현 역시 이 시를 "한국시가 낳
은 가장 아름다운 시 중의 하나"라고 높이 평가하였다.[23] 이러한 긍
정적인 평가와는 다른 견해[24]는 삶을 달관하고 현실의 갈등을 고요
하게 수렴하려는 이 시에 나타난 수용력과 자기 성찰의 자세가 소극
적이고 수동적인 세계관을 반영하고 있다는 것을 지적하지만 이 때
문에 이 시가 낮게 평가될 필요는 없을 것이다.[25]

이 시는 특이한 제목을 가지고 있다. 특히 문제가 되는 것은 "방

---

21) 유종호, 「한국의 페시미즘」, 『현대문학』, 현대문학사, 1961. 9, p. 191.

22) 위와 같음.

23) 김현·김윤식, 위의 저서, p. 219.

24) 김종철, 위의 논문, p. 45.

25) 김명인, 「백석 시고」, 『우보 전병두 박사 화갑기념 논문집』, 1983, p. 122.

(方)"자의 의미이다. "방"은 편지를 쓸 때 세대주나 집주인의 이름 아래 붙이기도 하는데 가령 "홍길동방"이라 하면 "홍길동씨의 집"이라는 뜻을 지닌다. 또 "홍길동방"이 "홍길동에게"라는 뜻으로 쓰이기도 하였다.[26] 그래서 이 시의 제목이 편지 봉투의 주소를 의미한다는 해석이 가능할 것이다.

화자는 작고 습내 나고 누긋한 방안에 홀로 있다. 홀로 있는 방은 인간이 자신의 삶과 내면의 문제를 깊이 있게 생각해 보기에 적당한 장소이다. 여러 시인의 다양한 시에 나타난 방의 공간에서 시적 화자가 개인의 운명과 정면으로 만나는 경우가 많은 것은 이 때문이다. 이 시에서도 역시 화자는 방이라는 공간 속에서 초라한 존재의 쓸쓸한 내면을 들여다보면서 자신의 삶의 의미를 반추하기 시작한다. 그에게 방은 지루한 방랑 생활로 인하여 지친 육체의 휴식 공간인 동시에 혼란한 영혼이 길을 찾아가는 자아 모색의 장소인 것이다.

이 시는 기·승·전·결의 구성을 가지고 있다. 기에 해당하는 "어느 사이에 – 붙이었다"에는 화해로운 고향의 삶을 잃고 방황하던 모습이 나타나 있다. 그는 지금 자신이 살던 집을 잃어 버렸다. 집은 존재의 안정과 평화를 뒷받침해 주는 가장 기본적인 장소이다. 화자는 이러한 생존의 근간마저 상실한 채 타향을 헤매고 있다. 원형적 고향을 잃고 객지를 전전하는 시간은 시련의 과정이다. "아내", "아내와 같이 살던 집", "살뜰한 부모와 동생" 등은 모두 모성적이고 원형적인 세계가 제시하는 평화로운 이미지들이다. 화자는 그 공간을 벗어나서 "바람"과 "추위"와 어둠이라는 고통이 지배하는 쓸쓸한 거리를 헤매었던 것이다. 홀로 된 화자에게 바람과 추위는 더욱 극심한

---

26) 『금성판 국어대사전』, 금성출판사, p. 1172.

존재의 위태로움을 안겨 준다. 이렇게 볼 때 가족과 고향이라는 안락한 공간을 뛰쳐나와서 겪게 되는 방황의 시간은 안온한 공간에서 벗어나 시련의 공간을 경험하게 되는 개인사적 의미를 지닌다고도 할 수 있다.

 "이리하여─느끼는 것이었다"로 이어지는 두 번째 부분에는 어느 방에 정착하게 된 후에 화자가 행하는 행동이 서술되어 있다. 이 방은 그에게 안식과 여유를 주는 곳이 아니다. 그곳은 습내 나고 누긋하여 불안전한 공간이다. 폐쇄되고 고립된 이곳에서 그는 삶의 본질이 무엇인가를 생각하며 자신의 내면을 인식하기 시작한다. 비참한 외부 세계를 경험한 화자는 그 현실을 이겨낼 수 있는 한 방법으로 자아 모색의 시간을 가지게 된다. 화자는 이 과정에서 자의식 분출과 감정 혼란 등의 정신적인 시련을 겪게 된다. 밤낮으로 "나 혼자도 너무 많은 것 같이 생각하며" 우울해 하는 것이나, 넋을 잃고 재 위에 글자를 쓰는 행위, 그리고 문밖에도 나가지 않고 "손깍지 벼개를 하고 굴기도 하는" 모습은 정신적인 방황의 과정이라고 할 수 있다. 내면적 갈등은 슬픔과 어리석음으로 인하여 자살에 대한 충동으로 확대되기도 한다. 자아 모색을 통하여 화자가 얻을 수 있었던 것은 인간 삶의 고통과 고독의 의미에 대한 이해인데, 이것에 대한 설명이 세 번째 단락인 "그러나─생각하는 것인데"에서 나타난다.

 접속어 "그러나"는 화자의 심리가 반전되고 있음을 알려준다. 화자는 외부로 통할 수 있는 "문창"을 바라보면서 고립된 방과 외부 세계의 소통 가능성을 짐작한다. 창을 바라보면서 화자는 자기 존재에 대한 열린 가능성을 생각한다. 그는 누워 있는 방바닥과는 반대의 위치에 있는 "천정"을 바라보며 자신의 뜻으로 어찌할 수 없는 운명의 힘을 마주 보게 된다. 또 그는 이 힘이 자신을 마음대로 굴려 간다는 수동적인 세계관에 젖어 든다. 슬픔과 쓸쓸함이 운명적인 것임을 깨달은 그는 수동적인 세계관을 넘어설 수 있는 운명 극복의 방식을 찾아본다. 그것은 다름 아닌 자신에 대한 사랑을 통한 운명에의 긍정이다. 백석이 지닌 수동적인 세계관의 힘은 이러한 맥락에서 시작된다. 그가 운명을 받아들였다고 해서 거기에 순응해 버리는 자포자기의 삶을 살아갈 것이라고는 생각되지 않는다. 그는 그 운명을 포용하면서 버릴 것은 버리고 살릴 것은 살리는 의지적인 삶을 살아갈 것이다.

네 번째 단락에서는 자기 운명에 대한 사랑을 통하여 이르게 되는 고매한 정신적 경지가 나타난다. 화자는 방랑의 시간을 보내다가 이러한 삶의 고난을 잠시나마 덜 수 있는 방을 얻게 되고 그 방안에서 여러 날 동안의 자아 모색의 시간을 보낸 후 슬픔과 한탄으로 가득 찬 "어지러운 마음"이 가라앉는 평온한 정신 상태를 얻게 된다. 이리하여 자신의 외로움을 객관화할 수 있을 무렵 그는 어느 먼 산에 외로이 서 있는 "갈매나무"를 생각한다. 화자가 바라본 갈매나무는 초라하고 작지만 존재를 둘러싸고 있는 고통스러운 상황을 이겨내는 강한 힘을 지니고 있는 매몰찬 존재이다. 갈매나무는 자신이 발 딛고 선 고난의 땅에서 도망치려 하지 않고 그 현실을 꿋꿋하게 견디면서 따뜻한 새 봄을 기다리고 있는 것이다. "바우섶에 외로이" 서서 추위와 강설을 "쌀랑쌀랑 소리" 내며 즐겁게 이겨내는 겸허한 인고의 과정을 거쳐서 다다른 갈매나무의 굳고 정한 상태는 안간힘으로 자기를 사랑하고, 운명을 수용함으로써 동시에 그것을 극복한 자만이 바라볼 수 있는 고매한 정신의 경지이다. 또한 이 정신은 다시 돌아가

고픈 모성적 세계인 자연과 대지에 뿌리를 내리고 있을 것이다. 화자
가 이러한 갈매나무를 생각해 내고 다시 그것과 자신을 일체화시켜
나가고 있다는 점에서, 초반부에 보인 체념과 허무는 극복되고 있다
고 할 수 있다. 화자 역시 언젠가 갈매나무처럼 존재의 고난과 고독
을 즐길 수 있는 경지에까지 이르게 될 것이다.

　백석은 순수하고 맑은 영혼을 소유한 시인이다. 월북하여 발표한
10편이 넘는 동화시를 읽어보면 그의 천진스러운 성품을 다시금 확
인할 수 있다.[27] 그의 염결성은 거짓된 세계와의 안일한 화해를 용
납하지 않았다. 존재의 고난과 고독을 거부하지 않았던 시인은 더러
운 세상에 맞서서 당당히 등을 돌린 것이다. 세상에서 고립된 자신의
모습에 대하여 한탄하지 않고 고독한 삶을 지닌 자신의 운명을 믿고
사랑한다. 그러므로 그는 다음과 같이 노래한다.

　　가난한 내가
　　아름다운 나타샤를 사랑해서
　　오늘밤은 푹푹 눈이나린다

　　나타샤를 사랑은하고
　　눈은 푹푹 날리고
　　나는 혼자 쓸쓸히 앉어 燒酒를 마신다
　　燒酒를 마시며 생각한다
　　나타샤와 나는
　　눈이 푹푹 쌓이는밤 힌당나귀타고

---

27) 백석은 1957년 4월 동화시집 『집게네 네형제』를 발표한 바 있는데 이를 도서출
　　판 시와사회에서 1997년 출간하였다. 일반적인 북한 문학 작품과는 달리 사상성
　　보다는 문학성이 두드러진 작품이다. 백석 동시에 대한 연구가 발표되기를 기대
　　한다.

산골로가쟈 출출이 우는 깊은산골로가 마가리에살쟈

눈은 푹푹 나리고
나는 나타샤를 생각하고
나타샤가 아니올리 없다
언젠벌써 내속에 고조곤히와 이야기한다
산골로 가는것은 세상한테 지는것이아니다
세상같은건 더러워 버리는것이다

눈은 푹푹 나리고
아름다운 나타샤는 나를 사랑하고
어데서 힌당나귀도 오늘밤이 좋아서 응앙 응앙 울을것이다

—「나와 나타샤와 힌당나귀」 전문

　백석 시가 주로 토속적이고 한국적인 소재들을 빌리고 있다고 생각할 때 이 시에 나타난 이국적 이미지는 다소 생경한 느낌을 전달한다. 나타샤와 흰 당나귀가 환기하는 이미지는 동서양에 걸친 시인의 해박한 관심을 짐작하게 하는 동시에 시인의 유랑적 삶의 황량한 깊이를 확대시킨다. 또 "눈", "흰 당나귀"의 백색 이미지와 "소주"의 투명성은 세상과의 타협을 허락하지 않는 시인의 내적 순결성을 떠받치고 있다.

　"나"는 가난하고 "나타샤"는 아름답다. 궁색한 자신의 처지에도 불구하고 나타샤를 사랑하는 것은 화자의 자유이다. 그는 오늘밤에 눈이 푹푹 내리는 이유가 자신이 나타샤를 사랑하는 것에 있다고 생각한다. 이것은 외부 세계의 현상에 대한 자의적 해석인데 세계에 대한 주관적 해석을 통하여 화자는 자신의 외로움을 위무하면서 흔들리는 내면의 균형을 찾아 나간다. 그는 흰 당나귀까지 불러내어 그녀와 함

께 산골로 가고자 한다. 그는 나타샤가 꼭 오리라고 확신한다. 그의 가슴은 이미 나타샤를 만나고 있다.

4. 결론

1935년 일본 유학을 마치고 돌아온 백석은 어떠한 문학적 유파에도 가입하지 않은 채 새롭고도 일관된 목소리로써 순수한 민족어를 갈고 다듬는 시를 발표하여 민족 정신을 함양하였다. 물론 그의 시는 김소월, 김동환, 정지용의 영향권에서 완전히 자유로울 수 없었겠지만 그들과 구분되는 여러 가지 장점 또한 지니고 있다. 특히 설화적이고 무속적인 공간을 이야기시 형식으로 형상화한 점은 당대의 시인들과 대별되는 훌륭한 개성이다. 자신이 근거하는 암담한 현실 상황을 정신적으로 이겨내기 위하여 한국인의 삶의 풍경을 슬프고도 아름답게 노래한 그의 시는 분명 서정시라 칭할 만하다.

백석 시가 서정시의 요건을 두루 갖추었다는 주장에 반박할 논자는 거의 없을 테지만, 백석 시가 지니는 서정성을 핑계삼아 시대 상황에 소극적이고 도피적인 대응을 하지 않았느냐는 비판을 하는 수가 있었다. 또 감각적인 유년 회상과 동화적 환상성으로 인하여 백석을 단순히 모던한 스타일리스트로만 규정하는 평가 역시 문제가 있다. 백석이 보여준 서정성은 역사와 시대의 질곡을 몸소 체험한 자아의 적극적인 반성과 슬픔을 충분히 확인시켜 준다.

1930년대, 민족적 삶의 공간은 일제의 수탈로 인하여 황폐화하고 있었다. 특히 농촌은 그동안 유지하고 있었던 공동체적 삶의 원형에서 급속도로 멀어져서 많은 농민들이 고향을 떠나 타향과 이국을 전전했다. 「여승」, 「정문촌」, 「북방에서」 등은 민족 공동체적 삶의 모습이 붕괴되는 양상과 그것에 대한 절망 의식을 드러낸다. 특히 「북방에서」는 민족 정신의 범주 속에 북방 정서까지 포용하는 진취성을 보여 주면서 민족의 위기 상황을 더욱 역동적으로 표현하였다. 조선적이고 민족적인 것들이 희석되던 시대 상황에 맞서서 백석은 「古夜」, 「국수」, 「가즈랑집」 등의 작품을 통하여 상실되어 가는 원형적 삶의 화해로운 모습을 문학적 공간에서 재구하여 민족 정서를 일깨우고자 하였다.

이와 같은 평가와 맥락을 같이 하여 「南新義州柳洞朴時逢方」, 「흰 바람벽이 있어」 등의 후기시가 보여주는 고립된 자아의 모습 역시 개인적이고 유폐적인 내면의 문제에서 시작된 것이 아니라 민족적이고 역사적인 환경의 모순을 자각한 시인의 절망감과 자책감에서 비롯된 것이라고 할 수 있다. 암담한 현실의 비극을 절망하고 회의하는 과정 속에서 백석은 허무의식 속에 빠져들 수밖에 없었던 것이다. 그러나 시인은 자신을 둘러싸고 있는 허무를 내면화하면서 그것을 극복하는 과정을 보여준다. 마침내 도달한 운명에 대한 사랑을 통한 자기 긍정의 세계는 치욕적인 현실을 강한 정신성으로 견디어 낸 서정시의 힘과 멋을 보여주고 있다.

서정주 시에 나타난 여성성과 욕망의 관련 양상

1. 서론

서정주의 시와 삶은 한국현대시사의 영광과 비극을 동시에 보여주었다. 그는 "자신의 개인적인 문제를 보편적인 그것으로 환치시키는 어려운 작업을 예술적으로 극히 높은 차원에서 성공시키"[1]면서 민족어를 갈고 다듬어 한국 현대시의 정수를 보여주었던 반면, 친일과 친독재의 길을 따른 글과 시를 여러 편 발표함으로써 시인의 위의(威儀)와 민족적 자존심을 훼손하기도 하였다. 2001년 고은이 「미당담론」[2]을 발표한 후 이 글에 대한 찬성론과 반대론[3]이 연이어 발표된 것도 서정주의 시와 삶이 지닌 역동성과 이중성에서 기인한다. 서정주의 삶에 대해 여러 문제가 제기됨에도 불구하고 그의 시가 한국현대시

---

1) 김현·김윤식, 『한국문학사』, 민음사, 1973, p. 259.
2) 고은, 「미당담론」, 『창작과비평』, 2001년 여름호.
3) 「미당담론」에 대한 반대론으로는 이근배, 강우식, 문정희, 이남호 등의 사설과 평론이 있고, 중립적 찬성론으로는 김지하, 현기영, 이동순 등의 대담 글과 사설이 있다. 그러나 찬성론 역시 작품과 삶을 완전한 일치로 본 고은의 논지를 그대로 따르고 있지는 않다. 그들은 대체로 미당 시 자체의 의미는 인정하되 그것을 공적인 영역으로까지 확대하여 수용하지는 말자는 것이었다.

사 연구에서 빠질 수 없는 것은 작품 자체가 지닌 탁월함 때문이다.4)

그동안 서정주 시 연구는 크게 네 가지 맥락에서 이루어졌다. 첫째, 서정주 시의 시간과 공간에 대한 연구이다.5) 둘째, 서정주 시의 전통성에 대한 연구이다.6) 셋째, 서정주 시의 미학적 특질에 대한 연구이다.7) 넷째, 서정주 시에 나타난 여성성이나 무의식, 욕망에 대한 연구이다.8) 이와 같은 연구 성과에 기반하여 궁구한 결과, 본

---

4) 서정주 시를 평가할 때에는 삶과 문학을 완전히 분리하기도 일체화하기도 곤란하다는 문제가 흔히 제기되는데, 이는 여타 시인을 평가하는 데에서도 마찬가지이다.

5) 이영희, 「서정주 시의 시간성 연구」, 『국어국문학』 95호, 국어국문학회, 1986.
손진은, 「서정주 시의 시간성 연구」, 경북대 대학원 박사학위 논문, 1995.
류지현, 「서정주 시의 공간 상상력 연구」, 고려대 대학원 박사학위 논문, 1997.
엄경희, 「서정주 시의 자아와 공간 시간 연구」, 이화여대 대학원 박사학위 논문, 1999.

6) 유종호, 「한국적이라는 것」, 『사상계』, 1962. 11.
남기혁, 「1950년대 시의 전통지향성 연구」, 서울대 대학원 박사학위 논문, 1998.
신범순, 「반근대주의적 혼의 시학에 대한 고찰-서정주를 중심으로」, 『한국시학연구』 4호, 한국시학회, 2001.
윤재웅, 「서정주 시의 지방색 문제」, 『국어국문학』 130호, 국어국문학회, 2002.

7) 오탁번, 「서정주 시의 비유와 모성심상」, 『사대논집』 19호, 고려대학교 사범대학, 1994.
최현식, 「서정주 초기시의 미적 특성 연구」, 연세대 대학원 석사학위 논문, 1995.
임재서, 「서정주 시의 은유 고찰-'동천'을 중심으로」, 『한국근대문학 연구의 반성과 새로운 모색』, 문학사와비평연구회 편, 새미, 1997.
김현자, 「서정주 시의 은유와 환유」, 『은유와 환유』, 한국기호학회 편, 문학과지성사, 1999.
김윤식, 『미당의 어법과 김동리의 문법』, 서울대출판부, 2002.

8) 김용희, 「서정주 시의 욕망구조와 그 은유의 정체-'서정주시선'을 중심으로」, 『이화어문논집』 12호, 이화여대 국어국문학과, 1992.
김수이, 「서정주 시의 변천 과정 연구-욕망의 변화 양상을 중심으로」, 경희대 대학원 박사학위 논문, 1997.
김신정, 「시적 순간의 체험과 영원성의 성(性)」, 『여성문학연구』 6호, 한국여성문

고는 서정주 시가 지닌 시의식 중 가장 중요한 것으로 여성성과 욕망을 들고자 한다. 그동안 그의 시에 나타나는 여성성과 욕망에 대한 연구는 각기 있어왔지만 이 두 가지 사항의 관련성을 규명하는 연구는 없었다.

여성성은 서정주 시 전체에 나타나는 현상인데, 이는 초기시에서 후기시로 가면서 다양한 범주로 변용되어 나타난다. 여성성은 한국시의 주요 경향으로 작용하여 한국시의 전통적 맥락을 이해하는 기준이 되는 경우가 많지만 서정주의 여성성은 이러한 한국적 전통에 대한 계승을 넘어 그만의 새로운 시의식에까지 나아가고 있다. 서정주 시의 여성성은 주체의 욕망을 드러내는 중요한 기표로 작용한다. 그러므로 서정주 시의 여성성에 대한 천착은 그의 시의 전체적이면서 유기적인 구조를 이해하는 실마리를 제공한다. 여성성에 대한 지향은 그의 대표시라고 할 수 있는 작품들에는 거의 다 나타나고 있는데, 이는 여타 시인들이 추구한 여성성보다 훨씬 입체적으로 나타난다. 본고는 서정주 시의 여성성에 대한 도식적 탐구에만 그치지 않고 이러한 여성성이 서정주 시의 욕망과 어떠한 상관성을 지니는지도 밝힐 것이다.

본고는 일반적인 의미에서 여성성이라는 용어를 이해하고자 한다. 김현은 "여성주의라는 개념"을 "미의 전형을 여성에게서 찾아내는 성향"[9]으로 규정하는 한편, 한국 신문학 초기의 상징주의 시를 여성주

학학회, 2001.

정창영, 「서정주 시에 나타난 성 욕망과 정화 양상」, 『국어국문학』 133호, 국어국문학회, 2003.

9) 김현, 「낭만주의적 신화와 여성주의」, 『존재와 언어/현대 프랑스 문학을 찾아서』, 문학과지성사, 1992, p. 208.

의 시로 간주한 바 있다.[10] 유종호는 "간절한 그리움과 사랑의 노래를 으레 여성적인 것으로 간주하는 성향"[11]을 지적하였다. 김현과 유종호의 여성성에 대한 정의에 첨가하여 한국문학의 특질 중의 하나로서 여성성을 파악한 오세영의 정의[12]를 포함하여 본고는 여성성을 남성시인, 여성시인 모두가 포괄적으로 형상화할 수 있는 문학적 성격이라고 규정한다. 본고는 단순히 화자 자체의 성별 구분의 문제를 넘어서 작품이 이루어지는 전반적인 이미지, 상징, 주제 등을 포괄하여 여성성을 이해할 것이다. 남성 속의 여성을 아니마라고 부른 칼 융의 이론[13]에서도 알 수 있듯, 여성성이란 남성과 여성 속에 동시에 존재하기 때문이다. 결국 서정주 시에서 추출하는 여성성 역시 이러한 일반론에서 벗어나지 않는다. 그러므로 본고가 지칭하는 여성성은 '여성주의'와 '여성 시인이 쓰는 여성시'의 개념보다 훨씬 더 포괄적인 의미를 지닌다. 여성성이, 주체가 지닌 욕망의 대상인 동시에 욕망의 주체가 되기도 하는 것은 이와 같은 맥락에서이다.

본고는 욕망의 의미를 규정하면서, 프로이론의 정신분석학과 라깡의 욕망이론을 참고하였다. 프로이트는 인간 정신병의 근본 원인을 성적 욕망의 '불일치'와 '왜곡'에서 찾았다. 그리고 성 욕망이 훼손되

---

10) 김현, 「여성주의의 승리」, 『상상력과 인간/시인을 찾아서』, 문학과지성사, 1991.
11) 유종호, 「임과 집과 길」, 『동시대의 시와 진실』, 민음사, 1995, p. 72.
12) 오세영, 「한국문학과 여성주의」, 『현대시와 실천비평』, 이우출판사, 1983.
13) 칼 융 편, 『인간과 무의식의 상징』, 이부영 외 역, 집문당, 1995. 참조. 칼 융은 인간의 무의식을 설명하기 위해 아니마와 아니무스의 개념을 강조하였다. 가스통 바슐라르 역시 『몽상의 시학』(김현 역, 홍성사, 1978)에서 융의 이론을 원용하면서 남성과 여성의 변증법은 심층의 리듬을 따라 언제나 덜 깊은 남성적인 곳에서 더 깊은 여성적인 곳으로 나아간다고 하였다. 바슐라르는 인간의 모든 몽상의 근원에는 아니마가 개입한다는 사실을 지적했다.

는 원인을 '유아기의 성애'와 '사춘기의 변화'에서 찾으려 했다. 그는 성생활과 성본능은 인간의 가장 어린 시절부터 존재하는 것이라 하면서 기존의 통념에 반박하였다.[14] 특히 오이디푸스 콤플렉스를 중심으로 한 무의식을 발견한 프로이트 성애론은 유소년기 및 사춘기의 상처와 관련된 서정주의 초기시를 이해하는 방법을 제공한다. 프로이트는 욕구와 욕망 사이에 본능이라는 용어를 도입한다. 본능은 생물학적 힘인 반면 욕망은 심리장치를 이끄는 힘이다. 라깡 역시 순수한 기관의 힘인 욕구와 본능을, 정신적 기제인 욕망과 구분하였다. 라깡이 말한 욕망은 욕구와 본능 다음에 나타난다. 라깡은 결여에서 욕망으로 나아가는 것과 주체가 언어체계로 진입하는 것을 동일시했다.[15] 제도와 법률은 욕망을 생성시키는 원인인 동시에 욕망을 억압하는 힘이다. 라깡의 욕망이론은 인식의 차원을 상상계, 실재계, 상징계로 나눈다. 즉자적이고 유아기적인 상상계의 질서 속에서 자유롭던 욕망은 사회의 제도와 규범이라는 상징계의 질서를 익히면서 억압받는다. 실재계[16]는 이 두 세계의 괴리현상을 보여주는 세계이다.[17] 즉 욕망이 잉여된 세계이다. 이런 욕망은 사회적 의미들이 만들어낸 일련의 연쇄 속에서 전치된다.[18] 욕망도 변화한다. 결국 욕망

---

14) 프로이트·홀·오스본, 『프로이트 심리학 해설』, 설영환 역, 선영사, 1985, p. 226.

15) 아니카 르메르, 『자크 라깡』, 이미선 역, 문예출판사, 1994, pp. 236−246.

16) 지젝에 의하면 실재계는 잉여쾌락의 세계이며 잉여가치의 세계이다. 무의식 속에는 언제나 남은 욕망이 존재한다. 모자람과 넘침 사이를 오고가는 욕망의 정도가 문제이다. 지젝은 실재계의 문제를 해결해야만 인간의 정신병과 자본주의의 모순을 해결할 수 있다고 했다. 권택영, 『잉여 쾌락의 시대−지젝이 본 후기산업 사회』, 문예출판사, 2003. 참조

17) 자끄 라깡, 『욕망이론』, 권택영 편저, 문예출판사, 1994. 참조.
    아니카 르메르, 『자끄 라깡』, 이미선 역, 문예출판사, 1994. 참조.

의 문제를 해결하는 것이 정신 병리 현상을 예방하는 길인데, 욕망의 완전한 충족은 인간의 존재 조건 상 근본적으로 불가능하다.[19] 그러므로 인간은 삶의 과정에서 수많은 욕망의 불일치를 경험하면서 불안과 갈등을 느낀다.

『화사집』에서 출발하는 서정주의 시는 『귀촉도』, 『서정주시선』, 『신라초』, 『동천』, 『질마재신화』, 『떠돌이의 시』를 거쳐 가면서 다양한 변모를 보여준다. 본고는 그러한 역동적인 과정을 이해하기 위해서, 그리고 그 안에 침투된 욕망의 형식을 궁구하기 위하여, 서정주 시의 여성성을 세 가지로 나누어보았다. 첫째, 관능적 여성성, 둘째, 모성적 여성성, 셋째, 신화적 여성성이 그것이다. 이러한 여성성의 성격 차이에 따라 세계를 맞이하는 주체의 욕망도 달라진다. 욕망은 현실과 이성의 억압을 뛰어넘어 꿈과 본능의 세계로 향하는 인간의 무의식을 대변하므로 성적 욕망을 필연적으로 동반하는데, 서정주 시의 욕망 역시 성적인 욕망과 각별히 연관된다. 여성성이 심도 있게 드러난 작품들일수록 욕망의 문제는 더욱 중요시된다. 그동안 서정주 시의 욕망을 연구한 논문들은 있었지만 욕망이 여성성과 연관되는 양상을 규명한 연구는 거의 없었는데, 본고는 심리주의 방법과 형식주의 방법을 혼용하여 『화사』에서 『떠돌이의 시』에 이르는 서정주 시의 변모 양상을 여성성과 욕망의 관련 양상에 주목하여 규명할 것이다.

---

18) 팸 모리스, 『문학과 페미니즘』, 강희원 역, 문예출판사, 1997, p. 324.

19) 인간은 욕망이 남아 있는 실재계를 영원히 경험할 수밖에 없다. 라깡의 욕망이론은 인간의 한계 상황을 자각하게 함으로써 자신도 자신을 어떻게 할 수 없는 "오인의 구조"를 발견하게 하였다. 이로 인하여 주체는 타자에 대한 각성을 이루게 된다. 권택영, 「라깡의 욕망이론」, 『욕망이론』, 권택영 편, 문예출판사, 1994, p. 21. 인용 및 참조.

2장은 『화사집』을 중심으로 나타나는 불안한 성욕망을 분석하였으며, 3장과 4장은 『귀촉도』, 『서정주시선』, 『신라초』, 『동천』, 『질마재신화』, 『떠돌이의 시』를 중심으로 불안했던 성욕망이 '승화'[20] 하면서 나타난 두 가지 양상인 '신라 정신의 지향', '생산적 성의 구현'에 관한 시의식을 분석하였다.

2. 관능적 여성성과 불안한 성욕망

『화사집』을 중심으로 한 서정주의 초기시는 대체로 관능적 이미지를 중심으로 여성성을 형상화한다. 『화사집』에 나타나는 여성성은 서정주 초기시가 지닌 욕망의 발현 양상이 성욕망을 중심으로 하고 있음을 단적으로 보여준다. 서정주의 초기시는 제도적 규범을 인식하기 전에 나타나는 사랑이다. 즉 이것은 상상계의 질서를 보여주고 있으므로 그 사랑은 초현실적인 경향을 보여준다. 서정주 시의 성욕망은 관능적 여성성과 결합하면서 왜곡된다. 그렇다고 시인이 관능적 대상을 적극적으로 탐닉한 것도 아니다. 이는 시인의 내면에 들어 있는 파괴적 욕망 때문이었다. 잔혹함은 근본적으로 성본능과 연결되어 있기는 하겠으나 이것이 성본능을 원만하게 충족시켜 주는 데

---

20) 정신분석학에 따르면 자기 보존과 종족 보존의 본능은, 에로스의 본능이며 이것을 리비도리고 부르는데 그 발현을 직접적인 형태로 나타내지 않고 사회적 문화적으로 사회가 인정하고 있는 형태로 바꾸어 나타내 그 본능을 만족시키는 것을 승화라고 말한다. 프로이트에 의하면 이 승화는 불안을 피할 수 있는 바람직한 의식행위이다. 승화는 특히 성적 에너지의 치환을 이르는 경우가 많으며, 성욕을 떠난 정신적 애정을 뜻하기도 한다. 본고에서 쓴 승화라는 용어 역시 이와 같은 의미를 포괄적으로 지닌다. 임석진 외, 『철학사전』, 중원문화, 1987, p. 396. 참조. 『세계철학대사전』, 고려출판사, p. 618. 참조.

에 순기능으로 작용하지 않는다. 파괴자는 욕망을 무한대로 증가시킬 수 있지만, 그 대상은 파괴된 이후 성적 대상으로서의 의미를 상실할 수 있다. 그러므로 시인은 대상에 다가서기가 두려웠다.[21]

　서정주의 초기시에 나타나는 관능적 여성성은 남성성 혹은 부성성에 대한 편견과 불안 의식과 공존한다.[22] 이것은 두 가지 맥락에서 이해할 수 있는데 하나는 남성성과 부성성의 부재이며 또 하나는 남성성과 부성성의 폭력성이다.[23] 둘 다 정상적인 것으로 수용될 수 없는 것들이다. 전자는 「자화상」에 구체적으로 나타나며, 후자는 「화사」에 상징적으로 나타난다.

　　애비는 종이었다. 밤이기퍼도 오지않었다.
　　파뿌리같이 늙은할머니와 대추꽃이 한주 서 있을뿐이었다.
　　어매는 달을두고 풋살구가 꼭하나만 먹고 싶다하였으나…… 흙으로 바람벽한 호롱불빛에

---

21) 지그문트 프로이트는 잔혹함과 성본능이 매우 밀접하게 관련되어 있다고 설명하면서, 또한 성적인 관계에서 타자에게 고통을 주는 것에서 쾌감을 느끼는 인간은 성적인 관계에서 생길 가능성이 있는 고통을 쾌락으로 느낄 수 있는 인간이라고 하였다. 『프로이트 성애론』(정성호 역, 문학세계사, 1997, pp. 53-54)에서 인용.

22) 이 문제에 있어서도 라깡의 이론은 수용될 수 있다. "라깡의 견해로는, 아버지는 법의 원칙, 특히 언어체계의 법의 원칙을 도입한다. 이 법이 무너지면, 또는 이 법이 습득조차 되지 못했다면, 주체는 정신병으로 고통당할 수 있다. 어머니와의 전능한 상상적 관계에서 탈피하기 위해서는, 그리고 주체의 구성을 가능케 하기 위해서는, '아버지의 이름'을 필수적으로 획득했어야 한다. 이것은 주체의 '법', 특히 언어체계의 법의 기초를 놓는 구조이다."라는 마단 사럽의 설명은 너무 타당하여 평범하기까지 하다. 마단 사럽, 『알기 쉬운 자끄 라깡』, 김해수 역, 백의, 1994, p. 163.

23) 서정주의 아버지는 인촌 김성수 집안의 마름(재산 관리를 도와주는 자)이었다. 서정주의 아버지는 무능력하거나 부재하는 아버지가 아니다. 아버지는 서정주의 학교와 가정생활에 늘 간섭했다. 서정주에게 아버지는 늘 부담스러웠다.

손톱이 깜한 에미의아들.
甲午年이라든가 바다에 나가서는 도라오지 않는다하는 外할아버지의
숯많은 머리털과
그 크다란눈이 나는 닮었다한다.
스물세햇동안 나를 키운건 八割이 바람이다.
세상은 가도가도 부끄럽기만하드라
어떤이는 내눈에서 罪人을 읽고가고
어떤이는 내입에서 天痴를 읽고가나
나는 아무것도 뉘우치진 않을란다.

찰란히 티워오는 어느아침에도
이마우에 언친 詩의 이슬에는
몇방울의 피가 언제나 서꺼있어
볓이거나 그늘이거나 혓바닥 느러트린
병든 숫개만양 헐덕어리며 나는 왔다.

—「자화상」 전문

"애비는 종이었다. 밤이 깊어도 오지 않았다"라고 한 솔직성은 자신의 부계적 운명성에 대한 자각에서 기인한다.[24] 애초에 아이는 동성의 부모와 동일화하고 싶었지만 자신의 부모가 속한 계급을 인식하면서 그 계급이 친구의 부모보다 낮다는 지식을 습득하는 순간 불만을 갖게 된다. "이 경우에, 성적인 경쟁 관계를 의식한 격렬한 흥분이 작용한다는 것이 밝혀졌다."[25]고 한다. 「자화상」의 부성 부정도

---

24) 서정주는 「자화상」을 두고 자신의 이야기가 아니라 당대 대부분의 젊은이들이 경험한 일이라고 하였지만, 이 시의 서사 속에는 부성에 대한 시인의 무의식이 강하게 표출되어 있다.

25) 『프로이트 성애론』(정성호 역, 문학세계사, 1997, pp. 186−187)에서 인용.

이러한 맥락이다. 이 때 아버지의 존재를 노골적으로 부정하던 내용이 이 시의 끝에 이르러 자신의 운명에 대한 긍정으로 이어진다는 것은 역설적이다.[26] 부계적 혈연을 부정하고서 자신을 긍정하기 어렵기 때문이다. 이때의 긍정은 진정한 긍정이라기보다는 의식적 노력 행위에 불과하다.

> 나는 아버지의 임종 뒤 지금까지 가끔 그의 살인마로 등장되는 꿈을 꾸고, 어떤 때는 그 살을 햄버거나 그런 것같이 짓씹다가 민절(悶絶)하는 장면에 다닥뜨리기도 한다.[27]

이처럼 서정주의 아버지 증오는 아버지의 죽음 뒤에까지 이어졌다. 시인은 늘 부계적 운명을 거역하고 싶었다. 그래서 「자화상」에서 시인이 수용한 운명은 부성적인 것(종이었다는 진술)과는 별로 관련성이 없어 보이는 '시인이라는 운명'이었다. 아버지는 종이고 나는 시인이라는 「자화상」의 진술은 더욱 철저한 부성과의 거리두기이다.[28] 그런데 어머니를 '풋살구가 먹고 싶으나 먹을 수 없는 존재'로 표현하고 할머니를 '마당을 지키고 서 있는 대추꽃'의 이미지로 나타내며 그들을 연민하는 것은 아버지에 대한 태도와 사뭇 대조적이다.

---

26) 이와 같은 맥락에서 최현식이 말한 "상실과 초월의 이중운동"이라는 「자화상」 해석은 타당성을 지닌다. 최현식, 『서정주 시의 근대와 반근대』, 소명출판, 2003, p. 77.
27) 서정주, 「아버지 서광한과 나」, 『미당자서전 1』, 민음사, 1994, p. 342.
28) 그럼에도 불구하고 서정주는 자서전에서 "그는 시의 그까짓 재주까지도 다 팽개치고 살 힘도 있어, 그의 수재를 순 비료 값으로만 바꾸어 살 수도 있었는데"라고 하며 아버지에게도 시적 재능이 있었음을 인정하고 있다. 서정주, 『미당자서전 1』, 민음사, pp. 341-342.

어머니는 이승에서 떠나려는 마당에서도 내가 하는 일이 대단히는 대견하신 모양이다. 이분은 정말 또다시 이렇게 하셔서 이분이 가시는 저승과, 이분 뒤에 내가 남을 이승 사이를 이어 놓으실까 두렵다.[29]

어머니와 할머니는 서정주의 시정신을 지배해 온 가장 중요한 동인이었다. 그러니 어머니의 죽음에 대한 감정이 이렇게 애틋할 수밖에 없다. 시인이 만 24세 되는 해 발표된 「자화상」에는 여성성과 남성성에 대한 대조적인 태도가 들어 있다. 이것은 유년기부터 청년기까지 이어지는 시인의 정신적 갈등에서 기인한다. 가족 전체에 대한 부정과 회의에서 그의 시작 활동이 비롯되었다는 점에 주목해야 한다. 1936년 『시인부락』 2호에 발표되어 서정주 초기시를 대표하는 「화사」는 남성성의 원죄와 관능적 욕망을 동일시하여 형상화한다는 점에서 시사하는 바 크다.[30]

麝香 薄荷의 뒤안길이다.
아름다운 배암…….
을마나 커다란 슬픔으로 태여났기에 저리도 징그라운 몸둥아리냐.

꽃대님 같다.

---

29) 서정주, 「아버지 김정현과 나」, 『미당자서전 1』, 민음사, 1994, p. 325.
30) 정창영은 위의 논문에서 서정주의 성의식이 혼란해진 이유로 첫째, 어린 시절 성인 여성들이 어린 남자의 성기를 만지는 고추놀이를 당한 것, 둘째, 서당에서 벌어진 남색 행위를 아버지에게 들킨 일, 셋째, 복습방에서 수음하던 버릇 등으로 나누어 설명하였다. 그런데 첫째, 셋째 이유는 일반적인 남자 아이들도 흔히 경험하는 일이다. 정창영은 서정주의 초기시에 나타난 성의식의 원인을 주로 서정주가 직접 쓴 자서전에 의지하여 파악하고 있다. 정창영은 '순화'와 '정화'의 관점에서 서정주 시에 나타난 성 욕망의 변화 양상을 읽고 있다.

너의 할아버지가 이브를 꼬여내든 達辯의 혓바닥이
소리잃은채 낼룽거리는 붉은 아가리로
푸른 하눌이다. …… 어 뜯어라. 원통히무러뜯어,

다라나거라. 저놈의 대가리!

돌 팔매를 쏘면서, 쏘면서, 麝香芳草ㅅ길
저놈의 뒤를 따르는 것은
우리 할아버지의 아내가 이브라서 그러는 게아니라
石油 먹은듯…… 石油 먹은듯…… 가쁜 숨결이야

바눌에 꼬여 두를까부다. 꽃대님보담도 아름다운 빛……

크레오파투라의 피먹은양 붉게 타오르는 고흔 입설이다…… 슴여라!
배암

우리순네는 스물난 색시, 고양이같이 고은 입설…… 슴여라! 배암.

—「花蛇」 전문[31]

　꽃뱀(화사)은 관능적 여성성을 상징하며 화자의 욕망이 투사되어
있는 사물이다. 꽃뱀의 의미는 양가적이다. 꽃뱀이 가지고 있는 두
가지 의미, 즉 꽃이라는 '아름다움'과 뱀이라는 '무서움'이 동시에 나
타난다. 이는 보들레르의 시집『악의 꽃』의 이미지에서 영향 받은 것
으로 프랑스 상징주의가 지향한 '추의 미'를 드러낸다.[32] 뱀을 한편으

---

31) 본고에 인용된 서정주 시의 표기는『미당시전집』(민음사, 1994)을 따랐다.

32) 서정주가 보들레르의 영향을 받았다는 점은 김우창에 의해 최초로 제기되었다.
　김우창은 "서정주의 초기시의 밑에 있는 정신으로부터 분리된 육체의 괴로움과
　타락은 서양적인 경험의 방식을 방불케 한다."라고 하였다. 김우창,『궁핍한 시대
　의 시인』, 민음사, 1977, p. 61. 이러한 김우창의 지적은 김현 · 김윤식의『한국문학

로는 "아름다운 배암"이라고 형용하면서 다른 한편으로는 "커다란 슬픔", "징그라운 몸둥아리"로 여기는 시의식 속에는 희열과 고통, 에로스와 타나토스를 동시에 느껴야 하는 성욕망의 이중적인 구조가 들어있다. 또한 뱀을, 이브를 꼬여내던 달변의 존재로 인식하면서 뱀의 운명이 지닌 원죄를 인간 삶의 문제와 연결시킨다. 중요한 것은 이브에 대한 유혹이며 그 유혹으로 인하여 원죄가 성립되었다는 사실이다. 지금 그 저주의 혓바닥이 화자를 다시 유혹하고 있다. "원통히무러뜯어"라는 표현에는 이러한 뱀의 관능성에 대한 원초적인 이끌림이 나타난다.

그러나 화자는 관능적 욕망을 지속시킬 수 없는 심리적 상황에 직면한다. 욕망에 의한 파멸을 알고 있는 화자는 자신의 욕망을 자제해야 했다. 즉 타나토스에 이를지 모를 에로스를 진정시키기 위해 이성적 판단을 하게 된다. "다라나거라. 저놈의 대가리"라고 부르짖는 것은 이 때문이다. 여기서 다시 원죄를 직감하는 화자의 욕망은 불안해진다. 뱀에게 달아나라고 외치는 한편, 그 뒤를 따라가는 내면 의식 속에는, 불안한 욕망 앞에서 자신의 육체와 정신을 가누지 못하는 불완전한 심리가 있다. 대상을 죽이고 싶기도 하고 대상의 아름다움 속으로 들어가고 싶기도 하다.[33] "우리 할아버지의 아내가 이브라서 그

사』에 의해서 동의된다. 김현·김윤식, 위의 저서, 1973, p. 260. 그러나 이 점을 인정하지 않은 박호영의 논의도 있다. 박호영은 이에 대한 근거로서 보들레르가 『악의 꽃』을 쓸 무렵의 여성적 경험과 미당이 『화사』를 쓸 때의 여성적 경험이 다르다는 사실을 제시하였다. 서정주는 별다른 여성 편력이 없는 상태에서 관능적인 시를 썼다는 주장이다. 박호영, 『서정주』, 건국대출판부, 2003, p. 114.

33) "라깡에게 있어서 불안은 대타자와 가까워지는 것이다. 환상의 거리가 줄어들고 연인과 거리가 좁혀질수록 불안은 가중된다. 대타자 혹은 연인이란 본래 내 모습이었다. 그것은 내가 되고 싶어하고 갖고 싶어하던 이마고가 상징계에서 대상에

러는 게아니라"고 하면서 원죄 의식을 부정해 보지만 뱀의 존재를 부정하는 것은 쉬운 일이 아니다. "꽃대님보담도 아름다운 빛", "피먹은 양 붉게 타오르는 고흔 입설", "고양이같이 고은 입설"로 형용된 뱀의 존재 앞에서 숨어라 외치는 화자는 자신의 불안한 욕망을 거듭 드러내고 있을 뿐이다. 꽃뱀의 존재에 다가설수록 화자의 불안은 가중된다. 꽃뱀과의 결합이 성 욕망을 완전히 해소시켜 줄 수 없다는 것을 알고 있었기 때문이다. 화자는 관능적 대상의 이중적 성격과 내면의 불안 때문에 대상과의 합일을 이루지 못한다. 또한 이러한 합일의 불가능성은 시인의 내면에 존재하는 원죄 의식이 일종의 방어기제로 작용하였기 때문이기도 하다. 결국 시인은 욕망을 버리지도 충족하지도 못한 불완전한 심리 상태에 머물게 된다.

따서 먹으면 자는듯이 죽는다는
붉은 꽃밭새이 길이 있어

핫슈 먹은듯 취해 나자빠진
능구렝이같은 등어릿길로,
님은 다라나며 나를 부르고……

强한 향기로 흐르는 코피
두손에 받으며 나는 쫓느니

밤처럼 고요한 끌른 대낮에
우리 둘이는 웬몸이 달어……

—「대낮」 전문

<hr>

게 투사된 자아 이상이다. (중략) 그럴 때 흠오와 증오가 교차하고 질투와 파괴적인 욕망이 교차한다. 사디즘과 마조히즘이 한 쌍이 된다." 권택영, 『잉여쾌락의 시대』, p. 203. 인용.

문덕수는 이 시에서 "야성적 정욕, 본능적 에로스, 고양된 생명의 연소와 전율"[34]을 논하였고, 김재홍은 "육체성, 본능성, 구속성, 운명성" 등의 문제를 논하였다. 많은 연구자들의 한결같은 논의에도 불구하고 남는 의문점은 과연 이 시에서 육체적 관능성을 극복하기 위한 시인의 노력을 어떻게 해석할 것인가의 문제에 있다. 이 시는 오히려 관능적 본능으로부터 벗어나려는 처절한 고투가 배어 있는 작품이다. 이 때 나타나는 욕망의 불안은 서정주 초기시에 나타난 원색적인 이미지, 동물적인 이미지와 적절히 조화한다. 『화사집』은 도처에 원색적인 이미지가 나타난다. 이것은 시인의 욕망이 향하는 지향점인 동시에, 성취할 수 없는 욕망의 불안함 그 자체를 의미한다. 원색적인 이미지를 중심으로 욕망이 가득 찬 주체를 피하여 달아나는 객체의 모습이 나타난다. 객체는 달아나면서 다시금 주체를 유혹한다. 이 시의 배경을, 따서 먹으면 죽는다는 붉은 꽃밭으로 삼고 있는 점은 성적 욕망에 대한 금기 의식을 표출한다. 화자가 지금 쫓아가고 있는 여인 역시 그 붉은 꽃과 마찬가지로 자신을 죽음으로 인도하는 대상이다. "핫슈 먹은듯 취해 나자빠진/능구렝이같은 등어릿길"이라는 표현에서 알 수 있듯, 이 공간은 이미 말초적 쾌락 속에 젖어든 길이다. 화자는 코피가 강한 향기를 내면서 흘러내리는 육체적 상황을 무시하면서 자신의 욕망을 성취하기 위해서 님을 따라간다. 문제는 마지막 연에 있다. 이 부분을 두 사람의 결합을 뜻하는 것으로 볼 수 없다. 다만 두 남녀가 서로 쫓고 쫓기는 상황 속에서 온몸이 달아오르고 있을 뿐이다. 「화사」의 내용과 마찬가지로 이 시에도 욕망의 지향만이 나타날 뿐 욕망은 충족되지 않는다.[35]

---

34) 문덕수, 「서정주론」, 『니힐리즘을 넘어서』, 시문학사, 2003, p. 279.

이와 같은 욕망 불일치는 「입마춤」, 「瓦家의 傳說」 등의 작품에도 나타난다. 콩밭 속으로만 자꾸 달아나면서 오라고 오라고만 말하던 가시내(「입마춤」), 유체 손톱이 아름다웠으나 고요히 피를 토하며 소리없이 죽어간 숙(「와가의 전설」) 등은 모두가 시인의 욕망과 합일할 수 없었던 대상들이었다. 이처럼 서정주 초기시에 나타난 욕망이 끝내 충족되지 못한 것은 그 자신이 그러한 욕망을 충족할 수 있는 정신적 자세가 되어 있지 않았기 때문이다. 정신적 자세가 성립되지 않은 상태에서 육체적 본능만 커져갈 때 자아의 갈등 상태는 더욱 고조되기 마련이다. 서정주의 초기시가 "보리밭에 달 뜨면/애기 하나 먹"(「문둥이」)는 문둥이가 지닌 천형의 이미지에서 자유로울 수 없었던 이유가 바로 여기에 있겠다. 어차피 인간의 성욕망은 영원히 사라지지 않는다. 중요한 것은 그가 새로운 여성성에 대한 추구를 통하여 불안한 성 욕망을 승화시키고자 하는 시의식을 보였다는 점이다.

3. 모성적 여성성과 신라 정신의 지향

일반적으로 모성성은 여성성의 한 부분이면서 여성성을 뛰어넘는 것으로 수용된다. 서정주 시의 모성성은 그가 상상계와 상징계를 오

---

35) 「대낮」의 해석에 있어서, 박호영은 "님과 결합된 우리 둘은 대낮의 열기만큼이나 온몸이 단다. 「화사」보다도 직접적이고, 육감적인 표현의 시다."(박호영, 『서정주』, 건국대출판부, 2003, p. 47)라고 하면서 남녀의 결합을 의미하는 것으로 파악하는 반면, 정창영은 "노골적이고 직설적인 표현을 동원한 관능적인 시임에도 불구하고 이 시는 환상적인 느낌을 벗어나지 못하고 있다. 이 시가 「화사」처럼 시인의 구체적인 체험이 아닌 상상에 기반을 두고 있기 때문이다."(위의 논문, pp. 382-383)라고 하였다. 정창영이 지적한 '환상성'은 본고가 논의하고 있는 '욕망의 불안'과 이어질 수 있는 문제이다.

가면서 시달려야 했던 성 욕망을 무화시키는 가능성을 주는 여성성의 한 특징적 국면이다. 이 때 모성성은 대지모성적 성격을 지향함으로써 이 자체가 정화와 포용의 형식이 된다. 서정주의 모성성은 어머니 그 자체의 형상으로 나타나는 경우보다 아내와 누이, 여왕 등의 이미지로 변용되어 나타나는 경우가 더 많다.[36]

사랑의 감정은 영원히 지속되기 어렵다. 배우자에 대한 감정이 동일하게 지속될 수 없는 이유가 여기에 있다. 라깡에 빌리면 인간의 성적 욕망은 환유적 고리를 통하여 미끄러짐을 영원히 반복하기 때문에 어떠한 사랑 행위를 통하여서도 완전한 만족 상태에 다다르지 못한다. 그러므로 원래에는 성적 대상이었던 여성성도 시간이 지나면 모성성의 의미로 나타날 수 있다. 그러므로 여성성의 아내가 모성성의 아내로 변화할 가능성이 크다.

> 나 바람나지 말라고
> 아내가 새벽마다 장독대에 떠놓는
> 삼천 사발의 냉숫물.
>
> 내 襤褸와 피리 옆에서
> 삼천사발의 냉수 냄새로
> 항시 숨쉬는 그 숨결 소리.
>
> 그녀 먼저 숨을 거둬 떠날 때에는
> 그 숨결 달래서 내 피리에 담고,
>
> 내 먼저 하늘에 올라가는 날이면

---

36) 본고가 목차에서 '모성적 여성성'이라고 한 것은 이와 같은 의미를 섬세하게 표현하기 위해서이다.

　내 숨은 그녀 빈 사발에 담을까.

―「내 아내」 전문

　서정주 시에 나타나는 여성성의 중요한 한 측면이 모성 이미지이다. '바람'은 성적 욕망의 발현을 상징적으로 드러내는 말이다. 바람이야말로 일부일처제라는 상징계를 거슬러 상상계로 나아가는 동력이다. 가정이라는 울타리를 뛰어넘어가려는 남편의 행동이 남루와 피리로 이어진다면, 남편의 외도를 막고 가정을 지키려는 아내의 삶은 정화수가 놓여 있는 장독대와 이어진다. 장독대에 정화수를 놓고 기도하는 아내에 대한 지아비의 애틋한 사랑을 이야기하는 이 시에서 어떠한 성 욕망을 찾아볼 수 없으며, 남은 욕망이란 오히려 상징계 속에서 가정의 평화를 지속시키려는 가장의 꿈을 대변한다. 이때 과거에는 화자의 성적인 대상이었던 아내는 이미 모성성을 지향하는 존재로 부각된다.

　서정주 시에 나타나는 모성 지향은, 유폐적 공간을 극복하고 개방적 공간으로 나가고 싶은 욕망과 나아가 이 개방적 공간에서 수직적 공간으로 한층 더 상승하려는 욕망을 대변한다. 「無等을 보며」에서 보이는 산정 지향적 상상력은 가난한 현실 공간을 극복한 지아비와 지어미의 순정한 사랑의 공간으로 무등산을 상정해 놓는다. 무등산의 등성이가 이루어 놓은 사랑의 모습은 관능적인 것과는 동떨어져서 영원히 썩지 않는 "玉돌"의 의미를 만들어내는 안온한 가족애를 지향한다. 이러한 수직상승적인 상상력은 욕망을 증가시키는 것이 아니라 그 공간의 의미를 통하여 욕망을 승화시키는 역할을 한다. "香壇아 그넷줄을 밀어라／머언 바다로／배를 내어 밀듯이"(「鞦韆詞」 부

분)에 나타나는 상승적 욕망 역시 관능적 욕망을 순화시키려는 시의
식을 내재한다. 상하 양층의 광화문 지붕과 지붕 사이에 있는 다락의
이미지에서 옥같이 고운 사람을 상상하는 「광화문」의 시의식도 상승
적 교감을 통하여 승화된 세계에 대한 지향을 드러낸다. 이와 같은
수직적 상상력과 그 상상력으로 인한 욕망의 승화를 통하여 「국화꽃
옆에서」라는 작품이 가능했다. '국화꽃'은 수직 지향성을 띠지 않고
순환론적 세계관을 바탕으로 한다. 중년의 누이에 자신의 아니마를
투사함으로써 시인 스스로 통과의례의 인생 과정을 거쳐서 누이의
경지 즉 원숙미의 지평에 도달하려는 상징적 의도를 드러낸다.

朕의 무덤은 푸른 嶺 위의 欲界 第二天.
피 예 있으니, 피 예 있으니, 어쩔 수 없이
구름 엉기고, 비 터 잡는데— 그런 하늘 속.

피 예 있으니, 피 예 있으니,
너무들 인색치 말고
있는 사람은 病弱者한테 柴糧도 더러 노느고
홀어미 홀아비들도 더러 찾아 위로코,
瞻星臺 위엔 瞻星臺 위엔 그중 실한 사내를 놔라.

살[肉體]의 일로써 살의 일로써 미친 사내에게는
살 닿는 것 중 그중 빛나는 黃金 팔찌를 그 가슴 위에,
그래도 그 어지로운 불이 다 스러지지 않거든
다스리는 노래는 바다 넘어서 하늘 끝까지.

하지만 사랑이거든
그것이 참말로 사랑이거든
서라벌 千年의 知慧가 가꾼 國法보다도 國法의 불보다도

늘 항상 더 타고 있거라.

朕의 무덤은 푸른 嶺 위의 欲界 第二天.
피 예 있으니, 피 예 있으니, 어쩔 수 없이
구름 엉기고, 비 터 잡는데— 그런 하늘 속.

내 못 떠난다.

—「善德女王의 말씀」 전문

이 시는 『신라초』에 수록되어 있다. 이 무렵의 시편에 나타나는 시의식을 축약하여 '신라정신'이라고 규정한다면, 이 속에는 관능적 여성성을 뛰어넘어 대지모성적 여성성을 추구하려는 시인의 의도가 다분히 숨어 있다. 전체 4연으로 구성된 이 시는 네 가지 이야기를 소재로 삼고 있다. 1연은 『삼국유사』와 관련되며, 2연은 『삼국사기』의 「선덕왕조」와 관련되며, 3연은 『수이전』의 「심화요탑」과 관련되며, 4연은 『삼국유사』의 「태종춘추조」와 관련된다.

이 시에는 두 가지 시의식이 조화와 균형을 이루고 있다. 그 하나는 인간적 삶 속에서 자연스럽게 나타날 수 있는 육체적인 사랑에 대한 긍정이며, 다른 하나는 그러한 쾌락적인 사랑이 승화하여 나타나는 사랑의 영원주의에 대한 강조이다. 1연에서 보이듯 선덕여왕은 천상의 공간에 위치해 있으면서도 "피 예 있으니"라는 말을 반복하면서 지상의 삶을 그리워한다. 구름과 비가 있는 선덕여왕의 사후 공간은 천상이면서도 동시에 지상이다. 이러한 의식은 2연에서도 이어져 병약자 혹은 홀어미, 홀아비의 외로운 삶에 대한 위로로 나타난다. 인간 삶의 외로움은 이웃의 위로와 사랑으로써만 해소될 수 있는 것이니, 진실된 마음으로 이웃을 보살피라는 뜻이다. 사랑의 실천 역시 인간적 욕망을 구체화하는 피의 이미지에서 시작하여 하늘을 관망하는 첨성대의 이미지로 이어진다는 진술은 현세적 사랑이 승화하여 지향할 바를 제시한다.

다음 연에 나오는 지귀와의 만남과 선덕여왕의 행동, 그리고 선덕여왕의 말은 매우 의미심장하다. 사랑이 "참말의 사랑"이 되기 위해서는 "서라벌 千年의 知慧가 가꾼 國法보다도 國法의 불"보다 더 위대한 것이 되어야 한다고 선덕여왕은 말한다. 결국 이 말 속에는 관능적 욕망은 초월적인 진리로 이어져야 한다는 서정주의 세계관이 들어 있다. '지귀'라는 남성은 선덕여왕을 만나고 싶은 욕망을 지녔다. 선덕여왕은 그 이름이 상징하는 바와 같이 후덕한 인품을 겸비한 여성성이다. 욕망의 불일치로 인한 결핍에 사로잡힌 채 불로 화한 남성의 욕망은 여왕의 배려에 의해서 일시에 소거된다. 또한 여왕이 잠든 지귀에게 팔찌를 벗어주는 행위는 지귀의 욕망이 정욕에 머무는 것을 방지하고 지고지순한 사랑으로 승화할 수 있는 계기를 마련하여 준다. 이런 점에서 선덕여왕은 대지모성성을 획득한다. 『신라초』에 실린 「꽃밭의 독백」에 나오는 사소는 대지모성적 성격을 더 강하게 지닌 인물이다. 이 시는 남성성과의 결합 없이 박혁거세를 낳게 되는 사소의 시련과 그 극복 과정을 나타낸다. 평범한 여인이었던 사소가 대지모성으로 거듭나는 과정을 볼 수 있다. 「娑小 두 번째의 편지 斷片」 역시 이와 같은 맥락에서 이해할 수 있다. 사소는 서정주 시가 지향한 신라 정신이 대지모성과 만나는 지점에서 형상화된 인물이다.37)

---

37) 사소의 모성적 삶은 신라적 신화이다. 서정주는 모성이 신화로 승화되기를 희망했다. 서정주가 『신라초』 다음에 『질마재신화』, 『떠돌의 시』 등의 공간을 창출할

　　내 마음 속 우리님의 고은 눈섭을
　　즈문밤의 꿈으로 맑게 씻어서
　　하늘에다 옴기어 심어 놨더니
　　동지 섣달 나르는 매서운 새가
　　그걸 알고 시늉하며 비끼어 가네

—「冬天」 전문

　마침내 사랑하는 사람의 상징인 눈섭을 하늘에 심어 놓는 행위에 도달한 시의식은 사랑의 대상이 신앙의 대상으로 바뀌는 양상을 보여준다.[38] 이때 나타난 화자의 욕망은 육체적인 사랑으로 충족되는 것이 아니라 정신적인 사랑으로 충족된다. 이는 성 욕망의 승화된 형태이다. 사랑하는 여성의 상징물을 천일 밤의 꿈으로 씻는 행위는 님을 향한 자신의 욕망을 승화시키는 행위이다. 그러므로 하늘에 떠 있는 님의 눈섭은 자신을 감싸안아줄 님의 마음이며 동시에 님을 향한 화자의 순결한 마음이다. 이는 마침내 겨울 밤 하늘에 떠 있는 초승달의 이미지를 창출한다. 오랜 세월 동안 인고의 과정을 통하여 화자는 성화된 사랑과 욕망의 세계에 다다르게 된다. “우리님”의 모습은 더 이상 관능적 욕망을 일으키는 대상이 아니라 겨울 밤하늘을 은은

　수 있었던 맥락을 이와 같은 것에서 찾을 수 있다.

38) 서정주 시에 나타난 ‘눈섭’ 이미지에 대해서는 위에 인용된 오탁번의 연구가 주목된다. 오탁번은 “서정주의 시에서 〈눈섭〉 비유는 기본적으로 여성을 상징한다. 그러나 서정주는 이러한 전통적인 문학적 관습을 이어받으면서, 다시 이를 다채롭게 변용시켜 나간다.”라고 전제한 후, “그의 시에서 〈눈섭〉의 비유는 〈눈섭〉 자체에 대한 외관 묘사로부터 시작해서, 〈달〉, 〈시간〉 등의 심상으로 변용되어 간다. 그리고 그러한 심상의 변용 과정 속에는 시적 상상력의 변화, 즉 육감적 심미적 女性性으로부터 정신적 초월적 母性으로의 변화가 놓여 있다.”고 주장하였다. 위의 논문, pp. 122-127.

히 비추는 달과 같은 아늑한 모성적 안식처가 된다.

4. 신화적 여성성과 생산적 성의 구현

『신라초』에 나타난 신라 정신은 『질마재신화』와 『떠돌이의 시』에서 신화적 상상력으로 발전한다. 서정주는 과거와 미래가 만나는 성스러운 시간으로서 영원성을 지향하였으며 이러한 회귀적 시간성은 질마재라는 원형적 공간과 합일한다. 질마재는 서정주 개인의 고향으로서의 의미를 넘어 민족의 집단무의식이 발현되는 공간이다. 『질마재신화』는 경험적 사실로 구성된 실재라는 의미를 넘어 주관적이고 이상적인 세계를 구현한다. 이때 나타난 서정주 시의 여성성을 신화적 여성성으로 명명한다. 『질마재신화』는 제목에서도 드러나듯 시인의 고향인 질마재라는 원형적 공간에서 일어났던 설화적이고 민속적이고 공동체적인 이야기를 형상화하는 시집이다. 이 공간에서도 여성성의 활약이 두드러지게 나타나는데 이때 여성성은 시인의 유년 공간의 주체적 인물이 되어 현재적 시간과 과거적 시간의 화해를 이끌어낸다.

『질마재신화』의 여성성은 남성성과 결합된 양성적 특징을 갖는 경우가 많다.[39] 이러한 양성공유의 여성성은 신화적 상상력을 근간으로 하면서 시인이 체험했던 유년의 삶의 서사와 이어진다. 그러나 남성성을 공유한 여성성은 사회제도적인 권력을 획득하지 못하는 대

---

[39] 남진우는 「남녀 양성의 신화」에서 서정주 시에 나타난 남녀양성(androgyne)적 이미지를 분석하고 있는데 초기시를 대상으로 하였다. 주로 '화사'가 지닌 직선적이고 남성적인 특징과 곡선적이고 여성적인 특징에 주목하였다. 본고와는 텍스트 자체가 다르다. 남진우, 「남녀 양성의 신화」, 조연현 외, 『미당연구』, 민음사, 1994.

신, 원형적인 유년 공간에 신화적인 환상성을 부여한다. 이러한 여성성은 원형적 구조와 질서에 대하여 남성성 못지 않는 장악력을 가지게 됨으로써 여성이 공동체적 공간에서 주체로서의 역할을 하게 된다. 서정주 시에 나타난 양성공유의 여성성은 희화화한 골계미를 근간으로 하여 설화적인 상상력을 보여줌으로써 고정적인 질서로 가득 찬 현실을 낭만적으로 초월하려는 욕망을 보여준다. 신화적 공간의 초월적 성격으로 인하여 시인의 욕망은 승화된다.

小者 李 생원네 무우밭은요. 질마재 마을에서도 제일로 무성하고 밑둥거리가 굵다고 수문이 났었는데요. 그건 이 小者 李 생원네 지 식구들 가운데서도 이 집 마누라님의 오줌 기운이 아주 센 때문이라고 모두들 말했습니다.

옛날에 新羅 적에 智度路大王은 연장이 너무 커서 짝이 없다가 겨울 늙은 나무 밑에 長鼓만한 똥을 눈 색시를 만나서 같이 살았는데, 여기 이 마누라님의 오줌 속에도 長鼓만큼 무우밭까지 鼓舞시키는 무슨 그런 신바람이 있었는지 모르지. 마을의 아이들이 길을 빨리 가려고 이 댁 무우밭을 밟아 질러가다가 이 댁 마누라님한테 들키는 때는 그 오줌의 힘이 얼마나 센가를 아이들도 할수없이 알게 되었습니다. ―"네 이놈 게 있거라. 저놈을 사타구니에 집어 넣어 더운 오줌을 대가리에다 몽땅 깔기어 놀라!" 그러면 아이들은 꿩 새끼들같이 풍기어 달아나면서 그 오줌의 힘이 얼마나 더울까를 똑똑히 잘 알 밖에 없었습니다.

―「小者 李 생원네 마누라님의 오줌 기운」 전문

이 생원네 무밭의 농사가 잘 되는 일이 부인의 오줌 굵기 때문이라는 것은 과학적인 근거가 없는 진술이지만 원형적 삶을 영위하는 사람들은 두 사실의 인과 관계를 믿으며 산다. 여기에서 과학적 사실이란 것은 중요하지 않다. 오줌 기운이 센 이 생원 부인의 삶은 2연에 이르러 "智度路大王"의 연장 이야기와 겹쳐지면서 신화화하는 동시에 이야기가 참으로서 기능하는 근거를 확보한다. 중요한 것은 이 생원 부인이 지닌 생산적 성의 모습이다. 이 생원 부인은 무밭을 혼자서 경작하고 보호할 만큼 건강한 힘을 지닌 인물이다. 무밭을 훼손하는 아이들을 겁주기 위해서 하는 말을 보면 어조 역시 남성적이다. 사타구니에 대가리를 넣고 오줌을 누겠다는 내용 역시 남성이 소변을 보는 자세와 흡사하다. 이처럼 이 생원 부인이 지닌 여성성은 남성성을 겸비한 여성성이며 나아가 중성적인 여성성이다. 생산적 성을 중심으로 펼쳐지는 질마재의 공간은 서정주의 불안을 치유하는 데 기능했다. 신화적 공간은 시인에게 불안하게 잠재된 욕망이 승화하는 공간이다. 여성성이 남성성과 분리되지 않는 공간에서, 혹은 여성성이 스스로 이미 남성성을 포함하고 있는 공간에서 파괴적인 관능성이 나타나기는 어렵다.[40]

　　외할머니네 집 뒤안에는 장판지 두 장만큼한 먹오딧빛 툇마루가 깔려 있습니다. 이 툇마루는 외할머니의 손때와 그네 딸들의 손때로 날이날마닥 칠해져 온 것이라 하니 내 어머니의 처녀 때의 손때도·꽤나 많이는 묻어 있을 것입니다마는, 그러나 그것은 하도나 많이 문질러서 인제는 이미 때가 아니라, 한 개의 거울로 번질번질 닦이어져 어린 내 얼굴

---

40) 문혜원은 「小者 李 생원네 마누라님의 오줌 기운」과 함께 「해일」을 논하면서 서정주의 바다는 여성적인 상징성과 남성적인 상징성을 동시에 가지고 있다고 했다. 해일이 몰려왔을 때 할머니는 허겁지겁 얼굴을 붉혔고, 동시에 바다는 할머니에게서 할아버지를 빼앗아간 주체이기도 했기 때문이라는 설명이다. 문혜원, 「서정주의 시를 읽는 몇 가지 단상」, 『돌멩이와 장미, 그 사이에서 피어나는 말들』, 하늘연못, 2001, pp. 98-101.

을 들이비칩니다.

그래, 나는 어머니한테 꾸지람을 되게 들어 따로 어디 갈 곳이 없이
된 날은, 이 외할머니네 때거울 툇마루를 찾아와, 외할머니가 장독대 옆
뽕나무에서 따다 주는 오디 열매를 약으로 먹어 숨을 바로 합니다. 외할
머니의 얼굴과 내 얼굴이 나란히 비치어 있는 이 툇마루에까지는 어머
니도 그네 꾸지람을 가지고 올 수 없기 때문입니다.

—「외할머니의 뒤안 툇마루」 전문

이 시는 생산적 성의 세계를 직접 드러내지는 않지만 여성성이 창
출한 원형적 공간의 의미를 이해할 수 있는 통로를 제공한다. 이 시
의 소재인 툇마루는 모계적 질서를 신화적 질서로 승화시키는 사물
이다. 외할머니의 손때와 이모들의 손때로 닦여진 툇마루가 어느새
한 개의 거울이 되어 어린 화자의 얼굴을 비추는 대상으로 변했다는
진술은 원형적 공간에서 일어나는 환상의 세계이며 이 환상은 신화
적 상상력과 잇닿아 있다.[41] 툇마루는 모성의 거울이며, 성찰의 거울
이며, 원형의 거울이다. 툇마루를 거울로 만든 힘은 여성성의 힘이었
다. 거울 앞에 선 화자는 주체이면서 동시에 객체이다. 또한 주객 일
체화의 과정을 통하여 할머니가 어머니가 되고, 어머니가 할머니가
되며 화자의 심리 상태 역시 그들과 분리되지 않는다. 툇마루 거울은
이러한 미분리의 상태를 보여준다. 여기에는 가족공동체에 대한 동

---

41) 『질마재신화』에는 외할머니에 얽힌 이야기가 여러 편 있다. 그 중 바다에서 죽
은 외할아버지가 해일이 되어 돌아온다는 서사를 담은 「해일」은 신화적 공간을
창출한다는 평가를 받았다. 죽은 사람과 산 사람은 바다와 육지라는 공간적 경계
로 인하여 철저하게 분리되어 있는데, 이 분리가 외할머니의 접신에 의해서 극복
된다는 이야기로 해석될 수 있다. 김열규, 「속신과 신화의 서정주론」, 조연현 편,
위의 저서, pp. 150-151. 참조.

일화의 의식이 있다. 어머니로부터의 꾸지람을 피할 수 있는 방법을 동일화의 방식에서 얻을 수 있을 것이라는 사실을 화자는 알았다.[42] 이러한 공동체화의 방식은 개인의 개별화 욕망을 강등시킨다. 이러한 때거울 툇마루를 지어낸 여성성이야말로 신화적 공간의 주인공이 된다. 화자는 여성성의 울타리 안에서 어떤 꾸지람도 듣지 않고 행복해질 수 있었다.

신화는 현재적 삶의 한계를 극복할 수 있는 매개물로서 개인적 공간보다는 집단적 사회를 지향한다. 이 공간은 화해롭고 평화로운 공간이다. 이 시간은 한번 지나가면 다시는 돌아오지 못하는 것이 아니라 영원으로 회귀하는 시간으로 과거와 미래가 만나는 시간이다. 툇마루가 거울이 되는 환상을 기억하는 화자는 이미 유년으로 돌아갔다. 역사적으로 볼 때 인간 삶은 집단적 삶의 형식에서 개인적 삶의 형식으로 변화하였다. 신화는 전자를 지향한다면 욕망은 후자에서 더 강해진다. 서정주가 과거 시간으로의 회귀를 통하여 집단적이고 원형적인 공간을 형상화한 것은 욕망의 승화를 도모한 것이다. 서정주 자신의 불안한 성 욕망이 신화적 상상력에 힘입어 승화된 자리에서 농경적 삶을 근간으로 하는 생산적 성의 세계는 더욱 풍요로워진다. 『떠돌이의 시』에 실린 「堂山나무 밑 女子들」은 남편을 여읜 후에 비로소 연애다운 연애를 하기 시작하는 여인들의 이야기로, 이 아낙

---

42) "거울에 비친 자기 모습을 바라보는 태도는 여러 가지이다. 자기 모습을 보며 두려움을 느낄 수도 있고, 수줍어 할 수도 있으며, 기쁨과 만족감, 또는 도전욕을 느낄 수도 있다. 다른 사람과 같은 점을 찾으려 할 수도 있으며, 반대로 다른 점을 찾으려 할 수도 있으며, 누구와 닮았는지, 또는 다른지를 찾아본다." 사빈, 멜쉬오르 보네, 윤진 역, 에코리브르, 2001, p. 16. 타자와 불화하는 주체는 거울을 통하여 이질화의 의도를 가지며 타자와 화해하는 주체는 거울을 통하여 동일화의 의도를 가진다.

네들은 오래된 암느티나무의 생산성을 공유한다.

> 질마재 堂山 나무 밑 女子들은 처녀때도 새각씨 때도 한창 壯年에도
> 戀愛는 절대로 하지 않지만 나이 한 오십쯤 되어 인제 마악 늙으려 할
> 때면 戀愛를 아조 썩 잘 한다는 이애깁니다. 처녀때는 친정부모 하자는
> 대로, 시집가선 시부모 하자는대로, 그 다음엔 또 남편이 하자는대로, 진
> 일 마른일 다 해내노라고 겨를이 영 없어서 그리 된 일일런지요? 남편보
> 단도 그네들은 웅뎅이도 훨씬 더 세어서, 사십에서 오십 사이에는 남편
> 들은 거이가 다 뇌점으로 먼저 저승에 드시고, 비로소 한가해 오금을 펴
> 면서 그네들은 戀愛를 시작한다 합니다. 朴푸접이네도 金서운니네도 그
> 건 두루 다 그렇지 않느냐구요. 인제는 房을 하나 온통 맡아서 어른 노
> 릇을 하며 冬柏기름도 한번 마음껏 발라 보고, 粉세수도 해 보고, 金서
> 운니네는 나이는 올해 쉬혼 하나지만 이 세상에 나서 처음으로 이뻐졌
> 는데, 이른 새벽 그네 房에서 숨어나오는 사내를 보면 새빨간 코피를 흘
> 리기도 하드라구요. 집 뒤 堂山의 무성한 암느티나무 나이는 올해 七百
> 살, 그 힘이 뻐쳐서 그런다는 것이여요.

—「堂山나무 밑 女子들」 전문

시인은 아낙네들이 나이 오십이 되어 이제 막 늙으려 할 때 더욱
성적 에너지가 강해지는 것을 두고, 당산의 칠백 년 된 암느티나무의
기운을 받았기 때문이라고 말한다. 오랜 세월 동안 살아와 그동네를
지켜주는 암느티나무는 아직도 생산의 힘을 잃지 않고 있다. 이 힘이
초로의 여인들에게 부여되었다. 시인은 자신의 성 욕망이 승화된 자
리에서 질마재 공간의 생산적 성을 자연스럽게 인식한다. 이러한 상
황은 작품의 등장인물들이 모성성을 기반으로 하여 신화적 공간 창
출에 이바지하고 있기 때문에 나타난다. 신령스러운 당산나무와 이

어진 이 시의 여성성은 하나의 신화를 이루었다. 이와 같은 시의식은 「단골 암무당의 밥과 얼굴」, 「알묏집 계피떡」, 「모조리 돛이나 되어」, 「거시기의 노래」, 「향수」 등의 작품에도 나타난다.[43] 시인은 불안한 성 욕망을 약화시킴으로써 원형적 세계에서의 성적 담론을 신화적 시각에서 형상화하였다. 이 맥락에서 보면 『질마재 신화』, 『떠돌이의 시』에서 추구한 신화적 세계 역시 욕망을 승화시킨 결과이다.[44]

5. 결론

본고는 서정주 시에 나타난 여성성과 욕망의 관련 양상을 세 가지 맥락에서 살펴보았다. 서정주 시의 여성성은 그의 시에 나타나는 욕망과 매우 밀접하게 관련한다. 서정주 시의 여성성은 관능적 여성성, 모성적 여성성, 신화적 여성성 등으로 변용되면서 시의 변모를 이끌어가는 추동력으로 작용하였다. 시의식의 다양성과 변모의 근원에는

---

43) 윤재웅은 "서정주의 유머는 『질마재신화』 이후부터 집중적으로 나타나기 시작하는데 특히 성(性)과 관련된 경우에 두드러진다."라고 하면서 "걸죽한 입담은 한국 여인의 건강하고 유쾌한 삶의 미학을 드러내는 데 적격이다."라고 주장하였다. 윤재웅, 「서정주 시의 지방색 문제」, 『국어국문학』, 130호, 국어국문학회, 2002, p. 339. 『질마재신화』 이후에 나타난 여성성과 유머 감각의 조화는 성 욕망에서 자유로워진 상황에서 나타난다.

44) 장창영은 위의 논문에서 『질마재신화』를 거쳐서 『떠돌이의 시』에 이르는 과정을 놓고 서정주의 성의식의 양상을 두 가지로 요약하고 있다. 그것은 첫째, 진솔한 자신의 생체험을 등장시켜 오랫동안 자신을 억압했던 성 본능의 가식과 중압감으로부터 자유로워지고자 하는 시도를 보이는 것이며, 둘째, 여성들의 성문제를 다룸으로써 유년시절 형성된 성 콤플렉스의 극복을 시도하고 있는 점이다.(pp. 398-403에서 인용) 이처럼 정창영은 서정주의 후기시를 성 욕망의 정화 의지라는 관점에서 이해하고 있는데 본고는 이를 두고 정신분석학적 관점의 '승화'의 두 번째 형태로 이해하였다.

인간과 세계에 대한 욕망이 자리 잡고 있으며 서정주 시의 욕망은 여성성과 상호 작업하는 양상을 보였다. 그러므로 여성성과 욕망에 대한 고찰은 서정주 시의 총체성을 밝히는 중요한 수단이다.

관능적 여성성에 대한 지향은 해방 전에 쓰인 작품들에서 두드러지게 나타난다. 처녀시집 『화사집』은 이러한 경향을 단적으로 보여주는데, 여기 실린 「문둥이」, 「대낮」, 「문」, 「입마춤」, 「웅계」 등의 작품이 모두 이러한 경향을 나타낸다. 관능적 대상 앞에서 직정적으로 발현된 욕망은 그 대상과의 원만한 합일을 이루어내기 직전의 상태에서 왜곡되고 만다. 욕망의 불안과 왜곡은 원죄의식과 가족사의 특수성과 관련된다. 인간의 조상이 에덴동산에서 저지른 죄와 인간이 지닌 관능적 욕망은 상관성을 지닌다. 원죄의식과 부계적 질서의 운명을 거역할 수 없을 때, 시인은 「자화상」에서 보이듯 떠돌이의 삶을 수용한다. 이것이 더 이상 죄를 짓지 않는 일이었기 때문이다. 「자화상」에서 여성성의 모습을 형상화하고자 애쓴 것은 부계적 운명의 비극성을 희석시키는 것이 여성성의 원리에 있다고 생각했기 때문이다. 「자화상」은 이런 의미에서 그 다음에 이어질 작품을 예감케 한다.

「자화상」에 나타난 여성성은 해방 후의 시집인 『귀촉도』, 『서정주시선』, 『신라초』, 『동천』 등에 나타난 모성성으로 이어진다. 모성성 역시 여성성의 범주 안에 들어가는 말이지만, 모성성에 대한 인식은 성 욕망과 결부되기가 어렵다. 서정주가 해방 후 오랫동안 모성적 여성성에 천착한 것은 관능적 여성성에 대한 성 집착을 순화하여 스스로의 욕망을 제어하기 위해서이다. 이때 시의식은 수직적 상상력과 이어진다. 수평적 공간에서 관능적인 여성을 파괴적이고 악마적으로 인식했던 시인은 원죄로 가득 찬 수평적 공간을 넘어가는 상승의 꿈을 꾼다. 이것은 성적 욕망과 지상의 중력을 극복하여 지아비와 지어미의 순정한 사랑의 공간으로 나아가려는 「내 아내」, 「무등을 보며」 등의 시에 구체적으로 나타난다. 마침내 『신라초』의 세계로 나아가면서 시인은 신라 정신의 지향을 통하여 지고지순한 영원주의를 꿈꾼다. 선덕여왕이 지귀의 원혼을 달래기 위해서 팔찌를 벗어주는 사랑이나, 남성성의 도움 없이 박혁거세를 낳는 사소의 삶은 모두 다 모성적 여성성의 위대한 힘에 대한 형상화이다. 이들의 상징 아래서 시인은 육체적이고 탐미적인 욕망을 승화시킨다.

『신라초』에 나타난 신라정신으로 표상된 고전의식은 『질마재 신화』, 『떠돌이의 시』에 이르러 신화적 면모를 획득한다. 이것은 불안한 성 욕망이 승화하는 두 번째 양상이다. '질마재'라는 유년 공간을 신화화함으로써 시인은 유년의 삶에 얽힌 상처를 무화한다. 이 때 나타나는 여성성의 특징 중 하나가 남성성을 공유한 여성성이다. 「小者 李 생원네 마누라님의 오줌 기운」에 나오는 여인은 남성적 이미지를 다분히 드러내며 억척스럽게 살아가는 모습으로 나타나는데, 시인은 이를 통하여 신라 지도로대왕 부인의 모습을 유추한다. 이 과정은 부성 결핍이라는 유년의 상처를 드러내는 것이 아니라, 유년의 화해로운 기억을 생생하게 복원하는 역할을 한다. 시인 자신의 할머니나 어머니에 관한 이야기를 할 때에도 「자화상」에서 보인 고독과 결핍은 전혀 나타나지 않는다. 「외할머니의 뒤안 툇마루」에서 보이듯 여성성은 유년의 삶을 비추는 거울이다. 「당산 나무 밑 여자들」에 이르러서는 생산적 성의 세계가 더욱 구체적으로 나타난다.

서정주는 여성성에 대한 관점을 변화시키면서 그것과 관련된 욕망의 변화 과정을 역동적으로 경험했다. 부성의 결핍과 폭력성으로 인한 유소년기와 사춘기의 상처가 서정주로 하여금 여성성에 대한 역동적인 탐구를 가능하도록 한 힘이 되었다. 시인은 나이가 들어감에 따라 강렬했던 청춘기의 성 욕망을 서서히 누그러뜨렸고, 그 열렬함과 함께 했던 관능성도 모성성과 신화성으로 변화하게 되었다. 즉 모성적 여성성과 신화적 여성성은 관능적 여성성의 승화 결과였다. 이와 함께 불안하던 욕망도 안정을 보임에 따라 신라정신의 지향과 생산적 성의 구현이 가능해졌다. 강조하건대 이 두 가지 국면은 욕망을 소멸시키는 것이 아니라 승화한 결과였다.[45]

---

45) 욕망의 소멸은 살아 있는 인간에게 적용될 수 없는 명제이다. 라깡에 의하면 욕망의 소멸은 죽음뿐이다. 그러므로 인간은 살아있는 동안 욕망을 완전히 소멸시킬 수 없다. 다만 적절한 욕망의 수준과 대상이 중요하다.

조지훈 초기 자연서정시에 나타난 세계와 자아의 대응 양상

1. 서론

조지훈은 1939년 4월 『문장』 1권 3호에 「고풍의상」으로 첫 추천을 받았고 같은 해 12월 같은 잡지 1권 11호에 「승무」로 2회 추천을 받았으며 1940년 2월 「봉황수」, 「향문」으로 추천 완료되어 문단에 등장하였다. 등단 무렵 그의 시 세계는 "趙君의 懷古的 에스프리는 애초에 名所古蹟에서 捏造한 것이 아닙니다. 차라리 固有한 푸른 하늘 바탕이나, 高邁한 磁器 살결에 無時로 去來하는 一抹雲霞와 같이 自然과 人工의 極致일까 합니다."[1]라는 정지용의 추천 소감에서 짐작할 수 있듯 전통적이고 고유한 우리 것에서 작품의 소재를 발굴하여 일제 말기 기울어져 가던 민족 정신을 예술적으로 복원하여 민족 해방의 초석을 다지기도 하였다.

조지훈은 일제 강점이라는 비극적인 역사 현실 속에서 시를 썼다. 일본 제국주의자들은 근대성을 함양시킨다는 명분 아래 우리 민족의 정체성을 말살하는 과정에서 우리의 고전 문학과 언어를 폄훼(貶毀)

---

1) 『문장』 제2권 제2호, 문장사, 1940. 2, p. 171.

하였다. 이런 왜곡된 현실을 극복하고자 조지훈은 민족 정체성을 복원하고 확립하기 위하여 창작과 연구에서 공히 전통을 지향하였다.[2] 그는 일제의 계몽주의에 동조하지도 않았으며 당대의 절망을 비현실적으로 무화하는 낭만주의자가 되지도 않았다. 그는 동양 전통 사상에 입각하여 문학론을 펼치고 시와 수필을 창작하고 민족운동사를 기술하였으며 채근담 같은 고전을 번역하였다. 조지훈은 지식인 예술가로서 당대의 억압 구조에 결연히 맞섰던 것이다.

박두진은 조지훈의 작품 세계를 초기의 고전, 중기의 자연, 후기의 자아로 나누었다. 박두진은 첫째, 고전에 대한 민족문화적인 애착과 회고에서 그의 민족의식을, 둘째 자연에 대한 허탈한 관조와 방랑에서 그의 인생을, 셋째, 자아에 대한 내적 응시(凝視)와 철학적 탐색에서 그의 우주 감각을 도출해 낸다. 해당 계열의 분류를 '초기의 고전 민속＝고풍의상, 승무, 봉황수(1939)', '중기의 자연＝산방, 파초우, 낙화(1941－1943)', '후기의 자아＝화체개현, 묘망, 절정(1949)'과 같이 하고 있다.[3] 조지훈의 자연서정시를 해방 전의 세계와 『풀잎단장』을

---

2) 김종태, 「조지훈 '한국현대시문학사'의 의의와 한계」, 『인문논총』 17호, 호서대 인문과학연구소, 1998, pp. 103－110.

3) 박두진, 「조지훈의 시세계」, 『조지훈 연구』, 고려대학교출판부, 1978, p. 4.
  이밖에 조지훈 시의 변모 과정을 시기별로 살핀 연구물로서 서익환의 「조지훈시 연구」(한양대 대학원 박사학위 논문, 1989), 박경혜의 「조지훈 문학 연구」(연세대 대학원 박사학위 논문, 1992), 최병준의 「조지훈시 연구」(국민대 대학원 박사학위 논문, 1993)가 설득력 있는 성과를 보이고 있다. 한편 오탁번의 「지훈시의 의미와 이해」(『한국현대시사의 대위적 구조』, 고려대 민족문화연구소, 1988)는 조지훈 시의 율조·비유·상징을 정치하게 분석하고 있으며 김지연의 「조지훈시 연구」(숙명여대 대학원 박사학위 논문, 1994)는 조지훈 시 전반을 관통하는 순수 의식을, 김문주의 「조지훈 시에 나타난 생명의식 연구」(고려대 대학원 석사학위 논문, 1997)는 조지훈 시 전반에 나타나는 동양적 생명의식을 논리적으로 추출하고 있다.
  해방 전의 조지훈 시와 해방 후의 조지훈 시가 서로 다른 시의식을 형상화한다

중심으로 한 해방 후의 세계로 나누어 고찰하는 본고는, 박두진의 이와 같은 구분을 깊이 참조하였다. 본고는 『청록집』과 『풀잎단장』까지를 조지훈의 초기시로 보고 여기에 실린 자연서정시를 조지훈의 초기 자연서정시라고 일컫겠다. 해방 후에 창작되어 『풀잎단장』에 실린 「아침」, 「절정」, 「흙을 만지며」, 「풀밭에서」와 같은 자연서정시들이, 『청록집』에 실린 자연서정시인 「낙화」와 해방 전에 창작되어 『풀잎단장』에 실린 자연서정시 「창」, 「고목」, 「도라지꽃」 등과 어떻게 다른 자아와 세계의 대응 방식을 보이느냐에 연구 초점을 두겠다. 즉 해방 전의 자연서정시와 해방 후의 자연서정시를 주요 작품을 중심으로 비교 검토하여 이 두 세계의 특질을 밝혀 조지훈의 초기 자연서정시의 미학적 전략과 주제 의식을 밝히는 것이 본고의 목적이다.

동양인들은 자연을 인간과 우주의 근본으로 생각했다. 그렇기 때문에 동양의 자연은 살아 움직이는 유기체로서 인간 성정(性情)의 상징물로 자리 잡았다. 자연이 삶의 진리를 반영하는 거울이 될 수 있는 것도 이 때문이다. 자연을 소재로 하여 시를 창작할 때 시인은 자연 자체에 대한 묘사적 대응을 뛰어넘어 인간과 자연이 어우러지는 모습까지를 파악할 수 있어야 한다. 이때 시인은 자연으로부터 깊은 정서적 감응을 부여받기 마련이다. 필자는 자연과 인간의 정서적 대응이 나타나는 시를 자연서정시라고 부르겠다. 여기서 '서정시'라 함

는 것에는 김지연, 서익환, 최병준, 최승호 등 대부분 논객들이 대체로 동의하고 있다. 예컨대 서익환은 위의 논문에서 '자아 갈등'과 '자아 탐구'라는 용어로 이 두 시기의 특징을 간파하고 있다. 한편 최병준은 위의 논문에서 『청록집』 무렵의 시 세계를 '민족 정서와 전통에의 향수·자연친화와 선에의 몰입'이라는 용어로 설명하고 『풀잎단장』·『조지훈시선』의 세계를 '자기 확인과 생명 탐구·자의식의 지평 확대'라는 용어로 설명하고 있다. 본고는 이들의 논문에서 논의의 방향성을 얻었다.

은 '시'와 동일한 개념으로 사용함을 밝혀 둔다. 서정시라는 개념이 정착된 데에는 많은 논쟁이 있었음에도 불구하고, "서정, 서사, 극이라는 가장 지속적인 분류법에 의거해 볼 때 오늘날 서정 양식의 총화로서 존재하는 것은 오직 시뿐"[4]이기 때문이다.

2. 쇠락하는 자연과 자아의 정적화

조지훈의 초기 자연서정시에는 쇠락하는 자연 풍경을 서경적 방법으로 묘사하거나 나아가 그 풍경에 자아의 슬픈 내면을 투사하는 시들이 많다. 이러한 시들은 대부분 시인이 세속잡사를 떠나 자연에 묻혀 은거하던 해방 전에 쓰여진다. 은거란 사회적 활동을 기피하여 숨어사는 것으로 둔거(遁居) 또는 은서(隱棲)라고도 한다. 논어 미자편(微子篇)을 보면 은거방언(隱居放言)이란 말이 나오는데 이는 은거하며 살면서 마음속에 품고 있는 생각을 털어놓는 것을 이른다. 속세의 일을 멀리하며 살아갈 때 인간은 이 세상에 대하여 새로운 존재 방식을 체득하여 이 세계를 거침없이 형상화하기도 하는 것이다.

조지훈은 두 번의 은거를 하였다. 이 두 경우 모두 불합리한 세계 질서에 대한 자아의 대응이었다. 이것은 한편으로 소극적 도피라는 의미를 지니면서 동시에 그 나름대로의 저항 방식이라 할 수 있다. 그의 은거 공간은 여느 은거자와 마찬가지로 옛 동네이거나 옛 농가이며 고향이며 산 속 사찰이다. 그곳은 바깥 세계의 무질서가 쉽게 침해할 수 없는 안전한 곳으로 그곳에서 시인은 존재의 자유를 구현

---

4) 한영옥, 「서정시, 다시 생각하기」, 최승호 편, 『서정시의 본질과 근대성 비판』, 다운샘, 1999, p. 27.

한다.

그의 자유 찾기는 자연의 모습을 관찰하고 그것을 시라는 창조물로 만드는 것으로 나아간다. 그러나 세상을 등지고 온 은거자의 눈에 자연이 활력 넘치는 생산적 주체로서만 보일 리는 만무하다. 특히 유가적 세계관을 신봉하던 조지훈에게는 독선(獨善)과 독락(獨樂)을 위한 은일의 시간 역시 항상 겸선(兼善)과 동락(同樂)으로 나아가는 과정의 일부일 수밖에 없었다. 그러므로 그는 경물의 아름다움만을 찬양할 수는 없었을 것이며 자연을 시화함에 있어 어떤 이념성을 추구하여야 했는데, 그것이 조락하는 자연 현상과 자아의 비애 및 정적을 일치시키는 작업이었을 것이다. 여기에는 동양적 정경론(情景論)의 이치가 배어 있다.[5]

전술했듯이 그는 두 번의 은거를 하였다. 첫 번째의 은거는 1942년 4월부터 같은 해 12월까지 월정사 불교강원으로 근무하던 시기였고 두 번째의 은거는 1943년 9월부터 8·15 해방까지로 고향 마을에서 지내던 시기이다. 최승호는 조지훈의 말을 참고하여[6] 첫 번째 은거 기간 동안 쓴 은거시는 주로 소품의 서경시로 선미와 관조에 뜻을 두어 "슬프지 않은" 자연시이며 두 번째 은거시는 영남 사림파의 후예들인 한양 조씨의 집성촌인 주실에서 생산된 것답게 유가적인 한만(閑漫)한 정서를 담고 있다고 하였다. 조지훈은 첫 번째 은거 무렵 지은 「마을」(1942), 「달밤」(1942), 「고사」(1941), 「산방」(1941) 등의 시를 두고 "슬프지 않은" 자연시라 하였다.[7] 하지만 두 번째 은거 때에 쓴

---

5) 겸선·동락·독선·독락·정경론 등에 관한 논의는 최승호의 『한국 현대시와 동양적 생명사상』(다운샘, 1995, pp. 64-91, pp. 224-237)을 참조하였다.

6) 최승호, 위의 저서, p. 191.

자연서정시에는 '슬픔'의 정서가 깊이 배어 있었다.

월정사에서 외전 강사 생활을 하면서 조지훈은 탐미적 서구 지향과 민족문화적 소재 지향에서 벗어나 동양적 자연의 세계에 깊이 몰입한다. 그는 이 무렵 자신의 시 세계의 변화를 "이 절간 생활은 나의 시를 또 한번 변하게 하였다. 그것은 변이된 생활의 쾌적미와 당시 내가 심취했던 詩仙一如의 경지 때문이었다. 일체의 정서와 주관을 배제하고 자연을 있는 그대로 직관하고 관조하는 敍景의 小曲調를 찾았다."8)라고 술회한다. 일본 제국주의의 포악함이 극에 달하던 이 시기는 조지훈에게 고통스러운 기다림의 시간이었다. 이 시기에 그가 자연의 품속으로 들어가 산 것은 언뜻 보면 소극적인 도피이기도 하겠지만 자연의 세계에서 우주의 생성론적 이법을 발견하여 새로운 시대의 도래에 대한 깨달음을 얻으려고 했다는 점에서는 또 하나의 저항 방식이라고 할 수 있다. 이는 유가적 지식인이 택한 불가피한 처세술이었다.

동양인들은 정경합일(情景合一)과 천인합일(天人合一)이라는 목표를 두고 시를 쓰고 그림을 그렸다. 산수의 세계로 들어가 자연과 자아의 일체화를 추구하는 것이 군자의 즐거움이라 여기면서 자연의 풍광 속에서 세속의 찌든 때를 씻어버리려 노력했던 동양인의 삶은 이러한 예술 정신과 맞물린다. 그들은 자연 속에서 얻은 자유와 해방감으로 자연과 자아의 융합을 예술로 승화시켰다. 한편 동양미학은 이러한 유(遊)와 소요(逍遙)의 정신 이외도 예술가의 인격성과 도덕성을 중시하였다. 특히 유가 미학은 인간 정신의 순수한 도덕성이 창

---

7) 조지훈, 『조지훈 전집』 3권, 나남출판사, 1996, p. 203.
8) 조지훈, 「나의 시의 편력」, 『청록집 이후』, 현암사, 1968, p. 355.

작의 바탕이 되도록 요구한다. 조지훈의 초기 자연서정시는 소요 정신과 도덕성이라는 두 가지 동양 미학의 지향점을 충실히 반영하고 있다. 그러므로 "지훈의 시에 보이는 자연관조의 태도는 그의 성장 배경 가운데 중요한 단면을 이룬 유가적 전통 의식과 관련지어 설명될 수 있다."[9]는 지적이 가능해진다.

자연은 늘 생성과 조락을 반복하는 것이며 또한 그 순환의 원리는 인간 역사의 원리이기도 할 것이다. 해방 전 특히 은거 시기에 조지훈이 작품으로 형상화한 자연의 모습 중 가장 두드러진 것은 조락과 죽음의 자연으로 특징지을 수 있겠다. 그는 자연을 관조하면서 자아의 자유와 해방을 생각하면서도 마음 한 구석에는 늘 외부 현실에 대한 유가적 지식인으로서의 걱정을 두고 있었다. 그가 아름다운 자연 질서 앞에서 정적과 비애에 빠진 자아를 숨기지 못한 것은 이 때문이며 그가 조락과 죽음의 자연을 많이 노래했던 것도 이 때문이다.

외로이 스러지는 生命의
모든 그림자와

등을 마주대고 돌아 앉아
말 없이 우는 곳

至大한 空間을 막고
다시 無限에 통하나니

내 여기 기대어
깊은 밤 빛나는 별이나

---

9) 이숭원, 『근대시의 내면구조』, 새문사, 1988, p. 109.

이른 아침
떨리는 꽃잎과 얘기하리라.

—「窓」 부분

「창」은 별로 알려져 있지 않은 작품이지만 조지훈이 해방 전에 창작한 자연서정시의 특징을 잘 보여 준다. 조지훈은 해방 전에 주로 "외로이 스러지는 生命의/모든 그림자"와 같은 소멸과 조락의 형상에 관심을 가졌다. 가녀린 생명의 형상성 앞에서 시인 또한 말없이 울고 있을 수밖에 없었다. 이 시의 제목이자 소재인 "창"은 화자와 자연물을 정서적으로 연결시켜 주는 매개체 역할을 한다. 화자는 창을 통하여 모든 생명 있는 존재의 조락을 경험하게 된다. 그러나 이 창은 화자와 자연물 사이에 가로 놓여 있기 때문에 화자가 그 자연물로 다가서는 데 방해가 되기도 한다. 화자가 창 안쪽 공간에 돌아앉아서 울고 있는 것은 조락하는 자연에 대한 연민의 정서에서 출발한 것이겠지만 그 슬픔이 가중되는 것은 가로놓인 창을 뛰어넘을 수 없는 존재의 한계 상황을 자각하였기 때문이다. 이 때 화자는 위축되고 정적화한다. 그런데 공간의 폐쇄성으로 인하여 화자는 오히려 "무한" 공간으로 시상을 전개할 수 있게 된다. 역설적인 세계 인식이 가능해진 것이다. 그곳에서 화자는 "깊은 밤 빛나는 별"과 "이른 아침 떨리는 꽃잎"과 조우한다. "깊은 밤 빛나는 별"은 밤의 거대한 어둠을 뚫고 그것의 존재성을 확보해 나갈 것이며 "이른 아침 떨리는 꽃잎"은 아침 햇살을 머금고 그 생명력을 피워나갈 테지만 이는 화자의 상상 공간에서 일어나고 있는 일일 뿐이다. 화자는 여전히 창 안쪽에 갇혀서 자연물의 조락을 경험할 수밖에 없는 상황에 처해 있다. 이 시 끝

행의 종결 어미가 강한 의지를 품고 있음에도 불구하고 이 시의 전
체적 정서는 애상적일 수밖에 없는 것도 이 때문이다.

　이미 수많은 논객들에 의해 분석된 바 있는 「낙화」는 세계와 자아
의 이러한 대응 양상이 더욱 선명하게 나타나는 작품이다.

　　꽃이 지기로서니
　　바람을 탓하랴.

　　주렴 밖에 성긴 별이
　　하나 둘 스러지고

　　귀촉도 우름 뒤에
　　머언 산이 닥아서다.

　　초ㅅ불을 꺼야하리
　　꽃이 지는데

　　꽃지는 그림자
　　뜰에 어리어

　　하이얀 미닫이가
　　우련 붉어라.

　　묻혀서 사는 이의
　　고운 마음을

　　아는이 있을까
　　저허하노니

　　꽃이 지는 아침은
　　울고 싶어라.

—「洛花」 전문10)

조지훈은 자연의 우주적 질서와 상반하는 파시즘적 세계의 폭력을 피하여 자연으로 도피하였고 이때 주로 바라본 자연의 현시적 모습은 생성보다는 조락의 형상에 가깝다. 박호영[11]의 지적처럼 이 시의 초반부는 이기철학과 연결되어 있다. 즉 "꽃이 지기로서니/바람을 탓하랴"라는 표현은 꽃의 떨어짐은 바람 때문이 아니며 꽃의 존재성 안에 이미 조락의 원리가 내포되어 있다는 뜻이다. 이러한 세계 인식을 통하여 처음에 시인은 존재의 조락에 연연하지 않는 객관적인 태도를 유지하려 한다. 2연 역시 1연과 마찬가지로 해석할 수 있다. "주렴 밖에 성긴 별/하나 둘 스러지"는 일 역시 어둠이 그 별을 침탈하기 때문이 아니다. 그 별 자체의 존재 원리 안에 이미 존재의 귀결이 내포되어 있는 것이다.

"머언 산이 닥아서다"에서 "머언 산"은 자연의 원리를 총체적으로 담고 있는 상징이라 할 수 있다. 귀촉도의 울음을 매개로 하여 멀리 있는 산이 화자 가까이로 다가오고 있는데 이는 자연의 원리 속으로 화자 자신이 서서히 빠져들고 있음을 뜻한다. "꽃지는 그림자/뜰에 어리어"나 "하이얀 미닫이가/우런 붉어라"와 같은 표현 역시 자연의 모습 변화에 화자 자신이 제유적으로 움직이고 있음을 드러낸다. "꽃"과 "별"과 "귀촉도 울음"과 "촛불"과 "미닫이"는 서로서로 제유적으로 존재한다. 제유적 세계 인식은 세계를 하나의 유기체로 인식하며

---

10) 조지훈은 『靑鹿集』(박두진·박목월 공저, 을유문화사, 1946), 『풀잎斷章』(창조사, 1952), 『조지훈시선』(정음사, 1956), 『역사앞에서』(신구문화사, 1959), 『餘韻』(일조각, 1964) 등 다섯 권의 시집을 간행하였다. 또 일지사(1973)와 나남출판사(1996)에서 전집을 간행한 바 있다. 본고에 인용된 시는 각 시집의 표기를 따르는 것을 원칙으로 하였으며 같은 작품이 여러 시집에 수록된 경우는 그 출처를 각주로 명기하였다.

11) 박호영, 「조지훈 문학연구」, 서울대 대학원 박사학위 논문, 1988, p. 84.

모든 존재물들이 소유한 제각각의 생명력을 인정한다. 그러므로 뜰과 방은 화자가 위치해 있는 공간인 동시에 위의 사물들과 화자가 제유적으로 어우러진 총체적인 배경으로 기능한다. 여기에 화자는 자신의 감정과 마음을 이입시키고 있다. 화자의 마음은 그 다음 연에서 구체적으로 나타난다. 그것은 다름 아닌 "묻혀서 사는 이의/고운 마음"으로 요약되는데 그 마음이 곱고 순박하기 때문에 이러한 자연의 원리에 쉽게 젖어 들 수 있다. 속세의 권력과 명예를 좇는 자세로는 자연에 젖어들 수 없을 뿐만 아니라 궁극에는 자연의 원리에 역행한다.[12]

묻혀서 사는 이의 고운 마음을 아는 이가 있을까 두려워하는 것은 자신의 상황을 세상 사람들이 이해해 줄 것을 바라는 마음이 아니다. 안분지족(安分知足)하는 자신의 심정이 속세의 관여로 인하여 훼손되는 것을 싫어하기 때문이다. 안분(安分)이야말로 은거하는 자의 가장 기본적인 자세라 할 수 있는데 그 마음은 생명력이 이완하는 자연의 조락을 겸허하게 받아들일 수 있는 마음이기도 하다. 마지막 연에서 시인이 울고 싶어하는 것은 양가적 의미를 지닌다. 그것은 생명력의 이완에 대한 감정적 대응인 동시에 자연의 존재 원리에 대한 깨달음을 나타낸다. 그 깨달음 속에는 숨길 수 없는 비애가 있기 때문에 화자의 심리 상태는 정적화한다. 「낙화」는 생명력이 이완하는 자연 현상을 그리고 있는 시이지만 관찰자는 그 자연 현상을 대자연의 이법으로 상정한다. 그러나 조락의 과정이 대자연의 순리이기는

---

12) 조지훈의 「낙화」가 제유적 세계 질서를 보여준다는 논의는 최승호의 「제유적 세계 인식과 서정적 대응 방식」(『인문과학연구』, 성신여대 인문과학연구소, 2000, pp. 139-142)을 참조하였다.

하겠으나 그것을 바라보는 화자는 끝내 어찌할 수 없는 슬픔과 고독을 느끼고 만다.

맹자는 "만물이 모두 나에게 갖추어져 있다(萬物皆備於我)."고 하였다. 인간과 세계는 서로 하나처럼 얽혀져 있기 때문에 인간은 자신을 대하듯 삼라만상에 응하여야 한다. 인간은 만물을 사랑으로 아껴줄 때 성품의 발현을 이룰 수 있다. 인간이 만물과 유대할 때 비로소 인과 선이 나타나서 천지간에 질서가 생기게 되며 만물 또한 자생하여 번성하게 된다. 「낙화」에는 자연에 대한 사랑과 연민이 동시에 나타난다. 낙화라는 자연 현상은 생명 순환 원리의 일부이기도 하겠으나 그것은 안타까운 생명의 소실이기도 한다. 다음의 시에서는 자연의 생명력이 더욱 위축되어 나타나므로 시인의 심리 상태는 더욱 정적화한다.

嶺넘어 가는 길에
임자 없는 무덤 하나
주막이 하나

시름은 무거운데
주머니 비었거다

하늘은 마냥 높고
古木가지에

서리 가마귀 우지짖는
저녁 노을 속

나그네는 홀로 가고
별이 새로 돋는다

嶺넘어 가는 길에
산 사람의 무덤 하나
죽은 이의 집

—「枯木」 전문

이 시는 우울한 자아의 부정적인 세계관을 형상화한다.[13] 화자는 지금 은거의 시간을 외롭게 견디고 있다. 이러한 자아의 슬픈 모습은 폭력과 광기로 물든 저 바깥 세계를 떠나서 은거한 자의 내면 풍경을 반영한 것이다. 자아의 심정이 자연물의 형상에 깊이 투영된 것이다. 고목은 죽어가고 있는 나무이거나 아니면 이미 말라죽은 나무이다. 고목에 화자의 감정이 이입된다. 조락의 끝은 죽음과 잇닿아 있다. 생명력을 완전히 상실한 고목은 잎과 꽃이 지는 조락의 과정을 이미 겪은 것이다. 화자는 어디론가 가고 있는데 그가 가고자 하는 곳이 어디인지에 대한 정보는 없다. 그는 다만 정처 없이 떠나고 있는 나그네일 뿐이다. 끊임없이 방랑하는 자에게 비친 세계의 모습은 어둡고 누추하다. 그는 임자 없는 무덤과 주막 하나를 볼 뿐이다. 아무도 찾지 않고 누구의 것인지도 모르는 무덤이 황막함과 쓸쓸함을 가중시킨다. 이러한 마음을 조금이라도 달래줄 수 있는 주막을 발견하였음에도 불구하고 그는 "주머니"가 비어서 그곳에 들어가지 못한다.

3연과 4연에서 화자의 정서는 더욱 정적화한다. 3, 4연이 제시하는 음울한 분위기에 침윤되어 있기 때문이다. 높은 하늘 아래 고목이 서 있고 죽은 가지에 의탁하여 "서리 가마귀"가 울고 있다. 무리진 까마

---

13) 김기중, 「지훈시의 이미지와 상상력 구조」, 『민족문화연구』 22호, 고려대학교 민족문화연구소, 1989, pp. 174−176.

귀 떼는 화자를 더욱 내성화시켜서 고적과 시름에 젖어들게 한다. 낮은 생명력이 왕성한 삶의 시간이며 밤은 생명력이 위축되는 죽음의 시간이므로 놀은 삶과 죽음의 경계에 머뭇거리는 시인의 내면을 대변한다. 까마귀 떼의 울음소리가 들려오는 저녁은 더욱 처연한 분위기를 연출한다. 그 속으로 나그네는 홀로 가고 있고 차츰 밤은 더 깊어간다. 밤이 깊어도 나그네는 쉴 곳이 없다. 그는 방랑의 길 위에서 "산 사람의 무덤 하나"를 발견한다. "산 사람"은 산에 사는 사람이다.[14] "산 사람"은 화자 자신처럼 자연 속에 은거하여 일생을 보냈으며 산중턱에 자신의 무덤을 만들었다. "죽은 이의 집"은 "산 사람"이 살았을 때 살던 무덤 근처의 집이기도 하겠으며 그 무덤 자체를 뜻하기도 한다. 화자는 산 사람의 무덤을 보고 자신 역시 언젠가 맞이해야 할 죽음의 시간을 생각한다. 화자 역시 영 넘어 가는 길에 무덤을 써야 할지 모를 일이다. 요컨대 은거의 시간을 견디고 있는 시인은 자연의 조락과 죽음에 천착하면서 거기에 의탁하여 자신의 시름과 고독을 나타내고 있다.

자연의 조락 앞에서 내성화하던 자아는 「완화삼」, 「파초우」 같은 여행을 소재로 한 자연서정시에서는 인생 달관을 향한 초탈의 자세를 보이기도 하지만 "외로이 흘러간 한송이 구름/이 밤을 어디메서

---

14) 서익환과 최승호는 '산 사람'을 '살아 있는 사람'으로 보고 있는 듯하다. 서익환은 『조지훈 시와 자아·자연의 심연』(국학자료원, 1998)에서 "시 「枯木」의 상징인 죽음은 나그네의 이미지의 緣起이다. 그래서 嶺 넘어 가는 길에서 볼 수 있는 '임자 없는 무덤 하나'는 '산 사람의 무덤'으로 그것은 '죽은 이의 집'을 상징하는 이미지들이다."(p. 180)라고 설명하고 있으며, 최승호는 위의 저서에서 "이런 고적감이 맨 마지막 연에서는 심각하게 나타나는데, 그 무덤이 '산 사람'의 무덤이라는 것이다. 이는 조지훈이 자신의 은거 공간이 무덤과 같다고 인식한 결과로 보여진다."(p. 203)라고 설명한다. 필자는 '산 사람'을 '山에 사는 사람'이라는 뜻으로 보고자 한다.

쉬리라던고"(「파초우」 부분), "차운산 바위 우에 하늘은 멀어/산새가 구슬피 울음 운다"(「완화삼」 부분) 등의 구절에서 알 수 있듯 거기에도 늘 우수와 고독은 깔려 있다. 구체적이지는 않지만 고단한 삶의 무게가 개입되고 있는 것이다. 그 삶은 국권 상실로 얼룩져 있던 역사적 함의를 지닌다. 그러므로 조지훈의 초기 자연서정시에 자주 나타나는 비애는 현실의 결핍을 채워줄 무언가에 대한 기다림의 자세와 연결된다.

기다림에 야윈 얼굴
물 우에 비초이며

가녀린 매무새
홀로 돌아 앉다.

못견디게 향기로운
바람결에도

입 다물고 웃지 않는
도라지꽃아

—「도라지꽃」 전문[15)]

도라지꽃을 "야윈 얼굴", "가녀린 매무새"라고 표현한 것은 도라지꽃의 생태 자체가 여리고 가늘기 때문이기도 하겠지만 도라지꽃이라는 객관적 상관물에 시인의 고달픈 심사를 이입시켰기 때문이기도 하다. 시인은 생명력 넘치는 새 삶에 대한 기다림으로 애태우고 있

---

15) 「창」, 「고목」, 「도라지꽃」은 『풀잎단장』에 수록되어 있으나, 그 창작 연도나 주제 의식으로 인하여 본고의 2장에서 논의하고 있다.

다. 그 기다림이 끝나지 않는 이상 "못 견디게 향기로운/바람결"도 아무런 의미가 없는 것이다. "입 다물고 웃지 않는/도라지꽃"은 적막하고 결핍된 세상을 견디고 있다. 「도라지꽃」은 창작 연대가 1942년인 것으로 보아 조지훈이 월정사 시절에 지은 작품으로 추정된다. 월정사의 적막한 삶 속에서 새로운 시대를 갈구하던 시인의 마음이 투영되었다. 이처럼 조지훈의 초기 자연서정시 중에서 해방 전의 작품들 중에는 조락하거나 죽어가거나 혹은 야위어 가는 자연물의 모습을 형상화하는 경우가 많다. 이때 그 자연물을 관조하는 자아는 비애와 고독의 정조를 띠면서 내성화하고 정적화한다. 조지훈의 초기 자연서정시가 이러한 성격을 띤 것은 시인 자신이 처해 있는 현실 상황과 밀접한 관련성이 있음을 알 수 있다. 이러한 검토는 조지훈이 자연을 명철보신(明哲保身)과 천석고황(泉石膏肓)의 세계로만 인식하지 않고 그곳에 세상 질서의 왜곡으로 인한 자아의 고단한 심정을 이입시켰던 점을 알게 한다.

3. 생동하는 자연과 자아의 정서적 충일

여기서는 『풀잎단장』에 실린 시들 중에서 해방 후의 작품을 언급한다. 이 시집에 실린 자연서정시 중 해방 후의 작품들은 주로 생동하는 자연의 모습을 다루고 있다는 점에서 해방 전의 세계와 구분된다. 조지훈 시에 나타난 자아의 정서적 태도는 자연이라는 객체의 운동성과 밀접하게 관련된다. 시인은 자연에 감정을 이입하여 자연의 존재성에 자신의 존재성을 일치시켜 나간다. 즉 쇠락하는 자연의 모습을 관찰한 시인은 비애와 고독과 우수의 정조를 감추지 못했던 반면 생성하는 자연물 앞에서 자아는 정서적으로 고양되어 존재론적 즐거움을 누리기도 한다. 바꾸어 말하면 자아의 정서적 방향성과 정신적 양식이 그것에 걸맞는 자연의 형상을 따라갔다고도 할 수 있다. 『풀잎 단장』은 조지훈이 처음으로 간행한 개인 시집이다. 1952년 대구에 있는 "창조사"에서 발행한 이 시집은 추천 시기에 쓰여진 작품 1편과 『청록집』에 수록했던 9편과 이후 49년까지 쓴 25편 등 총 35편을 수록하고 있다. 『풀잎단장』을 두고 "자연이나 전통의 세계를 잠시 멀리 하고, 존재의 내면을 응시하는 자세를 갖춤으로써 자아 인식을 확보하는 방법을 시도한다."[16]라는 진술은 이 시집의 한 특징을 잘 지적하고 있는데 "자연을 잠시 멀리하였다는 지적"은 이 무렵의 자연서정시에는 적용되지 못하는 설명이다.

조지훈은 『청록집』에서 전통문화의 심미적 요소에 대한 감응을 형상화하기도 하였으며 선적인 물아일체 속에서 생성과 소멸이 반복되는 자연을 서정적으로 관조하기도 하였는데 이러한 시의식이 『풀잎단장』에 와서 "구도적 생명 탐구 의식"으로 바뀐다.[17] 이 시기의 작품에 나타난 자연물은 꿈틀거리는 생명력을 가지고 자아의 정신적 고양을 제고시킨다. 이러한 문학적 태도는 해방 전에 낙향과 은거를 거듭하던 시인이 해방 후 문화단체와 학교에서 "아주 진지하고 엄숙하고 또 열중하였던"[18] 전기적 생애의 특징과도 일맥 상통한다. 조지훈은 근본적으로 유가주의자였다. 해방 조국은 유가주의적 세계관을

---

16) 서익환, 위의 저서, p. 184.

17) 최병준, 『조지훈 시 연구 : 시와 삶의 미학』, 한국문화사, 1997, p. 71. 이하 "구도적 생명 탐구"라는 용어는 최병준의 저서에서 인용하고 있음을 밝힌다.

18) 조지훈, 「나의 역정」, 『조지훈전집』 3권, 나남, 1996, p. 205.

확충시킬 수 있는 가능성의 공간이었다. 그는 이 무렵 전국문화단체 총연합회 창립위원, 한국문학가협회 창립위원 등을 지내면서 새롭게 탄생한 조국의 문예 부흥을 위하여 활약하였다. 이러한 삶과 사상은 창작에도 영향을 주었다. 조지훈은 자연서정시를 쓰다가『역사 앞에서』,『여운』등의 시집을 중심으로 사회시·참여시를 쓰게 되는데『풀잎단장』에 나타난 구도적 생명 탐구 의식은『청록집』의 세계와『역사 앞에서』·『여운』의 세계를 이어주는 교량적 역할을 한다. 왜냐하면 그에게 "구도"의 "도"라 함은 유가적 인애를 깊이 함의하고 있는 것이었으며, 인애사상은 6·25 전쟁과 이승만 독재라는 불의의 시간에 더욱 실천적인 사상으로 자리매김될 수 있었기 때문이었다. 그렇다면 이 무렵 조지훈이 역동적인 생명 현상을 시화하여 자아의 존재론적 즐거움을 형상화하는 데 치중한 것은 당연하다고 하겠다. 이 역시 자연에 대한 정서적인 반응이라 할 수 있다.[19]

실눈을 뜨고 벽에 기대인다
아무것도 생각할수가 없다

짧은 여름밤은 촛불 한자루도 못다녹인채 살아지기 때문에 섬돌 우에 문득 柘榴꽃이 터진다

꽃망울 속에 새로운 宇宙가 열리는 波動! 아 여기 太古쩍 바다의 소리 없는 물보래가 꽃잎을 적신다

---

19) 「아침」, 「절정」 역시 필자는 자연서정시로 간주하고자 한다. 혹자는 이 두 작품을 관념적이고 철학적인 사유의 시로서 정서적 반응이 위축되어 있다고 설명하기도 한다. 필자는 이 두 작품은 모두 자아의 정서적 충일을 이루고 있다고 생각한다. 관념적이고 철학적인 경향은 「절정」에만 나타나는 것 같다.

> 방안 하나 가득 柘榴꽃이 물들어 온다 내가 柘榴꽃 속으로 들어가 앉
> 는다 아무것도 생각할수가 없다

—「아침」 전문[20]

화자는 "아무것도 생각할수가 없"는 무아지경[21]에 빠져 있다. 그는 세상의 가장 작은 부분이나마 가장 자세히 보기 위하여 "실눈"을 뜨고 이 상황을 고요히 즐기면서 자신의 내면에서 솟아오르는 정서적 충일을 느끼고 있다. 자류꽃[22]이 터지는 순간에 다가올 새로운 깨달음을 얻기 위한 호흡 고르기인 셈이다. 자류꽃의 개화는 새로운 우주 생성이라는 의미를 준다. 한 자루의 촛불도 태우지 못하는 짧은 여름밤이지만 그 짧음으로 인하여 우주적 깨달음은 더욱 용이하게 전달된다. 여름밤이 순식간에 사라지기에 이른 아침에 자류꽃이 터진다는 진술은 이 때문이다. 밤이 짧기 때문에 깨달음은 아침 일찍 찾아온다. 화자의 깨달음은 자류꽃의 개화와도 같이 순간적으로 일어난

---

20) 『풀잎 斷章』에서 「아침」이라는 제목을 달았던 이 시는 『조지훈시선』에서는 「花體開顯」으로 그 제목을 바꾸었다. 나남출판사에서 간행한 『조지훈 전집』에서는 다른 제목을 한 같은 시를 각각의 시집 부분에 싣고 있다. 한편 이 시는 「절정」과 소재와 주제면에서 유사하고 창작 연도도 같아서 거의 모든 논객들이 자신의 논문에서 이 두 시를 연이어 분석하고 있다.

21) 최승호는 이 상태를 완전한 각성 상태도 아니며 완전한 무의식 상태도 아닌 그 중간 상태라는 점에서 조지훈의 표현을 빌어 "半無意識的인 상태"라 하였다. 위의 저서, p. 177. 한편 박호영은 이를 "無念無想, 沒我의 경지"(위의 논문, p. 106), 김지연은 "無念無想의 경지"(위의 논문, p. 106)라 하였다.

22) 김문주는 위의 논문(p. 51)에서 자류(柘榴)가 석류(石榴)로 오독되는 경향을 지적한 바 있다. 한편 그는 자류와 석류를 전혀 다른 나무로 보고 있는데 필자의 조사에 의하면 자류와 석류는 명칭만 다른 뿐 동일한 나무를 지칭한다. 한글학회 편 『우리말 큰사전』(어문각, 1992)과 금성판 『국어대사전』(금성출판사, 1991) 자류 항목 참조.

다. 3연에 이르러 화자는 그 작은 꽃망울 속에서 생성하는 우주를 본다. 작디작은 꽃망울 속에서 거대한 우주를 체득하는 화자는 생명의 향연을 즐긴다. 작은 꽃망울이 우주로 확대되어 나가듯 짧은 개화의 시간은 태고 속으로 파동하여 우주적 시간과 합일한다. "바다의 소리 없는 물보래"는 우주적 시공을 화자의 눈앞으로 끌어당기는 기능을 한다. 마지막 연에서 화자가 현재 위치한 방의 공간이 우주적 공간으로 치환되는 것도 이 때문이다. 화자가 방안에 들어앉아 있는 것은 곧 우주적 지평 속에 있는 것이며 이는 다시 자류꽃망울 속에 있는 것과도 같다. 이미 자류꽃이 우주가 되었기 때문이다. 화자가 자류꽃 속에 들어가 앉는 의식적 행위는 자아와 대상의 상호 상승하는 대응이다. 목가적 즐거움을 노래한 자연서정시[23]에서도 외향적으로 정서적 충일을 이룬 자아의 모습을 찾아볼 수 있다. 목가적인 전원 공간 역시 자연물의 생산적 동력을 지니고 있기 때문이다.[24]

바람이 부는 벌판을 간다 흔들리는 내가 없으면 바람은 소리조차 지니지 않는다 머리칼과 옷고름을 날리며 바람이 웃는다 의심할수 없는 나의 영혼이 나즉히 바람이 되어 흐르는 소리

어디로 가도 새로운 풀잎이 고개를 든다 땅을 밟지 않곤 나는 바람처

---

23) 최승호는 위의 저서에서 이와 같은 시를 전원시라고 칭한다. 그는 조지훈의 전원시에는 자아가 방관자로 있기 때문에 언뜻 보면 자아와 대상간의 교감이 없는 것 같은데, 실상은 그 교감이 대상을 바라보는 자아의 태도 속에 녹아 있다고 지적한다.(p. 182) 자아가 방관자로 나타난 시로는 「마을」, 「아침 2」 등을 들 수 있겠고, 자아와 대상간의 교감이 직접 보이는 시로는 「산중문답」, 「흙을 만지며」 등을 들 수 있겠다.

24) 박호영은 위의 논문(p. 106)에서 꽃을 우주로 보는 관점이 가장 두드러지게 나타난 시로 1954년에 창작된 「코스모스」를 들고 있다.

럼 갈수가 없다 조약돌을 집어 바람속에 던진다 이내 떨어진다 가고는
다시오지 않는 그리운 사람을 기다리기에 나는 영영 살아지지 않는다

　차라리 풀밭에 쓸어진다 던져도 하늘에 오를수 없는 조약돌처럼 사랑
에는 뉘우침이 없다 내 지은 죄는 끝내 내가 지리라 아 그리움 하나만으
로 내 영혼이 바람속에 간다

―「풀밭에서」 전문

화자는 풀밭을 홀로 거닐면서 바람의 움직임 속에서 고양되어 가
는 자신의 정신의 형상을 나지막하게 진술하고 있다. 그는 바람이 소
리를 낼 수 있는 것은 흔들리는 내가 있기 때문이라고 말한다. 화자
는 자신의 존재 의미를 바람을 통하여 확인하고 있는 것이다. 그러므
로 1연에서 머리칼과 옷고름을 날리며 웃는 주체는 바람인 동시에
화자 자신이다. "의심할수 없는 나의 영혼"이라는 표현에서 자신의
존재에 대한 신뢰가 더욱 확충된다. 2연에서는 화자 자신에 대한 신
뢰가 풀밭에 있는 풀잎에 대한 가능성 부여로 확대된다. 화자는 땅을
밟고 또 땅에서 자라고 있는 풀잎을 밟음으로써 바람처럼 앞으로 나
아갈 수 있는 것이다. 어디로 가든지 있는 새로운 풀잎과 바람처럼
앞으로 전진하는 화자는 서로를 상호 상승시키는 관계를 엮어간다.
결국 바람은 풀과 화자의 상호 작용을 더욱 원활하게 하는 매개체
역할을 한다.

풀잎이 하늘을 향하여 자라는 것이나 화자가 바람처럼 앞을 향해
나아가는 것은 그들 내부에 어떤 그리움이 있기 때문이다. 이 때의
그리움은 존재의 정서적 충일을 제고시키는 가능성으로 존재한다.
화자가 "나는 영영 살아지지 않는다"라며 자신의 영구불멸을 말할 수

있는 것 역시 그러한 그리움에 대한 확신이 있기 때문이다. 3연에서 화자는 풀밭에 넘어져 역동적으로 생장하고 있는 풀들과 하나되면서 뉘우침 없는 영원한 그리움과 사랑을 확신한다. 이 사랑은 싱그러운 풀잎 이미지와 제유적으로 연결되어 순결성과 청순성을 획득한다. 그러므로 화자는 "내 지은 죄는 끝내 내가 지리라"라고 단언할 수 있는 것이다. 그의 마음속에는 이 세상 무엇하고도 바꿀 수 없는 "그리움"이라는 커다란 힘이 존재하기 때문이다. 벌판에서 무수히 생동하는 풀의 생명력이 화자의 그리움에 충분히 전이되었기 때문에 화자의 어조 역시 마지막 연에서 더욱 고양되었다. 다음 시에 나타난 전원 공간은 「풀밭에서」의 공간보다 사실적이어서 자아의 움직임의 의미 역시 더욱 뚜렷하게 형상화된다.

여기 피비린 玉樓를 헐고
따사한 햇살에 익어가는
草家三間을 나는 짓자

없는것 두고는 모두다 있는곳에
어쩌면 이 많은 외로움이 그물을 치나

虛空에 박힌 화살을 뽑아
한자루 호미를 벼루어보자

풍기는 흙냄새에 귀 기울이면
뉘우침의 눈물에서 꽃이 피누나

마즈막 돌아갈 이 한줌 흙을
스며서 흐르는 산골 물소리

여기 가난한 草家를 짓고
푸른 하늘이 사철 넘치는
한그루 나무를 나는 심자

있는 것 밖에는 아무것도 없는곳에
어쩌면 이많은 사랑이 그물을 치나

—「흙을 만지며」 전문

이 시를 지배하는 심상은 흙이다. 대지를 구성하는 흙은 무진장의 창조력을 지닌 생산의 원천이다. 특히 식물은 흙에 의지하지 않고서는 생명을 유지할 수 없다. 화자는 지금 흙을 만지면서 외로움과 슬픔을 무화시켜 줄 가능성을 생각한다. 그러므로 화자는 깨끗한 흙으로 가득 찬 터전에 초가삼간을 짓고자 한다. 지금 이곳에는 피비린내 나는 "옥루"가 있는데 "옥루"는 "초가삼간"과 대조적 의미를 지니는 것으로서 안분지족(安分知足)하고자 하는 삶과 어긋난다. 이 공간은 "없는 것 두고는" 모두 다 있는 공간으로 진술되는데 이러한 인식이 가능한 것은 화자 자신이 안빈낙도하는 마음을 지녔기 때문이다. 안빈낙도하는 이에게 외로움이라는 것은 수행의 걸림돌이 아니다. 그는 외로움을 즐긴다. "화살"은 "옥루"와 연결되는 사물로 세계와 자아가 교감하는 데 방해가 되니 그것으로 전원 생활에 필요한 농기구를 만들고자 한다. 4연의 흙 냄새는 화자의 정신을 더욱 고양시킨다. 흙 냄새는 세속에 찌들어 살던 정신적 궁핍을 반성케 하여 그를 완전한 자연인으로 만들어 준다. 흙은 죽은 사람의 가슴에 뿌려진다. 인간은 흙 속에 묻혀 자연으로 돌아간다. 그러므로 "마지막 돌아갈 이 한줌 흙"에는 대자연의 원리가 있다. 흙에 "스며서 흐르는 산골 물소리"는 새로운 생성을 향한 동력이다. "가난한 초가"나 "한그루 나무" 모두 소박하기 이를 데 없는 것들이지만 이것들은 자연과 인간의 화해를 열어갈 "많은 사랑"이 그물 치고 있는 존재들이다.

끝으로 언급할 것은 『풀잎단장』에 실린 관념적 사유의 시이다. 철학적 통찰 속에 자연 심상이 중요한 소재로 자리잡고 있다는 점에서 이러한 시편들도 자연서정시의 맥락에 넣어야 한다. 주지했듯이 조지훈에게 해방은 새로운 문학적 공간을 개척할 수 있는 동인(動因)이었다. 해방 후 그는 자연의 무상성을 초극하기 위하여 관념적이고 철학적인 사유를 통하여 자아의 외향화를 추구하는 경향을 보이기도 한다. 은거 시기에 쓰였던 시들이 허무적 애상을 위주로 하여 자연의 소멸을 형상화했다면, 해방 후에 조지훈은 자연의 질서에 대한 적극적이고 총체적인 사유를 통하여 생명의 영원성과 불변성에 천착한다.

나는 어느새 천길 낭떨어지에 서있었다 이 벼랑끝에 구름속에 또 그리고 하늘가에 이름 모를 꽃 한송이는 누가 피워 두었나 흐르는 물결이 바위에 부디칠때 튀여 오르는 물방울처럼 이내 공중에서 살아져버리고 말 그런 꽃잎이 아니었다

몇만년을 울고 새운 별빛이기에 여기 한송이 꽃으로 피단말가 죄지은 사람의 가슴에 솟아오르는 샘물이 눈가에 어리었다간 그만 불붙는 심장으로 염통 속으로 스며들어 작은 그늘을 이루듯이 이 작은 꽃속에 이렇게도 크낙한 그늘이 있을줄은 몰랐다

한점 그늘에 온 宇宙가 덮인다 잠자는 宇宙가 나의 한방울 핏속에 안긴다 바람도 없는곳에 꽃잎은 바람을 이르킨다 바람을 부르는것은 날오라 손짓하는것 아 여기 먼곳에서 지극히 가까운 곳에서 보이지 않는 꽃나무 가시에 心臟이 찔린다 무슨 野獸의體臭와도 같이 戰慄할 향기가

옮겨온다

　나는 슬기로운 사람이 아니었다 그러기에 한송이 꽃에 永遠을 찾는다
나는 또 철모르는 어린애도 아니었다 永遠한 幻想을 위하여 絶頂의 꽃
잎에 입맞추고 길이 잠들어버릴 自由를 抛棄한다

　다시 산길을 내려온다 조약돌은 모두 太陽을 呼吸하기 위하여 匕首처
럼 빛나는데 내가산길을 오를때 쉬어가던 주막에는 옛 주인이 그데로
살고있었다 이마에 주름살이 몇개 더 늘었을뿐이었다 울타리에 복사꽃
만 구름같이 피어 있었다 청댓잎 잎새마다 새로운 피가 돌아 산새는 그
저 울고만 있었다

　문득 한마리 흰 나비! 나비! 나비! 나를 잡지말아다오 나의 人生은 나
비 날개의 가루처럼 가루와 함께 絶命하기에- 아 눈물에 젖은 한마리
흰나비는 무엇이냐 絶頂의 꽃잎을 가슴에 물들이고 邪된 마음이 없이
죄지은 懺悔에 내가 고요히 웃고 있었다

—「絶頂」 전문25)

　꽃이라는 자연물을 중심 소재로 하여 역동적으로 펼쳐지는 이 시
역시 자연서정시의 전형성을 획득하고 있다고 보인다. 이 시는 꽃 이
미지를 중심으로 여러 논객들에 의해 분석된 바 있다. 예컨대 「절정」
의 꽃에 대하여 오탁번은 "모든 꽃을 포괄하면서도 구체적으로는 어
느 특정의 꽃이 아닌 추상적이요 일반적인 꽃"26)이라 하였고 김지연

---

25) 「절정」은 『풀잎단장』과 『조지훈시선』에서 그 표기와 연 갈이가 조금 다르다. 『조
　　지훈시선』에서는 2연의 '꽃속'이 '꽃잎'으로, 3연의 '가시'가 '가지'로 수정되었으며
　　3연의 두 행이 각각 한 연으로 독립되어 있다. 본고는 『풀잎단장』의 것으로 텍스
　　트를 삼는다.
26) 오탁번, 「지훈시의 의미와 이해」, 『한국현대시사의 대위적 구조』, 고려대 민족문
　　화연구소, 1988, p. 187.

은 "이 꽃송이는 현세적 일시적인 것이 아니라 영원 불멸의 것이며, 허무의 일회적인 것이 아닌 至純地高한 精髓를 이미지화한 상징적인 꽃"27)이라 하였으며, 신현락은 "이 시는 꽃의 이미지와 관련한 조지훈의 선적 상상력의 비밀을 가장 잘 나타내 주고 있는 작품"28)이라고 하였다. 꽃 이미지는 이 시를 제대로 이해하는 데 매우 중요한 실마리를 제공한다. 화자는 "천길 낭떨어지"라는 극한 상황에서 꽃 한 송이를 발견한다. 이 꽃의 이름과 이 꽃을 피워 놓은 사람에 대한 정보는 전혀 나타나 있지 않고 또 이 꽃은 "낭떠러지 끝"과 "구름속"과 "하늘가"에 동시 다발적으로 피어 있다는 점으로 미루어보아 이 꽃은 일상적인 꽃이 아니라 추상화된 꽃이라 하겠다. 그 꽃의 생명력이 "물결이 바위에 부디칠 때 튀어오르는 물방울"의 순간성과는 정반대로 영구적 가능성을 지닌다는 진술은 꽃의 추상성을 강화시킨다.

벼랑과 구름과 하늘에서 동시에 나타나는 꽃은 영구한 생명력으로 화자의 정서를 더욱 고양시키면서 스스로 신비화한다. 한 송이 꽃의 생성이 무한한 우주적 시공의 생성을 의미한다는 점에서 이 시의 꽃은 「아침」의 꽃과도 통한다. 즉 그 꽃은 "몇만년 울고 새운 별빛"의 시절을 지나서 피어난 것으로 우주적 공간만큼의 무한한 그늘을 지닌 채 화자의 정신을 매혹시키고 있다. 그늘을 품은 꽃은 더욱 만개하고 화자는 그 그늘 속으로 들어가 그곳을 존재의 해탈을 위한 유무초월(有無超越)의 입정처(入定處)로 만들어 놓는다. 그러므로 이

---

27) 김지연, 위의 논문, p. 109. 한편 김지연은 이 논문에서 이 시를 "조지훈이 삶의 깊은 실존적 고뇌를 시적인 상상력으로 초극하는 과정을 서구적 취향과 동양적인 체취로 기묘하게 詩化해 낸 작품"(p. 108)이라는 측면에서 매우 세밀하고 설득력 있게 분석해 내고 있어서 본고의 논의에 많은 참조가 되었다.

28) 신현락, 『한국 현대시와 동양의 자연관』, 한국문화사, 1998, p. 394.

꽃이 지닌 그늘은 죄지은 사람의 불붙는 심장과 염통의 고통을 씻어 줄 수 있는 가능성을 지닌다. 화자는 그 꽃 앞에서 욕망으로 얼룩진 죄의 세월을 참회하며 그 꽃과 일체화를 이루려 한다. 이 때 꽃은 화자의 죄를 사할 수 있는 주체라는 점에서 신앙의 대상과도 같은 종교적인 신성성을 획득한다.

　3연에서는 그늘 속에 응축된 작은 꽃의 생명력이 우주를 덮는다. 한 점 그늘이 온 우주를 덮었을 때 그 우주는 다시 화자의 핏속으로 들어와 화자를 고양시킨다. 화자의 몸에 신성한 피가 흐른다. 꽃은 "야수의 체취"를 뿜으며 화자를 전율시켜 그에게 심장을 찌르는 듯한 고통을 안겨 준다. 이 고통은 존재가 진정한 참회를 통하여 승화할 수 있는 과정으로서의 고통이다. 궁극적으로 그것은 존재의 열락을 지향한다. 화자는 "먼 곳"과 "가까운 곳"을 구분하지 못한 채 고통스러운 축제 속에서 무아지경(無我之境)에 빠져 있다. 전방위적(全方位的)으로 그의 정신은 혼미해지는데 이 역시 더욱 상기된 정신력을 확충하기 위한 과정일 따름이다. 화자는 꽃나무 가시에 심장이 찔리는 충격을 통하여 세속인으로서의 구속에서 완전히 벗어나는 황홀경을 경험한다. 화자는 "슬기로운 사람"과 "철모르는 어린애" 사이에서 자신이 갈 길을 변증법적으로 선택하고 있다. "슬기로운 사람"이란 형이상학적 진리 추구를 포기한 채 현실의 명예와 권력을 위하여 세속에 머무는 사람이다. 화자는 그런 사람이 아니었으므로 꽃의 우주적 생명성에 탐닉하여 존재의 정서적 충일을 이룰 수 있었다. 또한 화자는 "철모르는 어린애"도 아니기 때문에 낭떠러지의 꽃을 꺾기 위하여 자신의 목숨을 버리지도 않는다. 그는 환상과 죽음의 자유를 승화한 인물이다.

4연의 2행에서 화자는 희열과 깨달음을 안고 하산한다. 그는 이제 산인(山人)이 아니라 선인(仙人)이 되었다. 주막 옛 주인의 이마에 늘어난 주름살은 통과의례의 고난한 시간의 상징이어서 그것은 화자 자신의 주름살이기도 하다. 이제 존재물들의 본질은 많이 달라져 있다. 조약돌은 하늘의 태양을 호흡하기 위해서 빛나고 복사꽃은 구름같이 아름답게 피어 있어 그것을 바라보는 화자의 정서를 더욱 확충시킨다. 청댓잎의 푸른 색채와 피의 붉은 빛은 황홀한 대조를 이루어 자연의 생명력을 강화시킨다. 이렇게 변해 버린 공간은 꿈 같기도 하고 현실 같기도 하다. 혹은 꿈과 현실의 경계가 사라져 버린 공간 같기도 하다.

"나비! 나비! 나비!"의 간절한 반복은 정서적 충일을 향한 갈구이다. 육신은 나비 날개 가루처럼 보잘것없이 허무한 것이지만 정신은 육신을 초월한 나비의 영혼이나 절정의 꽃잎처럼 영원한 지향성을 지닌다. 그것들과 전적인 합일을 이루었기 때문이다. 화자는 나비의 영혼을 체득하여 절정의 꽃잎을 지향한다. 이때 비로소 사(邪)된 마음으로 인하여 생겨났던 눈물은 마른다. 참회의 웃음은 화자가 완전한 죄 사함을 얻었기 때문에 비로소 가능해졌다. 화자는 꽃잎의 우주적 생명성에 합일함으로써 자연의 무상성을 완전히 초극한다. 「절정」은 관념적이고 철학적인 색채도 강하지만 자아의 세계 대응이 자연의 형상성과 밀접히 교접하여 자연의 형상성이 자아의 심정적 발현과 상응함을 보여준다.

4. 결론

본고는 자아와 세계의 대응 양상을 중심으로 조지훈의 초기 자연서정시를 살펴보았다. 여기서 세계라 함은 우선 자연과 자연물을 뜻하며 나아가 사회와 사회 현상을 뜻한다. 필자는 조지훈의 초기 자연서정시를 『청록집』과 『풀잎단장』에 실린 시들로 한정시켰다. 물론 조지훈은 그 이후로도 다수의 자연서정시를 창작하였지만 여기에 대한 연구는 다음 기회로 미루기로 한다. 필자는 발표 연도를 고려하면서 이 두 시집을 면밀하게 살핀 결과 자연 세계에 대한 시인의 대응이 해방 전에 창작된 작품들과 해방 후에 창작된 작품들에서 많은 차이를 보이고 있다고 판단했다.

「창」, 「고목」, 「도라지꽃」 같은 작품은 그 창작 연대가 해방 전이면서 『풀잎단장』에 실려 있는데 이 작품은 창작 연대나 주제 의식으로 보아 2장에서 논의되어야 한다고 생각하여 그렇게 하였다. 그래야만 해방 전에 쓰인 작품들의 세계와 해방 후 작품들의 세계가 대비적 방법으로 고찰될 수 있겠다. 본고는 두 세계를 각각 '2장. 쇠락하는 자연과 자아의 정적화(靜寂化)', '3장. 생동하는 자연과 자아의 정서적 충일'로 나누어 살폈다.

2장에서는 해방 이전에 창작된 자연서정시를 언급하였다. 여기에서 시인은 주로 조락하거나 죽음에 다가서는 자연 현상에 관심을 보인다. 이는 폭력적 세계로부터 도망쳐 와 은거의 시간을 보내던 시인의 자의식이 은연중에 나타났기 때문이다. 「창」, 「낙화」, 「고목」, 「도라지꽃」 등의 분석에서 알 수 있듯 시인은 조락하거나 죽어 가는 자연의 모습 앞에서 내성화하거나 정적화하는 자아의 모습을 보인다.

이때 화자가 비애와 우울을 보이는 것 또한 당연한 일이다. 3장에서는『풀잎단장』에 실린 시들 중에서 해방 후에 창작된 시들을 언급하였다. 「아침」, 「풀밭에서」, 「흙을 만지며」, 「절정」 등의 시에서 시인은 구도적 생명 탐구와 자아의 정서적 충일을 이루고 있었다. 즉 시인은 이 무렵 생동하는 자연에 관심을 보이기 시작했고 그것에 일체화하여 존재론적으로 승화하는 자아의 모습을 구현한다. 「절정」에서는 그 자아가 우주적 생명을 얻는 경지에까지 나아가고 있다.

위의 두 가지 맥락에서 조지훈 초기 자연서정시를 연구한 결과 조지훈은 해방을 기점을 하여 자연과 세계에 대한 대응 방식을 달리하고 있음을 알 수 있었다. 해방 전에는 주로 비애와 우수의 정서에 젖어서 주로 자연의 소멸과 죽음을 시화하였다면 해방 후에는 영원한 생명의 진리를 응축하고 있는 자연에 몰입하여 현실의 고단함으로 인해 우울과 고독에 빠져 있었던 자아의 새로운 정서적 충일을 시화하였다. 해방 후에는 생동하는 자연 현상 속에서 정서적 교감을 이루어 실존의 한계를 우주적으로 극복하는 힘을 얻었기 때문이다. 해방 후에 지은 조지훈의 시에 새로운 가능성의 세계에 대한 기대가 많이 나타나는 것도 이 때문이다.

근대 극복은 서구적 근대의 의미를 찾아낸다고 해서 이루어지는 것이 아니다. 우리의 현대시는 고전의 풍부한 정신성을 계승하지 못한 채 자본과 물건의 논리 속에서 예술의 진정성을 훼손시켰다. 후기 산업사회의 조류는 우리 시의 상상력을 더욱 탈자연화시켜 상품 속에 투신하여 상품에 대한 비판력을 잃어버린 문학적 자아를 양산하기도 하였다. 이런 분위기와는 사뭇 달리 이미 오래 전에 한용운, 정지용, 이병기, 신석정, 조지훈, 박목월, 박두진 등이 우리 고전을 깊이 탐구하고 자연과 인간의 교감을 형상화하는 자연서정시를 창작하여 한국현대시사에 한국적 현대를 불어넣었던 전공(前功)은 매우 의미 있다. 앞으로 더욱 깊어질 이들 자연서정시에 대한 연구가 '동양', '고전', '전통', '자연', '생명'의 논리를 새롭게 계승하여 왜곡된 근대성을 비판해 주길 바란다.

박목월 시의 가족 이미지와 내면 의식

1. 서론

박목월은 조지훈·박두진 등과 더불어 해방기를 전후하여 청록파 시인으로 활동하였다. 그러나 본래 청록파라는 말이 감당하는 이들의 시세계는 극히 제한적인 것이었는데, 결국 1946년 3인 공동 시집인『청록집』을 간행한 후 이들 세 시인은 각자 나름대로의 길을 걷게 된다.『청록집』간행 이후에, 조지훈은 현실적이고 사회적인 문제에 관심을 기울였고, 박두진은 기독교적 사상이 배어 있는 청산의 세계를 확충시켜 나갔다면, 박목월은 거대 담론과 이념을 멀리한 채 일상인의 모습으로 생활 속에서 우러나오는 시심을 자연스럽게 형상화하였다.[1] 청록파 시인 셋 중에서 가장 문학성 높은 시인으로 박목월이

---

[1] 이와 같은 박목월 시의 변모에 대한 지적은 박두진에 의해서 최초로 논의되었다. 박두진은 박목월의 시가 초기에는 자연을 배경으로 한 짙은 향토색을 보여주었다면 중기에 와서 인사(人事)와 인간적인 사랑의 세계를 형상화하는 생활의 시로 변모하고 있다고 지적하였다.

　박두진,『한국현대시론』, 일조각, 1974, p. 134. 참조.

　이숭원은 박목월의 자연을 논하는 자리에서 "중요한 것은 합동시집『靑鹿集』이 아니라 그 이후 전개된 세 시인의 시세계인 것이다."라고 하면서 박목월의 중후

꼽히는 이유 중 하나는 바로 이러한 일상적 성찰과 담론의 배제라는 시적 특징에서 기인할 것이다.

박목월은 『청록집』(을유문화사, 1946), 『산도화』(영웅출판사, 1955)의 세계를 지나 『난·기타』(신구문화사, 1959), 『청담』(일조각, 1964), 『어머니』(삼중당, 1967), 『경상도의 가랑잎』(민중서관, 1968), 『무순』(삼중당, 1976) 등의 시집을 간행하여 삶의 깊이를 형상화해 보여주었다. 시인이 작고한 후에는 그의 가족들이 종교적 명상과 노년의 관조를 형상화한 시들을 모아 『크고 부드러운 손』(영산출판사, 1979), 『소금이 빛나는 아침에』(문학사상사, 1987)를 간행하였다.[2] 그동안 박목월의 시세계는 시의식 및 시의식 변모양상[3], 시간의식과 공간의식[4], 운율과 이미지와 상징[5], 전통성과 향토성[6], 그리고 개별 작품에 대한 밀도

기시에 대한 관심을 이끌어 내고 있다. 이숭원, 「박목월과 자연」, 김용직 외, 『한국현대시사연구』, 일지사, 1983, p. 511.

2) 최근에는 이남호에 의해 『박목월시전집』(이남호 엮음·해설, 민음사, 2003)이 새롭게 간행되어 박목월 연구의 새 전기가 마련되었다. 그러나 이남호가 펴낸 『박목월시전집』에는 연작시집 『어머니』(삼중당, 1967)와 유고시집 『소금이 빛나는 아침에』(문학사상사, 1987)가 수록되어 있지 않아서 아쉬움을 준다.

3) 오탁번, 「청록집의 방향과 의미」, 『현대문학산고』, 고려대출판부, 1976.
　이희중, 「박목월시연구」, 고려대 대학원 석사학위 논문, 1985.
　김재홍, 「목월 시의 성격과 시사적 의미」, 『현대문학』, 현대문학사, 1988. 5.
　김형필, 「박목월시연구」, 한양대 대학원 박사학위 논문, 1988.
　김윤식, 「가치중립적 자리지킴」, 『근대시와 인식』, 일지사, 1991.
　이숭원, 「환상의 지도에서 존재의 탐색까지」, 박현수 편, 『박목월』, 새미, 2002.
　최승호, 『서정시의 이데올로기와 수사학』, 국학자료원, 2002.
　서경온, 「박목월 시 연구」, 성신여대 대학원 박사학위 논문, 2002.

4) 김혜니, 「박목월 시 공간의 기호론적 연구」, 이화여대 대학원, 박사학위 논문, 1990.
　한광구, 『목월 시의 시간과 공간』, 시와시학사, 1993.
　이건청, 「박목월 시의 전원공간에 관한 연구」, 『한국언어문화』 18호, 한국언어문화학회, 2000.
　엄경희, 『미당과 목월의 시적 상상력』, 보고사, 2003.

높은 분석7) 등 다양한 방법론에 의하여 폭넓게 연구되었다. 이와 같은 다양한 연구업적들에 의해서 밝혀졌듯이, 박목월의 시8)는 초기에는 자연의 세계에서 비롯되었으나 중기시를 거쳐 가면서 인간 삶의 핍진성을 아울렀으며 후기에 와서 죽음과 초월의 세계에 진입하였다. 특히 『난·기타』에서부터 본격적으로 시작된 인간 세사에 대한 관심과 그에 따른 수준 높은 서정의 품격은 『청담』, 『경상도의 가랑잎』, 『무순』 등에서 더욱 깊어졌다. 이와 같은 박목월 시의 변모9)는 근원적 세계에 대한 열렬한 탐색 과정을 보여주는 동시에, 식민지 시

---

5) 조창환, 「박목월 초기시의 운율과 구조」, 『아주대 인문논총』 1호, 아주대학교, 1990. 12.

　홍희표, 「목월시에 나타난 상징의 고찰」, 『목원대논문집』 19호, 목원대학교, 1991. 3.
　백승수, 「〈청록집〉에 나타난 이미지 연구」, 『어문학교육』 14호, 부산교육학회, 1992. 6.
　이영섭, 「이미지의 특성과 예술적 기능」, 『경원대논문집』 12호, 경원대학교, 1994. 1.
　박현수, 「이미지의 존재론」, 『작가연구』, 새미, 2001. 상반기.

6) 서정주, 「박목월의 시」, 『한국의 현대시』, 일지사, 1969.

　김준오, 「한국시에 있어서의 전통성의 문제」, 『심상』, 심상사, 1980. 10.

　손진은, 「박목월 시의 향토성과 세계성」, 『우리말글』 28호, 우리말글학회, 2003. 8.

7) 오세영, 「박목월의 '회수'」, 『현대시』, 한국문연, 1998. 5.

　이남호, 「이남호의 목월 시 읽기」, 『현대시학』, 현대시학사, 2002. 5-2003. 5.

8) 본고는 『청록집』, 『산도화』를 박목월의 초기시로, 『난 기타』, 『청담』을 중기시로, 『경상도의 가랑잎』, 『어머니』, 『무순』, 『크고 부드러운 손』, 『소금이 빛나는 이 아침에』를 후기시로 간주하고자 한다. 이승훈 역시 본고와 비슷한 견해를 밝히고 있는데, 연작시집 『어머니』, 유고 시집 『소금이 빛나는 이 아침에』는 논의에서 제외하고 있다. 이승훈, 「사물로 통하는 하나의 창-목월시의 구조」, 이형기 편, 『박목월』, 문학세계사, 1993, p. 144. 참조.

9) 박목월이 다양한 변모를 보여준 시인이라는 데에는 이견이 없을 것이다. 이에 대하여 김현·김윤식은 『한국문학사』(민음사, 1973, p. 280)에서 "그가 변모의 시인이라는 진술은 그가 서투른 실험을 계속한 시인이라는 진술이 아니라, 그가 그의 인생을 그의 시공간 속에 용해시키는 데에 차이를 보이고 있다는 진술이다."라고 하였는데, 이는 박목월의 시가 관념과 상징의 실험적인 이미저리보다는 일상인으로서의 소박하고 진실한 삶에 밀접하게 연결되어 있다는 지적이다.

대와 해방기 그리고 산업화 시대를 거쳐서 살다간 시인의 좌절과 모색의 궤적을 보여준다.[10]

본고는 박목월의 시가 구체적인 삶의 문제에 천착하면서 나타나게 된 '가족'의 문제를 중심으로 논의를 전개하고자 한다. 가족은 혼인과 후손의 생산으로 이루어지는데, 박목월 시에 나타난 가족 이미지는 이 두 개념에서 벗어나지 않는다. 가족이 친족이나 씨족과 구별되는 점은 동거와 재산 공유의 빈도에 근거한다. 원시공동체 사회에서의 모계중심주의 가족은 농경과 수렵이 분리되면서 부계중심주의 가족으로 전환하였고 오늘날의 근대 산업사회에서는 종래의 가부장제와는 또 다른 가족 형태가 출현하고 있다. 오늘날 가족은 핵가족화하면서 기존의 생식적·종교적·오락적 기능이 줄어들게 되었고 마침내는 정서적·안정적 기능마저 다른 사회적 형식에 의하여 침식당하는 현상이 나타나고 있다. 넓은 의미에서 보면 박목월이 가족에 대하여 많은 애착을 보인 것은 농경적인 가족공동체가 해체되어 가는 근대

---

10) 홍희표는 박목월 시의 주제를 첫째, 동심지향과 휴머니즘, 둘째, 자연탐구의 의미, 셋째, 인간사의 애환, 넷째, 존재론적 탐색, 다섯째, 신앙에의 길 등으로 나누고 있다. 이러한 다양한 주제 의식은 박목월 시의 변모 양상과 밀접히 연관되어 있다. 홍희표, 『박목월 시의 연구』, 문학아카데미, 1993.

이희중이 위의 논문에서 분석한 박목월 시 변모 양상은 '전기시 : 자연과 자아의 분리', '중기시 : 자아 편향과 형식의 동요', '후기시 : 명상과 인식의 균형' 등으로 되어 있다.

박목월에 대한 비판적 견해는 자연의 시인 혹은 청록파의 시인이라는 점에 입각하여 그의 자연 형상화의 비현실성을 지적하는 데서 시작하였다. 김우창이 "그의 詩의 풍경은 자연과 인간의 진정한 混融의 소산이 아니라, 주관적인 욕구에 의하여 꾸며낸 자기만족의 풍경이다."고 한 비판도 이와 같은 맥락에 있다. 김우창, 「한국시와 형이상학」, 『궁핍한 시대의 시인』, 민음사, 1978, p. 55.

물론 서정주가 "우리 나라의 고유한 鄕土情緖를 소재로 하고 있는 가운데, 특히 南方的인 향토 정서를 표현하는 데에 장점을 가진 점"이라고 한 것과 같이 박목월의 초기시를 긍정적으로 바라보는 경우도 많았다.

화 시대에 가족의 정서적·안정적 기능을 회복하려는 반근대적 정신과 통한다.[11] 그런 의미에서 가족의 문제는 박목월 시의 근원을 밝히는 작업과 밀접하게 맞물려 있다. 박목월 시의 근원에 대한 탐색은 김종길, 최승호, 유성호, 금동철, 손진은 등의 선행 연구자들에 의해서 어느 정도 밝혀졌는데, 김종길이 제기한 향수[12], 최승호가 제기한 자연·가족·절대자[13], 유성호가 제기한 절대 신앙[14], 금동철이 제기한 어머니[15], 손진은이 제기한 토속의 정서 혹은 전통 정서[16] 등의 맥락은 근원에 대한 탐색이라는 유사한 시의식을 나타낸다. 박목월 시 연구의 주요 테마였던 모성성[17]과 신성성[18]의 문제는 이들 연구에서도 어느 정도 밝혀졌다. 그러나 이들 연구에서는 가족적 근원의 한 측면인 부성성에 대한 연구가 결여되어 있다.

본고의 주제인 가족 이미지는 박목월 시에서의 중요한 '근원'이었으며 박목월 시의 내면 의식을 창출하는 핵심적인 기제로 작용한다.

---

11) 그렇다고 박목월의 시가 유교적 가부장제를 추구한 것은 아니라는 점은 본론에서 밝혀진다.

12) 김종길, 『진실과 언어』, 일지사, 1974.

13) 최승호, 위의 논문.

14) 유성호, 위의 논문.

15) 금동철, 위의 논문.

16) 손진은, 위의 논문.

17) 박목월 시에 나타난 모성성에 관한 주요 연구로는 다음의 것들이 주목할 만하다.
금동철, 「박목월 시의 '어머니' 이미지와 근원 의식」, 『한국시학연구』 3호, 한국시학회, 2000. 11.
최승호, 「박목월 서정시의 이데올로기와 '어머니'」, 『우리말글』 21호, 우리말글학회, 2001. 8.

18) 박목월 시에 나타난 종교성에 관한 주요 연구로는 다음의 것들이 주목할 만하다.
안수환, 「박목월의 기독교시」, 『시문학』, 시문학사, 1980. 11.
한영일, 「한국현대 기독교시 연구」, 성균관대 대학원 박사학위 논문, 2000.

전근대와 근대가 뒤얽힌 일제 강점기의 초인 1916년 경북 경주에서 출생한 박목월은 가족공동체적인 농경사회의 해체와 부성 중심적인 유교적 가치관의 퇴조를 경험해야 했던 세대이다. 박목월이 초기에 현실적인 문제를 도외시한 채 자연의 세계로 나아간 것은 검열을 피하기 위한 비사회성의 추구라는 측면도 있겠지만 이와 함께 근대화가 확산되어 가는 초기 근대 공간과 변별되는 자연의 원리에 대한 성찰이라는 측면도 있을 것이다. 반근대성 논의에 이어지는 이 맥락은 가족의 문제에서도 마찬가지로 적용될 수 있다. 농촌과 고향을 떠나 도시 공간에서 생활을 했던 시인에게 가족은 그의 지친 영혼을 의탁할 수 있는 근원적인 보루였다. 본고는 신성에 대한 귀의에까지 이르게 되는 박목월 시의 가족 이미지를 첫째, '부성성', 둘째, '모성성', 셋째, '모성성이 매개하는 신성성'에 대한 탐색으로 나누어 추적해 감으로써 가족적 근원을 향한 박목월 시의 내면 구조를 궁구해 보고자 한다.

2. 고단한 일상과 온유한 부성

박목월 시에 나타나는 부성은 시인의 아버지의 모습이 아니라, 시인 자신의 모습으로 형상화되어 있다.[19] 이때 화자는 1인칭 '나'의 모습으로 나타나며 '나'가 말하는 삶의 모습은 바로 박목월의 실제 삶과 그대로 일치한다. 그는 가족공동체의 유지를 책임지는 중심에 서 있었고 그 모습은 늘 생활고로 인하여 고단하고 지친 모습을 하고 있

---

19) 바로 이 점에서 박목월 시의 부성성은 그의 시에 나타난 모성성과는 확연히 구분된다. 박목월 시에는 시인의 아버지 이야기가 거의 나타나지 않는다. 참고로 말하면, 그의 부친은 1956년 작고하였다.

었다. 근대적 도시 공간에서 가족의 의식주를 해결하기 위하여 하루 하루 힘든 노동의 일상을 보내야만 하는 아버지가 박목월 시의 주요한 화자이다. 그러나 또한 그가 고단한 삶을 버티어 갈 수 있는 힘을 충전할 수 있는 곳 역시 가정일 것이다. 박목월 시에 나타난 부성은 가족의 생계를 도맡으려는 강한 책임감을 지녔다는 점에서는 부계 중심적 정착사회인 농경사회의 부성적인 측면을 지니겠으나, 유교적인 농촌 공동체에서 흔히 보이는 권위적이고 엄격한 아버지의 모습을 지향하지는 않는다. 그는 온유하고 섬세한 모습으로 가족의 가난과 시련을 어루만진다. 이는 가족의 형태 변화에 따른 부성의 역할 변화라는 측면도 있겠으나, 근본적으로 박목월 시인이 타고난 섬세하고 온유한 성품이 권위적인 부성과 어울리지 않았기 때문에 나타난 현상이다.

> 地上에는/아홉 켤레의 신발./아니 玄關에는 아니 들깐에는/아니 어느 詩人의 家庭에는/알 電燈이 켜질 무렵을/文數가 다른 아홉 켤레의 신발을.
>
> 내 신발은/十九文半./눈과 얼음의 길을 걸어/그들 옆에 벗으면/六文三의 코가 납짝한/귀염둥아 귀염둥아/우리 막내둥아.
>
> 미소하는/내 얼굴을 보아라/얼음과 눈으로 壁을 짜올린/여기는/地上./憐憫한 삶의 길이어./내 신발은 十九文半.
>
> 아랫목에 모인/아홉 마리의 강아지야/강아지 같은 것들아./屈辱과 굶주림과 추운 길을 걸어/내가 왔다./아버지가 왔다./아니 十九文半의 신발이 왔다./아니 地上에는/아버지라는 어설픈 것이/存在한다./미소하는/내 얼굴을 보아라.

―「家庭」 전문

이 시는 신발 이미지를 중심으로 부성적 사랑을 확산시킨다. 1연에서 신발이 있는 공간은 "지상", "들깐", "가정"으로 좁혀지는데 이러한 공간의 축소화를 통하여 시인은 그의 집에 있는 아홉 켤레의 신발을 더욱 부각시키면서 그 상징성을 간절하게 표현한다. 알전등이 켜질 무렵 환하게 빛나는 아홉 켤레의 신발은 다름 아닌 가족의 제유다. 신발은 그것을 신은 사람의 모든 공간적 경험을 공유한다고 볼 때, 여기 신발은 가족 개개인의 구체적 삶의 형상을 상징한다고 할 수 있다. 서로 다른 문수만큼 서로 다른 나이와 고민으로 살아가는 가족들에 대한 부성적 사랑은 코가 납작한 막내아들에 관한 서술에 이르러 더욱 구체화한다. 가족이 있는 집과 자신이 거쳐 온 사회적 공간은 "눈과 얼음의 길"로 갈라져 있다. 화자는 고달픈 사회적 노동을 통하여 가족을 눈과 얼음의 길 너머에 있는 것들로부터 보호한다. 이것은 부성적 가장의 숙명이다.

눈과 얼음의 길로 나누어진 간격은 막내가 신은 "육문삼"의 신발과 자신이 신은 "십구문반"의 신발의 크기 차이로 확연히 구분된다. 화자에겐 "굴욕과 굶주림과 추운 길"을 견디어 낼 수 있는 큰 신발이 있지만 아들에겐 그러한 신발이 없고 힘도 없다. 그래서 가족들은 아버지의 보호를 받아야 온전할 수 있겠다. 아이들을 "아홉 마리의 강아지"라고 비유한 것 역시 이 때문이다. 이들은 부모의 보호를 받지 않고는 제대로 성장할 수 없는 존재들이다. 또한 이들은 세상의 무질서와 오욕을 눈치 채지 못한 순수하고 착한 존재들이다. 화자는 이 가정의 모습을 지켜보면서 의무감만을 느끼는 것이 아니다. 미약하나마 "얼음과 눈으로 벽을 짜올린" 이 지상의 삶을 근근이 이겨낼 수 있는 힘을 가족으로부터 얻는다. 그래서 "미소하는 내 얼굴을 보아라"라는 따뜻한 어조를 내어놓을 수 있는 것이다. 그 미소는 가족이 존재함으로 가능하다.

I

어린 것들 옆에/잠자리를 펴고/나는 하룻밤을 지낸다./어린 것들 옆에/나의 하룻밤의/서글프고 허전한 꿈./얼마나 持續될 것인가/그것은 허황한 危懼心./다만 지금은/어린 것들 옆에/잠자리를 펴고/이부자리 자락으로/귀를 덮는다.

II

내일은/내일. 내일의 아침은/神의 領域./封해진 世界./내일 근심은/내일의 근심. 오늘은 오늘로서 족한./다만 지금은/어린 것들 옆에/잠자리를 펴고. 찬란한 星辰의/허허로운 空間에./어린 것들 옆에 바람과 구름의/허허로운 空間에./다만 지금은/어린 것들 옆에. 흐르는 강물……/귀를 잠그고./어린 것들 옆에/잠자리를 펴고. 찌걱거리는 맷돌 위에/다만 지금은/찌걱거리는 맷돌 위에/잠자리를 펴고/이부자리 자락으로/귀를 덮는다.

―「一泊」 전문

이 시 역시 「가정」의 연장선에 있는 작품이다. 어린 자식들이 잠자는 방에서 그들과 함께 하루를 보내는 화자인 아버지는 그 하룻밤의 "서글프고 허전한 꿈"을 꾼다. 어린것들을 옆에 놓아두고 갖게 되는 이러한 "위구심"은 허황될 뿐이다. 그런 걱정을 잠시 접어두고 아이들을 덮어 주고 남은 이불의 귀퉁이 자락으로 자신의 귀를 덮음으로써 화자는 세상의 걱정으로부터 잠시나마 벗어나고자 한다. 고달픈 사회인으로서 살아가야 하는 가장을 믿고 잠든 자식들의 모습은 화자가 번뇌를 이기는 평온한 마음을 갖게 하는 힘의 원천이 되어 줄 수 있다. 그래서 이 "일박"은 물질적인 보상을 전제하는 사회적 삶보다 중요하다.

아이들이 잠든 방 한 편이 아름답게 치장되지 못한 "허허로운 공간"일지라도 화자는 그 방의 "찬란한 성진"에 잠자리를 펴고 하루의 근심을 잊고자 한다. 허허로움이든 찬란함이든 간에 화자 자신의 몫이기는 마찬가지이므로 현재 모든 근심이 사라진 상태는 아닌 듯하다. 그가 이 방안에서 잡념을 완전히 지우지 못하는 것은 내일에 대한 걱정 때문이다. 그가 내일은 내일이며 그러한 내일의 일은 인간의 영역이 아니라 신의 영역이라고 되뇌고 있는 것은 내일이라는 사회적 강박으로부터 벗어나고자 하는 자의식의 표출이다. 화자는 미래의 행복을 담보 받을 수 없을지라도 이 시간만이라도 온전히 가족과 하나 되고 싶어한다. 사회적 삶을 인내해야 하는 고뇌와 가족에 대한 희망이 함께 표현된 것은 다음 시도 마찬가지다.

> 어딜 가나,/나는 元曉路行 버스를 타고/돌아온다./어디서나 나는/元曉路行 버스를 기다린다./릴케의 詩句를 빌리면,/깊은 밤/별이 찬란하게 빛나는 누리 안에서/孤獨한 空間으로/혼자 떨어져가는/그 땅덩이에서/나는/糊口策을 마련하기 위하여/하루 종일 거리를 서성거렸고/때로는/사람을 訪問하고/외로운 친구와 더불어/盞을 나누고/밤이 되면/어디서나 나는/元曉路行 버스를 기다린다./이 갸륵하고 측은한 回歸心./元曉路에는/終點 가까이/家族이 있다./서로 등을 붙이고/하룻밤을 지내는 측은한 和睦을./어둑한 버스 안에서/나는 늘 마음이 갈앉았다./릴케의 詩句를 빌리면,/이처럼 떨어지는 모든 것을/소중하게 받아주시는/끝없이 부드러운/그 손을/내가 느끼기 때문이다.
>
> ―「回歸心」 전문

원효로행 버스는 사회적 역할을 수행해야 하는 가장인 아버지의 삶의 애환을 담고 있다. 또한 이것은 돈을 벌기 위해 일하는 사회적 공간과 평온한 안식을 얻는 가정의 공간을 연결시켜 주는 매개물로 기능한다. 돈을 벌기 위해서 일을 하거나 외로운 친구들을 만나거나 하는 번잡한 일상은 언제나 원효로행 버스로 막을 내린다. 이 노정은 가장이 행하는 하루의 이동반경이다. 원효로를 벗어나서 일터로 나아가는 버스가 성실한 생활인으로서의 자세를 요구하였다면, 원효로로 돌아오는 버스는 자상한 가장으로서의 자세를 요구한다. 모든 일과를 마치고 집으로 돌아오는 원효로행 버스 안에서 화자의 몸은 지쳐 있으나 그 마음은 평온함을 얻는다.

"별이 찬란하게 빛나는 누리" 안에서 "고독한 공간"으로 홀로 이행하는 것이 삶의 본질이라고 시인은 말한다. 이러한 진술이 염세적으로만 읽히지는 않는다. 여기엔 "갸륵하고 측은한 회귀심"이 있기 때문이다. 그리고 이러한 마음이 가족의 "측은한 화목"을 이루는 바탕이라는 것이다. 화자가 집으로 돌아오는 길에 마음이 가라앉는 것은 자신을 믿고 기다리는 가족에 대한 측은지심 때문이다. 이는 가족을 보호해 줄 수 있는 "부드러운 손"을 스스로 가져야 한다는 의지이며 또한 가족 역시 자신을 보호해 주는 "부드러운 손"을 지녔음에 대한 믿음이다. 이 말은 박목월이 지향한 부성성을 가장 상징적으로 드러내 준다. 요컨대 박목월 시의 부성은 가족을 부양하고 유지하려는 부성이며 또한 가족으로부터 사회적 역할을 실현할 수 있는 힘을 얻는 부성으로서 안정적이며 정서적인 가족공동체를 지향하고 있다.

3. 모성 지향과 가족의 안식

박목월 시에서 부성은 시인 자신의 삶을 통해서 그려지고 있는 데 비해 모성은 자신의 어머니와 아내를 통해서 구체화한다. 특히 그가 형상화한 어머니의 모습은 농경 사회를 벗어난 도시 공간에서 점점 사라지는 윤리와 생명의 기준이었으며 나아가 종교적인 신앙의 차원으로까지 확대되어 가고 있었다. 가족간의 유대가 점점 약해지는 근대적 도시 공간의 현실은 박목월에게 간절한 모성회귀 정서를 불러일으켰다. 박목월이 추구한 모성 회귀는 연작시집 『어머니』에 집중적으로 나타나며 유고 신앙시집 『크고 부드러운 손』에서도 자주 엿보인다. 그의 시에는 어머니에 관한 작품보다는 수적으로 적지만 아내에 관한 작품도 여러 편 있다. 박목월의 시에 나타난 아내의 모습 역시 그가 추구한 모성의 범주 안에 들어간다. 박목월에게 모성은 소위 '청록파'적인 자연의 세계가 지닌 우주적 원리와 이어진다. 그의 모성은 그만큼 대지모성적(大地母性的)인 측면이 강하다. 박목월 시에 나타난 대지모성적인 측면은 그의 시에 종교적인 색채가 강화되면서 더욱 두드러지게 나타난다. 박목월 시의 모성성을 여러 가지 층위로 나누어 볼 수 있는 것은 이 때문이다.[20]

---

20) 이 점에 대해선 한광구의 논의가 주목할 만하다. 한광구는 『목월시의 시간과 공간』(시와시학사, 1993, p. 257)에서 "목월은 어머니를 그 상상이 지향하는 극점에서 만나면서 어머니를 육화된 존재로 만나다가 점차 시간과 공간의 한계를 넘어서 설화의 세계와 신의 세계로 어머니를 만나게 된다."고 한다. 또한 그는 목월 시에 나타난 어머니를 첫째, 육친으로서의 어머니, 둘째, 생명의 근원인 신화적 자연으로서의 어머니, 셋째, 신적 모성으로서 신앙의 대상이 되는 어머니 등으로 나누고 있다.

갈림길에서/어머니는 기다리고 계셨다.

비단자락 날리듯/감기는 바람./어디로 가는 길일까/하얗게 떠 있는 낯달/밀밭머리/갈림길에서

어머니는/기다리고 계셨다

윗길을 따라가자면/동으로 구만리/아랫길은/강기슭을 따라 서로 구만리/어머니의/날리는 치맛자락

멀리서/달려오는 아들을/기다리고 계셨다.

―「갈림길에서」 전문

이 시에서 모성은 기준이며 좌표이다. 어머니가 몇 갈래로 나뉘어져 있는 갈림길에서 아들을 기다리는 것은 아들이 다른 길로 빠지지 않고 무사히 집으로 돌아오도록 하기 위함이다. "감기는 바람"과 "하얗게 떠 있는 낯달"은 모두 다 어머니의 환유적 이미지로 어머니의 온화한 모습을 구체화시킨다. "동으로 구만리"와 "서로 구만리"는 언젠가 아들이 성인이 되어 나아가게 될 세상의 험난한 길일 터이지만 아직은 아들에겐 그 길이 아득하기만 하다. 어린 화자는 그 갈림길에 서 있는 어머니를 이정표 삼아 무사히 귀가할 수 있게 된다. 어른이 된 시인이 어린 시절의 어머니 모습을 떠올리는 이유에는 고향의 세계로 귀환하고 싶은 소망을 담는다는 당연한 뜻도 있겠으며, 또 다른 하나의 이유는 그가 꾸리고 있는 가정이 이러한 모성의 힘과 질서로 인하여 안정적인 모습으로 거듭나기를 바라는 마음에 있다.[21]

---

21) 앞의 이유를 놓고 본다면 『어머니』는 『경상도의 가랑잎』의 세계와 이어진다.

다정하게 포개진 접시들./윤나는 냄비./방마다 불이 켜지고/제자리에
놓인/포근한 의자./안락의자./어머니가 계시는 집안에는/빛나는 유리창
과/차옥차옥 챙겨진 내의./새하얀 베갯잇에/네잎 크로우버/아늑하고/그
득했다.

—「家庭」 전문

가족에 대한 부성의 사랑을 형상화한 같은 제목의 작품과는 달리,
이 시는 어머니의 존재 의의를 형상화한 작품이다. 이 어머니는 아내
이기도 한 동시에 어머니이기도 하다. 어머니라는 존재가 있음으로
해서 가정은 온전한 질서와 품위를 갖추게 된다. 부엌에는 "포개진
접시"와 "윤나는 냄비"가 있고, 거실에는 "포근한 의자"와 "안락의자"
가 있으며, 방안에는 "챙겨진 내의"와 "새하얀 베갯잇"이 있다. 이처
럼 가정 안의 모든 것이 잘 정돈되어 있는 것은 모성성이 집 안에 있
기 때문이다. 박목월 시에서 모성은 가정을 지키고 꾸미는 가장 중요
한 힘으로 나타난다. 반면에 그의 시에서는 자신의 아버지를 대상으
로 한 작품은 찾을 수 없다. 앞에서도 말했듯이 이는 박목월이 자기
자신을 부성의 맥락 중심에 놓았으며, 자신의 어머니를 모성의 맥락
중심에 놓았기 때문이다.

박목월이 바라는 진정한 가정의 모습은 모성과 부성이 화해하는
공간이다. 모성이 부성으로부터 보호를 받고 또한 부성이 모성으로
부터 안식을 얻는 가정이야말로 가족공동체 모두가 고달픈 삶을 온
전히 영위해 나갈 수 있는 근간일 것이다. 『청담』에 실린 「우회로」는
이러한 시의식이 그대로 드러나는 작품이다. '갈림길'에서 어머니를
만났던 시인은 이제 '우회로'를 지나면서 아픈 아내의 손을 꼭 잡게
된다. 박목월 시에 나타난 모성은 어머니를 통해서 나타나는 경우가

대부분이었지만 결국 그 어머니는 아내로 이어진다. 그의 시에서 자신의 아내에 관한 이미지들이 많이 나타나지 않는 것은 아내의 의미를 어머니라는 더 커다란 맥락 안에 상징적으로 융합시켜 놓았기 때문이다. 수술 직후의 아내에 대한 간절한 마음을 시로 쓸 수 있었던 것도 이러한 맥락에서 이해할 수 있다.

病院으로 가는 긴 迂廻路/달빛이 깔렸다./밤은 에테르로 풀리고/擴大되어 가는 아내의 눈에/달빛이 깔린 긴 迂廻路/그 속을 내가 걷는다./흔들리는 남편의 모습./手術은 무사히 끝났다./메스를 가아제로 닦고……/凝結하는 피./병원으로 가는 迂廻路/달빛 속을 내가 걷는다./흔들리는 남편의 모습./昏睡 속에서 피어 올리는/아내의 微笑.(밤은 에테르로 풀리고)/긴 迂廻路를/흔들리는 아내의 모습./하얀 螺旋通路를/내가 내려간다.

—「迂廻路」 전문

화자는 지금 아내가 입원한 병원으로 가고 있다. 우회로는 직선로와는 달리 멀리 돌아서 가는 길이다. 멀리 돌아가는 길에서 화자는 아내라는 존재에 대하여 깊이 생각한다. 그 길에 달빛이 깔렸다는 진술이 나타나는데 이 달빛은 세상의 어둠을 완전히 밝혀 주기에는 너무 작은 빛이다. 달빛의 이미지는 아내가 완전히 마취에서 깨어난 상태에 이르지 못하고 있음을 상징적으로 보여준다. 그 우회로를 걷고 있는 화자 역시 불안하다. 아내의 전신 마취 수술이 무사히 끝나기는 하였으나 걱정이 완전히 가셔지지는 않는다. 화자는 이러한 걱정 속에서 "아내의 미소"를 떠올리며 그것의 모성적 가치에 대하여 생각한다. 아내의 미소야말로 가정을 평화로 이끌고 가정을 온전케 하는 힘이다. 이는 곧 그가 추구한 어머니의 존재 의의와도 통할 것이다.

시인은 후기시 「龍仁行」(『무순』)에서 아내와 함께 가는 초월의 길
을 형상화한다. 시인은 아내와 함께 묻힐 자리를 찾기 위해서 용인에
내려왔다. "나는 양지바른 터전을/눈으로 더듬고,/서녘하늘 같은 눈
으로/아내는 나를 쳐다보았다."라는 구절은 죽음이 멀리 있지 않은
노부부의 아름다운 부부애를 보여준다. 또한 이 시에는 아내의 온화
하고 포근한 모성에 의지하려는 태도가 나타난다. 이러한 아내는 어
머니의 변용이다.

4. 모성을 통한 신성의 확인과 가족의 완성

박목월이 바라는 가족의 평화는 모성과 부성의 화해와 화합에 있
었다. 또한 그러한 화해를 위하여 절실하게 요청되는 것은 절대자에
대한 가족 구성원 전체의 경건한 신앙심이었다. 초기에 자연의 신비
로운 모습에 관심을 기울인 시인은 후기에 이르러서는 초월적 신앙
에 관심을 기울였다. 박목월 시의 기독교 정신은 초중기 시편에서도
간혹 나타났는데, 후기시에서 더욱 특징적으로 나타난다. 박목월 시
의 기독교 정신에 대하여 오세영[22]은 기독교 정신이 초기시에는 물
론 그의 시세계 전반에 영향력을 행사하고 있다고 하였으며, 최승
호[23]와 유성호[24]는 초기시에 나타난 자연과의 연관성에서 후기시의
기독교 정신을 찾고 있으며, 손진은[25]은 오세영, 최승호, 유성호 등
의 견해와 비슷하게 『청록집』에서부터 기독교 정신이 나타난다고 하

---

22) 오세영, 「자연의 발견과 그 종교적 지향」, 『한국문학』, 한국문학사, 1978. 5.

23) 최승호, 위의 논문.

24) 유성호, 위의 논문.

25) 손진은, 위의 논문, p. 247.

면서 그것이 세계성과 향토성의 융합 근거가 된다고 보았다. 요컨대 박목월 시에 나타난 종교성은 다만 초월적인 것을 향한 배타적인 신앙이 아니라 가족 나아가 공동체 모두의 행복한 삶을 위한 숭고한 방편으로 수용되었다.

박목월의 후기시편에 이르러 두드러지게 나타나는 종교적인 귀의는 인간 삶에 대한 지순한 사랑에서 비롯된다. 또한 이것은 내면의 순수성을 완성하기 위한 노력과 통하는 바 있다. 종교적 상상력이 자연과 인간에 대한 보편적 사랑을 지닐 수 있다고 가정할 때, "초기 시편의 낭만적 동경이나 중기 시편의 사랑과 연민, 후기 시편의 신성 긍정은 모두 그 나름의 종교적 상상력의 구현 양상이라고 할 수 있다."[26]는 견해가 가능해진다.

유품(遺品)으로는/그것뿐이다./붉은 언더라인이 그어진/우리 어머니의 성경책./가난과/인내와/기도로 일생을 보내신 어머니는/파주의 잔디를 덮고/잠드셨다./오늘은 가배절(嘉俳節)/흐르는 달빛에 산천이 젖었는데/이 세상에 남기신/어머니의 유품은/그것뿐이다./가죽으로 장정된/모서리마다 헐어버린/말씀의 책/어머니가 그으신/붉은 언더라인은/당신의 신앙을 위한 것이지만/오늘은/이순(耳順)의 아들을 깨우치고/당신을 통하여/지고하신 분을 뵙게 한다./동양의 깊은 달밤에/더듬거리며 읽는/어머니의 붉은 언더라인/당신의 신앙이/지팡이가 되어 더듬거리며/따라 가는 길에/내 안에 울리는 어머니의 기도소리.

—「어머니의 언더라인」 전문

이 시가 실려 있는 시집 『크고 부드러운 손』은 전체적으로 일상인

---

26) 유성호, 위의 논문. 박현수 편, 『박목월』(새미, 2002, p. 219)에서 재인용.

의 삶 속에서 우러나오는 종교적인 감상을 주요 소재로 삼고 있다. 위에 인용된 시는 어머니의 유품인 성경책에 그어진 밑줄을 보면서 돌아가신 어머니에 대한 그리움과 절대자에 대한 신앙심을 동시에 형상화하고 있는 작품이다. 이 시에서 주목하여 살펴볼 문제는 시인이 신앙인으로서 거듭나게 된 가장 중요한 원인이 어머니에게 있었다는 사실이다. 시인은 어머니라는 매개를 통하여 신앙의 세계를 이해하게 되었으며 또한 기독교 신앙을 통하여 어머니라는 존재를 신이라는 초월적 존재와 연결시키는 시의식을 지니게 된다. 박목월의 모성은 대지모성의 경지를 향하고 있으며 그의 종교성 역시 모성 회귀의 지향성과 연결되는 것은 바로 이 때문이다.

어머니가 남기신 유품이 성경책뿐이라는 진술에는 완전한 신앙인으로서의 삶을 살았던 어머니에 대한 믿음이 나타난다. 또한 “모서리마다 헐어버린 말씀의 책”은 절대자의 어록을 담은 것이기도 한 동시에 어머니의 살아생전의 말씀을 담은 것이기도 할 것이다. 그렇기 때문에 “당신을 통하여 지고하신 분”을 뵙게 되는 경이적인 순간을 경험할 수 있는 것이다. 주지하였듯이 박목월에게 모성은 대지모성으로 통하며, 그러한 대지모성은 일상적 삶을 뛰어넘는 초월적인 세계와 이어진다. 이러한 시의식은 다음 시에서 더욱 구체화한다.

그 인생의 보람.
그 빛나는 모성의 하늘.
이마에 얹은 것은
사과가 아니다.
하늘이 베푸는 스스로의 총명.
그것은

다만 어린 것의 손을 잡고.
보다 높은 삶의 세계로 줄달음질치는.
그것은 회의하지 않는다.
그것은 망설이지 않는다.
다만 줄달음질치는
이 백열적인 질주
이 아름답고 눈물겨운 본능

—「모성」 부분

『크고 부드러운 손』에 수록되었다는 점을 고려할 때, 이 시가 신앙적인 측면을 담고 있다는 점을 짐작할 수 있다. 박목월에게 모성은 신성으로 나아가는 길이며 또한 모성은 궁극적으로 신성과 일체화하는 것이었다. 이 맥락은 "모성의 하늘"이라는 표현에서 구체화한다. 이 말은 모성의 질서가 우주적 질서를 내포하고 있음을 보여준다. 이는 곧 하늘이 베푸는 총명에 의해서만 가능하기 때문에, 모성은 회의하지도 않으며 망설이지도 않은 채, 절대적 가치를 향한 "백열적인 질주"를 멈추지 않게 된다. 이러한 질주의 원동력은 "어린 것"으로 표현된 자식들에 대한 사랑에서 비롯된다. 이 사랑은 하늘이 베푸는 스스로의 총명과 이어진다.

이 시에서 중요한 것은 박목월 시에서 모성적 가치와 초월적 가치가 동일한 의미망을 형성한다는 점이다. 그의 시에서는 절대적 가치와 일상적 가치가 늘 이어져 있다. 박목월은 일상인으로서의 삶을 순결한 마음가짐으로 영위하면서 초월적인 세계를 경험하려고 노력하였다. 그러므로 박목월 시에서 신성은 또 다른 가족의 모습으로 현현하는 경우가 많다. 그는 어머니, 아내로 구체화하는 모성의 질서를

통하여 신성을 확인하였으며 나아가 그러한 신성의 질서가 가족의
안위를 보장하여 줄 수 있기를 희망했으며 또한 신성이 넓은 의미의
가족 범주 안에 내재할 수 있기를 기원하였다.

> 눈이 뜨자/당신의 문이 열리고/빛과 밝음의/오늘을/베풀어 주옵소서.
> /진리와/진리 아닌 것 사이에/빛과/어둠 사이에/가로놓여 있는/문을 깨
> 닫게 하시고/열고 들어가게 하여/주옵소서./열리기 위하여/닫혀 있는
> 문의 그/축복을 깨닫게 하옵시고/우리를 위하여/항상 빗장이 뽑혀 있는
> /문의 그/위대한 은총을/깨닫게 하여 주옵소서/자는 동안/꿈에서라도/
> 양편으로 환하게 열려 있는/당신의 문을/보게 하시고/당신의 테두리 안
> 으로/들어선 자의/가족적인 축복을/제게도 베푸소서./들어서지 못한 자
> 는/영원히 문 밖에/서성거리게 됩니다./주여/문을 들어선 자만이/못자
> 국이 증거해 주는/손의 축복을 입어/보혈로써/거듭날 수 있습니다./문
> 을 열고/들어가게 하여/주옵소서./베풀어 주심으로/가질 수 있는 믿음
> 으로/문 안에/들어가게 하여/주옵소서.

—「문」 전문

이 시는 두 공간의 대립적 상황을 보여주고 있는데, 하나는 문안의
공간이며 또 다른 하나는 문밖의 공간이다. 문안의 공간이 "빛과 밝
음"의 공간이며 진리의 공간이라면 문밖의 공간은 어둠의 공간이며
진리 아닌 것의 공간이다. 문 안으로 들어와야만 축복과 은총을 동시
에 누릴 수 있게 된다. 그러한 문으로 통하는 과정이 기독교적 신앙
이다. 절대자의 은혜를 입어야만 인간은 그 문안으로 들어가 가족적
인 축복을 입을 수 있다는 것이 이 시의 전제이다. 여기서 "당신의
테두리"는 믿음의 마음으로 충만해 있는 공간이다. 그곳에서 신과 나
는 한 가족이 된다. 문안의 공간은 신의 영역인 동시에 가족의 영역

으로서 신과 가족이 화합하는 공간이다. "가족적인 축복"은 바로 이러한 맥락에서 이해하여 볼 수 있다. 가족과 절대자가 은총과 축복 속에서 한 가족이 될 때, 가족은 예수가 인류의 원죄를 씻어주기 위하여 십자가에 못 박혀 흘린 피의 은혜를 오롯이 입을 수 있다.

우리는 주님을/우리가 뵙는 것이 아니다./처음부터 우리는/주님 안에서/주님과 함께 있었다./그러므로/주님을 뵈옵기 위하여/주위를 두리번 거리는 것은/어리석은 일이다./진리의 성령은/이미 우리에게 와 있으며/우리는/주님과 함께 있었다./빛을 빛으로 보게 되는 것은/나의 눈이 아니다./주님과 함께/보는 것이다./우리가/먹고 마시고 행하는 것은/내가 아니다./주님과 함께/먹고 마시고 행하는 것이다./실로 우리가/은밀한 곳에서 행하는 일이나/밝은 곳에서 행하는 것이나/늘 주님은/우리와 함께 있으며/나는 주님과 더불어/오늘을 살고 있다./내 안에 있는/주님의 눈동자/내 안에 있는/주님의 음성/주여/우리가 숨쉬는/숨결 속에 함께 계시는/당신을 느끼게 하시고/우리가 행하는/적고 큰 일 하나하나가/함께 있는 당신을/증거하는 일이 되게 하시고,/진실로 주여./처음부터 우리는/주님 안에서/주님과 함께 있음을/순간마다 깨닫게 하시며/우리들의 생활이/가난하든 넉넉하든/당신과 함께 있음을/믿게 하시고/우리가 펴는 삶의 구석구석마다/당신의 영광을 찬양하고 증거하는/금빛과 은빛의 색실로/수놓는 생활이 되게 하시며/마지막 날,/그 찬란한 빛과 구원 속에서/당신 안에 있는/저가 되게 하소서.

—「처음부터」 전문

이 시는 절대자에 대한 기도문의 형식을 취하고 있다. 화자는 "처음부터 우리는 주님 안에서 주님과 함께 있었다."라는 진술을 통하여 절대자와 자신과의 운명적 연대를 말하고 있는데 이러한 운명적 인식은 우주적 통합 안에서 절대자의 존재를 파악하려는 관점에서 비롯한다. 화자는 절대자와 자신을 일체화함으로써 절대자에 대한 신앙심을 제고시키는 동시에 그 믿음으로 인하여 현실적인 고뇌와 고통을 감내하는 인내심을 기를 수 있게 된다. "진리의 성령"이 우리에게 와 있으며 "주님의 눈동자"와 "주님의 음성"이 내 숨결 속에 함께할 때, 절대자의 존재는 모든 삶의 질서를 공유하는 동반자가 된다.

이처럼 박목월 시에 나타난 절대자는 일차적으로는 신앙의 대상으로 자리매김되면서도 나아가 가족과 같은 일체성 안에서 파악된다. 근본적으로 박목월에게 절대자는 모성으로부터 매개되었으며 이 과정을 통하여 체험한 절대 신앙은 어머니라는 존재의 대지모성을 함의하는 동시에 신앙의 대상으로 확산되는 전이의 과정을 보여준다. 이러한 측면에서 시인이 말년에 이르러 더욱 열중하게 된 신앙시의 세계는 가족에 대한 간절한 사랑을 노래한 시편들에 나타난 이미지의 확산이라고 간주할 수 있다. 어머니, 아이들, 아내 등이 좁은 의미로서의 가족 이미지를 형성하였다면 절대자는 넓은 의미로서의 가족 이미지를 형성하였던 셈이다. 근대화 속에서 나날이 파괴되어 가는 공동체적인 유대 질서를 바라보면서 시인은 그 현실을 극복하는 방편으로서 가족과 종교의 세계를 추구하였는데, 마침내 신앙의 대상까지 넓은 의미의 가족으로 수용한 박목월 시는 독특한 내적 통일성을 획득하게 된다.27)

---

27) 최승호는 "근원에의 향수"라는 측면에서 박목월 시에 나타난 세 가지 근원을 탐색하였다. 그것은 첫째, 서정적 근원으로서의 자연, 둘째, 사랑의 근원으로서의 가족, 셋째, 존재의 근원으로서의 절대자이다. 이러한 세 가지 지향이 반근대적인 의식을 지니고 있다는 것이다. 최승호, 『서정시의 이데올로기와 수사학』, 새미, 2002. 본고는 최승호의 견해와는 조금 달리 절대자 역시 넓은 의미의 가족적 범주로 파악한다.

5. 결론

안온한 가정에 대한 갈망과 가족에 대한 간절한 사랑은 박목월 시의 중심 주제이다. 소박한 일상인의 삶과 맞닿아 있는 이와 같은 주제는 그의 시세계의 전체 구조를 관통하는 시의식을 형성하였다. 농촌 공동체의 붕괴와 이촌 향도라는 쓰라린 근대 체험을 한 시인에게 가족의 회복은 자연의 발견보다 더 중요한 시적 화두였다. 특히 그는 『청담』 이후 가족과 관련되는 여러 편의 시를 발표함으로써 도시적 공간에서 삭막하게 살아가는 사람들에게 가족의 의미를 감동적으로 일깨워주었다.

박목월 시에 나타난 가족은 세 가지 맥락으로 나누어볼 수 있다. 첫째는 가족을 부양하는 온유한 부성이며, 둘째는 가정의 안식을 추구하는 모성이며, 셋째는 모성이 매개하는 신성이다. 부성은 주로 시인 자신을 화자로 삼아서 나타난다. 이 때 화자는 도시적 일상 속에서 지쳐 있다. 가족은 부성에게 힘을 북돋아 주기도 한다. 그는 가정이라는 터전을 둥지 삼아 생활의 힘을 충전하며 그 힘으로 다시 가족을 부양한다. 박목월 시의 모성은 주로 어머니의 모습으로 나타난다. 부성이 가정을 밖에서 보호하는 역할을 한다면, 모성은 가정의 안을 정돈하고 가정의 안식을 제고시키는 기능을 한다. 이와 같은 모성으로서의 어머니 이미지는 마침내 아내 이미지와 연결된다. 수는 적지만 「우회로」, 「아내에게」 등과 같은 아내에 관한 시는 박목월 시의 모성은 곧 '어머니=아내'라는 점을 알게 해 준다. 또한 시인이 말년에 귀의한 신(神)은 가족의 일원으로 수용된다. 박목월에게 '하느님'은 넓은 의미의 가족이었던 셈이다. 시인은 신성에 대한 귀의를

통하여 가족의 평화와 안위를 기원하였다. 박목월 시에 나타난 신성
을 부성, 모성의 이미지와 함께 논할 수 있는 이유가 여기에 있다. 종
교적인 차원으로까지 확대되는 박목월 시의 가족 이미지는 그가 얼마
나 소박한 일상인으로서의 삶에 충실하고자 하였는지를 증명해 준다.

박목월 시의 본령은 환상적인 자연의 세계를 노래한『청록집』,『산
도화』무렵의 작품들이 아니라『난·기타』,『청담』에서부터 나타나는
고아한 내면의 세계를 노래한 작품들이다. 박목월은 서구의 현학적
이론이나 사회적 문제에 편승하는 거대 담론을 쫓지 않았지만, 우리
시사에서 그만큼 곡진한 언어의 절창을 보여준 시인은 드물다. 그동
안 박목월은 청록파라는 구획에 갇혀 과소평가되었다. 앞으로 내면
의 세계를 매우 정직하고 울림 있는 어조를 통하여 형상화한 박목월
시에 대한 정당한 새 평가가 이어지길 바란다.

김춘수 처용연작의 시의식

1. 서론

김춘수의 '처용연작'은 시인 스스로에 의해서 창안된 시론인 「무의미시론」에 힘입어 많은 논객들에 의해서 '무의미시'라는 일반적인 평가를 받고 있는 것이 사실이다. 김춘수가 무의미시에 관하여 "논리와 자유연상이 더욱 날카롭게 개입하게 되면 대상의 형태는 부숴지고, 마침내 대상마저 소멸한다. 무의미의 詩가 이리하여 탄생한다."[1]라고 한 것에서 알 수 있듯 자칭 무의미시에는 이미지를 초월하려는 연상의 방법이 극대화하여 전개되고 있다. 하지만 그의 의도처럼 '처용연작'에서 완전한 이미지의 소멸이나 의미의 파괴가 이루어진 것은 아니었다. 그동안 '처용연작'에 대한 평가는 「무의미시론」을 뛰어넘지 못한 채 창작자가 알려준 의도대로 작품을 해석하는 안이한 방법에 얽매이는 한계점을 드러내기도 하였다. 가령 김준오가 "무의미시론 속엔 이런 극기를 바탕으로 하여 두 개의 의식이 일관되게 흐르고 있는 것을 또 볼 수 있었다. 리얼리티의식과 자유의식이 그것이

---

1) 김춘수, 『김춘수전집 2』, 문장사, 1982, p. 387.

다.”[2]라고 하면서 “그의 리얼리티의식과 자유의식은 인습을 벗어났고 그래서 그의 무의미시와 무의미시론이 탄생했다.”[3]라는 논의는 김춘수의 자기 시론을 뒤따라간 감이 없지 않다.

시를 포함한 모든 문학 텍스트는 언어라는 질료로 이루어진 바 그 의미를 완전히 소거한 문학 작품이 있을 수 없다. 그러므로 그의 시를 무의미시라는 명칭으로 일반화시켜 놓은 채 의미 혹은 시의식을 추출하는 것이 불가능한 것으로만 단정하는 것은 김춘수 시를 이해하는 올바른 방법이 되지 못한다. 다만 전통적인 서정시의 창작 방법론과는 다른 형식의 창작 기법을 사용하는 김춘수 류의 시들에서 볼 수 있는 언어의 자유로운 운용을 통한 시니피에의 변주와 극대화에 대한 관심과 이해가 선행된다면 그의 시에 대한 다채로운 의미 해석과 시의식 규명이 가능해질 것이다. 이와 같은 적용은 그의 대표작인 동시에 무의미시의 전형으로 지칭되는 ‘처용연작’에도 마찬가지로 적용될 수 있는 문제이다.

‘처용연작’이 패러디의 근원을 두는 향가 「처용가」는 『삼국유사』의 ‘처용랑 망해사(處容郞 望海寺)’조(條)에 전해온다. 자신의 아내가 역신(疫神)과 사통(私通)하는 것을 목격한 처용은 체념 어린 노래를 부르게 되고 역신은 그러한 처용의 행동에 감복하여 물러나게 된다. 「처용가」는 벽사진경(僻邪進慶)의 노래가 되어 후대에 전승된다.[4] 향가 「처용가」가 고려가요 「처용가」에서는 무속적 요소가 짙은 노래로

---

2) 김준오, 「처용시학」, 『김춘수연구』, 학문사, p. 289.

3) 김준오, 위의 논문, p. 291.

4) 신라 「처용가」가 벽사진경(僻邪進慶)의 수단으로 쓰이게 된 것은 후대(後代)의 일로, 고려 「처용가」가 형성되기 전후의 일이다. 신라 「처용가」는 고려 「처용가」보다 무속적인 요소가 약하다.

변주되고 처용희(處容戱)가 고려 시대에 유행하기도 하면서 처용의 상징성은 한국 문학의 원형으로 자리잡기 시작한다. 「처용가」에 나타난 시의식은 인고·용서·자학·관대·울분 등으로 다양하게 해석될 수 있다. 「처용가」를 해석하려는 관점은 첫째, 순수문학적 측면[5], 둘째, 민속학적 측면[6], 셋째, 역사적 측면[7] 등으로 나뉜다.[8] 그동안 여러 시인들에 의해서 변용된 처용 신화는 처용가를 해석하는 위와 같은 다양한 관점에서 영향 받은 바 크다. 이 중에서 위에 언급된 김준오의 논의와 함께 김현[9], 김주연[10], 이승훈[11]의 논의는 '처용연작'

5) 정병욱, 『한국시가문학사』 상, 한국문화대계 5권, 고려대학교 민족문화연구소, pp. 89-96.

6) 김열규, 『한국민속과 문학연구』, 일조각, 1971.

7) 이우성, 「삼국유사소재 처용설화의 一分析」, 『김재원박사회갑기념논총』, 김재원박사회갑기념논총 간행위원회, 1969.

8) 처용의 정체에 대한 논의는 아직도 활발히 진행되고 있으며 동해용의 아들이었다는 주장, 신라 말에 유행했던 역병(疫病)을 치료했던 무의(巫醫)였다는 주장, 신라 호족의 아들이었다는 주장, 아라비아 상인이었다는 주장 등이 제기되고 있다. 「처용가」를 전승·변용하여 창작한 현대시로는 신석초, 서정주, 김춘수 등의 성과를 거론할 수 있다. 신석초의 「處容巫歌」는 처용무(處容舞)를 소재로 하여 「처용가」의 무속적(巫俗的) 요소에 불교적 상상력을 가미한다. 또 서정주는 「처용가」의 서사적 내용과는 상관없이 신라 정신으로서의 집단 무의식을 시화(詩化)한다. 홍경균, 「처용 그 인간화와 예술화의 과정」, 『문학과 언어』 2집, 1981. 참조 및 인용.

9) 김현의 「김춘수와 시적 변용」은 김현 저서 『상상력과 인간』(문학과지성사, 1979)에 수록되었다가 다시 『김춘수연구』에 재수록되었다. 이 글의 3장인 「처용의 시적 변용」은 초기 처용시편은 주로 논의하면서 이미지와 상징에 주목하고 있다.

10) 김주연의 「명상적 집중과 추억」은 시집 『처용』의 해설로서 발표되었다가 『김춘수연구』에 재수록되었다. 그는 「처용단장」에 나타난 시의식을 "억압된 어린 시절의 욕망"이라고 주장하고 있다.

11) 이승훈은 김춘수에 관한 여러 편의 논문을 발표한 바 있는데 그 중에서 최근에 간행된 그의 저서 『모더니즘의 비판적 수용』(작가, 2002)에 수록된 「김춘수의 처용단장」과 『모더니즘 시론』(문예출판사, 1995)에 수록된 「포스트모더니즘의 시적 기법」이 주목된다. 그는 처용단장 1, 2부가 모더니즘의 기법을 보여준다면 3, 4부

연구의 물꼬를 트고 있다.

김춘수의 '처용연작'은 이제까지 신라 처용이 현대적으로 변용된 시 작품 중에서 가장 주목할 만한 성과를 보인다. 그만큼 처용을 다양하게 변주시킨 시인은 없었다. 김춘수는 1963년 소설 「처용」(『현대문학』, 1963. 6)을 발표한 이후로 「잠자는 처용」(『현대문학』, 1965. 10), 「처용」(『자유공론』, 1966. 5), 「처용삼장」(『한국문학』, 1966. 6), 「처용단장 I부」(『현대시학』, 1969. 4-1970. 6), 「처용단장 II부」(『현대시학』, 1973. 5-1973. 9), 「처용단장 III부」(『현대문학』, 1990. 4-1991. 1), 「처용단장 IV부」(『현대문학』, 1991. 2-1991. 6)를 지속적으로 발표하였다. 「처용」, 「처용삼장」, 「처용단장 I부」, 「처용단장 II부」의 화자는 처용이며 시인 자신이다. 그러나 이 처용은 신라 처용 그대로가 아니라 충분히 현대화하고 변용된 처용이다. 물론 김춘수의 유년 시절의 경험이 삽입되어 있는 것도 사실이다. 본고는 「처용」, 「처용삼장」, 「처용단장 I부」, 「처용단장 II부」를 중심으로 김춘수 '처용연작'의 시의식의 요체와 그 시의식의 역동적 구조를 살피고자 한다. 또한 이 논문은 신라 「처용가」와의 비교 연구라는 측면보다는, 그동안 무의미시로 평가되면서 난해하게 분석되어 왔던 '처용연작'의 시의식을 분석하는 측면에 중심점을 둘 것이다. 또한 이 시편들에 나타난 시의식의 구분을 위하여 각 시편들에 나타나는 자아의 성격을 내성적 자아, 유폐적 자아, 탈전기적 자아라는 세 가지 유형으로 나누어 보았다.12) 시작품에서 자아는 시인이

는 리얼리즘과 반리얼리즘 기법이 뒤섞인 후기 현대주의적인 기법을 보여준다고 주장한다.

12) 시적 자아에 대한 연구는 클리언스 브룩스와 로버트 펜 워렌의 『Understanding Poetry』(1960, 1976 by Holt, Rinehart and Winston)에 잘 정리되어 있다. 이 책은 「Poetry as a way of saying」에서 시적 자아와 작품의 관계에 관하여 세 가지 유형

세계 형상으로부터 스스로를 구분하는 요체인 동시에, 그 자신에 대한 각각의 의식 또는 관념이므로 자아의 성격을 파악하는 일은 시의식을 이해하는 데 많은 도움을 준다. 작품의 시의식을 추출하는 일은 자아의 세계 대응 양상을 추출하는 일과 관계되는 것은 이 때문이다. 또한 작품의 시의식을 제대로 추출한다면 처용가와의 상관성은 당연히 이해될 수 있는 문제일 것이다.[13]

2. 내성적 자아와 소외의식

「처용」, 「처용삼장」은 「처용단장 I, II, III, IV부」의 서막격이다. 그는 처용에 관한 장시를 계획하였는데 그 계획을 이루지 못하고 우선 「처용」을 발표한다. 그 다음에 발표된 「처용삼장」은 각각 독립된 세 편의 시로 이루어졌다. 여기에는 어떤 유기적 관련성이 있다. 「처용단장 I부」는 「처용」, 「처용삼장」과 시의식이나 창작 기법 면에서 많이 닮아 있다. 그의 '처용연작'에는 「처용가」의 처용이 구체적인 모습을 드러내지는 않고 있으나 처용의 정신이 은밀히 내재해 있기 때문에 시의 화자가 시인 자신인 동시에 신라 처용이라는 점을 짐작할 수 있다. 김춘수가 이러한 소재에 관심을 가지게 된 것은 상처와 소외의식을 어떻게 처리해야 하는 문제에 대하여 고민하면서부터이다. 거

으로 분류하여 설명하고 있다. 첫째, "미지의 자아가 말하는 비개인적인 시", 둘째, "자아는 분명하게 드러나나 허구적인 시", 셋째, "시인 자신이 자아로 나타나는 시"이다. 본고는 이와 같은 논의를 참조하였다.

13) 「처용단장 III부」, 「처용단장 IV부」에 이르러 신라 「처용가」와의 주제적이고 소재적인 연관성은 희박해진다. 또한 앞 시기의 '처용연작'과의 연관성을 거의 잃어버리는 듯하다. 「처용단장 III부」, 「처용단장 IV부」에 대한 논의는 차후의 논문을 통하여 발표할 계획이다.

기에는 파란만장했던 한국 근대사 속에서 시인 자신이 겪어야 했던 삶의 비극성14)을 처용의 인고주의적 해학을 통하여 극복해 보겠다는 의도가 있었다.15) 물론 그러한 비극성의 구체적 서사를 이해하기 위해서는 시인의 생애에 대한 이해가 선행되어야 하겠지만, 여기서는 객관론적인 연구 방향을 유지하기 위하여 그의 생애에 대한 언급은 가급적 삼가고자 한다. 연작이 거듭될수록 그의 고민은 여러 각도로 복잡해져 갔다. 그의 고민이 배어 있는 시의식을 추적하다보면 신라 「처용가」와의 상관성은 자연스럽게 밝혀진다.

> 인간들 속에서
> 인간들에게 밟히며
> 잠을 깬다.
> 숲속에서 바다가 잠을 깨듯이
> 젊고 튼튼한 상수리나무가
> 서 있는 것을 본다.
> 남의 속도 모르는 새들이
> 금빛 깃을 치고 있다.

—「처용」 전문16)

이 작품과 「처용가」와의 연관성은 처용의 아내를 급탈한 역신의 폭력성과 김춘수가 겪은 역사적 폭력성이 통할 수 있다는 점에서 파

---

14) 본고는 "비극", "비극성"이라는 용어를 "피할 수 없는 운명과의 갈등으로 인하여 생기는 인간의 고통과 불행 혹은 슬프고도 비참한 세상이나 인생에서 일어나는 죽음과 파멸과 패배"라는 일반적이고 사전적인 의미로 사용한다.
15) 「달아나는 눈」(『문학사상』, 1977. 12)은 김춘수가 자신의 삶을 회고하는 글이다.
16) 본고에 인용된 시는 민음사 판 『김춘수시전집』(1994)의 표기를 따랐다.

악된다.[17] "인간들 속에서 인간들에게 밟히며 잠을" 깨는 처용은 초기 처용 연작시편의 핵심적 시의식을 보여준다. 그는 외부 세계의 폭력으로부터 비롯된 소외의식을 견뎌내고 있다. 이러한 상황은 흡사 역신과 자기 처의 사통을 바라볼 수밖에 없었던 신라 처용의 그것과도 같다. 화자는 고통과 슬픔을 이겨내고 있으며 이러한 인고의 정신이야말로 "젊고 튼튼한 상수리나무"를 바라보게 만드는 힘이 된다. 그러나 갖은 모욕을 인고의 정신으로 무화시키는 작업은 당사자의 가슴에 상처의 흔적을 남긴다. "남의 속도 모르는 새들"이란 영웅적 행위에 아낌없는 찬사를 보내는 이들이다. 이들의 행위는 완전히 없어지지 않을 처용의 상처는 생각하지 않고 "금빛 깃"이라는 허망한 수식만을 선사할 뿐이다. 김춘수는 「처용」을 통해서 처용이 행한 성자적 자기 완성[18]을 말하려 하지 않으며 그 이면에 존재한 슬픔과 방황의 세계에 대한 강조에 초점을 맞춘다. 시인은 「처용삼장」을 통해서 이러한 앙금을 제거하려는 시도를 다시 한다.

> 그대는 발을 좀 삐었지만
> 하이힐의 뒷굽이 비칠하는 순간
> 그대 순결은
> 찔이 좀 틀어지긴 하였지만

---

17) 이 점에 관해서는 김준오의 논의가 주목된다.(위의 논문, p. 269) 김준오는 김춘수의 역사적 상처를 일제와 한국전쟁이라는 두 가지 맥락으로 정리하고 '처용연작'에 나타난 스토이즘에 관하여 주목하고 있다.

18) 처용은 헌강왕에 의해서 나라의 정치를 돕는 일을 맡게 되면서 미인과 결혼하게 된다. 바다 용왕의 아들이었던 처용은 이와 같은 일을 겪으면서 인간으로 변화한다. 처용은 스스로가 용이라는 동물성의 모습에서 인간의 본래 모습으로 변화하는 동시에 그를 침범한 다른 악마성(역신)을 아내를 매개로 하여 변화시키고 있다. 이러한 과정은 처용에게 인내와 극기를 요구하였다.

그러나 그래도
그대는 나의 노래 나의 춤이다.

—「처용삼장 1」 전문

"그대"는 순결을 잃은 자이며 "나"는 순결을 잃은 자를 여전히 사랑하는 자이다. "하이힐의 뒷굽이 비칠하는 순간"이라는 짧은 시간에 그대의 순결성은 훼손된다. 순결의 파괴는 순간적이라는 뜻이다. 그대가 순결을 잃었다는 사실을 알게 된 화자의 마음은 더욱 크게 틀어졌을 것이다. 그러나 화자는 "그대는 나의 노래 나의 춤이다"라고 말하며 그대의 상처를 감싸안는다. 이는 처용이 사통하는 아내와 그녀의 정부의 네 다리를 본 후 폭력성으로 맞서지 않고 춤추며 노래한 행위와 그대로 통한다. 5행에서 접속부사가 두 개 보인다. 4행에 "하였지만"이 있기 때문에, 생략해도 의미 전달에 큰 지장을 초래하지는 않는 5행은 고통의 한계상황에 부딪힌 화자의 절망이 매우 크다는 것과 그 절망이 끝내 승화될 수 없음을 강조하는 기능을 한다. 승화될 수 없는 절망 앞에서 자아는 더욱 내성화하는 경향을 보이게 마련이다. "나의 노래 나의 춤"이라는 인식은 내성적 자아가 자아의 상처를 인식한 후에 나타나는 자책적인 발언이다.

김춘수는 여자가 "순결을 잃는다는 것은 사랑하는 사람에게는 커다란 인간적 고뇌를 안겨 준다"[19]고 말한다. 순결을 상실한 애인을 바라보며 그것을 용서하려는 화자의 태도에 인간적 고뇌는 충분히 배어 있다. 「처용삼장 1」이 그대의 순결 상실에 대한 이야기라면 「처용삼장 2」는 그대의 실종을 이야기한다. 그대는 유월에 실종된다. 다

---

19) 김춘수, 「처용삼장에 대하여」, 『김춘수 전집』 2권, 문장사, 1982, p. 468.

음 달인 칠월에는 절망적인 사건들이 몰아 닥쳐야 하겠지만 오히려 "산다화"가 피고 "눈"[20]이 내리는 평화롭고 아름다운 상황이 전개된다. "주전자의 물"을 끓이는 화자의 안온한 모습은 고달픈 현실을 무화시키려는 노력이라 할 만하다. 마침내 떠나간 그대는 "내 발가락의 티눈"으로 남아서 발걸음 옮길 때마다 가슴 아프게 한다는 것이 「처용삼장 2」의 내용이다. 다음에서 「처용삼장 3」을 살펴보자.

> 바람이 인다. 나뭇잎이 흔들린다.
> 바람은 바다에서 온다.
> 생선 가게의 넙새미 도다리도
> 시원한 눈을 뜬다.
> 그대는 나의 지느러미 나의 바다다.
> 바다에 물구나무선 아침 하늘
> 아직은 나의 순결이다.

—「처용삼장 3」 전문

"바람"과 "바다"의 심상이 중심을 이루고 있는 시다. 김춘수에게 바다는 개인적 경험의 총합으로 기능한다. "바다"는 김춘수 시에 자주 나타나는 "눈"과 유사한 상징성을 지닌다. "바다"에서 불어오는 "바람"은 "넙새미 도다리"의 "시원한 눈"을 뜨게 한다. 바람은 순결을 상실한 그대를 원형적 순수 상태로 환원시켜 줄 것이며, 그 때 화자는 그대가 아직도 "나의 지느러미 나의 바다다 아직은 나의 순결이다"라고

---

20) 특히 주목해야 할 것은 "눈"의 상징성이다. "삼월에 눈이 오면/샤갈의 마을의 쥐 똥만한 겨울 열매들은/다시 올리브 빛으로 물이 들고/밤에 아낙들은/그 해의 제 일 아름다운 불을/아궁이에 지핀다"(「샤갈의 마을에 내리는 눈」 부분)라는 구절에 서도 그렇듯이 김춘수 시에서 눈은 주로 순결, 희망, 생명력을 상징하고 있다.

자신 있게 말할 수 있을 것이다. 상처를 치유하고 순결을 회복하려는 의지가 앞의 두 시보다 적극적이다. 앞의 시에서는 그대의 훼손과 실종이 승화될 가능성은 희박했지만 이 시는 "바다"와 "바람"의 심상으로 순결 회복의 가능성을 어느 정도 확보되고 있다.

「처용」과 「처용삼장」[21]은 외부의 폭력으로 인한 소외의식과 상실감에 관하여 이야기한다. 그러나 그러한 비극성에 대한 극복 의지가 구체화하는 양상을 보여주지는 않았다. 김춘수는 이 작품들을 통해 신라 처용이 어떻게 자신의 불행을 인식하고 그것을 해결해 나갔느냐의 문제를 스스로의 삶 속에 적용시키고 싶었다. 이들 시편들에는 시인의 삶의 모습들이 구체적으로 나타나 있지는 않지만 이는 문학적 형상화 과정에서 나타날 수밖에 없는 변용이며 허구화이다. 즉 이 자체가 「처용」과 「처용삼장」의 무의미적 요소라고는 할 수 없을 듯하다.

3. 유폐적 자아와 한의 내면화

「처용단장 I부」는 시인이 처용 연작을 본격적으로 구상하게 되면서 발표된 작품이다. 김춘수는 "한의 처용과 이별하고 또 다른 처용과 만나게 되었을 때"[22] 이를 쓰게 되었다고 말했지만 「처용단장 I부」에도 여전히 한의 정서는 개입되며 오히려 한의 의식이 심화되는 양

---

21) 김현은 「김춘수와 시적 변용」(『김현문학전집』 3권, 문학과지성사, 1993, p. 202)에서 "그의 거세 콤플렉스는 그의 시에 번번이 나오는 새의 못 날음으로 표상된다. 그의 새는 특히 「샤갈의 마을에 내리는 눈」 이래로 자꾸 내려앉는데, 그것은 "난다"는 남성적 욕망의 거세 현상 중의 하나이다."라고 하면서 이 시를 순결에 대한 집념과 거세에 대한 막연한 동경으로 해석한다.
22) 김춘수, 「처용, 그 끝없는 變容」, 『김춘수 전집』 2권, 문장사, 1982, p. 574.

상을 보여준다. 앞 시편들에서의 자아는 쉽게 상처받으면서도 깊이
자기를 돌이켜 보는 내성적 경향을 보여주었다면, 「처용단장 I부」의
자아는 유년이라는 한정된 공간 속에 갇혀 있는 유폐적 성격을 지니
게 된다. 유폐적 자아는 내성적 자아보다 비극적 상황에 대하여 더
많은 인식과 반응을 보여준다. 김춘수는 다음과 같이 「처용단장 I부」
에 관하여 설명한다.

> 무의미한 자유 연상이 굽이치고 또 굽이치고 또 굽이치고 나면 詩 한
> 편의 草稿가 종이 위에 새겨진다. 그 다음 내 의도[意識]가 그 草稿에 개
> 입한다. 詩에 리얼리티를 부여하는 작업이다. 前意識과 의식의 팽팽한
> 긴장관계에서 詩는 완성된다. 그리고, (말할 필요도 없는 일일는지 모르
> 나) 나의 自由聯想은 현실을 일단 폐허로 만들어 놓고 非在의 세계를 엿
> 볼 수 있게 하겠다는 의지의 旗手가 된다. "處容斷章" 제 1부는 나의 이
> 러한 트레이닝 끝에 씌어진 連作이다.[23]

위에 인용된 김춘수의 언급처럼 「처용단장 I부」는 의식과 전의식
혹은 의식과 무의식 사이에서 파동하는 자유 연상 방법을 사용하고
있으며 이러한 자유연상을 통하여 시적 리얼리티를 파괴하려고 하는
의도를 보인다. 시인에게 현실 상황의 리얼리티는 혹독한 억압으로
다가왔기 때문에 그는 그러한 외압 조건을 자유 연상의 방법으로 극
복하여 내면의 자유를 얻고자 하였던 셈이다. 이는 곧 언어에서 시니
피앙와 시니피에의 연결 고리의 느슨해짐이며 나아가 언어의 의미
해체 전략이기도 하다. 이러한 점에서 "김춘수는 서술적 표상을 오브
제로 만들 뿐만 아니라 이후 자신이 썼던 작품에 있는 서술적 표상

---

23) 김춘수, 「의미에서 무의미까지」, 『문학사상』, 1973. 9, p. 385.

을 다른 시에서 반복하거나 서술적 표상마저 해체한 언어의 기표를
시작 방법으로 사용한다."24)라고 한 노철의 지적은 적절해 보인다.
「처용단장 I부」는 해체와 재구성이라는 일관된 시작 방법을 가지고
있기는 하지만 작품의 간결하고 단순한 문장 속에는 주요한 이미지
군을 형성시키기도 하였다. 바다와 눈의 심상이 그것이다. 이 두 심
상은 시인의 유년 체험과 밀접한 연관성을 보여준다.

　　　바다가 왼종일
　　　새앙쥐 같은 눈을 뜨고 있었다.

—「처용단장 I-1」 부분25)

　　　내 손바닥에 고인 바다
　　　그 때의 어리디 어린 바다는 밤이었다.

—「처용단장 I-8」 부분

　「처용단장 I부」는 김춘수의 의식을 밑바닥에서 조종하고 있는 것
이 억압된 어린 시절의 욕망이라는 사실을 드러낸다. 그것은 한 내성
적인 소년의 감정 세계다. 그가 얼마나 내성적이었나 하는 것은 왼종
일 더불어 살 수밖에 없는 무변(無邊)의 바다를 "새앙쥐 같은 눈을 뜨
고 있었다."라고 말하는 대목에서 명백하게 찾아진다.26) 이 표현은
"나는 왼종일/새앙쥐 같은 눈으로 바다를 바라보고 있었다."와 같은

---

24) 노철, 「김수영과 김춘수의 시작 방법 연구」, 고려대 대학원 박사학위 논문, 1998,
　　p. 114.
25) 본고는 부의 순서를 로마 숫자로 작품 번호는 아라비아 숫자로 표기한다. 가령
　　"I-1"은 처용단장 1부의 첫 번째 시를 뜻한다.
26) 김주연, 「명상적 집중과 추억」, 시집 『처용』 해설, 민음사, 1974, p. 25.

뜻이다. 즉 화자는 외부 세계에 대한 적대 의식과 두려움으로 가득
차서 바다를 응시하고 있다. 이러한 적대 의식은 "성장을 거부하는
것이고 미계발을 자처하는 것이며 현실을 부정하고 자기를 은폐하는
심리"27)와 연결된다. 이와 같은 심정은 "그 때의 어리디 어린 바다는
밤이었다"는 표현으로 구체화한다. 어릴 적 모습이 담긴 위의 시에서
'바다'의 심상은 원래의 순결성을 잃어버린 채 왜곡되어 있다. 김춘수
는 유년의 상처와 결핍을, 유년 생활의 가장 주된 배경이었던 바다의
왜곡과 변질로 표상한다.

　김춘수는 자신이 유년 시절 경험한 바다에 대하여 "바다는 병이고
죽음이기도 하지만, 바다는 또한 회복이고 부활이기도 하다. 바다는
내 유년이고, 바다는 또한 내 무덤이다. 물새가 거기서 날고 죽는다.
물새의 죽음은 그러나 죽음을 남기지 않고, 거기서는 증발하거나 가
라앉아 버린다."28)라고 하면서 바다가 자신의 삶과도 매우 밀접하게
관련되고 있음을 밝힌다.29) 항구에서 태어나 그곳에서 유년의 시간
을 보낸 시인에게, 바다는 때로는 상징화되고, 때로는 외부의 정경이
되어 시 속에 나타난다. 「처용가」의 처용 역시 바다와 밀접한 관계를
맺고 있다. 주지하다시피 처용은 동해 용의 아들이었다. 그는 타향

---

27) 이은정, 「의미와 무의미, 그 불화와 화해의 시학-김춘수의 처용단장」, 『시안』,
　　시안사, p. 121, 2002. 가을호.
28) 김춘수, 「내가 가장 사랑하는 한마디 말」, 『문학사상』, 1976. 6.
29) 이승훈도 『시론』(고려원, 1990, p. 235)에서 다음과 같이 말하고 있다.
　　"그의 경우 바다는 첫째로 병·죽음이면서 동시에 회복·부활을 표상하고, 둘째
　　로 유년 시절이면서 지금은 가고 없는 무덤의 세계를 표상하고, 셋째로 물새가 날
　　고 있는, 그러면서 어떠한 흔적도 남기지 않고 물새가 죽은 그러한 공간, 곧 완전
　　한 추상의 세계를 표상한다. 그리고 그는 무엇보다 셋째의 의미를 사랑한다. 따
　　라서 「눈물」이 셋째의 세계를, 「처용단장 I-8」이 둘째의 세계를, 「처용단장 I-9」
　　가 첫째의 세계를 함축함은 거의 명백하다."

경주에서의 고독과 아내의 사통으로 인한 절망감을 이기기 위하여 어린 날의 바다를 떠올렸을지 모른다. 김춘수는 자신이 어린 시절 본 충무의 바다와 처용의 고향인 동해 바다를 연결시켰던 것이다.

눈보다도 먼저
겨울에 비가 오고 있었다.
바다는 가라앉고
바다가 있던 자리에
군함이 한 척 닻을 내리고 있었다.
여름에 본 물새는
죽어 있었다.
물새는 죽은 다음에도 울고 있었다.
한결 어른이 된 소리로 울고 있었다.
눈보다도 먼저
겨울에 비가 오고 있었다.
바다가 가라앉고
바다가 없는 해안선을
한 사나이가 이리로 오고 있었다.
한쪽 손에 죽은 바다를 들고 있었다.

—「처용단장 I-4」 전문

우울한 분위기를 제시하고 있는 위의 시에서도 바다의 심상이 중요한 의미를 이룬다. "겨울의 비", "군함", "죽은 물새"는 바다의 원형성을 훼손하는 데 기능하는 소재들이다. 아름답고 맑은 바다의 이미지를 희구하였던 시인에게 바다의 부정성은 존재의 근간을 위태롭게 할지 모른다는 위기 의식으로 발전한다. 김춘수의 시에서 "눈"은 주로 순수와 순결을 상징한다. 그렇다면 겨울에 눈이 아닌 비가 내리고 있는 겨울 바다는 존재의 원형성을 회복하기에 더욱 멀리 있는 것 같다. 순수와 순결을 상징하는 "눈"의 상징성이 소거되면서 비 내리는 겨울 바다는 비극적 분위기를 강화한다. 다시 겨울 바다가 사라진 자리에 "군함"이 닻을 내리고 있다는 진술이 나온다. "군함"은 전쟁을 치르기 위한 커다란 배이므로 바다의 풍요로운 원형성을 회복시키지 못한 채 오히려 세계에 폭력을 휘두르는 존재가 된다. 그런데 화자는 이 세계의 폭력성에 대하여 저항하는 태도를 지향하지 않은 채 그것을 내면화하게 된다. 다만 공포만이 존재한다. 이러한 공포스러운 분위기 앞에서 물새는 죽을 수밖에 없다. 여기 물은 새가 살 수 없이 오염되었기 때문이다. 물새는 여름의 시간 동안 아름다웠던 바다를 기억한다. 물새가 죽어서도 울고 있는 것은 사라진 바다에 대한 미련과 동경 때문이다. 죽은 물새는 "한결 어른이 된 소리"의 울음을 통해서 더 깊은 죽음의 세계로 치닫는다.[30]

> 울지 말자,
> 山茶花가 바다로 지고 있었다.
> 꽃잎 하나로 바다는 가리워지고
> 바다는 비로소
> 밝은 날의 제살을 드러내고 있었다.
> 발가벗은 바다를 바라보면

---

[30] 권영진은 「김춘수 시 연구 (I)」(숭전대 국어국문학회, 『숭실어문』 3집, 1986, p. 88)에서 이 작품을 분석하면서 "純潔의 消滅과 함께 바다는 그 存在性을 상실하고 마는 것이다. 여기서 김춘수에게 있어서 바다는 純潔과 함께 할 때만이 存在한다는 것을 알 수 있다."라고 하면서 바다 이미지와 순결성은 통한다고 통찰한다. 이는 시인이 경험한 유년의 바다가 주는 상징성이 그의 시의식 전체에서 중요한 부분을 차지하고 있으며 이 바다는 때묻지 않는 순진무구함을 내포한다는 점에서 적절한 지적이다.

겨울도 아니고 봄도 아닌
雪晴의 하늘 깊이
울지 말자,
산다화가 바다로 지고 있었다.

—「처용단장 I-11」 전문

앞의 시와는 전혀 다른 느낌을 주는 시다. "산다화"로 인하여 바다
가 "밝은 날의 제살을 드러내"게 되니 이제 슬퍼하지 말자고 화자는
말한다. "눈은/라일락의 새순을 적시고/피어나는/山茶花를 적시고 있
었"(「처용단장 I-2」 부분)던 것처럼 산다화는 바다의 속살을 적시며
상처받은 바다를 위무한다. "발가벗은 바다"는 산다화와의 결합을 통
하여 서서히 지난날의 상처를 치유한다. "울지 말자"라는 시구가 반
복되어 「처용단장 I부」의 비극성은 나지막하게 내면화한다. 그렇다
고 그것이 완전히 극복되었다고는 할 수 없다. 김춘수는 「처용단장
I부」를 통해서 유년의 소외와 고독을 시로 그려내면서 동시에 그것
의 승화를 시도했다. 시인의 이러한 의지 뒤에는 지울 수 없는 비극
적 체험이 도사리고 있다. "탱자나무 울이 있었고/탱자나무 가시에
찔린/서녘 하늘이 내 옆구리에/아프디아픈 새 발톱의 피를 흘리고
있었다"(「처용단장 I부-13」 부분)라는 구절에서 알 수 있듯 고통은 여
전히 남아 있다. 요컨대 「처용단장 I부」는 비극 극복을 향한 강한 절
규를 형상화했다기보다는 그 비극을 인식하고 그것을 내면화하는 경
향을 보이는 작품이다. 다음에서 언급될 「처용단장 II부」에서 비극
극복을 향한 강렬한 절규를 읽을 수 있다.

4. 탈전기적 자아와 비극 극복 의지

「처용단장 II부」는 앞서의 작품들과 구분되는 기법상의 특징을 지니고 있다. 「처용단장 I부」가 색채 이미지를 중심으로 한 심상의 대립 구조를 택하여 풍경 묘사에 치중하였고 그러한 풍경 묘사를 통하여 화자의 감정을 전달하고자 한 것에 반해 「처용단장 II부」는 단어(주로 서술어)의 반복을 통하여 형성되는 운율을 작품 전면에 내세운다.[31] 「처용단장 II부」는 「서시」가 맨 앞에 있고 나머지 시들은 각각의 일련 번호를 달고 있다. 화자는 서술어의 반복을 통해 자신이 처한 비극성을 더욱 강력하게 극복하고자 하는 의지를 나타낸다. 「처용단장 I부」가 심상을 중심으로 하여 삶의 비극성을 인식하는 데 초점을 두었다면 「처용단장 II부」는 작품의 전체 구조를 지배하는 운율 의식을 통하여 삶의 비극성으로부터 탈출하고자 하는 의지를 표출시킨다. 이 무렵에 나타나는 두드러진 특징 중의 하나가 전기적인 내용의 소거이다. 전기적 화소에 대한 형상화를 극도로 줄임으로써 자아는 현실의 문제에서 더욱 자유로워질 수 있었다. 이 시편의 자아를 탈전기적 자아라고 일컫는 것은 이 때문이다.

"나는 말을 부수고 의미의 粉末을 어디론가 날려 버려야 했다. 말에 의미가 없고 보니 거기 구멍이 하나 뚫리게 된다. 그 구멍으로 나는 요즘 허무의 빛깔이 어떤 것인가를 보려고 하는데, 그것은 보일

---

31) 「처용단장 II」부가 빠른 템포의 리듬을 보여주고 있다는 사실은 다음과 같은 논문에서 자세히 언급되고 있다.
　김두한, 「김춘수 시 연구」, 효성여대 대학원 박사학위 논문, 1991, pp. 115-127.
　이창민, 「김춘수 시 연구」, 고려대 대학원 박사학위 논문, 1999, pp. 102-109.
　노철, 『한국현대시 창작방법연구』, 월인, 2001, pp. 147-148.

듯 보일 듯하고 있다. 그래서 나는 「處容斷章 제2부」에 손을 대게 되었다.”[32]라는 시인의 자작시 해설에서 짐작할 수 있듯, 김춘수는 「처용단장 II부」를 통하여 문법을 따르는 통사 구조의 와해, 시니피앙(signifiant)과 시니피에(signifie)의 완전한 분리 등의 방법을 통하여 언어에서 의미를 제거시키고 언어의 형식성만을 시의 문맥 위에 내세우려고 노력한다. 이는 현실과 역사가 상징적으로 추상화되어 있는 언어의 존재 의의를 부정함으로써 현실과 역사를 초월하고자 한 의도에서 비롯되었다. 언어의 의미를 초월하는 것이 역사적 언어로부터 해방되는 길이라고 생각했던 것이다. 이 시도는 시어와 문맥이 무의미화하는 과정을 보여주기는 하지만, 완전한 무의미시에 도달하지는 않았다. 그러므로 「처용단장 II부」에는 사라지지 않은 “의미의 粉末”을 여전히 가지고 있다. 그가 “무의미시”라고 내놓은 것들에는 여전히 무의미화하기 이전의 의미가 남아 있다.

> 돌려다오.
> 불이 앗아 간 것, 하늘이 앗아 간 것, 개미와 말똥이 앗아 간 것,
> 여자가 앗아 가고 남자가 앗아 간 것,
> 앗아간 것을 돌려다오.
> 불을 돌려다오. 하늘을 돌려다오. 개미와 말똥을 돌려다오,
> 여자를 돌려주고 남자를 돌려다오.
> 쟁반 위의 별을 돌려다오.
> 돌려다오.

—「처용단장 II-1」 전문

---

32) 김춘수, 『김춘수전집』 2권, 문장사, 1982, p. 388.

이 시 역시 서술어의 반복이 도드라진 작품이다. "이 시는 의식의 상태를 서술적 표상과 무의미한 리듬으로 구축하고 있을지라도 의미를 형성하는 술어가 두드러져 의미의 해체가 완전하게 이루어지지 못하고 있다."33)라고 한 지적 역시 이러한 서술어의 반복성에 대한 통찰이겠다. 아홉 번이나 반복되고 있는 "돌려다오"와 여섯 번 반복되고 있는 "앗아간 것"으로 인하여 특이한 운율을 형성하는 이 시의 화자는 신라 처용이 행한 체념과 인고의 자세와는 달리 강한 어조로써 자신이 잃은 것을 회복하려고 한다. "앗아간 것"이라는 어휘보다 "돌려다오"가 더 많이 반복되는 것을 보아도 화자의 적극성을 짐작할 수 있다. 이 두 어휘의 의미만을 고려하더라도 신라 「처용가」와의 상관성은 어느 정도 드러난다. 한편 시인은 또 다른 이면적인 맥락을 통하여 작품의 구조를 역동적으로 심층화시킨다. 2, 3행과 5, 6행을 자세히 살펴보면 언어와 실제, 시니피앙과 시니피에의 관계가 전복되고 있다. 2행에서 앗아간 것의 주어가 5행에서는 앗아간 것의 목적어로 나타난다.

이는 역신이 처용 아내를 겁탈했다는 「처용가」의 화소가, 언어가 실제를 배제하고 시니피앙이 시니피에를 회피한다는 의미로 치환되었기 때문이다. 배제와 회피 또한 폭력이다. 인간은 언어를 통하지 않고는 실제의 세계에 다다를 수 없다. 그러나 언어는 인간과 실제의 완전한 만남을 허락하지 않는다. 인간과 실제 사이에 가로놓인 언어는 인간과 시니피에, 인간과 의미의 만남을 영원히 불가능하게 만드는 폭력성을 지닌다. 그러므로 언어가 지닌 의미적 한계를 뛰어넘어야만 인간은 온전한 실존을 영위할 수 있다. 그런데 언어의 의미적

---

33) 노철, 위의 저서, p. 148.

한계를 초월하는 일은 인간으로서는 불가능하다. 인간은 근본적으로 언어적 동물이기 때문이다. 그러므로 다만 언어의 의미를 무화하는 과정만을 일삼을 수 있을 뿐이다. 의미가 제거된 언어만을 남기는 일, 시니피에를 상실한 시니피앙만을 남기는 일을 통하여 김춘수는 언어로부터의 해방을 꿈꾸었다. 그는 세계를 지배하고자 하는 언어의 폭력성으로부터 해방되기 위하여 언어의 무의미화를 추구하였던 것이다. 이것이 김춘수의 "무의미시"다. 그것은 완전한 의미의 해체가 아니었다.

> 살려다오.
> 북 치는 어린 곰을 살려다오.
> 북을 살려다오.
> 오늘 하루만이라도 살려다오.
> 눈이 멎을 때까지라도 살려다오.
> 눈이 멎은 뒤에 죽여다오.
> 북 치는 어린 곰을 살려다오.
> 북을 살려다오.

—「처용단장 Ⅱ-3」 전문

이 시 역시 "살려다오"가 일곱 번 반복되면서 운율적 기교가 전면에 부각된다. "살려다오"는 앞의 시에 나온 "돌려다오"와 같은 의미망을 형성한다. 죽어가고 있으면서도 북을 두드려야 하는 "어린 곰"은 역신에게 급탈당한 후 그 순결성을 점점 잃어가고 있는 처용의 아내와 연결된다. 여인에게 순결은 생명과도 같은 것이기 때문이다. 또한 거기에는 인격이 손상되고 존재가 위협받는 경험을 하고 있는 처용 자신의 모습이 투영되었다고도 할 수 있다. 그러므로 이 시의 화자 역시 처용 자신 혹은 시인 자신으로 보아야 한다. 이 "살려다오"의 발화 주체가 처용이라고 한다면 이것은 상처받은 자신에 대한 구원 욕망이며 또한 그 아내에 대한 순결 회복 의지일 것이다. 이 문제는 시인 자신에게도 그대로 적용된다. 요컨대 이 시는 완전한 의미의 소멸을 이루었다고는 할 수 없다. 다만 비유적 의미나 지시적 의미를 의도적으로 제외시키려고 노력했고 또한 그것을 통하여 시인의 전기적 삶에 대한 투영을 자제하는 한편, 운율적 요소를 작품의 전면에 부각시켰을 따름이다.

> 불러다오.
> 멕시코는 어디 있는가,
> 사바다는 사바다, 멕시코는 어디 있는가,
> 사바다의 누이는 어디 있는가,
> 말더듬이 일자무식 사바다는 사바다,
> 멕시코는 어디 있는가,
> 사바다의 누이는 어디 있는가,
> 불러다오.
> 멕시코 옥수수는 어디 있는가,

—「처용단장 II-5」 전문

이 시의 모티프를 제공한 영화 "비바 사파타 Viva Zapata"의 스토리를 모르고서는 이 시의 의미를 제대로 파악할 수가 없다. 여러 논객들이 이 시를 두고 관념의 기갈 상태에 처해 있는 운율과 이미지 그리고 무의식적인 상징만이 있는 시라고 평가한 것은 엘리아 카잔(Elia Kazan) 감독의 이 영화를 전혀 몰랐기 때문이다. 그렇기 때문에 이 시에 등장하는 소재들에 대하여 "그것은 아무런 의미(대상 혹은 이미지에 대한 관념)도 내포하지 않는 언표들이다."[34]라고 주장하는 것은 적절해 보이지 않는다.

김춘수는 "Zapata"를 "사바다"로 발음하고 있다. 신라의 처용은 맥시코의 영웅인 "사바다"라는 인물로 변용된다. 처용 역시 동해 용왕의 피를 받고 태어나 그 탄생부터가 신화적이고 영웅적인 일면을 지니고 있었다는 점, 그리고 비극적인 환경 앞에서 행한 그의 행동과 노래가 길이 전승되어 신화적 원형으로 거듭났다는 점은 "사바다"의 삶이 지닌 영웅성과 신화성에 이어진다. 에밀리아노 사파타(Emiliano Zavata 1879~1919)는 농민군을 이끌어 멕시코 혁명에 이바지한 멕시코의 농민 운동 지도자이다. 정식 교육을 받지 못한 그는 글을 읽고 쓰지 못하는 문맹(文盲)이었다. 그것이 부끄러워 그는 신혼 초야에 아내로부터 글을 배운다. 그는 철저한 토지 개혁을 요구하였는데 이러한 그의 입장과는 다른 주장을 한 혁명 주류파에 의해 암살당했고 죽음 이후에도 그의 투박하나 순수한 삶은 새로운 시대를 꿈꾸는 민초들에게 널리 회자되고 있다.

사바타의 최후는 「처용단장 III-36」에 "사바다는 그런 함정이 자기를 기다리고 있는 것을 전연 알지 못했다. 희망을 가지고 게까지 갔지만, 이상하다고 느꼈을 때는 이미 늦어 있었다. 창구와 옥상에서 비 오듯 날아오는 총알은 그의 몸을 벌집 쓰시듯 쑤셔 놓고 말았다. 백마가 한 마리 눈앞을 스쳐 갔을 뿐 아무것도 생각할 틈이 없었다. 그 뒤에 일어난 일들은 그의 알 바가 아니다. 그의 시신은 말에 실려가 그의 동포들의 면전에 한 벌 누더기처럼 던져졌을 뿐이다"라고 상세하게 기술되어 있다. 엘리아 카잔과 사바타는 권력의 지배 구조에

---

34) 강상대, 「김춘수론」, 『현대문학』, 현대문학사, 1990. 12, p. 369.

저항하였다. 이들은 약자인 민중의 편을 든 정의로운 인간상을 보여
주었지만 이들의 양심은 역사의 현장에서 받아들여지지 않았다.

이 시의 주인공은 "사바다"이다. "멕시코"는 그의 조국이며 그가 구
원의 개혁을 시도한 터전이었고 "사바다의 누이"는 그에게 모성적 위
안을 안겨 준 정신적 기반이었으며 "옥수수"는 서민들이 먹는 주요한
식량이었다. 사바다를 둘러싸고 있는 이 세 가지 요소는 사바다의 죽
음으로 인하여 그 의미를 상실한다. "멕시코는 어디 있는가", "사바다
의 누이는 어디 있는가", "멕시코 옥수수는 어디 있는가"라는 진술에
서 조국과 민족에 대한 사바타의 간절한 애정이 느껴진다. 이렇게 절
규하는 것은 나아가 영웅의 죽음과 정의의 몰락에 대한 회한에 찬
목소리이다. 다음 시 역시 지배와 피지배, 권력과 종속의 관계를 문
제삼는다.35)

잊어다오.
어제는 노을이 죽고
오늘은 애기메꽃이 핀다.
잊어다오. 늪에 빠진
그대의 아미,
휘파람새의 짧은 휘파람,
*
물 아래 물 아래 가던 새,
본다.
호밀 밭에 떨군

---

35) 「처용단장 II-5」의 해석은 권혁웅의 「김춘수 시 연구」(고려대 대학원 석사학위
논문, 1995, pp. 52-53)와 이창민의 「김춘수 시 연구」(고려대 대학원 박사학위 논
문, 1999, pp. 106-107)를 참조하였다.

나귀의 눈물,
딱나무가 젖고
뭇 별들이 젖는다.
지렁이가 울고
네가래풀이 운다.
개밥 순채,
물달개비가 운다.
하늘가재가 하늘에서 운다.
갠 날에도 울고 흐린 날에도 운다.

—「처용단장 II—8」 전문

위에 인용된 시는 「처용단장 II부」의 마지막 시의 뒷부분으로 '처용
연작'의 시의식의 단서를 보여주는 작품이다. 인용된 구절은 김수영
의 「풀」을 연상시킨다. 김수영의 "풀"처럼 이 시에 나오는 "지렁이",
"네가래풀", "개밥 순채", "물달개비", "하늘가재" 등은 여리면서도 끈
질긴 생명력을 가지고 있는 것들이다. 이들이 울고 있는 이유 역시
그들이 받은 상처로 인한 것이다. "운다"라는 동사는 '처용연작' 전체
의 시의식을 꿰뚫어 보여 주는 단어이다. 그 울음에는 인간 세계와
우주 자연 안에 존재할 수밖에 없는 온갖 모순으로 인한 좌절이 들
어 있다. 이 시에 나타난 울음에는 그러한 좌절과 그 좌절을 강건하
게 무화시키려는 의지가 함께 한다. 즉 이들은 그 상처를 인식하고
견디는 데에 그치지 않고 '운다'라는 적극적인 행동 양식을 통하여 그
러한 상처를 극복하려고 애쓰고 있는 것이다.

5. 결론

본고는 김춘수의 「처용」, 「처용삼장」, 「처용단장 I부」, 「처용단장 II 부」를 중심으로 '처용연작'의 시의식을 규명하였다. 김춘수는 자신이 겪었던 역사와 이념의 폭력성을 처용이 당한 비극성과 연결시키는 과정에서 「처용」, 「처용삼장」을 시작할 수 있었다. 「처용」, 「처용삼장」 은 내성적 자아를 내세워 상처에 대한 인식을 중심으로 한 작품들이 다. 그러나 그러한 상처에 대한 객관화가 부족하여 그 상처 앞에서 주저하는 시의식이 나타난다. 「처용단장 I부」는 유폐적 자아를 내세 워 유년의 상처에서 비롯된 한의 의식이 심화되면서 비극을 내면화 하는 양상을 보여주는 연작시이다. 「처용단장 I부」에서는, 동해 용이 었던 처용의 동해 바다와 시인의 유년의 배경이었던 충무로의 바다 를 관계짓고 결핍과 고독으로 일관하던 자신의 유년을 상징적으로 형상화한다. 이 무렵의 처용 관련 시편들은 인간 삶의 비극성을 인식 하고 그것을 형상화하는 데 주안점을 둔다.

「처용단장 II부」는 탈전기적 자아를 내세워 「처용」, 「처용삼장」, 「처 용단장 I부」에 나타나는 비극과 한을 격렬한 어조를 통하여 극복하 고 초월하고자 하는 시의식을 보여주는 연작시이다. 이 시편은 「처 용단장 I부」보다 무의미시적인 성향이 강한 작품이다. 김춘수는 「처 용단장 II부」에서 언어에서 의미를 소거하려는 의도를 보이는 한편, 반복되는 운율을 강화하여 운율 자체가 의미적 요소로 기능하게 하 였다. 그러나 본고는 운율이 형성시킨 의미에 대한 분석보다는 단어 와 통사 구조 속에 숨겨져 있는 작품의 내적 의미를 규명하는 데에 주력하였다. 그것이 시의식의 추출에 더욱 용이하다고 판단되었기 때문이다. 「처용」, 「처용삼장」, 「처용단장 I부」가 삶의 비극성을 인식하는 쪽으로 시의식이 집약된다면 「처용단장 II부」는 그러한 비극성을 극복하려는 몸부림을 보여 주었다.

김춘수는 '처용연작'을 통하여 신라 처용의 신화성을 해체시키고 우리 시대 처용의 모습을 자신의 삶과 연결시키면서 다양한 각도에서 보여주었다. '처용연작'의 화자는 시인 자신이기도 하겠으며 처용처럼 그 삶 속에서 비극적 사연을 경험한 바 있는 인물이라고도 할 수 있다. 이처럼 신화를 재해석하고 재창조하려는 노력은 "작가는 신화를 사용함으로써 그의 사적이고 특유한 경험을 뛰어넘을 수 있고 보편성을 얻을 수 있다. 또는 그 신화적 밑바탕으로 인하여 문학은 일차적으로 그 호소에 있어 비합리적이거나 혹은 신화는 과학과 기술에 의한 통치에 항거하여 싸우는 데 있어서 예술가의 최상의 무기이기도 하다."[36]라는 견해에 이어진다. 김춘수의 '처용연작'은 처용가의 영향을 받았으면서도 처용가의 범주를 뛰어넘는 상상력을 보여주었다.

---

36) S. N. 그렙스타인, 「신화 비평이란 무엇인가?」, 신동욱 외, 『신화와 원형』, 고려원, 1992, p. 22.

박재삼 시의 죽음의식과 미적 구조

1. 서론

박재삼은 일반적으로 전통서정시인으로 일컬어진다.[1] 이러한 일반적인 평가에 맞물려서 박재삼에 관한 논의는 "在來種 韓國의 抒情의 再編成을 이 詩人이 해 줄 것을 우리는 期待한다."[2]라고 한 김춘수의 단평적 논의를 시작으로 하여 "한(恨)을 기초로 한 보편적인 한국인의 심정은 그의 시에서는 결국 자연, 대부분의 경우 초기에는 바다와 후기에는 햇볕과 합일한다."[3]라는 김현의 논의를 거치면서 주

---

[1] 박재삼이 작고할 때까지 간행한 시집은 다음과 같다.

제1시집 『춘향이 마음』(신구문화사, 1962), 제2시집 『햇빛 속에서』(문원사, 1970), 제3시집 『천년의 바람』(민음사, 1975), 제4시집 『어린 것들 옆에서』(현현각, 1976), 제5시집 『뜨거운 달』(근역서재, 1979), 제6시집 『비 듣는 가을나무』(동화출판공사, 1981), 제7시집 『추억에서』(현대문학사, 1983), 제8시집 『대관령 근처』(정음사, 1985), 제9시집 『내 사랑은』(영언문화사, 1985, 시조집), 제10시집 『찬란한 미지수』(오상, 1986), 제11시집 『사랑이여』(실천문학사, 1987), 제12시집 『해와 달의 궤적』(신원문화사, 1990), 제13시집 『꽃은 푸른빛을 피하고』(민음사, 1991), 제14시집 『허무에 갇혀』(시와시학사, 1993), 제15시집 『다시 그리움으로』(실천문학사, 1996)

[2] 김춘수, 「소박과 감상」, 『사상계』, 사상계사, 1959. 3, p. 324.

[3] 김현, 「시와 시인을 찾아서」, 『심상』, 심상사, 1974. 7.
『김현문학전집 3』(문학과지성사, 1991, p. 432)에 재수록.

로 전통적 서정성을 기반으로 한 주제의식을 중심으로 이루어졌다. 또한 윤재근은 "朴在森은 언제나 잃어가는 〈옛것〉의 애착이 그의 抒情의 源流를 이루어주기 때문이다. 朴在森의 〈옛것〉은 이제 時空的으로 과거의 것이거나 歷史的인 것이 아니라 옛부터 지금까지 삶의 진실이 될 수 있는 사랑이며 〈님〉이 될 것이다."[4]라고 하면서 과거와 현재를 이어주는 박재삼의 시정신을 궁구하였다.

그러나 박재삼의 전통성에서 한계와 가능성을 동시에 읽어내는 주장도 있었다. 이상섭은 『천년의 바람』에 대한 서평을 통하여 "그에게 극복의 과제로 주어진 것은 눈물이나 恨이기에 앞서, 차용전 것 같은 인생파적, 도사적, 목소리와 몸짓이다. 그것이 그의 생태적인 습성이라 해도, 이제 겨우 四O을 넘긴 그가 그것에 탐닉한다면 확실히 시적으로 겉늙은 것이 된다."[5]고 하였다. 이상섭이 지적한 박재삼 시의 문제점은 그것에 대한 가치 평가와는 상관없이 전시기에 걸쳐서 나타나는 것 같다.

1980년대를 지나 1990년대에 들어 다시 박재삼에 대한 연구는 오세영[6], 오탁번[7], 이건청[8] 등을 중심으로 활기를 띠었다. 오세영은 "그의 시는 예나 지금이나 본질적으로 자연을 대상으로 해서 무한한 것에 대한 동경을 슬픔의 정서로 형상화시켰다."[9]고 하였고, 오탁번

---

4) 윤재근, 「박재삼론」, 『현대문학』, 현대문학사, 1977. 5, p. 113.

5) 이상섭, 「〈천년의 바람〉의 가능성」, 『심상』, 심상사, 1976. 1, pp. 60−61.

6) 오세영, 「아득함의 거리」, 『현대시』, 한국문연, 1991. 7.

7) 오탁번, 「모성 이미지와 화합의 시정신」, 『교육논총』 27집, 고려대 교육대학원, 1997. 12.

8) 이건청, 「한국 정통 서정의 계승과 발전」, 『현대시학』, 현대시학사, 2001. 12.

9) 오세영, 위의 글, p. 141.

은 "박재삼은 한국 전쟁이라는 미증유의 비극이 필연적으로 가져다 준 이념의 대립이나 유교적 농경 사회의 붕괴로부터 멀리 벗어난 지점에서 아주 외롭게 순수서정의 독자적인 시세계를 구축하였다."[10]고 하였으며, 이건청은 "〈가난〉 모티프와 〈질병 콤플렉스〉는 그의 천부적 감성의 토대 위에서 〈한〉의 정서로 표출되어 나타난다."[11]고 하였다. 이들의 연구와 함께 박재삼 시의 설화 수용 양상[12], 한의식[13], 전통성[14] 등을 궁구한 소장파 학자들의 연구는 1990년대의 박재삼 연구를 더욱 풍요롭게 하였다.

최근에는 박재삼 시를 연구한 박사학위 논문[15]도 처음으로 발표되어 박재삼 연구의 물꼬를 트고 있다. 이제 그가 타계한 지도 어언 6주년이 지나고 있으므로 앞으로도 그의 시세계 전반을 연구하는 비중 있는 논의들이 거듭될 것으로 예상된다.

본고는 죽음의식과 미학적 구조를 중심으로 하여 박재삼 시를 규명해 보려고 한다. 한국 현대문학에 대하여 죽음의식을 중심으로 연구한 작업은 이인복, 배영기, 박태상 등에 의해서 이루어진 바 있

---

10) 오탁번, 위의 논문, pp. 123-124.

11) 이건청, 위의 글, p. 200.

12) 양혜경, 「박재삼 시의 설화 수용 양상」,『수연어문논집』25집, 1999. 9.
   류임하, 「〈춘향전〉의 계승과 시적 변용 : 박재삼의 〈춘향이마음〉의 경우」,『동원논집』4집, 동국대 대학원 학생회, 1992.

13) 이광호, 「한과 친화력」,『현대시학』, 현대시학사, 1997. 7.
   육근웅, 「한의 승화」,『한민족문화연구』1집, 한민족문화연구학회, 1996. 12.

14) 김유미, 「박재삼 시의 전통 서정성 연구」,『성신어문학』10집, 성신여대 인문과학 연구소, 1982. 2.

15) 김강제,『박재삼 시 연구』, 동아대 대학원 박사학위 논문, 2000.
   김강제는 이 논문에서 박재삼 시의 시간의식과 공간의식을 궁구한 후, 그의 시에 나타난 합리주의와 물질주의에 대한 비판 정신을 논의하고 있다.

다.16) 죽음이 삶의 본질을 규명하는 중요한 형이상학이라고 할 때, 이와 같은 연구는 문학 연구의 영원한 방법론이 될 것이다. 그동안 죽음의식을 중심으로 한 현대시 연구가 많이 이루어 졌으며 박재삼에 대해서도 부분적인 측면에서나마 이러한 연구가 진행된 바 있다. 그러나 박재삼 시를 죽음의식을 중심으로 논의하면서 미학적 구조를 밝힌 것은 본고가 처음이다.

박재삼은 그의 시에 나타난 전통서정성에 기초하여 '한의 시인', '슬픔의 시인', '그리움의 시인' 등으로 불리었는데 이는 그의 시가 우리 민족 고유의 전통적 정서들을 골고루 함유하고 있다는 측면을 강조한 말이다. 그의 시에 깊이 뿌리내리고 있는 한의 정서는 죽음의 형이상학과 맞물려 나타나는 경우가 많다. 삶과 죽음은 표리의 관계이기에 시작품에 나타나는 죽음의식은 시인의 세계 인식의 한 방법을 명백히 드러내 보여준다. 박재삼의 작품 중에 죽음을 소재로 하거나 죽음의식을 중심으로 한 주제가 시기를 막론하여 나타나는 것은 이러한 그의 전반적인 시세계의 특징과 잘 물려지는 현상이다. 그리하여 박재삼 시의 죽음의식은 그의 시에 나타난 미학적 구조를 지탱하는 중요한 요소가 되었다. 본고는 이 두 요소를 하나의 맥락 안에

---

16) 이인복, 『한국문학에 나타난 죽음의식의 사적 전개』, 열화당, 1979. 배영기, 『죽음학의 이해』, 교문사, 1992. 박태상, 『한국 문학과 죽음』, 문학과지성사, 1993. 이인복은 한국 문학에 나타난 죽음의식을 통시적 관점에서 분석하고 있다. 이 저서의 궁극적인 목표는 죽음의 형이상학이 한민족의 정서와 관련되는 양상을 규명하는 것이다. 배영기는 이 저서의 '제 3장. 문학과 예술을 통해 본 죽음의식'에서 향가, 구비문학, 김동리의 「무녀도」를 중심으로 논의를 전개하고 있다. 박태상은 신라 향가와 『삼국사기』, 『삼국유사』를 거쳐 중세의 소설과 전통극 그리고 현대의 시인 작가들이 창작한 작품에서 죽음의 문제가 어떤 주제 의식을 지니면서 형상화되고 있는지를 소상히 밝히고 있다.

서 규명할 것이다.

2. 죽음에 대한 미적 인식

"박재삼은 데뷔 이래 타계할 때까지 유행병처럼 번지곤 했던 年代
別 시대 조류에 서 언제나 비켜나 있었으므로 집중적인 조명을 받은
일도 없었고 40여 년에 이르는 詩歷 가운데서 초기 중기 후기 혹은
전기와 후기로 딱히 구분 짓기도 어려울 만큼 시종일관하여 시대의
흐름과는 동떨어진 자리에서 한국시의 근원과 맞닿은 고독한 작업을
수행하였다."17)고 한 오탁번의 지적에서도 알 수 있듯, 박재삼의 시
는 시종일관하는 한의 정서와 눈물의 이미지로 인하여 시기 구분을
하기 어렵다. 이러한 그의 시적 특징과 맞물려 박재삼 시에 나타나는
죽음의식 역시 특정한 시기에 국한되어 있지 않다. 평생 병마와 싸운
전기적 특징 때문인지 그는 모든 시기의 작품에서 죽음의 형이상학
에 대하여 직간접적인 관심을 보인다. 본고가 박재삼 시를 시기별로
구분하지 않고 그의 시세계에 총체적으로 흐르는 죽음의식을 궁구하
려는 이유 역시 이러한 맥락에 있다.

박재삼 시가 형상화하는 죽음의 세계는 대체로 아름다운 서정의
품격을 지닌다. 그는 비극적 죽음의 서사마저 빛나도록 아름다운 풍
경 속으로 끌어들임으로써 그 죽음의 비극성을 미학적 구조 속에서
희석시킨다. 박재삼이 형상화하는 죽음의 세계는 처연한 슬픔을 자
아내기도 하지만 그 밑바탕에는 늘 미학적 형상이 자리잡고 있기 때
문이다.

---

17) 오탁번, 위의 논문, p. 124.

마음도 한자리 못 앉아 있는 마음일 때,
친구의 서러운 사랑 이야기를
가을 햇볕으로나 동무삼아 따라가면,
어느새 등성이에 이르러 눈물나고자.

제삿날 큰집에 모이는 불빛도 불빛이지만,
해질녘 울음이 타는 가을강을 보것네.

저것 봐, 저것 봐,
네보담도 내보담도
그 기쁜 첫사랑 산골 물소리가 사라지고
그 다음 사랑 끝에 생긴 울음까지 녹아나고
이제는 미칠 일 하나로 바다로 다 와 가는
소리죽은 가을강을 처음 보것네.

—「울음이 타는 가을강」 전문[18]

이 시는 이미 여러 논객들에 의해서 분석된 바 있는데[19] 논자에 따라서 해석의 방법이 조금씩 다르다. 아름다운 가을강을 배경으로 한 죽음과 사랑에 대한 사색은 이 시의 주제의식을 형성한다. 이 시의 화자가 친구와 함께 제삿날 큰집으로 향하고 있다는 주장은 잘못된 것이다.[20] 그는 지금 혼자서 산등성이로 이어져 있는 길을 걸어

18) 본고에 인용된 작품은 『박재삼시전집 1』(민음사, 1998)의 표기를 따랐다. 전집에 수록되지 않은 작품일 경우 해당 시집에 수록되어 있는 표기를 따랐다.

19) 이명재는 이 시에 대하여 "대자연과 일체화된 차원에서 인간의 마음이 햇볕과 석양빛 비치는 바닷가 가을江에 임하는 울음겨운 情恨을 정련된 언어로 어린 날의 체험과 오늘의 삶에 연결시켜 형상화한 佳篇임이 분명하다."고 하였다. 이명재, 「자연교감의 삶과 정한」, 정한모·김재홍 편저, 『한국대표시평설』, 문학세계사, 1983, p. 453.

20) 이남호는 "지금 화자는 제삿날을 맞아 큰집이 있는 고향을 찾아가고 있는 것이

가고 있다. 혼자 산길을 걷다 보면 누구나 아련한 기억 속에 젖어들기 마련이다. 화자는 산길을 걸어가면서 죽마고우의 슬픈 사랑 이야기가 생각나서 그 서사를 천천히 반추하게 된다. 아마도 그것은 이루어지지 못한 사랑의 서사이기 때문에 애잔한 슬픔을 불러일으킨다.[21]

화자가 눈물을 글썽이고 있는 곳은 산의 등성이이다. 그는 한참 걸어오면서 그곳에 이르러 그 사랑 이야기를 거의 다 떠올렸다. 그 이야기로 눈물을 보이고 있는 화자가 처한 그곳은 그 아래 흐르고 있는 가을강을 멀리서 바라볼 수 있는 공간이다. 해질녘 놀빛에 반짝거리는 가을강의 형상을 울음이 타는 곳으로 인식하기에 이른다. 화자의 "눈물"과 가을강의 "울음"은 일맥상통하기도 하나 그것과 상관하는 서술어의 차이는 화자와 가을강이 다른 지향성을 지녔다는 것을 보여준다. '눈물이 나는 것'은 소박한 인간적인 감정으로 이해되나 '울음이 타는 것'은 인간사의 번뇌를 초월한 대자연의 모습이다. 2연에서 "제삿날 큰집에 모이는 불빛"이 나오는 것은 아름답게 반짝이는 가을강과 비교해 보기 위해서 생각해낸 소재이다. 가을강의 아름다움이 제사가 있는 날 저녁의 밝고 아름다운 마당 불빛보다 아름답다는 것을 표현한 것이다. 또한 제삿날의 불빛에 관한 표현을 한 의도

아니다. (중략) 2연 1행은 가을강의 노을이 얼마나 아름다운 것인지를 말하기 위한 비교항일 뿐이다."라고 설명하고 있는데 매우 적절한 지적이다. (이남호, 『교과서에 실린 문학작품을 어떻게 가르칠 것인가』, 현대문학사, p. 173)

21) 김영민은 "박재삼의 서정시가 독자에게 호소하는 개성적 정서의 하나는 이른바 안타까움과 슬픔의 정서이다."라고 지적한 바 있다. (김영민, 「서정시의 새로움을 위한 求道」, 『문학사상』, 문학사상사, 1988. 6, p. 119) 김영민이 지적한 "안타까움과 슬픔의 정서"는 박재삼의 초기시인 「울음이 타는 가을강」을 필두로 하여 확산되어 나타난다. 또한 이러한 정서에 기반하여 그의 시에 나타나는 죽음의식 역시 확산되어 가는 과정을 보인다.

에는, 제사를 죽은 자를 위한 산 자들의 축제로 인식하는 세계관이 들어 있다.

가을강의 아름다운 모습과 제삿날의 풍경은 처음에는 서로 상반되는 것처럼 보였지만, 화자가 떠올린 가을강의 모습에서 그 합일의 가능성을 얻게 된다. 즉 그것은 인간 역시 강물이 바다에 닿는 것과 같이 죽음의 순간에는 더욱 넓은 지평 속으로 흘러가게 될 것이라는 생각이다. 또한 화자는 그 죽음은 가을강처럼 반짝이는 아름다움을 동반한 것이 되리라 믿는다. 이러한 생각의 근저에는 죽음을 미학적으로 인식하려는 시인 의식이 깔려 있다. 박재삼은 인생이란 울음이 타는 가을강과 같은 것, 즉 인생이라는 강은 온갖 사랑의 기쁨과 슬픔, 성공과 시련 등을 겪어내면서 깊어져 죽음이라는 넓은 지평으로 향하는 것이라고 인식한 것이다. 삶은 더 넓은 지평으로 향하여 가는 죽음의 과정이라는 인식은 삶과 죽음을 통합적으로 인식하려는 의도를 지닌다. 즉 시인은 죽음을 삶의 소멸로 보지 않고, 삶이 확대되고 고양되는 것, 삶의 애증을 극복하는 것으로 인식하는 데서 이 사실의 논거를 찾을 수 있다.

1
화려한 꽃밭 같네 참.
눈이 부시어, 저것은 꽃핀 것가 꽃진 것가 여겼더니, 피는것 지는것을 같이한 그러한 꽃밭의 저것은 저승살이가 아닌것가 참. 실로 언짢달것가. 기쁘달것가.
거기 정신없이 앉았는 섬을 보고 있으면,
우리가 살았닥해도 그 많은 때는 죽은 사람과 산 사람이 숨소리를 나누고 있는 반짝이는 봄바다와도 같은 저승 어디쯤에 호젓이 밀린 섬이 되어 있는 것이 아닌것가.

2

　우리가 소시(小時)적에, 우리까지를 사랑한 남평 문씨 부인은, 그러나 사랑하는 아무도 없어 한낮의 꽃밭 속에 치마를 쓰고 찬란한 목숨을 풀어헤쳤더란다.

　확실히 그때로부터였던가. 그 둘러썼던 비단치마를 새로 풀며 우리에게까지도 설레는 물결이라면

　우리는 치마 안자락으로 코 훔쳐주던 때의 머언 향내 속으로 살달아 마음달아 젖는단것가.

　　*

　돛단배 두엇, 해동갑하여 그 참 흰나비 같네.

—「봄바다에서」 전문

　화자가 바라보고 있는 봄바다는 한 여인이 자살한 공간이지만 그 바다는 죽음만의 공간이 아니라 삶과 죽음이 뒤섞여 물결로 일렁이는 생사 통합의 현장이다. 그러한 공간에 대하여 화자는 "피는 것 지는 것을 같이한 그러한 꽃밭"이라고 표현하며 그 공간을 낯설게 하는 동시에 미화시킨다. 다시 화자의 시각은 "거기 정신없이 앉았는 섬" 쪽으로 향한다. 그리고 그 섬을 죽음과 삶이 공존하는 공간으로 간주하고 그러한 섬에서의 삶이 바로 우리 살아 있는 사람의 삶이라고 말한다. 삶은 죽은 사람과 산 사람의 숨소리가 함께 들리는 공간이며 또한 그 삶의 공간은 저승과 이어진다는 진술은 박재삼의 생사 일원론적인 세계관을 단적으로 보여준다.

　2연에서 "남평 문씨 부인"이 등장하는 것도 이러한 세계관을 뒷받침하여 보여준다. 그녀는 사랑하는 사람도 없이 바다 속에 투신하여 자살하였다. 부인의 자살은 겉으로 보기에 비극적인 양상으로 해석될 수도 있겠으나 "한낮의 꽃밭"이나 "찬란한 죽음"이라는 구절은 그

죽음을 미적인 것으로 수용시키기는 데에 기능한다. 그녀는 죽음으로써 또 다른 생명을 얻게 되었다. 그 매개를 이루는 것이 바다이다. "설레는 물결"은 "비단치마 안자락"에 "머언 향내"를 담아 화자에게 전해준다. 그녀는 "살달아 마음달아" 여기에 현존하여 다시 화자와 만나고 있는 셈이다.

항구도시인 삼천포에서 어린 시절을 보낸 시인에게 바다는 친숙한 공간이다. 그는 바다를 보면서 깊은 사색에 잠기기도 하였으며, 바다에서 생의 진리를 터득하기도 하였다. 「봄바다에서」도 바다를 통하여 얻어진 인생에 대한 깊은 사색이 느껴지는 작품이다. 나아가 시인은 "그러나 나는 한 가지/사람이 죽어/비록 형체는 없더라도 남기게 되는/반짝이는 것, 흔들리는 것은/꽃비늘로 환하게 둘러 쓸 것을/마흔한 해 동안 고향 앞바다 보고/제일 많이 배운 바이다"(「바다에서 배운 것」 부분)라고 솔직히 토로하기도 하였다.

> 시방 햇빛은
> 꽃상여 곡소리를
> 아슬히 가려주고
> 바람은 또한 한겹 더 막는다.
>
> 얼음만큼 바람을 헤치고
> 햇빛을 걷고 나면
> 꽃상여 곡소리는
> 설음을 제(除)하고 들릴 것인가,
> 물 속에서 피어서 흔들리는 풀꽃을.
>
> 물이거들랑 만대의 물이여,
> 네 속에 흔들리는 풀꽃을 보며

오늘은 햇빛 저쪽 바람 저쪽
꽃상여 곡소리를 꿈 속에서 듣는다.

—「꽃상여 곡소리」, 전문

상여를 아름다운 꽃으로 치장하여 그것을 꽃상여라고 부르는 제의
는 죽은 자를 편안하게 하여 그 죽음에 예를 표하는 것이기도 한 동
시에 죽음 자체를 미적으로 인식하려는 산 자들의 세계관을 나타낸
다. 즉 "꽃상여"라는 말 자체에는 죽음을 아름답게 인식하려는 관점
이 내재한다. 햇빛과 바람이 가려주고 막아주는 꽃상여의 곡소리는
화자에게 서럽게 다가선다. 그 속에는 죽음을 객관화하지 못한 인간
의 감정이 들어있다. 그러나 햇빛과 바람이 사라지고 나면 곡소리는
조금씩 슬픔을 제거한 소리로 바뀌게 된다. 드디어 시인은 그 소리를
햇빛과 바람의 저쪽인 꿈속에서 듣는다고 말한다. 즉 그는 세속적인
설움이 사라진 소리를 듣고 있다는 뜻이다. 근대 이후 죽음의 양식은
인간의 생활양식의 현장성에서 점점 더 먼 곳에 존재하게 되었다. 종
합병원의 영안실이 생겨나면서 조문객들은 고인의 가택을 찾아갈 필
요가 없어졌으며 다양한 현대적 고등종교들이 죽음의 의식을 그들
나름대로 제도화함으로써 농경문화에서 전통적인 장례 양식은 이제
찾아보기 쉽지 않게 되었다.[22] 그러나 죽음의 형식이 축제의 형식과
맞물려 있던 시기가 그리 먼 곳에 존재하는 것이 아니다. 근대 이전
의 농경사회에서 장례 의식은 산 자와 죽은 자가 함께 나누는 제의

---

22) P. 아리에스는 그의 저서 『죽음의 역사』(이종민 역, 동문선, 1998, p. 205)에서 "사
람들은 점점 더 집에서 죽는 경우가 줄어들고, 병원에서 죽는 경우가 증가한다.
병원은 현대적인 죽음의 장소가 되었다."고 하였다. 병원이 현대적인 죽음의 장소
가 될 때, 죽음을 정리하는 장례 의식 역시 집을 떠나게 되는 것은 당연한 일이다.

적 성격을 지녔다. 그것은 슬픔의 힘에 기반하여 온 마을이 대동단결하는 축제의 형식이었다. 곧 죽은 자를 이유 삼아서 산 자들이 화합하는 양식이었다.[23] 이때 죽음은 삶이 지니는 모든 미학적 배경을 수용할 수 있는 여지를 지니게 된다.

3. 생의 의지를 고양시키는 죽음의식

죽음을 미학적으로 인식한 박재삼은 죽음을 두려워하지 않았으며 또한 그것을 피하려고 애쓰지도 않았다. 오히려 그는 인생의 정중앙에 늘 죽음의 시공간이 존재한다는 사실을 직관적으로 깨달음으로써 그것을 통하여 삶을 더욱 핍진하고 애정 있게 바라보는 기회를 만들었다. 박재삼은 죽음의 문제를 생의 문제와 멀리 떨어진 것으로 생각하지 않았다. 죽음의 형이상학을 깨우친 시인은 삶에 대한 깊은 애정을 제고시키게 된다. 죽음을 향한 동경을 나타낸 작품에서도 그는 삶을 향한 애정을 저버리지 않는다. 그의 죽음의식은 삶의 희로애락이 지속되는 지점에서 파동하는 삶에 관한 국면이다.

봄이 오는도다.
풀어버린 머리로다.
달래나물처럼 헹구어지는

---

23) P. 아리에스는 위의 저서(p. 198)에서 "인간은 시대가 흐를수록 그리고 사회화와 도시화의 단계가 진전될수록, 자신의 죽음이 근접하고 있다는 것을 그만큼 덜 느끼게 된다. 죽음에 대해 준비해야 할 필요성이 증대될수록, 인간은 자신의 주위 사람들에게 한층 더 의존하게 된다."라고 설명한다. 점차 농경문화가 사라지고 도시화와 근대화가 진행될수록 죽음의 제의는 공동체 밖으로 사라진다. 공동체 안에서 행해지는 죽음의 양식이 사라질수록 사람들은 자신의 죽음을 인식할 기회를 잃어버리게 된다.

씽긋한 뒷맛
이제 피는 좀 식어
제자리 제대로 돌 것이로다.

눈여겨 볼 것이로다, 촉트는 풀잎,
가려운 흙살이 터지면서
약간은 아픈 기(氣)도 있으면서
아, 그러면서 기쁘면서……
모든 살아 있는 것이
형(兄)뻘로 보이는 넉넉함이로다.

땅에는 목숨뿌리를 박고
햇빛에 바람에
쉬다가 놀다가
하늘에는 솟으려는
가장 크면서 가장 작으면서
천지여!
어쩔 수 어쩔 수 없는
찬란한 몸짓이로다.

　　　　　　　　　　　—「병후(病後)에」 전문

　이 시는 말년에 앓았던 신부전증으로 인한 병고를 이야기한 것이
아니라, 젊은 시절 앓았던 고혈압과 관련된 듯하다.24) 그럼에도 불구
하고 이 시에는 그의 시에 나타난 일관된 시정신이 들어 있다. 이 시
는 병고를 통하여 죽음을 인식하고 또한 나아가 삶의 자세를 새로이
하는 시인 의식을 읽을 수 있게 한다. "모든 살아 있는 것이/형(兄)뻘

---

24) 이 시는 『햇빛 속에서』에 수록되었다.

로 보이는 넉넉함이로다"라는 인식에서 알 수 있듯, 그는 병마와의 싸움을 경험한 후에 삶의 의미를 다시금 깨달아 겸허하고 소박한 삶의 자세를 지니게 된다. 이것은 삶에 집착하는 것이 아니라 삶을 존중하는 것이다. 땅에 목숨뿌리를 박고 언젠가 하늘로 솟아 죽음의 경지에 이르는 것이 우리 인생이라는 인식은 죽음을 두려워하지 않는 고양된 정신의 세계를 보여준다.

> 감나무쯤 되랴.
> 서러운 노을빛으로 익어가는
> 내 마음 사랑의 열매가 달린 나무는!
>
> 이것이 제대로 벋을 데는 저승밖에 없는 것 같고
> 그것도 내 생각하던 사람의 등뒤로 벋어가서
> 그 사람의 머리 위에서나마 마지막으로 휘드려질까본데.
>
> 그러나 그 사람이
> 그 사랑의 안마당에 심고 싶던
> 느꺼운 열매가 되는지 몰라!
> 새로 말하면 그 열매 빛깔이
> 전생(前生)의 내 전(全) 설움이요 전(全) 소망인 것을
> 알아내기는 알아낼는지 몰라!
> 아니, 그 사람도 이 세상을
> 설움으로 살았던지 어쨌던지
> 그것을 몰라, 그것을 몰라!

—「한(恨)」 전문

"위의 시에는 두 개의 공간이 내재되어 있다. 그 하나는 시적 화자와 감나무와의 거리, 즉 인간과 자연과의 거리이고 다른 하나는 이승

과 저승과의 거리, 즉 삶과 죽음의 거리이다."[25]라고 한 이건청의 지적처럼 「한」에는 죽음에 대한 화자의 태도가 내재한다. 감이 다 익은 붉은 빛깔을 보면서 화자는 자신의 마음속에 응어리진 한(恨)의 정체를 인식한다. 그 빛깔을 "서러운 노을빛"이라고 한 것은 그 속에 삶의 애환이 깃들어 있기 때문이다. 또한 그 감을 "사랑의 열매"라고 지칭함으로써 그 한의 열매를 겸허하게 수용하려는 태도를 지닌다. 그런데 그 감나무는 이승에서 그 가지를 제대로 뻗지 못하고 있다. 이승의 삶에서 사랑의 완성을 경험하지 못했기 때문이다. 화자가 저승의 감나무가 되어 "사랑하던 사람의 등뒤"로 뻗어가고 싶다고 말한 것은 이승에서 못 다한 사랑을 저승에서 완성시키고자 했기 때문이다. 그러한 사랑이 완성될 때 이승에서 품었던 한은 삭아들 것이다.[26]

여기 죽음의 공간은 이승의 갈등이 해소되는 화해의 공간이다. 전생의 모든 설움은 죽음을 통해서 사라질 것이며, 전생의 모든 소망은 죽음을 통해서 이루어질 것이라는 것이 이 시의 근본 전제이다. 그렇다고 이 시에 죽음에 대한 동경이 나타난다고는 볼 수 없다. 감나무의 붉은 열매는 죽음마저 뛰어넘는 생에 대한 열렬한 의지를 상징한

---

25) 이건청, 위의 글, p. 192.

26) 오세영은 그의 저서 『한국낭만주의시 연구』(일지사, 1982, p. 335)에서 "恨을 지닌 자는 결코 체념할 수 없다. 현실적으로 애인은 떠나갔지만 그의 잠재 의식은 그 것을 기정 사실로 인정하려 하지 않기 때문이다. 따라서 새로운 대상을 찾으려하기보다는 오히려 옛애인에 대한 애정을 심화시키고 재회의 가능성을 찾으려 한다.//그러나 그러한 기다림이 성취될 수는 없다. 그가 현실로 되돌아 왔을 때 그는 자기를 버리고 떠난 애인이 원망스러워진다. 한편 그러한 원망은 자신이 사랑하는 사람을 미워했다는 자책감을 불러일으킴으로써 이차적인 감정의 갈등을 형성시킨다. 결코 실마리가 풀리지 않는 이 모순된 감정의 갈등이야말로 바로 한인 것이다."라고 하였다. 박재삼은 위 시에서 이러한 "감정의 갈등"으로부터 벗어나기 위하여 죽음의 공간을 의식적으로 지향하였다.

다. 죽어서라도 사랑하는 사람을 만나겠다는 것은 생사 일원론적인 세계관을 바탕으로 하면서도 삶을 더욱 적극적으로 이끌어가고자 하는 전략을 내포하기 때문이다. 이 시에서 삶과 죽음에 대한 관조를 통한 영렬한 생의 의지를 읽을 수 있는 이유가 여기에 있다.

4. 낭만성과 부활의식

박재삼 시에 나타나는 죽음의식은 낭만적 성격을 지닌다. 또한 이러한 낭만적 성격은 널리 알려진 문예사조 중 하나인 낭만주의와 연결된다. 낭만주의는 계몽주의가 내세운 이성의 계획을 반대하는 동시에 고전주의가 강조하는 법칙성 혹은 규범성에 대해서도 반기를 든다. 낭만주의는 이성보다는 감성을 중요시하며 규범보다는 자유를 중요시한다. 박재삼 시의 죽음의식은 이러한 낭만주의적 성격을 강하게 지니면서 초월적 세계에 대한 지향성을 내포한다.[27]

나아가 박재삼 시에 나타나는 낭만성은 이성적 삶을 지양하면서 근대성에 대한 비판적 태도를 견지한다. 그러한 맥락에서 박재삼 시

---

[27] 낭만주의가 죽음에 대한 동경을 지향한다는 관점은 낭만주의에 대한 기본적인 이해에서 비롯된다. 가령 "낭만주의의 죽음의 동경을 무슨 염세주의적인 그로테스크한 연출로 보는 것은 천박한 이해일 뿐이다. 그것은 세계와의 연속성 속에 존재하려는 사랑의 다른 이름일 뿐이다. (중략) 이 역시 삶과 세계의 무한한 생성 가능성에 대한 통찰이지, 그것을 곧장 육체적인 죽음을 추구하는 염세주의의 표현으로 간주하는 것은 단견이라는 것이다."(김진수,『우리는 왜 지금 낭만주의를 이야기하는가』, 책세상, 2001, p. 106)라는 지적 역시 죽음과 관련된 낭만주의의 특징을 잘 설명하고 있다. 박재삼 시의 낭만성이 죽음에 대한 동경으로 나타나는 점 역시 이와 같은 관점에서 이해하여 볼 수 있다. 즉 박재삼의 죽음의식은 죽음에 대한 단순 동경이 아니라 생성적 부활 혹은 사랑의 재현을 향한 과정이라고 할 수 있다.

의 낭만성은 현실 초월을 용이하게 하는 데에 기능한다. 주지하였듯이 박재삼은 전근대적 농경사회의 삶에 대하여 동경하였다. 그러나 근대화·서구화·자본주의화하여 가는 현실은 농경적 공동체 문화를 훼손하였다. 박재삼 시에 나타난 한의식은 이러한 사회적 배경 변화를 밑바탕에 두고 있다. 전근대적 농경사회가 자본주의화하면서 고향과 가족의 의미는 훼손되었다. 그럴수록 시인의 한은 깊어져갔다. 박재삼 시의 낭만성은 근대적 삶을 초월하여 새로운 탈속적 지평을 추구하는 데에 기능한다. 박재삼의 한의식을 단순한 염세주의로 간주할 수 없는 이유 역시 그의 시에 나타난 낭만성에 있겠다. 박재삼은 근대화한 합리적 세계에 대하여 불편한 관계를 드러내는 한편, 우주적으로 순환하는 자연의 원리를 체득함으로써 삶과 죽음의 이성적 경계를 무너뜨리고자 시도하였다.[28]

구름은 어린 것이 그러듯
마등령(馬磴嶺) 산봉우리에 와서는 칭얼댄다.
저 아득한 물소리 바람소리가
그 소리를 대신하는가.
그러다가는 금시 또
이웃집 망나니 구름과 같이

---

[28] "개인적 이익의 입장에 입각한 합리화가 관습, 정서, 도덕을 비롯한 절대적 가치의 희생을 요구하는 것이라고 할 때, 이러한 가치들에 뿌리를 내리고 있는 문학이나 예술이 시대의 지배적인 합리화의 과정에 대하여 불편한 관계를 가지게 되는 것은 자연스러운 일이다."고 지적한 김우창은 "낭만적 저항은 서양의 현대적 발전에 있어서 부분적인 현상이 아니라 중심적인 전환을 나타낸다."고 주장한다.(김우창, 「감각·이성·정신」, 이문열 외 엮음, 『한국문학이란 무엇인가』, p. 27, 민음사, 1995) 박재삼 시에 나타나는 죽음의식은 부활의식으로 진행되면서 합리적 질서에 대한 낭만적 저항의 한 형태를 보이게 된다.

딴 떼로 놀러 가기가 바쁘다.
물소리 바람소리가 한동안 없다.
그런 때는 구름도 만면(滿面)한 웃음,
산봉우리에게는 체증(滯症)처럼 풀린다.

사람이 죽고 짐승이 죽고
저 칠칠하던 나무들이 죽고
그 모든 것이 죽으면
한가지로 비가 되고 구름이 된다는데,
그 모든 것이 저렇게
개구쟁이 구름이 되어
이 세상에 다시 노는 간단한 이치를
나는 오늘 비로소 설악산중(雪嶽山中)에 와
말없이 산봉우리를 보며 알았다.

—「개구쟁이 구름」 전문

박재삼은 생과 사는 구름과 물이 돌고 도는 이치와 마찬가지로 영원히 순환하는 것이라고 생각하였다. 이 시의 화자가 바라보고 있는 것은 구름의 소리를 바람과 물이 대신하는 "마등령 산봉우리"이다. 그 자연 현상은 변화무쌍하여 구름은 다른 데로 자리를 옮기고 산봉우리는 제 자태를 온전히 드러낸다. 1연에서 대자연의 아름다운 모습을 그리고 있는 이 시는 2연에서 삶과 죽음에 대한 인식에 이르게 된다. 사람과 짐승과 나무들이 한 몸이 되기 위해서는 죽음의 과정을 통과해야 한다. 그들은 죽어서 모두 다 비가 되고 구름이 된다. 화자 역시 죽음의 과정을 통하여 저러한 자연물들과 하나가 될 것이라고 생각한다. 이를 "간단한 이치"라고 한 것은 시인은 이미 그러한 생사의 이치를 알고 있었기 때문이다.

이러할 때 "우리가 하늘 아래 산다는 것은/언젠가는 살하고 혼령하고를/따로 따로 나누어도/하나도 불편함이 없도록/훈련에 훈련을 거듭하는 그것인지도 모를레라."(「여름 반 가을 반」 부분)에서 보이듯 삶의 과정은 한편 죽음의 과정이라는 인식이나 "천년 전에 하던 장난을/바람은 아직도 하고 있다./소나무 가지에 쉴새 없이 와서는/간지러움을 주고 있는 걸 보아라/아, 보아라 보아라/아직도 천년 전의 되풀이다.//그러므로 지치지 말 일이다./사람아 사람아/이상한 것에까지 눈을 돌리고/탐을 내는 사람아."(「천년의 바람」 전문)에서 보이는 직선적 시간을 거부하는 세계 인식도 가능해질 것이다. 요컨대 박재삼 시에 나타나는 부활의식은 순환론적 세계관을 근간으로 삼는다. 순환론적 세계관은 박재삼이 세계의 미적 구조를 이해하는 관점이기도 하다.

물 위에 햇빛과 바람이 어리듯이
혹은 모시옷 서늘하게 살에 닿듯이
그렇게 아련히 오는 것인가,
혹은 또 박살나는 고속버스 사고와도 같이
무서운 번개빛으로 닥치는 것인가,
아, 우리네 죽음.

그 많은 웃음자리를, 술자리를, 여자를,
또 수천 판의 바둑판 재미를
억울하게 뒷전하는 모든 섭섭함을
친구여, 낸들 왜 모르겠나.

그러나 나는 그런 것도 외면하고
잘도 하루하루 넘기지만,

혼자 깬 새벽 서너시에는
옆자리의 처자들 잠을 저만치 밀어두고
아직도 고운 때가 묻은 채 건재(健在)한 그 죽음을
고마움과 부끄러움으로 엮어진 염주(念珠)로써 헤아린다네.

—「죽음의 노래」 전문

위 시의 내용처럼 죽음은 천천히 삶 속으로 스며들어 오기도 할 것이며 혹은 갑작스럽게 한 인간의 생애를 덮쳐버리기도 할 것이다. 그러나 죽음의 지속성과 순간성은 인간 삶의 물리적 시간성을 뛰어넘는 초시간적인 특성을 지니기 마련이다. 그러므로 보통의 인간은 자신의 죽음을 예견하기 어렵다.[29] 1연에서 진술된 "물 위에 햇빛과 바람이 어리듯이" 오는 죽음은 조금씩 다가서는 죽음일 것이며, "작살나는 고속버스 사고와도 같이 무서운 번갯빛으로 닥치는" 죽음은 전혀 예상하지 못한 죽음일 것이다. 인간의 죽음을 크게 이 두 가지로 나누어 본 것이다. 어떤 죽음이든지 그 주체인 인간은 단 한 번만의 죽음을 경험해야 할 것이며, 죽음의 시간 이후에는 어떤 인식과 의식도 소유할 수 없는 것이 "우리네 죽음"이다.

---

29) L. 보로슈와 K. 라아너는 그의 공저인 『죽음의 신비』(최창성 편역, 1978, 삼중당)에서 "삶에서 죽음으로의 이행은 초시간적(超時間的)인 것으로 보아야만 한다. 그래서 죽음이 만일 순간적이고 나눌 수 없는 것이라면 언제나 어느 정도의 시간을 요하는 결정을 내리기 위해서는 어떠한 가능성도 주어지지 않는다. 이 이의(異議)를 문자 그대로 본다면 그럴싸하게 보이나 논리적(論理的)으로 따져 본다면 의심스럽다. 물론 죽음은 순간적인 변화로서 다만 초시간적인 변화 안에서만 이루어질 수 있다는 것은 인정해야만 한다. 따라서 죽음은 전혀 시간적인 연속성을 가질 수 없으며 마치 두 순간 사이의 분리선과 같이 연장이 없다고 해야 할 것이다."라고 하였다. 이와 같은 지적은 죽음에 대한 인간의 자각이 쉽지 않다는 사실을 입증하여 준다.

인간은 죽음을 직접 경험함으로써 죽음에 대한 이해를 하는 것이 아니라 항상 타자의 양식으로서만 죽음을 인식하게 된다. "웃음자리", "술자리", "여자", "바둑판" 등의 여러 가지 재미를 죽음 이후에는 누릴 수 없다는 화자의 판단 역시 타인의 죽음을 관찰함으로써 가능했을 것이다. 이때 죽음은 생에 대한 섭섭함이다. 그 섭섭함은 친구나 화자를 포함하여 누구나 다 아는 서사이지만 그렇다고 하여 죽음을 피해갈 수 있는 주체는 아무도 없다. 다만 죽음의 시기와 죽음의 방식만이 다를 뿐이다.

3연은 죽음에 대한 겸허한 인식과 죽음을 준비하는 태도를 엿볼 수 있는 대목이다. 화자가 "그러나 나는 그런 것도 외면하고/잘도 하루하루 넘기지만"이라고 말하는 것은 생의 자질구레한 일상으로부터 자신의 삶이 조금은 비켜 서 있다는 것을 뜻함이다. 이러한 태도는 죽음이 서서히 자신 가까이 찾아오고 있다는 인식에서 비롯되었다. 이는 죽음에 대한 겸허한 관조적 태도와 이어진다. 그럼에도 불구하고 화자는 죽음에 대하여 초연한 태도만을 간직할 수는 없었다. "혼자 깬 새벽 세시"는 화자가 삶과 죽음 사이에서 머뭇거리는 시간이다. 옆자리에 누워서 잠들어 있는 아내와 자식들을 밀어내고 삶 속에 뒤섞여 있는 죽음의 형상을 확인한다. 그것을 화자는 "건재한 죽음"이라고 일컫는다.

여기 죽음은 삶과 불가분의 관계에 있는 죽음으로 이는 차라리 삶의 형상에 더 가깝다. 그러므로 "아무 탈없이 잘 있는" 죽음은 바로 삶의 다른 이름인 것이다. 죽음을 인식하고 죽음을 수용하는 태도를 익혀온 화자가 "새벽 세 시"의 시간에 깨우치는 것은 아직 자신에게 남아 있는 삶의 시간이다. 죽음을 염주로써 헤아린다는 것은 삶에 대한 깊은 애정에서 비롯된 행위이다. 그가 삶 또는 죽음에 대하여 "고마움과 부끄러움"을 동시에 느끼는 것은 이 때문이다. 그러므로 그가 지금 부르고 있는 "죽음의 노래"는 삶에 대한 깊은 사랑의 노래가 된다. 나아가 이 사랑은 부활에 대한 동경과 의지로 구체화한다.

> 당신이 푸른 빛과
> 별로 관계가 없는 것은
> 빤하고 분명하건만,
> 그러나 늘 그 근처에서
> 자나 새나
> 그리워하고 산 것은
> 너무나 확실하다.
>
> 저 햇빛에 반짝이는
> 무수한 이파리들 둘레에서
> 혼을 빼앗긴 채
> 멍청히 지냈던 사실을 헤아려 보라.
>
> 결국 이런 과정을 거치고
> 죽고 나면 어떻게 될까.
> 땅 밑에 묻혀
> 스미는 물로 변하여
> 그 이파리들을 타고
> 눈부시게 올라오기는 하리라.
> 아, 이것이 復活이 아니고 무엇인가.

—「부활의 생각」 전문

시인이 작고하기 대략 3년 전에 쓰인 작품이다. 이 시는 우주적 순환 질서에 대한 통찰을 통하여 얻어진 삶과 죽음의 관계에 대한 각성을 형상화한다. 또한 이 시는 범신론적인 세계관을 통하여 자연물과 인간 사이에 일어나는 순환론적 교류의 질서를 형상화하는 작품이다. "당신"은 "푸른 빛"과 상관없는 존재이지만 "당신"은 늘 그 빛을 그리워하며 살았다. "푸른 빛"은 당신의 전생이며 또한 후생이며, 이 시를 전체적으로 지배하는 이미지이다. 그러나 그는 다만 그리워할 뿐 스스로 "푸른 빛"이 될 수는 없었다. "그 근처에서 자나 새나 그리워하고 산 것"과 "무수한 이파리들 둘레에서 혼을 빼앗긴 채 멍청히 지냈던 사실"만은 분명하다. 이러한 그리움의 삶은 다소 무모하다는 느낌을 지울 수 없지만, 이 과정이 없이는 "당신"은 결코 푸른빛으로 부활할 수 없었을 것이다. "푸른빛"은 박재삼의 부활의식이 낳은 절대적 경지이다. 이는 또한 애초부터 죽음을 미적으로 수용한 시인의 의식 지향성을 간파할 수 있는 단초이다.

　죽음의 경지는 세속적 삶의 원리를 뛰어넘는 "멍청"한 과정을 거쳐야만 도달할 수 있는 경지이다. 이러한 과정에는 합리적인 과학성을 거부하는 근대성 비판이 들어 있다.[30] 이는 나아가 박재삼의 죽음의식이 삶과 죽음, 탄생과 부활을 넘나드는 초월적인 상상력을 보여주고 있는 점과 연결된다. 마침내 당신은 죽음의 상황에서 스미는 물로 변하여 이파리들을 타고 초록의 눈부신 형상으로 화한다. 시인은 이러한 과정을 죽음이라고 명명하지 않고 오히려 "부활"이라고 말한다.

---

30) 오세영은 위의 글(p. 151)에서 박재삼의 시 「아득하면 되리라」를 분석하면서 "시인의 소원은 결국 인간이 완전한 세계에 이르는 길은 논리 즉 물신적 가치추구나 과학적 합리주의를 벗어나 직관적인 어떤 초월의 경지에 들어야 한다는 사실을 뜻하는 것이라 할 수 있다."고 하였다. 김강제 역시 위의 논문(pp. 75–95)에서 합리주의와 물질주의에 대한 박재삼의 비판 정신을 탐색하고 있다.

박재삼에겐 죽음이 곧 부활이었다. 삶의 소망이 죽음을 통하여 완성될 때 죽음은 새 생명을 얻은 것과 같은 희열을 준다.

5. 결론

박재삼은 삶의 문제와 죽음의 문제를 나누어 생각하지 않았다. 그는 죽음과 삶에 대한 일원론적 인식을 통하여 인간 삶에 내재할 수밖에 없는 죽음의 서사를 부정하거나 두려워하지 않은 채, 죽음을 삶의 초월을 향한 한 방편이며 과정이라는 측면에서 겸허하게 수용하였다. 죽음에 관한 시편들은 한의식과 밀접히 관련되면서 그 대부분이 박재삼 시의 대표작이 되었다. 박재삼 시의 죽음의식을 궁구하는 작업은 박재삼 시의 미적 구조를 탐색하는 중요한 과정이 된다.

본고의 2장에서 논의하였듯이, 그는 죽음의 형상을 미학적으로 받아들였다. 그에게 죽음이란 추하거나 고통스러운 것이 아니었다. 그것은 삶 속에 있는 아름답고 순수한 과정이었다. 죽음의 극점에 이르렀을 때 삶은 완전한 미적 상태에 도달한다고 보았다. 박재삼 시에 나타난 죽음은 슬픔과 한의 정서를 내면화시키기도 하였다. 그 슬픔과 한을 바라보는 시인의 태도 역시 아름다운 이미지들과 이어진 정결한 자세를 유지한다는 점이 이례적이다.

본고의 3장에서 논의하였듯이, 죽음을 수용하는 자세를 견지한 박재삼은 죽음에 대한 겸허한 인식을 통하여 삶의 의지를 고양시켰다. 죽음을 받아들일 수 있는 사람은 삶을 더욱 경건하고 겸손하며 아름답게 살 수 있을 것이다. 그가 부른 '죽음의 노래'가 '삶의 노래'가 되는 것은 이 때문이다. 죽음에 대한 예견을 통하여 삶을 진지하게 살아닐 수 있다고 생각한 박재삼은 자신의 문학적 특질 중 하나를 죽음의식의 형상화에 두게 되는 데 서슴지 않았다.

본고의 4장에서 논의하였듯이, 박재삼 시에 나타나는 죽음의식은 부활의식으로 발전한다. 죽음이 새로운 삶을 가능하게 할 때 죽음에 대한 두려움은 없어질 것이다. 이러한 부활의식은 순환론적 세계 인식과 밀접하게 연관되는 박재삼 시의 특징이다. 또한 박재삼 시의 부활의식은 낭만적 성격을 동반한다. 낭만성은 또한 아름다운 자연 이미지와 함께 한다. 시인이 희구하는 죽음 이후의 새 삶, 즉 부활의 세상은 그가 상정해 놓은 이상향이다. 요컨대 박재삼은 현세의 한을 낭만적 죽음을 통하여 초월하고자 하였다.

박재삼은 1960년대 중반부터는 고혈압으로 고생했으며, 특히 1980년대 후반부터는 만성신부전증이라는 병마와 싸워야 했다. 그런 와중에서도 그는 무려 15권의 시집을 간행하였다. 그는 병마와의 싸움에서 아랑곳하지 않았다. 육체적 죽음의 밑바닥에까지 이르는 체험이 오히려 더욱 강한 창작에의 힘을 제고시켰던 셈이다. 이러한 전기적인 생애의 특징은 죽음에 대한 그의 문학적인 인식 방법과 통하는 바 크다. 그는 육체적 고통과 죽음을 미학적으로 초월하였고, 그 역설적 아름다움을 시로 형상화하였다. 요컨대 박재삼 시의 미학은 근본적으로 죽음의식에 기대고 있다.

정진규 시의 변모 양상

1. 서론

정진규(1939~   )는 1960년 동아일보 신춘문예를 통하여 문단에 나왔다. 그는 등단 무렵의 청년기부터 이순의 나이를 넘긴 지금까지 끊임없는 자기 혁신을 통하여 왕성한 창작 활동을 계속하고 있다. 그러나 그의 시를 연구한 성과물은 소략한 편이다. 초기시에 대한 연구물이 특히 부족하며 5시집 이후의 작품에 집중되어 연구가 이루어진 점도 문제이다. 시평과 발문 그리고 몇 권의 시집을 아울러 논한 논문에 기반한 연구사는 다음과 같이 네 가지 맥락으로 나누어볼 수 있다.

첫째, 초기시인 1, 2시집과 중기시인 3, 4시집에 관한 연구이다. 이 시기의 연구물은 매우 소략하다. 상처의 문학이라는 관점에서 정진규 초기시에 주목한 전봉건의 글은 최초의 정진규론이다. 「대낮 Ⅱ」와 「신봉이었지」를 분석하면서 정진규의 경우 환상과 상처의 색조가 비교적 덜하고 작자의 목소리도 한결 나직이 가라앉아 있다고 설명한다.[1] 최동호는 초기시에 대하여 "그의 초기 시 도처에서 발견되는 불가시적인 존재에 대한 탐구의 열정과 내면 의식은 다분히 추상적이고 관념적인 형태로 표출되어 의식의 혼미한 상태를 반영한다"[2]고 평가한다. 신동욱은 『매달려 있음의 세상』에서 소망하는 바의 절실성과 아름다움을 지적한다. 「오세요 오세요」에서 삶의 균열을 읽고 있으며 「집」을 가치와 비가치의 갈등을 제시한 정신적인 연극이라는 점에서 상황시로 본다.[3]

둘째, 5시집 이후에서 『몸시』, 『알시』까지의 후기시를 설명하는 글이다. 김재홍은 5시집 『비어 있음의 충만을 위하여』가 『들판의 비인 집이로다』의 황량한 상황 인식과 『매달려 있음의 세상』의 불안한 실존 의식의 그림자가 가셔 있지 않음에도 불구하고 그 비애의 배경이 현실적 문제에 기초하는 점에 주목한다.[4] 『비어 있음의 충만을 위하여』에서 『몸詩』에 이르는 기간의 작품에 관심을 모으는 정효구는 비우고 지우는 시심(詩心)의 의미를 통찰한다.[5] 김인환은 『몸詩』는 인간의 신체를 더 이상 물러갈 수 없는 투쟁의 교두보로 구축하려는 완강하고 치열한 실험이라고 설명한다.[6] 김상환은 철학적 맥락에서 「몸詩」를 바라본다. 세 번에 걸쳐 연재된 글 중 첫 번째 글에서, 몸에 대한 배려가 현대성에 대한 이론적 담론에서 중심적 과제가 된다고 전제한 후 「몸詩」에 대한 논의를 시작한다.[7]

---

1) 전봉건, 「환상과 상처」, 『세대』, 세대사, 1964. 11.

2) 최동호, 「한국현대시사」, 『한국현대문학 50년』, 민음사, 1995, p. 64.

3) 신동욱, 「기다림과 成熟에의 意志」, 정진규 시집 『매달려 있음의 세상』 해설, 문학예술사, 1979.

4) 김재홍, 「가을 정신의 지향」, 『시와 진실』, 이우출판사, 1984.

5) 정효구, 「"비움"과 "몸"의 사상」, 『우주공동체와 문학의 길』, 시와시학사, 1994.

6) 김인환, 「몸詩에 대하여」, 정진규 시집 『몸詩』 해설, 세계사, 1994.

7) 김상환, 「육체와 현대성—정진규의 몸詩에 대하여 (I-III)」, 『현대시학』, 현대시학

셋째, 산문시의 가능성과 한계를 지적한 글이다. 정진규의 산문시는 3시집에서부터 나타난다. 6, 7시집은 전체가 산문시이며, 8시집 이후 다시 자유시가 등장한다. 성기옥의 「들판의 비인 집이로다」 분석은 한국 시가 문학의 율격 이론을 적절히 적용시킨 글이다. 그는 이 시가 4음보의 리듬과 반복의 구조로 짜여져서 시성과 산문성을 적절히 조화시키고 있다고 밝힌다.[8] 김재홍은 「별낳기」와 「예외」를 언급하면서 줄글 형식의 산문시적 개방과 경어체를 통해 치렁치렁한 여유의 힘과 호소력을 유발한다고 주장한다.[9]

넷째, 정진규의 시를 전체적으로 아우르는 연구이다. 최동호는 정진규 시의 통시적 고찰을 최초로 시도한다. 그는 "정신주의"적 맥락에서 정진규 시의 변모를 언급하다. 작품에 대한 섬세한 분석을 통하여, 시의식 변모에 따른 시기 구분을 시도한다. 그것은 탐닉과 모색의 시로 파악되는 6-70년대의 시, 그리고 극기와 영혼의 시로 언급되는 80년대 이후의 시다.[10] 고형진은 초기 시집부터 9시집 『몸詩』에 이르기까지의 시적 여정을, 영원을 향한 치열한 정신주의의 완성 과정이라는 관점에서 살피고 있다.[11]

본고는 『마른 수수깡 평화』에서 『몸시』에 이르는 아홉 권의 시집을 시의식 변모에 따라 네 시기로 구분하여 정진규의 시를 개괄적으

사, 1994년 7월호, 10월호, 12월호.
8) 성기옥, 「시성과 산문성의 조화」, 『한국대표시평설』, 문학세계사, 1983.
  「작품의 의미와 율격」, 『한국 시가 율격의 이론』, 새문사, 1986.
  위 두 편의 글은 율격 분석에 관한 장을 빼고는 같은 내용의 글이다. 율격 분석은 후자에 좀 더 구체적으로 언급되어 있다.
9) 김재홍, 「생략과 부연」, 『현대시의 열린 정신』, 종로서적, 1987.
10) 최동호, 「정갈한 영혼을 찾아서」, 『불확정 시대의 시학』, 문학과지성사, 1987.
11) 고형진, 「"見者"의 시적 여정 : 정진규의 시세계」, 상명대 『어문학연구』 3집, 1995. 2.

로 이해해 보고자 한다. 이것은 시인이 지향하는 의식 변모 단계를 기준으로 삼는다. 시의식 규명은 자아와 세계의 대응 양상에 대한 고찰을 전제로 한다. 자아와 세계의 관계를 안다는 것은 자아가 위치한 세계의 양상을 아는 일에 다름 아니다. 본고는 이 세계 속에서 자아가 추구하는 방향성과 그 추구의 결과를 살피는 일을 통하여 정진규 시를 이해하고자 한다.

필자는 시의식 변모를 "1기, 2기, 3기, 4기"로 구분했다. 『마른 수수깡의 평화』와 『有限의 빗장』을 1기에, 『들판의 비인 집이로다』와 『매달려 있음의 세상』을 2기에, 『비어 있음의 충만을 위하여』, 『연필로 쓰기』, 『뼈에 대하여』를 3기에, 『별들의 바탕은 어둠이 마땅하다』(일부는 3기에 해당), 『몸詩』를 4기에 넣는다. 이는 정진규가 아직도 왕성하게 작품을 발표하고 있으므로, 등단 무렵의 시를 초기시로, 최근의 시를 후기시로 안일하게 지칭할 수 없다는 판단에서 연유하였다.

1기시는 내면 의식 탐구를 위주로 하는 시편들로 구성되어 있다. 이 시기에 시인이 추구한 시의식이 무엇인가를 밝히면서 1기시를 평가할 수 있다. "의식의 혼돈"은 1기시의 시의식을 단적으로 설명하는 용어이다. 1기시는 정진규 시가 역동적인 변모를 거듭하는 근간이 되고 있음을 밝힐 것이다.

2기시는 불안한 현실에 다가선다. 정진규는 자신의 실존을 완성하기 위해서 불안을 극복할 수 있는 안정을 희구한다. 2기시부터 빈번히 등장하는 '집'의 의미 분석은 정진규의 의식 지향을 설명하는 데 도움을 줄 것이다. '집'은 2, 3기시에 나타나는 중요한 이미지로 시인이 갈구한 평화의 공간이다. 고독과 어둠을 극복하면서 시인은 여러 사람들이 어우러져 사는 사회적 공간으로 나아가게 된다. 여기서 3

기시가 형성된다.

3기시는 세계와 화해하는 연대적 삶을 지향하면서 시의식을 확대시킨다. '연대적 삶'이란 인간 상호간의 사랑이 충만한 공동체적 삶을 의미한다. '확대'는 소모적이고 고통스럽게 내면을 탐구한 의식 하강기를 거쳐 생산적인 과정을 밟고 있으므로 사용된 말이다. 2기시와 이어지는 비애의 정서를 분석하면서 3기시를 이해하는 매듭을 풀 수 있다. 3기시의 비애는 앞 시기의 그것과는 다른 의미를 지닌다.

4기시에서 정진규의 세계 화해는 만물 공동체의 실현으로 나아간다. 그가 실현한 만물 공동체는 만물간의 '몸'적 만남이다. 그는『몸詩』에서 육체성에 대한 성찰을 거듭한다. 이것은 1기시에서 천착한 내면 탐색과 정반대에 놓이는 작업이다. 시인은 이 과정을 통하여 육체와 정신이 둘이 아니라는 깨달음을 얻는다. 1, 2, 3기의 의식 지향이 4기에 이르러 화합하게 된다. 다음에서 그 양상을 구체적으로 살펴보자.

2-1. 제1기 : 불가시적 세계와 의식의 혼돈

1기는 불가시적 내면 세계에 천착하는 시기로 시의식이 혼돈에 빠진 시기이다. 내면의 유폐적 공간으로 시인의 탐구 영역이 축소되었다. 정진규에게 내면 의식이란 쉽게 말해, 가시적인 세계의 모습과 반대되는 의미를 지닌 영역을 가리킨다. 이것은 사회·경제·역사적 현실과는 동떨어질 수밖에 없다. 이 시기의 시는 비현실적 공간을 상징성이 강한 어휘들을 통하여 제시하고 있다.

정진규가 1기시에서 내면 탐구에 주력하게 된 배경은, 그가 몸담

았던 '현대시동인'의 창작 경향에서도 확인할 수 있다. "외적 경험의
축적, 변형, 융화라는 과정"을 "이미쥐와 기교의 극명한 방법"[12]으로
표출하자는 동인들의 입장은 정진규의 1기시에도 그대로 수용된다.
오브제로서의 언어가 극단적으로 개인화하는 경향을 띠는 1기시의
몇몇 작품들은 정서적 감동을 약화시키는 단점을 가지고 있다. 내면
의식은 유폐된 의식 공간이므로 이것을 탐색하는 작업은 어렵고 고
통스럽다. 내면 의식은 감각 기관으로 인식할 수 없다. 이 때의 인식
은 의식의 내적 구조와 본질에 대한 특수한 인식으로 나아가게 된다.
  "내 內部의 바다, 떠가는 木船의/등불이/한밤 중에도/흔들리우며
가"(「引揚」 부분)다가 망망대해 같은 내면 의식 속에서 시인이 인양하
려 한 것은 무엇일까? 내면 의식을 추구하고 그것의 정체를 밝히려
는 목적이 무엇일까? 내면 탐구라는 고통스러운 자기와의 싸움을 통
하여 시인이 찾고자 한 것이 내면의 자유라는 점을 다음 시들은 가
르쳐 준다. 자유를 위하여 시인은 내면의 불가시적 세계 속을 방황했
던 것이다.

> 만나지지 않는 舞踊과 音樂은
> 언제나 지루했습니다.
> 어떠한 詩도 저명한 세계의 學說도
> 모두 높은 모자를 쓰고 왔습니다.
> (…중략…)
> 내가 허락받아야 할
> 自由란 이런 것이 아니었습니다.
> 가령, 한 그릇의 차고 질긴 국수를 먹는 동안에도

---

12) 현대시동인회, 『현대시』 9집, 1966. 3, p. 1.

허락받아야 할 나의, 民衆의
自由란 이런 것이 아니었습니다.

　　　　　　　　　—「私生活」 부분

　자유가 쉽게 다가오지 않음을 이야기하는 시다. 화자가 찾는 자유
란 무용을 보고 음악을 듣는 것만을 의미하지 않는다. "무용"과 "음
악"이 주는 의미를 완전히 파악할 때에 비로소 자유는 획득된다. 마
찬가지로 "시"와 "학설"의 온전한 의미를 이해해야만 자유를 얻을 수
있고, "질긴 국수"의 맛을 알아야 자유를 얻을 수 있다. 그런데 화자
는 단지 눈과 귀와 입으로만 사물을 대하고 있다. 정신적인 교감은
이루어지지 않고 있다. 그것들을 이해할 수 없는 지금 자유 찾기란
"지루"하기만 하다. 화자가 찾는 자유가 무엇을 의미하는지 화자 자
신도 모르고 있다. 남는 것은 상처받은 사물들뿐이다. 결국 자유를
향한 노력은 결과를 얻지 못한다. 한편 자유 찾기의 지난한 과정에는
환상이 개입되어 있으며, 이 환상성이 가져다주는 의미가 무엇인가
를 다음 시들은 보여준다.

처음엔
敬虔의 帽子를 벗으시고
너무도 貴公스런 발걸음새로였지,
겨울바람 눈바람들 아프게 尋訪하는
나의 裸木 가장귀들의 숲을
검은 나의 裸木 가장귀마다를
당신이 다른 質量으로 尋訪하고 있었을 때
家屋들은 모두 빗장을 지르고
뜨거운 물주전자를 따르고 있었지.

다음엔 純毛의 털실 목도리를
다시 다음엔 아름다운 당신의 빨강 內衣를
하나씩 벗어 걸어 입혀 주시고
裸木으로 숲 속을 걸어가던 女子

—「信奉이었지」 부분

"나의 裸木"은 화자의 모습이다. 화자는 벌거벗은 채 겨울 바람에
떨고 있다. 그의 헐벗은 몸을 감싸줄 여인이 나타난다. 상처를 치료
해 줄 여인은 귀공스런 모습으로 겨울숲에 나타난다. 바람이 나무의
가장귀를 할퀴는 동안 마을의 집들은 외부와 차단된 채, 물을 끓이며
추위를 이긴다. 여자는 추위에 떨고 있는 사람들에게도 온기를 전해
주고자 하나 마을 사람들은 밀폐된 집문을 열어 주지 않는다. 이 때
여자는 "털실 목도리"와 "빨강 내의"를 벗어 "나의 나목"을 감싸주고
스스로가 나체가 되어 숲 속을 걸어간다. 숲 속의 요정 같은 여자의
등장은 어떤 환상에 힘입어 자신의 상처를 치유해 보고자 하는 화자
의 심리 상태에 의해서 비롯되었다. 화자는 환상적 힘으로 현재의 결
핍을 이기고자 한다. 하지만 내면 의식 탐구를 통해서 순수와 자유의
세계로 나아가고자 했던 시의식은 한계에 부딪친다. 아무 것도 획득
할 수 없었던 지난한 탐색과 그것을 다시 환상적 구도로 극복해 보
려는 노력은, 허무로의 침잠으로 끝이 나고 있다. 정진규는 있어야
할 것들이 결핍되어 있다는 의식 속에서 어찌할 도리없이 허무의 공
간으로 점점 빠져들게 된다.

나와 內通하던
열 사람의 女子와도

이 가을엔 헤어지기 위하여
모두 열 개의 誘惑을
오직 한 개의 誘惑으로
集約하기 위하여
나는 하루에 한 번씩
열흘동안
머리를 깎았지만
그러니까 모두 열 번을 깎았지만
모두 열 번을 버리고
오직 한 번을 얻고자 했지만
단추가 하나
떨어져 있었다.
나의 中央이
다섯 개의 내 秩序가
모두 무너져 보였다.

그것이 問題다.
그것이 問題다.
돌아와 한밤엔
뛰어가는 발자욱 소리들의
맨 마지막
혼자서 뛰어가는 뒤떨어진
발자욱 소리를 듣기도 했지만
그것이 나이고자 했지만
나는 혼자서 向方을 바꿀 수가 없었다.

단추 하나가
떨어져 있었다.

—「단추 하나의 問題」 전문

화자는 단추 하나를 상실함으로써 완전했던 내적 질서를 와해시키게 된다. 다섯 개의 단추 중에서 하나를 잃은 것은, 5분의 1의 상실이 아니라 중앙 혹은 다섯 개 모두의 붕괴로 인식된다. 단추 하나의 문제는 결국 화자의 내적 질서를 파괴한다. "그것이 문제다"의 반복은 심각성을 환기시킨다. 떨어진 단추 하나는 뒤쳐진 발자국 소리로 연결된다. 그 소리는, 결국 발자국 소리 전체의 뒤쳐짐을 의미하게 된다는 점에서, 떨어진 단추 하나의 등가물로 볼 수 있다. 화자는 스스로 소리가 되어 전체 발자국 소리의 뒤쳐짐을 막아 보고자 하지만 "향방을 바꿀 수 없었다"는 진술에서 소리 하나의 문제가 전체적 상실감을 일으키고 있음을 알게 된다.

"모든 것이 누설되었다./아내의 가계부가 누설되고/한 인물의 全生涯가 누설되었으며/때로는 國家가 누설되었다."(「미행 2」 부분)에서 있어야 할 것이 없다는 허무적 상실감은 아무 것도 알 수가 없다는 불가지론으로 나아가고 있다. 「미행 2」에서 시인은 이제 모든 것이 드러나고 말았다고 말한다. 그 드러남은 인식 주체의 노력의 결과가 아니라 타자에 의한 것이다. 시인이 탐구했던 내면 의식은 인식 주체의 태도와는 상관없이 누설되고 말았다. "하느님의 지팡이"를 가지려고 했던 "내 의식의 소굴"은 폭로되고 말아 이제 더 이상 도둑을 키울 수가 없게 되었다. 내면 탐구의 지난한 과정을 여기에서 정리해야 한다고 시인은 말한다.

가득 가득 쏟아지는 햇살 속에 가장 싱싱한 草綠으로 키가 크고 있던 잘 생긴 한 그루 나무, 나무의 이파리들이 모두 몇 개일까, 하나씩 세어 가다가 그만 꿈이 깨었다. 그 나무의 이름을 알자면 그 나무의 이파리들의 數爻를 알아얀다고 누군가 꿈 속에서 일러주었기 때문이다.

—「꿈 二號」 전문

꿈의 공간에서 화자는 나무를 만난다. 그는 나무의 이름을 알고 싶다. 나무의 이름을 알기 위해서는 나무 이파리의 숫자를 알아야 한다. 한창 푸름을 더하고 있는 싱싱한 여름 나무의 이파리 숫자를 정확히 알기란 불가능하다. 그러므로 나무의 이름을 알아낼 수가 없다. 꿈속에 나타난 나무의 이름, 영원히 알 수 없는 초록의 정체 그것은 시인이 간절히 추구해 온 내면 의식이다. 이제 시인은 이 모든 것이 알 수 없는 것이라는 결론을 얻고 현실 공간으로 꿈 깨고 있다. "처음으로 차본 純金시계/그걸로 자꾸만 맞비춰대고 있었다./젖는 누나의 內岸을/쉬임없이 저어가던 나의 木船들/그것들은 죄다 끝나 있었다"(「마굿간 여자」 부분)고 외칠 수밖에 없게 된다. 내면 의식의 지난한 탐구 과정에서 시인이 정작 얻을 수 있었던 것은 많지 않지만, 이것은 시인이 자신의 실존의 문제와 사회공동체적 문제에 눈을 돌리게 만드는 계기를 부여한다. 이 과정은 일종의 통과의례(通過儀禮)라고 할 수 있다. "이러한 과정을 거쳐 스스로 자유로워질 수 있을 때 진정한 노래가 있는 말씀의 집이 비로소 태어날 수 있다."[13]라고 시인은 자신의 시정신을 피력한다. 시인이 추구한 내면 탐구의 과정은 거쳐갈 수밖에 없었던 억압 공간이었다. 그것은 극복하고 벗어나야만 했던 입사(入社)의 과정이었다. 이 과정을 지나서 그는 새로운 지평으로 나아가게 된다. 내면 의식이라는 불가시적인 세계와 맞닥뜨려진 시의식의 충돌과 혼돈은 처절하기까지 했다. 이 싸움이 다른 양

---

13) 정진규, 「나의 詩精神」, 『별들의 바탕은 어둠이 마땅하다』, 문학세계사, 1990, p. 135.

상으로 전이되고 있음을 『들판의 집이로다』와 『매달려 있음의 세상』에서 알 수 있다. 이들 시집에 이르러 문학과 현실의 관계는 더 구체화하고 있다.

2-2. 제2기 : 불안한 현실과 의식의 변전

2기시에서 시인은 지난날의 시작(詩作) 방법에 대해 반성한다. 그 반성을 통해서 새로운 세계로 시적 공간을 확대시키려는 시도를 하게 된다. 그것은 현실적 구체성을 지향하는 작품 창작을 의미한다. 창작 경향을 바꿀 무렵 정진규는 개인 시사적(詩史的) 의미에서 중요한 시론 「시적 '애매함'과 '정직함'에 대하여」[14]를 발표한다.

그 '애매함'의 흐름이란 가장 정통적인 시의 페이스를 밟고 있다고 과신하고 있는 소위 意識의 심층을 발굴해 가고 있는 자세들의 것이며, '정직함'의 흐름이란 사회적인 관점 아래서 역사를 살아가는 인간의 자유와 양심이 표명되어야 한다고 믿고 있는 보다 비판적인 흐름의 것들이라고 할 수 있다.[15]

위의 글을 읽어보면 정진규는 이 무렵 "애매함"을 지향하는 내면의식 탐구 위주의 시인들에 대한 비판적 입장을 지니고 있음을 알 수 있다. 이는 바로 60년대 '현대시동인'에서 활동하면서 발표했던 자신의 시에 대한 회의와 반성으로 이어진다.

---

14) 『詩人』지에 「시의 애매함에 대하여」(1969. 9), 「시의 정직함에 대하여」(1970. 2)로 나누어 실은 후, 자신의 시론집에 넣을 때 한 데 묶어 위의 제목을 붙이고 있다.
15) 정진규, 『따뜻한 상징』(나남, 1987)에 재수록. p. 399.

결국 '애매함'과 '정직함'이란 두 개의 상대적인 개념은 피나는 충돌을 거쳐 하나의 승화된 공간을 획득해야만 한다는 것이 나의 주장이다.[16]

정진규가 이 시론을 통하여 궁극적으로 말하려는 것은 '애매함'과 '정직함' 어느 한쪽에 대한 일방적인 지지나 비판이 아니라 그 둘의 양극화 현상을 극복하고 양자의 긍정적인 면이 융합하는 시적 공간을 창출해 내자는 데 있다. 하지만 그가 젊은 시절 끊임없이 천착해 온 대상이 '애매함'쪽에 근접한다고 볼 때, 이 시론은 자신의 과거 시작을 포함하여, 함께 활동했던 '현대시동인' 전체에 대한 비판의 의미를 지니고 있음을 알 수 있다. 정진규가 '현대시동인'을 탈퇴했던 이론적 근거 역시 위에서 찾을 수 있다.[17] 「시의 '애매함'과 '정직함'에 대하여」가 시인의 반성과 전향 의도가 나타난 시론이라면, 그 반성을 작품으로 형상화한 것이 「바보의 살」, 「죽음을 다시 공부하는 時間」, 「가을」 등의 작품이다.

> 지난 몇해간은
> 날 잘 잠재우는 女子 하나 있어
> 날 잘 잠재우는 通達한 女子 하나 있어
> 바보의 살을 찌우면서
> 대낮의
> 깊고 깊은 잠 속으로
> 溺死해 가기도 했습니다만

—「바보의 살」 부분

16) 정진규, 위의 저서, p. 419.

17) 정진규가 '현대시동인'을 탈퇴한 것은 1967년이다. 이 시론이 발표되기 두 해 전이다.

지난 세월 동안 시인이 탐색했던 의식의 심층은, 그를 완전히 잠재울 수 있었던 "통달한 여자"의 품 같은 곳이었다. 그 잠은 정상적인 시간 동안에 이루어지지 않았다. 대낮의 깊은 잠은 비합리성과 부적절성을 내포한다. "바보의 살"을 찌운다는 표현은 그 잠이 가치 없으며, 역효과만을 가중시키고 있다는 것을 알게 해 준다. 그 잠 속에서 시인은 육신과 정신을 모두 고갈시킬 수밖에 없는 "익사"의 과정을 밟게 된다.

2기시에 나타난 소외의식은 사회적 속성과 밀접하게 연결된다. 사회와 집단의 의미는 '집'의 이미지를 통해서 일반화된다. '집'은 인간의 삶을 총체적으로 보호하는 안정된 공간이다. '집'은 정진규 시에 있어서 무척 중요한 이미지인데 그의 시에 나타나는 '집' 역시 안정된 공간을 의미한다. 이는 단순한 거주의 공간을 넘어서 시인의 실존이 추구되는 현실 공간의 제유이자 상징이다. 다음에서 집 이미지가 중요하게 나타나는 작품을 살펴보자.

어쩌랴, 하늘 가득 머리 풀어 울고 우는 빗줄기, 뜨락에 와 가득히 당도하는 저녁나절의 저 음험한 悲哀의 어깨들 오, 어쩌랴, 나 차가운 한 잔의 술로 더불어 혼자일 따름이로다 뜨락엔 작은 나무 椅子 하나, 깊이 젖고 있을 따름이로다 全財産이로다

어쩌랴, 그대도 들으시는가 귀 기울이면 내 幼年의 캄캄한 늪에서 한 마리의 이무기는 살아남아 울도다 오, 어쩌랴, 때가 아니로다, 때가 아니로다, 때가 아니로다, 온 國土의 벌판을 기일게 기일게 혼자서 건너가는 비에 젖은 소리의 뒷등이 보일 따름이로다

어쩌랴, 나는 없어라 그리운 물, 설설설 끓이고 싶은 한 가마의 뜨거운

물, 우리네 아궁이에 지피어지던 어머니의 불, 그 잘 마른 삭정이들, 불
의 살점들 하나도 없이 오, 어쩌랴, 또다시 나 차가운 한 잔의 술로 더불
어 오직 혼자일 따름이로다 全財産이로다, 비인 집이로다, 들판의 비인
집이로다 하늘 가득 머리 풀어 빗줄기 울고 울도다

—「들판의 비인 집이로다」 전문

　화자가 서 있는 저녁나절의 비오는 뜨락은 음험한 비애의 정서를
불러일으키고 있다. 차가운 한잔 술에 외로움을 달래는 화자는 깊이
젖고 있는 뜨락의 의자를 바라보면서 유년의 캄캄했던 늪을 기억하
며 승천하지 못한 채 방황하던 이무기의 구슬픈 울음소리를 듣는다.
이무기는 때를 만나지 못해 좌절하고 있는 화자 자신의 모습이다. 화
자는 자신의 슬픔을 하늘로 날려 버릴 시간을 기다리지만 좀처럼 때
는 오지 않는다. 그립도록 "뜨거운 물"도 "어머니의 불"도 이제는 다
잃고 말아 한없이 외롭기만 할 따름이다. 그가 "한 잔의 술"에 취하는
것도 "불"과 "물"의 결핍 때문이다. 그러나 "술"은 물과 불의 기능을
동시에 지니지만 잃어버린 불과 물을 대신할 수 없다. 술 취한 그는
따뜻한 공간을 갈구하지만 방안으로 들어가지도 못한 채 차가운 저
녁나절의 비만 맞는다. "잘 마른 삭정이"는 과거의 물과 불을 재현할
수 있는 재료이지만, 이것조차도 그에게는 없어 비극성을 극복할 가
능성마저도 상실한다.
　넓디넓은 "국토"라는 들판에 지어 놓은 텅 빈 집은 이미 정상적인
집의 기능을 상실한 폐가이다. 화자는 그가 처해 있는 집의 공간이
방황을 감싸 안아줄 어머니의 품 같은 모성적 공간이기를 바라지만,
그곳은 방황하는 자신의 울분의 집합체요, 응결체일 뿐이며, 머리 풀
어 우는 저녁나절의 차가운 빗줄기를 피할 길 없는 "들판"과도 같은

곳이다. 정진규는 『들판의 비인 집이로다』의 후기에서 이 시집에 수록된 자신의 고뇌와 갈등은 "혼돈의 역사적 현실을 외면할 수 없는 나의 양심과의 만남이다"[18]라고 밝히고 있다. 시집의 표제시인 이 시를 통해서도 역사적 현실을 인식하려는 시도를 하고 있는 것으로 보인다. "온 국토의 벌판", "우리네 아궁이" 등의 시어는 이러한 의도가 드러난 예이다. "온 국토"라는 확대된 공간과 "우리네"라는 보편적 인식을 통해서 이 시의 한을 민족적 한으로 확대시키려고 하나, 이 두 시어의 전체적인 문맥 속에서 발휘하는 힘은 미약해 보인다. 창작 의도가 후기에 밝힌 대로라면 이 시의 주제와 의도가 다소 엇나간 감이 없지 않다. 이 시의 정서는 다분히 개인적인 한과 울분에 머물러 있다. 이 시는 민족적 정한을 표현하는 데는 미흡하지만 개인의 슬픔과 좌절을 상징적으로 형상화하는 데는 성공했다고 평가된다.[19]

「들판의 비인 집이로다」에서 그려진 "집"은 갈등과 한의 공간이다. 갈등과 한은 시인의 실존을 불안하게 만든다. 네 번째 시집에 실린 「집」 역시 안식과 평화의 공간이 아니라 갈등과 불화의 공간으로 "집"을 그리고 있다. 「들판의 비인 집이로다」에서도 그러했듯이 시인은, 자신이 처해 있는 "집"의 공간이 안식과 평화를 주기를 바라지만 "집"은 이를 허락하지 않는다. 그러나 「들판의 비인 집이로다」에서는 탄식과 자조의 정서로 소극적인 대응을 한 반면, 「집」에서는 보다 적극적인 싸움을 시도한다. 이는 안정된 실존을 보장받기 위한 존재자의 몸부림으로 해석될 수 있다. 시인의 불안한 실존이 "집"의 이미지

---

18) 정진규, 『들판의 비인 집이로다』, 교학사, 1977, p. 83.
19) 성기옥 역시 위의 글 「시성과 산문성의 조화」, 『한국대표시평설』(문학세계사, 1983)에서 「들판의 비인 집이로다」는 민족적 한에서 비롯된 '우리'의 슬픔을 노래했다기보다는 민족적 한에서 비롯된 '나(개인)'의 슬픔을 노래했다고 설명한다.

로만 그려지는 것은 아니다. 「오세요, 오세요」는 "집"의 이미지를 표현하고 있지는 않지만 세계에 대해 시인이 느끼는 불안과 위태로움이 여전히 나타나는 작품이다.

달과 해의 매달림 땅과 바다의 매달림 그런 흐름. 오, 흐르는 매달림. 한 송의 꽃이 하나의 꽃대궁에 하나의 宇宙로 매달려 있음. 열매는 한 가지 끝에 勝利처럼 매달려 豊饒로움. 아가는 엄마의 가슴 속에 宇宙로 매달려 平和, 平和. 音樂이여, 그대가 적시며 그으며 흔들며 닫아주며 이끌고 가는 그 純粹의 集結 끝에 겨우겨우 날 가담시켜 주던 그런 매달림. 행복한 사랑의 引力. 오, 그러나 요즈음엔 그것들이 무너지고 무너져 내리는 소리 天地 가득함. 사랑 밖으로 쫓겨난 저 벼랑 끝의 아우성들. 그렇게 매달려 있는 것들의 소리만 듣고 있음. 매달려 있는 것들의 냄새만 맡고 있음. 아픔. 그들은 때로 모습마저 없고 소리마저 없고 냄새마저 없사오나 내게는 더욱 분명히 보이오며 분명히 들리오며 분명히 맡아지는 그런 一大事件임. 더욱 아프고 아픔. 매달려 있음의 세상, 매달려 있음의 세상. 一大事件임. 어느날엔가 매우 강력한 힘이 하나 나타나 이들의 손목을 잡아 줄 것임. 풀어 줄 것임. 분명히 달려 오고 달려 오고 있음을 믿음. 행복한 사랑의 인력이여. 오세요, 오세요. 지금 그립고 그리움.

—「오세요, 오세요」 전문

이 시는 현실적 불안 요인을 문제 삼고 있다는 점에서 앞의 시와 연결된다. 그러나 이 시에는 그 불안이 해소될 가능성에 대한 낙관적 믿음이 있다. 안정의 희구는 실존으로 가는 가장 기본적인 명제이다. 「오세요, 오세요」는 2기시가 귀결될 수 있는 지점을 암시한다. 이 지점에서 시인은 존재의 안정을 확보하겠다는 노력을 그치지 않음으로써 온전한 실존에 한층 다가선다.

시인은 「심지를 갈아 끼울까요」라는 시에서 진정으로 세상을 안정하게 사는 방법은 세속적 집착을 접어 두고 세상을 향하여 베푸는 일이라고 말한다. 세상의 많은 사람들은 약자들을 약탈하고 지배함으로써 자신을 강자로 만들어 편하게 살려고 하지만, 실상 이들은 순간의 강자일 뿐 영원한 강자가 될 수 없다. 영원한 강자가 되는 길은, 자기 것을 나보다 덜 가진 사람들에게 돌려주는 일에서부터 시작됨을 시인은 깨닫고 있다. 베푸는 일은 넉넉히 가진 자만의 특권이 아니다. 오히려 풍요롭지 못한 이들의 희생적인 나눔이야말로 참다운 자기 비우기이다. "한없이 벗고 또 벗어"주어 "맨발"이 되는 자세는 정진규가 깨달은 가장 순수한 나눔의 모습이다. 이러한 깨달음을 이룬 그는 「곳곳에 가을이 당도하였으매」에서 보였던 "고향에 다시 당도하는 꿈"에 대한 집착도 버리게 된다. 자기를 비우고 희생하는 정서는 3기시의 주요한 모티브가 된다.

2-3. 제3기 : 연대적 삶과 의식의 확대

『비어 있음의 충만을 위하여』, 『연필로 쓰기』의 세계로 넘어온 정진규의 시세계는, 내면의 혼돈과 불안한 실존 속에서 헤매던 1, 2기시에 나타난 어둠과 비애의 정서를 확대된 사회적 공간을 배경으로 다시 나타내고 있다. 1, 2기시에 나타난 자아가 주로 유폐적이면서 개인적인 자아였다면, 3기시에 보이는 자아는 사회적 의미를 지닌다. 이러한 맥락에서 3기시는 사회성을 탐구하고 있다고 할 수 있다. 정진규가 바라본 사회적 문제는 계급 대립이나 민족 갈등이 아니다. 그는 처음에는 민주와 자유가 억압되는 정치적인 문제, 또는 소시민들의 무기력한 삶의 문제에 관심을 가지다가 후에는 공동체의 무너짐을 걱정하고 공동체의식을 실현하려는 시의식을 보인다.

시인은 이 사회가 기쁨보다는 슬픔이, 희망보다는 절망이 우위를 차지하고 있는 곳임을 자각하고 비애와 탄식에 젖는다. 이 사회에 슬픔과 절망이 더 많은 것은 개인간 유대의 끈이 약해졌기 때문이라고 시인은 파악한다. 「우리들의 사랑이 저물 때」, 「나의 兵丁들」, 「雜技에 대하여」, 「장독을 닦으며」 「지금 세상의 이마는 뜨겁고 뜨겁습니다」, 「평안한 잠에 들 그날이 오리니」, 「주눅들기」, 「환」, 「가을밤 생각」 등의 작품에는 일상적 공간으로서의 사회적 삶에 대한 비애와 탄식의 정서가 들어 있다. 그러나 시인이 궁극적으로 바라는 것은 기쁨과 희망이다.

아직은 푸르던 한 坪쯤의 풀밭마저 못쓰게 되었을 때, 이제는 下直을 고할 수밖에 없을 때, 그렇게 우리의 사랑이 저물 때, 석양의 어디쯤 홀로 가고 있을 때, 그러한 때일지라도 막막하게 쓰러지지는 마실 것 어둠을 퍼내어 들판에 부리고 오는 사람, 새벽길에서 만나는 새벽사람이고자 하실 것 절망을 믿지 마실 것 우리가 떠나와서 하염없이 떠나와서 이른 봄날 강가에 당도하여서 한숨으로 바라보았을 때, 이윽고 풀리는 겨울강의 작은 뒤채김 같은 것, 어렵게 돋아나는 풀잎 하나의 초록빛 같은 것, 우리네 머리칼 하나 고요로이 밀어올리는 첫 봄바람의 韻律같은 것, 그런 모습이라 할지라도 여리고 여리시다 할지라도 그들이 있으심을 믿으실 것 合流하실 것 깊은 그대 고요의 속살에 그들이 내리시는 사랑의 실뿌리, 그걸 끝끝내 믿으실 것 사랑의 물꼬가 되어지심을 끝끝내 믿으실 것 실은 그들 속에 깊고 길게 누워 있으신 힘, 힘 속에 불쌍한 몸을 뜨겁게 섞으실 것 그걸 보실 것 보이지 않으시면 보실 수 있을 때까지 그러한 눈을 지닐 수 있을 때까지 기다리실 것 석달 열흘쯤 아프실 것 주룩 주룩 비만 맞으실 것 우리의 사랑이 저물 때, 석양의 어디쯤 홀로 가고 있을 때.

—「우리의 사랑이 저물 때」 전문

화자는 현재의 푸른 풀밭도 언젠가는 못쓰게 될 것임을 알고 있다. 그 때는 우리의 사랑이 저물고 서로의 헤어짐을 확인할 수밖에 없게 된다. 화자는 사랑이 저무는 석양녘에 어둠을 퍼내는 새벽 사람을 생각하며 희망을 가지고자 한다. "겨울강의 작은 뒤채김", "풀잎 하나의 초록빛", "첫 봄바람의 韻律" 등은 작고 여린 것들이지만 시간이 지나면 강하게 될 수 있음을 믿자고 한다. 이 믿음이 변치 않을 때 우리의 깊은 어둠에 사랑의 실뿌리가 내리고 사랑의 물꼬가 트이게 된다. 화자는 그들 속에 내재한 힘을 볼 수 있을 때까지 시련과 단련이 필요함을 알고 있다. 현재적 고통이 클수록 시인은, 삶에 애정을 가지고 적극적으로 개척하라는 목소리를 높인다. 삶의 적극성은 삶에 대한 뉘우침으로부터 시작된다. 「나의 병정들」에서 시인은 허위와 이기주의에 빠지어 가서는 안될 곳에서 방황했던 자신의 과거를 반성하고 있다.

반성적 성찰을 통하여 삶을 관망하는 따뜻한 인식과 희생정신이 「원석」, 「옹이에 대하여」, 「철쭉꽃 지던 날」 등에서 선명히 드러난다. 이들 시는 삶이란 슬픔과 기쁨, 밝음과 어두움이라는 양면성을 지니고 있으며, 슬픔·외로움·아픔은 삶을 아름답게 하는 원석과 같다고 말한다. 상처(옹이)가 많을수록 삶은 빛난다는 것이다. 마침내 되찾게 되는 "집"은 이제 비로소 과거의 잘못을 뉘우치고 안식과 평화를 얻을 수 있는 공간이 된다. 이곳에서 시인은 "초록빛의 아이들"과 "꽃잎 피는 꽃잎"과 합일되려고 한다. 이 합일의 과정을 통하여 가난한 집 한 채, "오막살이 집 한 채"는 더욱 살 만한 곳이 된다.

가을엔 아내의 집에 머물기로 합니다 떨어진 입성도 기워 입기로 합니다 여뀌꽃처럼 가난한 아내가 데운 뜨거운 목욕물, 거기 잠시 잠깐 나를 허락해 두기로 합니다 마른 먼지 냄새가 나는 그런 갈증의 내 말씀의 곳간도 애써 열어 두기로 합니다 녹슨 자물쇠, 열고 열다 상한 손가락, 신선한 두어 방울의 피, 피를 흘리기로 합니다 가을 햇살 속 빨간 피, 그것과도 만나기로 합니다 여름 내내 상한 불빛 하나 들고 비에 젖던, 木船 하나로 비에 젖어 있던 봉두난발의 저녁 나루터, 내가 마시던 뜨거운 술국, 내가 부르던 유행가 한 가락, (아, 나의 떠돌이 나의 四十年 여기와 잠시 머물다) 두어 줄 써 놓고 깊은 잠속으로 빠져들기로 합니다 감춰진 별빛 찾기, 별빛 찾기 하늘 속으로 하늘 속으로 잠겨들기로 합니다

—「가을집」 전문

집에 돌아온 화자는 아내가 끓인 뜨거운 목욕물에 몸 담금으로써 자신의 육신을 정결히 한다. 또 "말씀의 곳간"을 열어 둠으로써 영혼의 순결성을 회복하고자 한다. "빨간 피"는 영혼의 순결성을 나타낼 수 있는 원초적 언어이다. 그 언어야말로 "말씀의 곳간"에 가득 찬 때 묻지 않은 "말씀"이다. "집"은 더 이상 불화와 갈등의 공간(「들판의 비인 집이로다」, 「집」, 「곳곳에 가을이 당도하였으매」에서처럼)이 아니라 영육의 순결을 되찾아 어려운 삶이지만 열심히 살아 나갈 수 있는 힘을 주는 곳이다. 그러나 이 시는 가출과 방황이 완전히 끝났음을 말하고 있지는 않다. 그는 "뜨거운 물"이 필요 없는 때가 오면 방황을

다시 시작할지도 모른다. "잠시 잠깐 나를 허락"한다는 표현은, 자신
의 내적 문제로 그 집에 영원히 머물지 않겠다는 암시가 있다. 어렵
게 되찾은 집에서 적극적 삶의 자세를 취하는 시가 「가을 精神」이다.

> 여름내
> 당신께오서 비워두셨던
> 한 채의 집
> 방방이 찾아다니며 나는
> 군불을 지펴요
> 어려운 시대의
> 실로 어려운 불꽃 하나 달고
> 반짝이는
> 오, 貧者의 一燈
> 등불도 하나씩 달아두어요.
>
> —「가을 精神」 부분

　시인이 불안한 실존을 극복하기 위하여 애타게 찾았던 "집"의 공간
은 「가을 精神」에서 이 사회를 향하여 열린다. 그는 다시는 "집"을 떠
나지 않을 것이다. 시인은 드디어 "집 한 채, 진정한 집 한 채를 지닌
다는 것은 마음대로 무엇이든 버릴 수 있는 장소를 지닌다는 뜻이다
그대를 비워낼 수 있게 되었다는 뜻이다"(「진정한 집 한 채」 부분)라는
깨달음에 이르게 된다. 즉 집은 공동체를 향한 실천을 할 수 있는 사
회적 의미를 획득한다. 비우고 버리는 행위의 끝에 공동체의식이 완
성될 수 있었다. 모두를 위해 열려진 공간, 동시에 모두를 위하여 자
신을 비울 수 있는 공간이, 정진규가 깨달은 "집"의 의미이다.
　정진규의 슬픔은 삶을 빛낼 수 있는 동력이 될 수 있다. 시인은 자

기 비우기와 세계 비우기라는 지난한 훈련을 통하여 자신의 내부에 있는 때묻은 비애를 청산한다. 또한 세상에 깊이 뿌리내린 부정적 요소를 극복해 나간다. 마음을 비운다는 것, 몸을 비운다는 것, 세상을 비게 한다는 것, 이러한 작업이 완성되는 가장 텅 빈 자리에서 깨달음의 경지는 열린다. 정진규의 깨달음은 대상간의 상호적 충일을 매개하는 삶의 가치를 인식하여 그를 위하여 자기의 것을 베풀어야 한다는 것이다. 자기 비우기와 세계 비우기를 위한 종교적 수행 같은 지난한 노력은, 사랑으로 충만한 공동체의 구현으로 나아가고 있음을 「따뜻한 상징」, 「겨울 양평」, 「밥詩」 등의 시는 가르쳐 준다.

어떤 밤에 혼자 깨어 있다 보면 이 땅의 사람들이 지금 따뜻하게 그것보다는, 그들이 그리워하는 따뜻하게 그것만큼씩 춥게 잠들어 있다는 사실이 왜 그렇게 눈물겨워지는지 모르겠다 조금씩 발이 시리기 때문에 깊게 잠들고 있지 못하다는 사실이 왜 그렇게 눈물겨워지는지 모르겠다 그들의 꿈에도 소름이 조금씩 돋고 있는 것이 보이고 추운 혈관들도 보이고 그들의 부엌 항아리 속에서는 길어다 놓은 이 땅의 물들이 조금씩 살얼음이 잡히고 있는 것이 보인다 요즈음 추위는 그런 것 때문이 아니라고 하지만, 요즈음 추위는 그런 것 때문이 아니라고 하지만, 그들의 문전마다 쌀 두어 됫박쯤씩 말없이 남몰래 팔아다 놓으면서 밤거리를 돌아다니고 싶다 그렇게 밤을 건너가고 싶다 가장 따뜻한 상징, 하이얀 쌀 두어됫박이 우리에겐 아직도 가장 따뜻한 상징이다

—「따뜻한 상징」 전문

화자는 발이 시리게 잠든 이웃의 모습이 눈물겹다고 한다. 그것은 단지 가난이나 암울한 정치 현실에서 기인한 것이 아니라 비인간적 삶의 풍경 때문이다. 화자는 이 현실을 안타깝게 여기고 스스로 이웃

들의 아픔 속으로 가고자 한다. 쌀(밥)은 정진규 시에 빈번히 등장하는 이미지다. 쌀은 필요불가결한 음식물이다. 자신의 쌀독을 비울 수 있는 이는 자신의 모든 것을 나눌 수 있을 것이다. 쌀이 상징하는 소중한 것을 서슴없이 비움으로써 화자는 공동체적 사랑을 실현한다. 봉사와 희생을 통해서 자신의 어둠과 추위마저 이기게 된다. "감각만 있는 표피적인 육감주의나 정신만 있는 경직된 관념주의의 틀을 벗어나 인간주의적인 따뜻함 속에서 감각과 정신의 조화를 시도하는 것이 산업 사회의 병폐 속에서 첨예한 대결로 치달리는 인간 말살주의를 극복할 수 있는 방안이 되리라"[20]고 믿을 때 이 시는 우리에게 더욱 많은 위안과 감동을 준다.

2-4. 제4기 : 통합적 세계와 의식의 평정

이 시기의 시의식은 인간과 인간, 인간과 사물, 사물과 사물이 유대하는 공간을 지향한다. 여기서 시의식은 평정을 이룬다. "시의식의 평정"은 정진규가 도달한 의식의 지평이며, 4기시의 의식 상태를 핵심적으로 꿰뚫는 의미를 지닌다. 이 무렵의 시를 대표하는 연작시 「몸詩」의 몸은 유심론적 몸도 아니며, 유물론적으로 절대화된 몸도 아니다. 정진규가 추구한 몸은 정신성과 육체성이 화해하는 공간이며 그동안 자신이 추구해 온 깨달음의 정신을 가장 구체적으로 보여 줄 수 있는 실체이다. 이 실체 속에서 인간 존재는 통일성을 보장받는다.

이 시기에 제 6, 7시집에서 한 동안 자취를 감추었던[21] 자유시가

---

20) 최동호, 『평정의 시학을 위하여』, 민음사, 1991, p. 184.

다시 나타난다. 산문시에 대한 집착이 사라지고 자유시와 산문시가
수적으로 비슷하게 나타나면서 시의식은 새로운 국면으로 발전한다.
「몸詩」 연작을 통하여 그는 내면 의식과 가시적 세계의 화합적 공간
을 열어 보인다. 그것은 육체성과 정신성의 화해로 상징화된다. 정진
규는 몸이 지니는 절대적 가치와, 정신성과 대응하는 상대적 의미에
천착한다. 다음 시는 시인이 생각한 몸과 마음(정신)이 무엇이냐를
말해 준다.

  그 싱싱하던 몸 하나가 쓰러지는 것을 나는 보았다 흔히 생각이 곧 말
씀이며 말씀이 곧 생각이라고 하지만 나도 그렇게 믿어왔지만 분명코
그것만은 아니었다 몸이 또한 말씀이며 말씀이 또한 몸이었다 몸이 쓰
러지자 그는 말씀부터 못하기 시작했다 고파보아라 아파보아라 몸이 고
파보아라 몸이 아파보아라 무슨 말씀 할 수 있더냐 몸 딛고 일어서서 몸
버리고 떠나와서 오직 생각만으로 마음만으로 별빛 하나 반짝이게 할
수 있다던 나의 비워 내기를 조용히 지우자 나를 조용히 지우자 곱게 修
正해 놓자 몸과 맘을 함께 앉히자 그걸 비우자

—「싱싱하던 몸 하나가」 전문

이 시는 3기에서 4기에 이르는 시의식 변모 과정을 밝히는 데 중
요한 단서를 주는 중요한 작품이다. 말씀(시)을 하기 위해 생각의 늪
을 헤매다 마음과 몸을 쇠하게 하던 시기를 지나 깨달은 것은 "몸이
또한 말씀이며 말씀이 또한 몸이었다"는 사실이다. 말씀의 춤을 위하
여 오직 비워 내던 방황의 시절을 이젠 다 지나 몸이 곧 시가 되는
경지에 이르렀다. 시인은 "오직 생각만으로 마음만으로 별빛 하나 반

---

21) 제 6, 7시집은 수록된 전편이 산문시이다.

짝이게"한 비우기 시편에서 "뼈"마저 없앰으로써 지고지순한 정신성을 추구하였다. 그러나 마음만으로 반짝이게 한 "별빛"은 시인에게 공허했다. 그 별빛은 정신을 빛나게 했지만 반대로 몸을 야위게 했다. 이제 시인은 몸이 쓰러지던 시절에 "비워 내기"를 조용히 지우자고 말한다. 그러나 자기희생의 정신이 부정되는 것은 아니다. 그것이 "수정"될 뿐이다. 시인의 몸을 통하여 한층 높아진 정신의 경지를 형상화하려 한다. 몸을 버리고 마음만을 가지고 무엇이든 할 수 있다고 생각했던 것에 대한 반성을 통하여, 몸과 마음이 화해할 가능성을 열어 보인다.

> 말씀은 몸이다
> 생각해 보라
> 눈에 밟힌다는 말!
> 가슴이 아프다는 말!
> 국이 시원하다는 말!

—「몸詩 · 3」 전문

정진규의 "말씀"은 시를 뜻하기도 하고 시 이전의 의식 현상을 가리키기도 한다. 때로는 몸이라는 말과 치환된다. "눈에 밟힌다", "가슴이 아프다"는 관용어의 의미가 이해되는 과정에는 우리의 몸이 지닌 감각성이 한 몫을 담당하고 있음에 주목하자. 누군가를 몹시 그리워하며 잊지 못하는 정서를 나타낼 때 쓰이는 "눈에 밟힌다"는 말, 슬프고 안타깝다는 정서를 나타내는 "가슴이 아프다"는 말은, 정서와 정념을 몸이라는 매개체를 통해서 우리의 두뇌에 실감나게 전달한다. 육체성 · 물질성을 지닌 가시적인 몸은 대상에 대한 인식성(몸성

으로서의 이성)을 통하여 정서, 사상, 정념 등을 만들어 나간다. 정진
규가 "말씀하는" 몸은 가시적 육체성과 불가시적 정신성을 포괄하는
다면적 세계 인식 원리라는 점에서 육체성과 정신성의 화해를 이야
기할 수 있다. 몸의 원리는 지각의 원리이다. 우리의 몸이 세계 안에
있는 것처럼 정신은 그 기관 안에 있을 수밖에 없다. 여성의 몸 이미
지를 중심으로 다루고 있는 다음과 같은 시에서도 이와 같은 몸의
원리가 그대로 나타난다.

> 길가의 꽃나무들이나
> 하찮은 쑥부쟁이나 개비름 모두
> 울컥울컥 입덧하는 걸 보는 일일세
> …
> 오늘부턴 나도
> 그들 곁에 가 쪼그리고 앉아서
> 울컥울컥 입덧을 시작한 일일세
> 이번엔 결코 상상임신은 아닐 걸세
>
> —「몸詩·18-편지」 부분

　"쑥부쟁이"와 "개비름"의 입덧은 그것들이 살아 있다는 것을 입증
하는 표시이다. 화자 역시 입덧을 통해서 자연물과 동화한다. 이 입
덧은 상상이 아니라 실제 임신으로 인한 것이라고 그는 말한다. 입덧
을 통한 자연물과 한 몸 되기 과정을 통하여 화자는 자신의 생명의
현장성을 확인한다. 몸은 살아 있는 동안 끊임없이 자라고, 퇴화하
고, 병들고, 완쾌되고, 늙는 것을 거듭한다. 이러한 모든 활동이 아기
를 가진 산모의 모습에 비유된다. 그러므로 우리 모두는 "몸하는 몸",
"입덧하는 몸"의 상태에 있는 것이다.

「몸詩」는 정신이 주인이 되어 몸을 부리는 것도 반대하고, 몸이 주인이 되어 정신을 좌지우지할 수도 없음을 이야기한다. 몸과 정신은 상호 상승적·상호 인과적 관계에 있다. 나아가 인간의 몸이 대상을 지각함으로써 그것을 자신의 몸 속으로 다시 정립시킨다고 생각할 때 "그 바탕이란 곧 인간의 존재와 주변 세계의 일체성이다".[22] 이 화해의 지평에서 드러내는 궁극적인 주제는 "만물의 유대"이다. 만물의 유대는 타자에 대한 사랑에서 비롯된다. 만물의 유대는 "인간과 사물", "사물과 사물", "인간과 인간"이 화합되는 꿈의 성취를 의미한다. 여기서는 주체와 객체의 구분이 없으며 모든 존재물이 그들의 존재 의의를 확충시키게 된다.

내가 그들을 먹은 게 아니라
그들이 나를 먹었다
기쁘다!
먹힐 수 있음의 기쁨을 아느냐
오랜만에 나는 아주 잘 먹혔다

나는 요즈음 먹힌다 이렇게
어딜 가서나 먹힌다 누구에게나
내가 참 맛있게는 되었나 보다

소여물을 썰면서
작두에 풀을 먹이면서
아버지는
풀잎이 잘 먹힌다고 하셨다
고마우신 아버지

---

22) C. A 반 퍼슨, 『몸 영혼 정신』, 손봉호·강영안 공역, 서광사, 1985, p. 142.

맛있는 아버지
고마우신 풀잎!

—「몸詩 · 32 - 풀잎」 전문

풀잎은 작두에 들어가 토막 나면서 다른 삶을 찾아간다. 죽거나 파괴되는 것이 아니다. 소여물이 되어 소를 키우거나 거름이 되어 자연으로 돌아가 나무나 다른 풀을 자라게 한다. 이것은 풀이라는 존재의 기쁨이다. 아버지도 자식들을 위하여 그들에게 먹히면서 살아오신 것이다. 그것은 아버지의 즐거움이었다. 이제 화자 자신도 누군가에게 먹히는 즐거움을 얻고 있다. 이것은 존재의 해방이다. 누군가를 위하여 먹히는 즐거움 즉 자신을 희생하여 타인을 살리는 즐거움은, 깨달음이 없는 자에게는 인식될 수 없다. 이것이야말로 인간과 사물을 포함하여 유정 · 무정의 존재물이 한 몸 되는 "만물 유대"의 꿈이다. 만물 유대의 꿈이 실현되는 「몸詩」에서 시의식은 평정을 이룬다.

3. 결론

본고는 정진규의 시의식 변모 단계를 네 시기로 나누어 고찰하였다. 각 단계의 시의식을 규명한 후, 의식 변화의 필연적인 원인과 결과를 고찰함으로써 1시집 『마른 수수깡의 평화』에서 9시집 『몸詩』에 이르는 과정이 유연성을 지니고 있었음을 밝혔다. 정진규 시는 다양한 변모 과정을 지니면서도 그 변화는 필연성을 내포하고 있었다. 시인의 고민과 노력만큼 그의 시는 지평을 확대시켜 나갔다.

2-1항에서 1기시를 분석하였다. 1기는 정진규가 내면 의식 속으로 침잠하여 그것의 탐구에 혼신의 노력을 다했던 시기이다. 건너갈 수

없는 의식의 강물에 빠져 시적 역량을 소진한 시기로 평가했다. 1시기의 공간은 시의식이 혼돈과 하강에 빠진 시기이다. 그것은 시인에게 견디기 힘든 고통이었다. 이 과정에서 허무의식이 싹튼다. 정진규의 허무는 1기시와 3기시 분석에서 주로 언급되었다. 그의 허무는 수동적인 것에서 능동적인 것으로 발전되는 양상을 보인다.

마침내 그는 2기시가 시작할 무렵 「시의 '애매함'과 '정직함'에 대하여」라는 시론을 발표한 후 '정직함'의 시 쪽으로 창작 경향을 바꾼다. 이 시기에 시인은 자아의 안정과 평화를 갈구하면서 '집'을 찾아서 방황한다. 시인은 이 무렵 실존적 불안에 젖었고, 소외를 극복하면서 자아의 안정을 찾는다. 시인은 자신이 원했던 집의 공간이 자아의 실존을 위한 공간이라는 의미를 넘어서 공동체적 맥락과 연결되어야 함을 깨닫는다. 2-3항에서 논한 2기시는 1기시와 3기시를 연결시키는 교량적 역할을 담당한다.

그리하여 시인은 좀더 확대된 공간으로 나아가게 되고 이러한 의식이 5시집 『비어 있음의 충만을 위하여』를 낳는다. 2-3항에서 3기시를 분석하였다. 3기시에 나타난 비애의 정서는 개인적인 문제보다 사회적인 상황에 원인을 둔다. 현실 상황의 어둠과 슬픔을 객관화하여 그것을 포용하면서 나름대로의 극복책을 마련하는 의지를 보인다. 그 의지는 자기 비우기를 통한 희생정신으로 구체화한다. 자신을 비우고 지움으로써 타인을 사랑하고 그들을 위해 희생하고자 한다. 여기에서 공동체의식이 싹튼다.

2-4항은 4기시를 논한다. 3기시가 정신적 자기 비우기였다면 4기시는 정신적 몸, 몸적 정신의 비우기이다. 「몸詩」가 말하는 몸은 인간의 몸뿐만 아니라 모든 자연물의 몸까지 포함한다. 「몸詩」가 궁극

적으로 지향한 것은 인간과 인간, 인간과 사물, 사물과 사물의 완전
한 유대이다. 이는 안일한 세계 화해가 아니라 1기시의 내면 탐구, 2
기시의 실존 탐구, 3기시의 사회성 탐구를 통한 비애의 객관화와 공
동체의식의 실현을 거친 결실이다.

오탁번 시의 동심적 상상력

1. 서론

오탁번은 1967년 중앙일보 신춘문예로 등단한 후 지금까지 『아침의 예언』, 『너무 많은 것 가운데 하나』, 『생각나지 않는 꿈』, 『겨울강』, 『1m의 사랑』, 『벙어리장갑』 등 6권의 시집을 상재하였다. 또한 그는 시뿐만 아니라 소설과 평론 및 문학 연구 분야에서도 활약하여 여러 권의 작품집과 평론집 및 이론서를 간행하였다. 그의 시는 초기시에서부터 최근 작품까지 세련된 이미지스트로서의 품격을 잃지 않으면서도 민족 고유어와 겨레의 원형적 정신 세계에 대한 남다른 사랑을 보여줌으로써 실험과 전통의 변증법적 가능성을 한국 현대시사 위에 입증하여 주었다. 그러기에 그의 시에 나타나는 농익은 서정성은 전통의 수용 요소로서만 간주할 수 없는 현대적 품격을 지니게 되었다.

오탁번 시에 대한 논의는 주로 그의 섬세한 언어 감각에 초점[1]을

---

1) 오세영, 「언어의 섬세함과 투박함」, 『현대시사상』, 고려원, 1991. 가을.
　　이혜원, 「언어의 생명, 생명의 언어」, 『시와시학』, 시와시학사, 1996. 겨울.
　　김재홍, 「시와 언어, 민족어 완성의 길」, 『문학사상』, 문학사상사, 2001. 12.
　　오태환, 「언어의 공교한 채집과 발굴, 그 투명한 언어의 광합성」, 『현대시학』, 현

맞추고 있으며, 오탁번 시의 순수와 동심 지향적 상상력에 관한 평문[2]들도 오탁번 시의 특징을 이해시키는 데에 도움을 주고 있다. 또한 개별 시집의 발문[3] 역시 오탁번 시의 변모 양상을 이해하는 데 자료가 될 것이다. 아직 오탁번 시에 관한 본격적인 연구는 이루어지지 않고 있다. 오탁번이 문학사적 연구의 대상으로 수용되기에는 시간이 좀 더 지나야 할 듯하다. 이와 같은 측면에서 본다면 본고는 오탁번 시 연구의 서막을 여는 글이 될 것이다.

위와 같은 논의들의 성과에 의해서 어느 정도 밝혀졌듯이, 오탁번 시는 예리하게 빛나는 이미지 구사를 시작 방법의 중심축으로 삼으면서 이와 맞물려 순수 모국어와 우리말의 율격과 토속적인 세계를 존중하였다. 이는 토속성 짙은 시어와 소재를 찾아 그것을 갈고 닦으면서도 현대시의 근간인 이미지와 상징의 깊이를 그 안에 내장시켜 놓았던 끈질긴 장인 정신의 소산이라 할 만하다. 그러니 그를 전통 지향적인 시인으로만 간주할 수 없으며, 또한 모던한 이미지주의 시인이라고 평가할 수도 없는 일이다. 요컨대 그는 전통의 터전 위에

대시학사, 2003. 5.

2) 이남호, 「순수의 원심력과 현실의 구심력」, 『순은의 아침』, 나남, 1992.
　　고형진, 「순수의 가치와 의미, 『현대시학』, 현대시학사, 1994. 5.
　　오형협, 「서정과 풍자 사이, 순수를 향한 도정」, 『현대시』, 한국문연, 1997. 1.
　　이남호, 「미천한 것들에 대한 순수사랑」, 『시와시학』, 시와시학사, 1997. 여름.
　　권오만, 「웅숭깊어가는 순수와 자유」, 『시와시학』, 시와시학사, 1997. 여름.
　　김종태, 「낭만적 우수와 신화의 꿈」, 『시와사상』, 시와사상사, 2003. 봄.
　　이경호, 「무지개를 보는 눈」, 『작가세계』, 세계사, 2003. 여름.
3) 김재홍, 「투명한 지성 또는 냉소주의」, 『너무 많은 것 가운데 하나』, 청하, 1985.
　　황현산, 『세번째 선택』, 『겨울강』, 세계사, 1994.
　　권오만, 「순수와 자유가 몸 섞는 깊이」, 『1미터의 사랑』, 시와시학사, 1999.
　　이숭원, 「찬란하여라, 시간의 금비늘들」, 『벙어리장갑』, 문학사상사, 2002.
　　『아침의 예언』, 『생각나지 않는 꿈』에는 해설이 수록되어 있지 않다.

영미문학적인 영향을 수용한 한국적인 모더니스트이다.

이와 같은 오탁번 문학의 의의는 1930년대에 활약했던 정지용의 시사적 의의와 일맥 통하는 바 있다. 오탁번의 석사 및 박사 학위논문이 모두 정지용 연구로 이루어진 것 역시 우연이 아니었다. 오탁번과 정지용의 상호 관련성은 앞으로 심도 있는 논의를 해 볼 만한 문제이다. 전통과 현대를 아우르는 오탁번의 균형 감각은 이 세계의 질서를 바라보는 순결하고 원형적인 시각에 힘입어 더욱 정교한 힘을 얻게 된다. 이것이 바로 그의 시에 나타나는 순수 의식의 근간이다. 그의 시의 혈맥을 이어주는 동심적 상상력 역시 이러한 순수 지향성과 이어질 것이다. 이 글은 오탁번 시에 나타난 동심적 상상력과 그것의 확산으로 인한 서정성의 심화라는 문제를 중심으로 오탁번 시의 전체적 맥락에 관한 논의를 전개하고자 한다.

2. 고향의식과 동심

세련된 모더니즘적인 창작 기법을 추구하면서 잊혀져 가는 순우리말과 전통적인 삶에 계속적인 관심을 가져오고 있는 오탁번 시의 주요 소재는 고향이다. 그는 떠나온 고향을 향한 간절한 희구를 통하여 이 세계의 불온함과 불순함을 극복해 보고 싶었다. 이남호가 오탁번 문학 세계의 특질에 대하여 "순수가치는 절대적으로 신봉되고, 그것은 세계의 척도로 사용한다. 이때 순수는 왜곡되기 이전의 순수이다."[4]라고 한 점 역시 오탁번 시에 나타난 동심과 고향의식의 결합에 대한 지적과 통할 것이다. 오탁번은 현실적 삶의 왜곡이 심화될수록

---

4) 이남호, 『녹색을 위한 문학』, 민음사, 1998, p. 223.

고향에 대하여 더욱 집착하게 되었으며 그러한 고향의식을 통하여
인간 본연의 순수한 마음을 원형적 공간의 범주 안에서 회복하기를
염원하였다. 그가 고향 체험을 한 것은 유년의 일이므로, 고향으로의
회귀 의식은 유년의 동심 세계로의 환원에 대한 갈망과 통하는 것은
당연하다. 그는 시기를 달리하면서 「고향」이라는 제목으로 세 편의
시를 발표한 바 있다. 이 세 편이 지향하는 것은 모두 비슷한데 다음
시는 『너무 많은 것 가운데 하나』에 실린 작품이다.

> 경칩날 우는 개구리 소리야
> 보리이랑 얼구던 겨울을 깨우고
> 개울가에 버들강아지도 낳대
> 잠을 깬 나의 유년도
> 중퉁말 개울의 돌다리를
> 꿈처럼 건너
> 벌말 학교에 오가며
> 땡비처럼 왱왱거리며
> 글을 물어날라

—「고향」 부분

시인은 "아침에 받은 형님의 서툰 글씨"를 보면서 고향을 생각하게
된다. 그가 떠올리게 되는 고향의 이미지는 인용된 부분에서 알 수
있듯 동심의 눈에 비친 자연의 형상을 통하여 구체화한다. 경칩날 우
는 개구리 울음 소리가 겨울을 깨우며 버들강아지를 낳는다는 표현
은 그야말로 동심의 눈을 통하지 않고서는 가능하지 않았을 것이다.
그러한 과거를 떠올리는 것에 대하여 시인은 "잠을 깬 나의 유년"이
라고 말한다. "중퉁말 개울의 돌다리"나 "벌말 학교"는 시인이 어렸을

때 동심의 꿈을 키우던 곳으로 이제는 다시 돌아갈 수 없다는 단절
감으로 인하여 간절한 그리움을 불러일으키는 곳이다. 그가 유년의
순수 공간을 연이은 돈호법을 통하여 애타게 부르는 것은 그곳에서
자라나던 순수한 동심이 성인이 되어 서울에 살고 있는 지금은 매말
라 가고 있기 때문이다. 시인에게 고향에 대한 그리움이 동심에 대한
갈구와 늘 이어져 있는 이유가 여기에 있다. 오탁번의 고향의식은 모
성성과 여성성에 대한 기억을 통하여 구체화되는 경향을 보이며 모
성성과 여성성에 대한 지향성 역시 동심의 세계관과 맞물려 있다. 이
런 류의 작품이 「하관」, 「벙어리 장갑」, 「내 고향」 등이다.

　　　이승은 한줌 재로 변하여
　　　이름모를 풀꽃들의 뿌리로 돌아가고
　　　향불 사르는 연기도 멀리 멀리
　　　못 떠나고
　　　관을 덮은 명정의 흰 글자 사이로
　　　숨는다
　　　무심한 산새들도 수직으로 날아올라
　　　무너미재는 물소리가 요란한데
　　　어머니 어머니
　　　하관의 밧줄이 흙에 닿는 순간에도
　　　어머니의 모음을 부르는 나는
　　　놋요강이다 밤중에 어머니가 대어주던
　　　지린내나는 요강이다 툇마루 끝에 묻힌
　　　오줌통이다 오줌통에 비치던
　　　잿빛 처마 끝이다
　　　이엉에서 떨어지던 눈도 못 뜬
　　　벌레다

> 밭두럭에서 물똥을 누면
> 어머니가 뒤 닦아주던 콩잎이다 눈물이다
> 저승은 한줌 재로 변하여
> 이름 모를 뿌리들의 풀꽃으로 돌아오고

—「하관」 전문

어머니의 하관을 바라보는 아들의 슬픔이 절절하게 배어 있는 작품이다. 시인은 이 시에 관한 시작 노트에서 "이 작품을 쓸 때 어머니와 나 사이를 이어 주었던 탯줄과도 같은 끊어지지 않는 상징을 애타게 갈구하고 있었는지도 모른다."[5]고 피력한 바 있다. 이 시에 나오는 어머니와 시인의 교감은 동심적 세계 인식을 근간으로 삼는다. 이 시가 동시의 형식을 지향하는 것은 아니나 작품의 내면에는 아동 화자의 발화 같은 시적 형식이 숨어 있는 것이 사실이다. 즉 여기 나타난 동심은 소재로서의 동심이 아니라 내면 의식으로서의 동심이다. 어머니의 관을 덮은 명정의 글자 사이를 떠도는 향불 연기의 이미지에 어머니의 죽음을 안타까워하는 시인의 마음이 투영된다. 그러나 그 향불은 원래에 지닌 수직 지향성을 지양하면서 수평으로 퍼져 나가는 형상을 보이는 반면에, 무심한 산새는 수직으로 날아올라 어머니와 시인의 이별이 주는 현실감을 가중시킨다. 어머니의 마지막 가는 모습을 앞에 둔 시인은 어머니와 자신의 관계를 재정립함으로써 어머니에 대한 애도의 마음을 승화시킨다. 그러한 과정을 거치면서 시인은 어머니 품안에서 영원히 어린아이처럼 살고 싶었던 희망을 토로하는데 이를 통하여 이 시의 동심적 요소는 확대된다.

---

5) 오탁번, 「신통의 상징」, 시안시회 편, 『첫사랑, 그 마음으로』, 모아드림, 2002, p. 68.

이 시의 동심은 작고 힘없는 것들에 대한 지향을 통하여 나타난다. 물론 이것들이 지닌 상징의 힘은 작지 않았다. 자신을 "어머니의 모음을 부르는 놋요강"이며 "어머니가 대어주던 지린내 나는 요강"이며 "툇마루에 끝에 묻힌 오줌통"이라고 은유하면서 시인은 그 어린 시절에 어머니와 함께 했던 자아의 모습이야말로 어머니와 자신의 가장 순수하고 원래적인 관계 속에 있다는 점을 강조한다. 또한 "이엉에서 떨어지던 눈도 못 뜬 벌레"라는 은유를 통하여 자신은 어머니가 없어서는 온전히 살 수 없는 존재라는 점을 부각시키면서 자신이 희망하는 삶은 어머니와 함께 살던 어린 시절처럼 순수한 동심을 유지하는 삶이라는 점을 강조한다. "밭두럭"에서 물똥을 누면 뒤를 닦아주던 콩잎의 이미지는 가장 근원적인 세계를 장악하는 어머니의 이미지를 상징으로 나아가게 하는 대목으로서 동시적 요소를 다분히 지닌다. 그럼에도 불구하고 이 시의 처음과 끝은 아동적 발화와는 구분되는 존재론적인 잠언으로 구성되어 있는데 이는 순수와 동심의 세계는 궁극적으로 신화적이고 초월적인 세계에 닿을 수밖에 없다는 점을 보여준다. 동심에 기반을 둔 고향의식이 신화적 상상력과 맞물리는 대표적인 작품이 「초등학교 동창회」이다.

반구대 암각화를 보려고 시속 100킬로미터로 달려갔네 창녕에서 밀양 지나 경주 쪽으로 핸들 꺾어 바위 위에 고래 그림 그려놓은 선사시대의 옛 동무들을 찾아갔네 이젠 얼굴 다 잊어버렸지만 광대뼈 툭 튀어나오고 뻐드렁니가 누렇던 그 옛날의 동무들을 찾아서 규정속도 무시하고 선사시대로 달려가는 내 자동차가 타임캡슐처럼 눈부셨네
액셀러레이터 밟으며 생각해 보았네 마분지 공책에 몽당연필로 괴발 개발 숙제한 다음 자라바위에서 멱감던 내 동무들 생각났네 냇가 자라

바위에 '김순자 바보' '이영순 바보' '윤준열과 염미자 얼레꼴레' 써놓고는
그 옆에 개네들 얼굴 호박처럼 크게 그려놓고 냅다 달려가서 물속으로
뛰어들던 아기 고래보다 더 작은 옛 동무들의 알몸이 떠올랐네

　타임캡슐 타고 달려왔지만 선사시대의 옛 동무들은 보이지 않았네 고
래 그림이 그려진 바위는 허리까지 물에 잠기고 하늘빛 하늘만 출렁이
고 있었네 '오탁번과 이정자 얼레꼴레'라고 바위에 써놓고 물 속으로 몸
을 숨긴 내 옛 동무들처럼 암각화로 남은 고래떼는 얼레꼴레 나를 놀리
면서 물 속으로 숨어버렸네

　갑자기 오줌이 마려워서 아무도 없는 강물에 오줌을 누웠네 내 오줌
방울 물속으로 들어가서 몸을 숨긴 고래의 수염을 따듯하게 해주겠네
멱감다가 물속에서 오줌을 누면 종아리가 따듯해지던 추억의 바위 위에
나는 지금 무슨 그림 그리면서 빙하기를 기다리고 있는가 몇 만 년의 잠
에서 깨어나는 빙하 사이로 고래떼의 물보라가 내 얼굴을 적시네

—「초등학교 동창회」 전문

　고향을 떠나와 도시 생활을 하는 시인에게 고향은 신화적 공간과
도 같은 의미를 지닌다. 그래서 시인은 "반구대 암각화"를 보려고 가
는 길을 "고래 그림 그려놓은 선사시대의 옛동무들"을 찾아가는 회귀
의 길이라고 설명한다. 자신이 탄 자동차를 "타임캡슐"이라고 비유하
는 점 역시 그의 고향의식이 초월적인 세계에 대한 갈망과 통하고
있음을 보여준다. 이러한 상상력은 함께 멱을 감던 친구들의 구체적
이름에 대한 기술과 그 이름에 얽힌 장난기 어린 추억으로 구체화한
다. "아무개 바보", "아무개 얼레꼴레"라는 말은 그 자체로서 이미 천
진난만한 동심성을 지닌다. 옛 동무들의 알몸을 "아기 고래"와 비교
하는 부분에 이르러 유년의 고향에 대한 갈망을 신화적 세계에 대한

희구로 이어놓는 오탁번의 세계인식은 여실히 나타난다.

　문제는 그 옛날의 친구들은 기억의 형상으로서만 존재할 뿐 실제로는 이미 모두 다 환갑이 다가오는 노년이 되었다는 점이다. 그렇기 때문에 시인은 더욱 그 시절과 그 아이들이 그리웠다. "고래 그림이 그려진 바위는 허리까지 물에 잠기고 하늘빛 하늘만 출렁이고 있었네"는 허무와 슬픔이 배어 있는 부분이다. 선사시대의 고래 떼는 옛 동무들처럼 사라져 버렸고, 또한 옛 동무들 역시 선사시대의 고래 떼처럼 사라져 버렸음에도 불구하고 "시속 100킬로미터"의 속도를 내며 추억과 신화의 공간 속으로 나아가고자 하는 시인의 마음은 간절함을 넘어서 숭고하기까지 하다. 이는 동심과 결합된 고향의식이 신화적 의미를 지니는 데에까지 나아갔기 때문이다.

3. 에로티시즘의 해학성

　오탁번의 시에는 성적인 상상력을 위주로 하는 작품들이 많다. 이런 시들은 대개 짓궂은 장난기를 보여줄 때가 많은데, 그러한 이유 때문인지 대부분의 경우 재기 발랄한 구어체의 대화 형식을 그 안에 내장시키고 있다. 그의 에로티시즘은 우수와 애상에 휩싸인 비장미의 형식을 보여주는 경우도 간혹 있으나 대체로 유쾌함과 골계미를 특징으로 한다. 천진난만한 성 묘사는 솔직하거나 느닷없어서 독자들의 웃음을 불러일으킨다. 그리하여 그의 에로티시즘은 성적 욕망의 불일치를 나타내지 않으며, 무의식적인 세계에서 이루어지는 유폐적인 성적 언어를 추구하지 않은 채 인간미 넘치는 무구한 세계인식을 보여주어 성의 세계가 지닌 가식과 은폐의 형상을 깨부순다.

오탁번 시의 해학성이 성적 이미지와 자주 연결될 수밖에 없는 이유
가 여기에 있다. 그의 에로티시즘의 근간에는 이 세계의 비애와 불화
를 단숨에 정화시킬 수 있는 맑고 천진한 시심이 들어 있기 때문이다.

> 청계산 등산로 가에 있는
> 찻집 알프스 샬레의 토요일 오후
> 베란다 난간의 수세미외 넝쿨에서
> 수세미외 하나 뚝 따서
> 눈빛 서늘한 여인에게 주었다
> "수세미외가 무슨 상징일까?"
> 여인은 대꾸를 하지 않고
> 청계산 가을 나뭇잎만
> 뺨 붉히며 웃어댄다
> "암 암 알고 말고"
> 정말 쓸쓸한 마음이 되어
> 수세미외 하나 뚝 따서
> 쓸쓸한 여인에게 건네주는 일이
> 썩 괜찮다는 듯
>
> —「수세미외」 부분

이 시의 에로틱한 이미지는 그 외양에서 짐작되는 수세미외의 상
징성을 중심으로 나타난다. 수세미외를 하나 따서 눈빛 서늘한 여인
에게 건네주면서 그녀를 은근슬쩍 놀려주는 해학이 일품이다. 화자
가 그 연인에게 수세미외를 따 주게 된 것은 그 연인의 서늘한 슬픔
에서 "쓸쓸한 마음"을 읽어냈기 때문이다. "수세미외가 무슨 상징일
까"라는 화자의 질문에 그 여인이 대답을 하지 않는 것은 그 여인 역
시 그 수세미외의 상징적 의미와 그것을 자신에게 주는 화자의 속마

음을 눈치 챘기 때문이다. 정말 쓸쓸한 마음을 지닌 한 남자가 서늘
한 눈빛을 하고 있는 쓸쓸한 여인에게 수세미외를 주는 일은 직접적
으로 에로틱한 묘사와 서사가 없음에도 불구하고 그 은근함으로 인
하여 오히려 더욱 해학적인 에로티시즘의 분위기를 자아낸다.

수수밭 김매던 계집이 솔개그늘에서 쉬고 있는데
마침 굴비장수가 지나갔다
-굴비 사려, 굴비! 아주머니, 굴비 사요
-사고 싶어도 돈이 없어요
메기수염을 한 굴비장수가
뙤약볕 들녘을 휘 둘러보았다
-그거 한 번 하면 한 마리 주겠소
가난한 계집은 잠시 생각에 잠겼다
품 팔러 간 사내의 얼굴이 떠올랐다

저녁 밥상에 굴비 한 마리가 올랐다
-웬 굴비여?
계집은 수수밭 고랑에서 굴비 잡은 이야기를 했다
사내는 굴비를 맛있게 먹고 나서 말했다
-앞으로는 절대 하지 마!
수수밭 이랑에는 수수 이삭 아직 패지도 않았지만
소쩍새가 목이 쉬는 새벽녘까지
사내와 계집은
풍년을 기원하며 수수방아를 찧었다
며칠 후 굴비장수가 다시 마을에 나타났다
그날 저녁 밥상에 굴비 한 마리가 또 올랐다
-또 웬 굴비여?
계집이 굴비를 발려주며 말했다

　-앞으로는 안 했어요
　사내는 계집을 끌어안고 목이 메었다
　개똥벌레들이 밤새도록
　사랑의 등 깜박이며 날아다니고
　베짱이들도 밤이슬 마시며 노래 불렀다

—「굴비」 전문

이 시는 2002년도 미당문학상 후보작에 오른 작품으로 여러 평자들에 의해서 언급된 바 있다. 한 편의 설화를 시적인 구조로 재구성하였지만, 이 시는 도식적인 재조합을 넘어서 이 서사 구조 안에 시인의 정서를 한껏 불어넣는 새로운 창조 과정을 거치며 완성된다. "음담을 자기 희생을 통한 고귀한 부부애의 확인이라는 주제로 승화시킨 것이다"[6]라는 이숭원의 적절한 설명을 통해서도 알 수 있듯, 시인은 이 시를 통하여 거짓 사랑과 일회적인 성행위가 난무하는 이 시대에 과연 진정성 있는 건강한 에로티즘은 무엇인가를 말한다. 이는 이 시에 나오는 두 가지 사랑의 비교와 대조를 통하여 나타난다.

먼저 등장하는 사랑은 굴비 장수와 가난한 아낙네의 사랑이다. 시인은 이 사랑은 진실한 사랑이 아닌 거짓 사랑이라고 생각한다. 굴비 장수는 자신의 성욕을 채우기 위하여 가난한 여인을 물질로 유혹하였으며, 여인은 자신의 남편을 먹이기 위해서 잠시 몸을 판 것뿐이다. 이 둘이 몸을 섞은 목적은 서로 다른 곳에 있었고 이들의 사랑은 잠시의 말초적 유희에 지나지 않았을 뿐이다. 여인은 성적인 쾌락조차 느끼지 않았을지 모른다. 여인의 남편은 굴비에 얽힌 이야기를 다

---

6) 이숭원, 「찬란하여라, 시간의 금비늘들」, 시집 『벙어리장갑』 해설, 문학사상사, 2002, p. 100.

듣고도 여인의 진짜 마음을 알았기 때문에 이를 용서하여 줄 수 있었다. 이 또한 상징적인 차원에서 이해해야 할 문제이다. "앞으로는 절대 하지 마"라는 사내의 말을 잘못 이해한 아내가 다시 잘못을 저지르고 난 뒤에도 사내가 아내를 끌어안고 우는 이유 역시 같은 맥락에 있겠다.

자신의 아내가 자신의 저녁 밥상을 위하여 두 번씩이나 몸을 파는 우여곡절을 통하여 사내와 여인의 사랑은 더욱 무르익게 된다. 시인은 서로의 상처와 결점마저 이해하면서 이루어지는 사랑이야말로 진정한 사랑이라는 점을 말하고 싶었다. 소쩍새가 목이 쉬는 새벽녘까지 풍년을 기원하며 이루는 성행위와 개똥벌레들이 밤새도록 사랑의 등 깜박이며 날아다니는 모습과 같은 사랑이야말로 시인이 추구하고 싶었던 사랑이다. 하지만 굴비 장수에 얽힌 이러한 서사의 내용이 어차피 현실적으로 불가능하다는 점을 알 때, 우리는 시인이 추구하는 순수한 이상적 사랑 또한 실제로는 쉬운 일이 아님을 짐작하게 된다.

4. 동화적 상상력

김재홍은 오탁번의 첫 시집 『너무 많은 가운데 하나』의 발문에서 「개똥참외」, 「우리시대의 시인론」 등의 작품을 중심으로 오탁번 시에 나타난 "현실 풍자 또는 냉소주의"[7]에 관하여 언급한 적이 있다. 오탁번의 냉소주의는 『생각나지 않는 꿈』에서 정점을 이루다가 차츰 후기로 갈수록 약화하는 경향을 보인다. 그가 그만큼 세계 인식 방법

---

7) 김재홍, 「투명한 지성 또는 냉소주의」, 시집 『너무 많은 것 가운데 하나』 해설, 청하, 1985.

에서 쌀쌀한 지성보다는 온유한 인정을 더 강조하게 되었기 때문이다. 그런데 그의 시 전체를 통독하여 보면 냉소주의 역시 근본적으로 삶에 대한 애정 발현의 다른 형식임을 이해할 수 있다. 또한 중기시 이후 삶과 인간에 대한 사랑의 시정신은 동화적 상상력을 통하여 더욱 확대되어 나간다는 사실을 알 수 있다. 오탁번의 동화적 상상력은 세속화된 현실을 무화시켜 순수를 회복시킬 수 있는 낙관적 비전을 제시하기 위한 의도를 지닌다. 또한 그의 인간 사랑은 가족 사랑을 시작으로 하여 확산되어 가는 경향을 보인다. 농경적 세계에 근간을 둔 고향에 대한 남다른 사랑을 시로 형상화한 오탁번이 지닌 가족 사랑은 근대적 문명 세계의 황폐함을 지양하고 원형적 세계로 다시금 나아가고자 하는 희구의 소산이다. 순수와 낭만이 있는 오탁번 시의 공간은 고향이냐 도시냐를 구분할 것 없이 동화 속의 한 장면을 떠올리게 된다.

> 내가 백운국민학교 3학년이었을 때
> 충주사범을 갓 졸업한 권영희 선생님이
> 나의 담임교사로 부임해 왔다
> 내 생애의 한복판에 민들레꽃으로 피어서
> 배고픈 열한 살의 나를 숨막히게 했다
> 멀리 솟은 천등산 아래 잠든 마을에
> 풍금을 잘 치는 예쁜 여교사가 왔다
> 어느 날 하교길에 개울의 돌다리를 건너며
> 들국화 한 송이 가리키듯 하늘 손짓했다
> 탁번아 너 내 동생되지 않을래?
> 전쟁 때 부모가 다 돌아가시고
> 오빠도 군대에 가서 나는 너무 외롭단다

선생님이 누나가 되는 정말 이상한 일이
아무렇지도 않은 듯 일어났다
송화가루 날리는 봄언덕에서
나는 산새처럼 지저귀며 날아올랐다
누나다 누나다 선생님이 이젠 누나다
영희누나다 영희누나다
가을물 반짝이는 평장골 뒷개울에서도
고드름 떨어지는 겨울 한나절에도
누나와 동생으로 꾸는 꿈은
솔개그늘처럼 아늑했다
영희누나가 있으면 배고프지 않았다
울지도 않고 숙제도 잘했다
영희누나한테 착한 어린이가 되지 못한 날은
꿈속에서 벌서며 오줌을 쌌다

—「영희누나」 전문

　오탁번의 시에는 한 편의 동화 같은 이야기가 들어 있는 경우가
많다. 그러한 시는 신춘문예를 통하여 동화와 소설로도 등단한 오탁
번의 서사 문학적 기질이 시적 문맥에 녹아 들어간 것이라고도 할
수 있는데 이처럼 이야기 시 경향을 보이는 오탁번의 작품들은 동화
적 상상력을 통하여 인간과 우주에 대한 깊은 사랑을 형상화하게 된
다. 인용된 시는 이러한 성격을 지니는 대표적인 작품이다. 이 작품
은 잘 풀어 쓰면 산골 소년과 젊은 여교사와의 애틋한 정을 소재로
하는 한 편의 동화가 될 것 같다. 그의 시에 서사적 문맥이 깊이 끼
어드는 경우, 정과 사랑이 넘치는 아름다운 내용이 주로 나타나는데
이 시 역시 예외가 아니다.

시인이 국민학교 3학년 때의 일이다. 갓 부임한 권영희 선생님은
시인을 친동생처럼 좋아했다. 대개 초등학생에게 선생님은 매우 무
섭고 불편한 존재임에도 불구하고 두 사람 사이에서 자라난 인간적
인 유대는 이들의 사제 관계를 친남매의 관계로 전환시켜 놓는다. 이
렇듯 아름다운 전이가 가능했던 것은 그들 마음에 어떤 공통점이 있
었기 때문이다. 그것은 다름 아닌 가슴속에 자리하는 외로움이었다.
시인은 이를 "배고픈 열한 살"이라고 말하며 가난의 문제와 결부시켜
표현하였으며, "영희누나"는 "나는 너무 외롭단다"라고 더욱 솔직히
말해 주었다. 그 솔직함에 힘입어 교사는 제자에게 가까이 다가설 수
있었다. 여기 배고픔과 외로움은 인간에 대한 사랑과 믿음에 대한 갈
망으로 이어져 나아갔을 것이다. 솔개그늘처럼 아늑한 꿈속에 인간
사랑의 마음이 넉넉히 배어 있다.

> 토요일 오후 학교에서 돌아온 딸과 함께
> 베란다의 행운목을 바라보고 있으면
> 세상일 세상사람 저마다 눈을 뜨고
> 아주 바쁘고 부산스럽게 몸치장 예쁘게 하네
> 하루일 하루공부 다 끝내고 중고생 관람가
> 못된 장면은 가위질한 그저 알맞게 재미난 영화
> 팝콘이나 먹으며 구경하러 가는 것일까
> 한주일의 일과 추억을 파라솔 접듯 조그맣게 접어서
> 가볍게 들고 한강 시민공원으로 나가는 것일까
> 매일 물을 뿌려 주어야 싱싱한 잎을 자랑하는
> 베란다의 행운목이 펼쳐 주는 손바닥만큼씩 한 행복
> 토요일 오후의 우리집은 온통 행복뿐이네
> 세 살 난 여름에 나와 함께 목욕하면서 딸은

이게 구슬이냐? 내 불알을 만지작거리며 물장난하고
아니 구슬이 아니고 불알이다 나는 세상을 똑바로
가르쳤는데 구멍가게에 가서 진짜 구슬을 보고는
아빠 이게 불알이냐? 하고 물었을 때
세상은 모두 바쁘게 돌아가고 슬픈 일도 많았지만
나와 딸아이 앞에는 언제나 무진장의 토요일 오후
모두다 예쁘게 몸치장을 하면서 춤추고 있었네
구슬이냐? 불알이냐? 딸의 어릴 적 질문법에 대하여
아빠가 시를 하나 써야겠다니까 여중 2학년은
아니 아니 아빠 저를 망신시킬 작정이세요?
문법도 경어법도 딱 맞게 말하는 토요일 오후
모의고사를 열 문제나 틀리고도 행복하기만 한
강남구에서 제일 예쁜 내 딸아 아이구 예쁜 것!

—「토요일 오후」 전문

　이 시에서도 오탁번의 동화적 상상력은 유감없이 발휘된다. 최근 시집인 『벙어리장갑』에 실린 작품들 중에는 동시라고 볼 수 있는 작품들이 많이 실려 있는 것은 오탁번 시의 동화적 상상력이 휴머니즘의 정신과 맞물리면서 나타나는 당연한 결과이다. 그는 「엄마」, 「아빠」 등의 동시를 통하여 인간 사랑 특히 가족 사랑에 관한 주제 의식을 형상화한다. 이 역시 그의 시에 나타난 인간애의 또 다른 모습이다. "토요일 오후" 일상에 바쁜 사람들에게 잠시나마 자신의 삶을 돌이켜 볼 수 있는 여유의 시간이다. 시인은 이 시간에 딸아이의 모습을 보면서 과거와 현재에 가로놓인 시간의 궤적을 되짚어본다. 그럼으로써 시인은 바쁜 일상적 삶이 가져다주는 긴장감과 중압감으로부터 한 발자국 물러설 수 있게 된다. "베란다의 행운목", "알맞게 재미난 영화", "팝콘", "시민공원" 등은 시인의 가벼워지려는 마음을 대변하는 소재들이다. 이처럼 평온한 시간에 어린 딸과 관련된 동화적인 에피소드가 기억나는 것은 자연스럽다. 중학교 2학년인 딸을 보면서 그 때의 에피소드를 기억해 냄으로써 시인은 흐뭇해하고 행복해 한다. 그만큼 시인의 내면에는 동화적이고 동심적인 세계에 대한 갈구가 늘 존재하고 있었기 때문이다.

행복은 사회적인 것에 있기보다는 가정적인 것에 있으며, 화려하고 큰 것에 있기보다는 작고 소박한 것에 있다. 지금 중학생이 된 자신의 딸을 바라보면서 느끼게 되는 행복감은 갑자기 찾아온 것이 아니라 "매일 물을 주어야 싱싱한 잎을 자랑하는 베란다의 행운목"처럼 조금씩 공을 들여가는 과정을 통하여 "손바닥만큼씩" 늘어난 것이라는 점을 시인은 잘 알고 있다. 그러기에 시인에게 토요일 오후의 행복감은 더없이 소중하다. 세 살 적 딸아이는 이제 어엿한 여중 2학년이 되었고, 사소한 말실수를 하기는커녕 경어법과 문법이 맞는 말을 구사하는 것을 보면서 시인은 시간의 흐름을 실감한다. 그렇다고 과거로 되돌아가고자 하는 것은 아니다. 다만 딸아이에 대한 사랑은 여전할 뿐이다. 행복한 과거의 기억을 반추할 수 있는 평온한 현실은 시인이 지니는 가족 사랑의 터전이다.

> 할머니 산소 가는 길에
> 밤나무 아래서 아빠와 쉬를 했다
> 아빠가 누는 오줌은 멀리 나가는데
> 내 오줌은 멀리 안 나간다
>
> 내 잠지가 아빠 잠지보다 더 커져서

내 오줌이 멀리멀리 나갔으면 좋겠다
옆집에 불나면 삐용삐용 불도 꺼주고
황사 뒤덮인 아빠 차 세차도 해주고

내 이야기를 들은 엄마가 호호호 웃는다
―네 색시한테 매일 따스운 밥 얻어먹겠네

―「잠지」 전문

동시는 어린아이의 눈을 통해서 세계를 재해석하는 천진한 시심을 담고 있어야 한다. 어린아이는 함구(緘口)의 시인이라는 말에서 알 수 있듯, 오염된 세계의 시선을 배제하는 동시는 모든 시의 근원적 형태이다. 이 시의 화자 역시 어른의 세계에서 해석되는 성에 눈뜨지 않은 어린 남자아이이다. "잠지"는 바로 어린아이의 시선에 의해서 해석된 세계의 순수성을 담보하는 시어이다. 이 말에서 성적인 뉘앙스를 읽을 수 없는 이유가 여기에 있다. 자신의 오줌이 옆집에 난 불을 꺼 주고, 아빠 차의 먼지도 닦아주기를 바라는 것은 자신의 작지만 맑은 힘이 세상의 나쁜 일들을 해결할 수 있는 밑바탕이 되어줄 것을 희망하는 천진한 마음에서 비롯된다. 이러한 마음은 시인 자신의 인간애적 태도에서 근본적으로 기인한다. 마지막 연에서 어린 아이의 색시를 생각하는 엄마의 마음씨 역시 가족과 인간의 유대 가능성을 지향하는 세계 인식이 은연중에 드러난 것이다.

오탁번 시에 나타난 동화적 상상력은 언제나 훈훈한 인간미와 정감어린 사랑을 전제로 하고 있다. 가난과 소외의 기억을 소재로 삼고 있는 경우에도 오탁번의 상상력은 비극적 서사로 결말을 이끌어가지 않는다. 그의 서사 안에서 사람들은 서로를 아끼고 사랑하면서 살아 있음의 의미를 찾아낸다. 이는 그가 근본적으로 이 세계를 낙관적으로 바라보고 있기 때문이다. 실상 현실의 세계는 어둡고 추한 면을 갖고 있음에도 불구하고, 오탁번이 문학으로써 그러한 세계를 '리얼하게' 탐색하지 않았던 것은 그의 문학의 약점이라기보다는 하나의 특징이라 할 수 있겠다. 요컨대, 오탁번은 과거와 현재 속에 마땅히 존재할 수밖에 없는 현실의 어려움을 동화적 상상력을 통하여 단숨에 정화시켜 보려는 천진난만한 세계관을 지니고 있었다.

5. 결론

최근 오탁번의 시는 동심이 더욱 확대되어 나아가는 경향을 보이고 있다. 그는 낭만적 동심과 건강한 해학을 중심으로 서정시의 본질에 충실하려는 시들을 다수 발표하고 있다. 그는 비유와 상징, 운율 등 현대시의 요소에 대한 근본적인 이해를 밑바탕에 두고, 초기시에서부터 나타나던 전통과 현대의 융합 가능성을 더욱 발전시키면서 진정성 어린 서정의 위의를 보여주고 있는 셈이다. 이러한 결과를 낳게 된 가장 중요한 요인 중의 하나가 바로 시인의 내면에 있는 동심의 힘이었다. 본고가 오탁번 시에 나타난 동심적 상상력을 문제 삼은 것은 바로 그의 시의 비밀을 탐색하는 핵심적 방법론이 바로 동심적 서정에 있다고 판단하였기 때문이다.

본고는 오탁번 시에 나타난 동심적 상상력을 크게 세 가지 항목으로 나누어 고찰해 보았다. 첫째, 오탁번 시의 동심은 고향의식과 이어진다. 그러므로 그의 고향은 가난이나 고독의 이미지와 연결되면서도 그것의 동심적 순수성으로 인하여 회귀하고 싶은 낙원과 같은 곳으로 설정되어 있다. 둘째, 오탁번 시의 에로티시즘은 동심적 상상력에 힘입어 해학성을 획득한다. 그의 에로티시즘은 재치와 기지를 동반한 성적 상상력을 바탕으로 하는 동시에 그 안에는 세계의 불화를 순간적으로 불식시킬 수 있는 천진성을 내포함으로써 해학적 시의식을 창출한다. 셋째, 오탁번 시에는 동심적 상상력을 바탕으로 한 동화적인 구조를 지니는 작품이 많다. 그의 시에는 이야기가 많이 나타나는데, 이러한 서사지향적인 작품은 언제나 동심의 세계와 연결된다. 이러한 세 가지 동심적 특징은 그의 서사가 언제나 '해피엔딩'으로 끝나게 하는 동인으로 작용한다.

시류에 영합하는 거대 담론을 쫓기보다는 작고 아름답고 눈물겨운 것들에 대한 관찰과 동경을 통하여 실험과 보수의 편 가르기를 뛰어넘는 서정의 맥을 이어온 오탁번의 시는 실험과 참여에 많은 지면을 할애한 한국 시사에 또 다른 하나의 개성으로 자리 잡게 되었다. 최근 작품에 두드러진 신화적 세계에 대한 관심 역시 가장 근원적이고 우주적인 곳으로 되돌아가고자 하는 시의식의 발현이라는 측면에서 동화적 상상력과도 통하는 바 있다. 어느덧 회갑(回甲)의 연세를 지난 시인이지만 오탁번은 아직도 현장의 시인임에 틀림없다. 그의 시에 대한 문학사적 연구가 어려운 것은 문학 현장에서 파동하고 있는 그의 시가 앞으로 어떤 변모를 이룰지 쉽게 예측하기 어렵기 때문이다. 그럼에도 불구하고 오탁번의 시는 어느덧 문학적 연구의 대상으로서도 충분한 자격을 갖추고 있는 것이 사실이다. 앞으로 본고의 성과를 뛰어넘는 본격적인 오탁번 시 연구 논문이 나타나기를 바란다.

찾아보기

ㄱ

가부장제 196
「가시리」 18, 19, 20
「가을 精神」 290
「가을」 281
「가을집」 289
「가정」 199
가족 사랑 314
가족공동체 106
가톨릭 93
「갈림길에서」 205
강상대 238
강영안 296
강호가도 35, 40
「개구쟁이 구름」 260
거대 담론 321
「거시기의 노래」 157
거자필반 57
「겨울 양평」 291
『겨울강』 301
겸선 165
『경상도의 가랑잎』 194, 205
계몽의 합리성 85
계몽주의 258
계희영 41

고답적 세계 94
고등종교 253
「고목」 163
「고사」 165
「고야」 112
고양된 생명 143
고은 129
고재석 51
고전의식 159
고향 상실 36
「고향」 71, 304
고향의식 105, 303
고형진 103, 114, 271, 302
골계미 152
공동체의식 299
공동체적 삶 273
「공무도하가」 18
공즉시색 58
관념주의 292
관능적 대상 135
관능적 여성성 134, 135, 140, 157, 160
관조적 태도 263
광장공포증 74
『교과서에 실린 문학작품을 어떻게
　　가르칠 것인가』 249
구속성 143

「국수」 115

『국어대사전』 179

「굴비」 312

『궁핍한 시대의 시인』 15, 43, 196

권영진 231

권오만 302

권택영 134

권혁웅 239

『귀촉도』 134

규범성 258

근대 공간 84

근대 극복 190

근대 문명 90

근대성 161

『근대시의 내면구조』 167

근대적 삶 259

근대적 시간성 85

근대적 신문물 81

근대화 214, 259

금동철 197

『금성판 국어대사전』 122

기독교 정신 208

기독교적 신앙 212

기차 75

김강제 245

김기림 102

김기중 173

김동리 246

김두한 233

김명인 103, 108, 121

김문주 162, 179

김미선 45

김상환 270

김선학 56

김소월 13, 15

『김소월, 그 삶과 문학』 26

『김소월연구』 23

김수이 130

김신정 130

김열규 23, 154, 219

김영민 249

김용직 55, 66

김용희 130

김우창 15, 43, 45, 51, 61, 140

김유미 245

김윤식 63, 94, 103, 121, 130, 194, 195

김은자 103

김인환 270

김재홍 45, 46, 103, 194, 248, 270, 271, 301, 302, 313, 313

김종길 197

김종욱 19

김종철 103, 121

김종태 162, 302

김주연 219, 228

김준오 47, 195, 218

김지연 162, 163, 186

김진수 258

김춘수 34, 217, 221, 226, 229, 243

『김춘수시전집』 222

김태곤 24

김현 63, 103, 121, 131, 195, 219, 226, 243

김현자 130
김형필 194
김혜니 194
김흥규 45, 58
김희철 44
「꽃밭의 독백」 149
「꽃상여 곡소리」 253
『꽃은 푸른빛을 피하고』 243
「꿈 二號」 279

ㄴ

「나와 나타샤와 흰당나귀」 126
「나의 병정들」 288
낙관적 비전 314
「낙화」 169, 171
『난·기타』 194
난해성 99
남기혁 130
남성성 159
「남신의주유동박시봉방」 119, 121
남진우 151
낭만 314
낭만성 259
낭만주의 258
낭만주의자 162
『내 사랑은』 243
「내 아내」 146
내성적 자아 221
내재비평 103
내적 순결성 126
내적 통일성 214

『너무 많은 것 가운데 하나』 301
「넷니약이 구절」 70
노스텔지어 37
노철 228, 233, 235
『녹색을 위한 문학』 303
농경문화 253
농경사회 199
농경적 세계 314
농촌 공동체 199
『니힐리즘을 넘어서』 143
『님의 침묵』 47, 56

ㄷ

「다른 한울」 94
『다시 그리움으로』 243
「단골 암무당의 밥과 얼굴」 157
단절성 47
「단추 하나의 問題」 277
「달밤」 165
「당산나무 밑 여자들」 155, 156
「당신을 보았습니다」 50
『대관령 근처』 243
「대낮」 142, 158
「대낮 II」 269
대지모성 145, 210
「도라지꽃」 163, 175
도시적 공간 68
도시적 취향 78
독락 165
독선 165
동락 165

『동시대의 시와 진실』 16, 132
동심적 상상력 321
동양적 생명의식 162
동양적 여인상 18
동양적 정경론 165
「동천」 150
『동천』 134
동화 114
동화적 상상력 113, 313, 314, 319
동화적 환상성 127
「들판의 비인 집이로다」 283
「따뜻한 상징」 291
『떠돌이의 시』 134, 151, 155, 157
『뜨거운 달』 243
「띠」 65

ㄹ

라깡 145
로버트 펜 워렌 220
류임하 245
류지현 130
리비도 135
리얼리티 227

ㅁ

「마을」 165
마조히즘 142
만물 공동체 273
만물의 유대 296
『만해시의 생명사상연구』 57

멜쉬오르 보네 155
명철보신 176
모더니즘 66
모더니즘시 66
모성 회귀 210
「모성」 211
모성 204
모성성 84, 156, 158
모성적 가치 211
모성적 여성성 134, 157, 160
모순어법 46
「모조리 돛이나 되어」 157
『몸 영혼 정신』, 296
「몸詩·18-편지」 295
「몸詩·3」 294
「몸詩·32-풀잎」 297
「무덤」 30
「무등을 보며」 146
무속적 관점 24
무속적 생활 양식 114
『무순』 194
무아지경 179, 187
무의미시 218, 234
「무의미시론」 217
무의식적인 세계 309
「문」 158, 212
문덕수 33, 143
「문둥이」 158
문명 체험 73
문명 67
문명관 67

문명의 위해 96
문명의 이상성 99
『문장』 161
『문학과 페미니즘』 134
『문학의 즐거움』 77
문혜원 153
물질성 294
「미당담론」 129
미당문학상 312
미학적 구조 246, 247
미학적 배경 254
민간 신앙 13
민간요법 114
민담 114
민속적 신앙 25
『민족문학과 세계문학』 64
민족성 115
민족의식 162
민족적 삶 110
민족주의 109

ㅂ

「바다에서 배운 것」 252
「바보의 살」 281
박경혜 162
박두진 162, 193
박목월 193
『박목월 시의 연구』 196
박용철 102
박원길 45

박의상 45
박재삼 243
박정환 45
박태상 246
박태일 103
박현수 195
박호영 23, 141, 144, 170, 179
반 드 밴 74
반근대성 198
「반비례」 48
반성적 태도 110
「밥詩」 291
방어기제 142
배영기 246
백낙청 64
『백록담』 97
백석 101, 125
백승수 195
범신론적인 세계관 265
법칙성 258
『벙어리장갑』 301, 317
변증법적 가능성 301
변증법적 상관성 14
변증법적 역설 59
「병」 65
「병후(病後)에」 255
보들레르 140
「복종」 55
본능성 143
본능적 에로스 143
「봄바다에서」 251

부계적 질서 158
부계중심주의 196
부성 부정 137
부재성 47
「부활의 생각」 264
부활의식 265
북방 정서 109
「북방에서」 108
불가시적인 세계 279
불안한 욕망 141
불안한 현실 280
『불확정시대의 문학』 97
『비 듣는 가을나무』 243
비극 222
비극성 222, 226, 283
「비난수하는 맘」 28
비바 사파타 237
비애의 객관화 299
『비어 있음의 충만을 위하여』 286
비합리성 282
비현실적 공간 273
「빵과 포도주」 43

ㅅ

사디즘 142
「사랑의 끝판」 60
『사랑이여』 243
사빈 155
「사생활」 275
『사슴』 101

『산도화』 194
산문시 271
「산방」 165
「산유화」 33, 40
「산중문답」 180
『삼국유사』 148, 218
「삼수갑산」 40
「삼월삼짓날」 65
상상계 133
상실감 226
상주불멸 57
상징 45
상징계 133
상징성 200
상징적 공간 94
상징적인 차원 313
색즉시공 58
『생각나지 않는 꿈』 301, 313
생사 일원론적인 세계관 258
생사관 93
「서경별곡」 19, 20
서경온 194
서구적 근대 190
서구화 259
서사적 문맥 315
서익환 162, 163
서정성 104
서정시 118
『서정시의 본질과 근대성 비판』 164
『서정주 시의 근대와 반근대』 138
서정주 24, 137, 138, 195

『서정주』 141
『서정주시선』 134
「선덕여왕의 말씀」 148
설화 312
성기옥 271
성욕망 135, 141
성적 욕망 309
성적 이미지 310
세계 비우기 291
세계성 209
세속성 68, 99
세속적 문명 94
『소금이 빛나는 아침에』 194
소외 298
소외의식 226, 282
「소자 이 생원네 마누라님의 오줌 기운」 152
손봉호 296
손진은 130, 195, 197, 208
송재갑 44
수구주의 14
수동적인 세계관 124
「수세미외」 310
숙명적 거리 21
순간성 262
순결성 236
순수 의식 303
순수 지향성 303
순수 314
순수성 319
순수한 동심 305

순화 139
순환론적 교류 265
스타일리스트 127
스토이즘 223
「슬픈 인상화」 65
승화 155, 157, 160
시간적 거리 21
「시계를 죽임」 83, 84
시니피앙 234, 235, 236
시니피에 218, 235, 236
『시인부락』 139
시적 역설 46
시적 자아 220
「시혼」 33
신동욱 23, 270
『신라초』 134, 149, 151
신문명 90
신범순 80, 130
「신봉이었지」 269, 276
신상철 44
신성 211
신현락 186
신화 155
『신화와 원형』 242
신화적 공간 155, 308
신화적 상상력 151, 307
신화적 세계 157, 308
신화적 여성성 134, 157, 158, 160
신화적 의미 123
실재계 133
실존 272

실존적 자각 72
심리장치 133
심리적 거리 21
심리주의 방법 134
「심지를 갈아 끼울까요」 286
심층적 역설 46
「싱싱하던 몸 하나가」 293

ㅇ

아니카 르메르 133
「아스팔트」 88
「아츰」 88
「아침」 179
『아침의 예언』 301
『악의 꽃』 140
안분지족 171, 183
안수환 197
「알 수 없어요」 53
「알묏집 계피떡」 157
야성적 정욕 143
『약산 진달래는 우련 붉어라』 41
양성공유 151, 152
양혜경 245
『어린 것들 옆에서』 243
『어머니』 194, 204, 205
「어머니의 언더라인」 209
엄경희 130, 194
「엄마야 누나야」 37
에로스 135, 141
에로티시즘 309, 311

에로티즘 312
에피소드 318
엘리아 카잔 237
「여름 반 가을 반」 261
여성성 130, 131, 132, 151, 155, 159
「여승」 105
역사적 폭력성 222
역설 45
역설적 세계관 63
연대적 삶 273
연속성 47
『연필로 쓰기』 286
염무웅 45, 63
염세주의 259
영구불멸 181
영원주의 159
영혼의 순결성 289
「영희누나」 315
오브제 274
오세영 17, 26, 45, 46, 47, 64, 132,
    195, 208, 244, 257, 265, 301
「오세요, 오세요」 285
오이디푸스 콤플렉스 133
오장환 102
오탁번 45, 66, 130, 150, 162, 185, 194,
    244, 245, 247
오태환 301
오형협 302
완전한 긍정 59
「완화삼」 174
「왕십리」 21, 39

「외할머니의 뒤안 툇마루」 154
욕망 130, 155, 160
욕망의 소멸 160
『욕망이론』 133, 134
「용인행」 208
『우리는 왜 지금 낭만주의를 이야기
    하는가』 258
『우리말 큰사전』 179
「우리의 사랑이 저물 때」 288
「우회로」 206, 207
운명성 143
운명에의 긍정 124
울리히 벡 76
「울음이 타는 가을강」 248
「웅계」 158
『원본소월전집』 19
원죄 141
원죄의식 142, 158
원형성 71
원형적 공간 68, 73, 79, 151
원형적 삶 104
원형적 체험 68, 84
『위험사회』 76
위험성 99
유교 사회 18
유년 회상 127
「유리창 1」 85
「유리창 2」 85
유마경 58
유마적인 형이상학 44
「유선애상」 80, 82

유성호 197, 208
유재천 110
유종호 16, 77, 121, 130, 132
유폐적 공간 273
유폐적 자아 226
육근웅 245
육체성 143, 292, 294
육체적 상황 143
윤재근 44, 244
윤재웅 157
윤진 155
은유 45
의미의 소멸 237
이건청 194, 244, 245, 257
이경호 302
이광호 245
이기서 93
이남호 33, 77, 194, 195, 248, 302, 303
이명재 248
이명찬 99
이몽희 28
이미지스트 301
이미지주의 302
「이별은 美의 創造」 58
이병석 44
이상섭 244
이상적 자연 38
이상향 32, 37
이상화 44
이선이 44, 57
이숭원 80, 103, 167, 193, 194, 302, 312

이승훈 22, 219, 229

이영섭 195

이영희 130

이우성 219

이원적 구조 27

이육사 104

이은정 229

이인복 246

이중적인 지향성 90

이창민 233, 239

이혜원 45, 54, 301

이희중 194

『인간과 무의식의 상징』 132

인간적인 감정 249

「일박」 201

임성조 44, 48

임재서 130

「입마춤」 158

입사(入社)의 과정 279

잉여된 세계 133

ㅈ

자기 비우기 290

자끄 라캉 133

『자끄 라캉』 133

자본주의화 259

자연 합일 93

자연관 67

자연서정시 167, 180, 189

자연성 84

자연시 92

자유 찾기 275

자유연상 227

「자화상」 136, 137, 139

「잠지」 319

「장수산 2」 95

장창영 157

전봉건 270

전설 114

전통서정성 246

전통서정시인 243

전통적 맥락 16

전통적인 삶 303

절대적 가치 211

절대적 경지 265

「절정」 185, 188

정경합일 166

정대호 45

「정문촌」 105, 107

정병욱 219

정서적 충일 187

정신병 132

정신분석학 135

정신성 292, 295

정신적인 교감 275

정신주의 271

정의홍 94

「정주성」 101

정지용 65, 78, 161

『정지용 시의 심층적 탐색』 80

『정지용의 시 연구』 94

정진규 269
정창영 131, 139, 144
정한모 248
정화 139
정효구 270
조동일 44
『조선불교의 진로』 61
조연현 154
조지훈 43, 45, 161, 162, 166, 171, 177
『조지훈 시 연구 : 시와 삶의 미학』 177
『조지훈전집』 43, 177
조창환 195
존재론적 역설 46
존재성 47
존재의 열락 96
존재의 해방 297
종교성 209, 210
종교시 92
종교적 상상력 209
종교적 수행 291
주술성 27
죽음 의식 93
「죽음을 다시 공부하는 時間」 281
죽음의 과정 260
죽음의 서사 247
『죽음의 신비』 262
죽음의 양식 253
『죽음의 역사』 253
죽음의 형이상학 247, 254
죽음의식 254
중관론 44
「지는해」 65

지속성 262
지역성 115
지젝 133
「진달래꽃」 20, 39
『질마재신화』 134, 151, 157
『집게네 네형제』 125
집단무의식 13, 151

ㅊ

「차라리」 49
『찬란한 미지수』 243
「찬송」 61
「창」 163, 168
창씨개명 104
「처용단장 I-11」 232
「처용단장 I-4」 230
「처용단장 I-8」 228
「처용단장 II-1」 234
「처용단장 II-3」 236
「처용단장 II-5」 237
「처용단장 II-8」 240
「처용삼장 1」 224
「처용삼장 3」 225
「처음부터」 213
「천년의 바람」 261
『천년의 바람』 243
천석고황 176
천인합일 166
천진난만한 세계관 320
천진성 321
『첫사랑, 그 마음으로』 306

『청담』 194
『청록집』 177, 189, 193, 194
「청산별곡」 32, 40
「초등학교 동창회」 307, 308
초월적 가치 211
초월적 공간 68
초월적 죽음 의식 87
「초혼」 26, 27, 30
최동호 48, 97, 99, 270, 271, 292
최두석 103
최병준 162, 163, 177
최승호 163, 165, 179, 194, 197, 208, 214
최원규 44
최태호 45
최현식 130, 138
『추억에서』 243
축제의 형식 253
『춘향이 마음』 243

ㅋ

「카페·쁘란스」 65, 72, 81
칼융 132
「코스모스」 180
『크고 부드러운 손』 194, 204
클리언스 브룩스 220

ㅌ

타나토스 141
탈속적 지평 259
탈전기적 자아 233

「태종춘추조」 148
토속성 302
토속적인 세계 302
「토요일 오후」 317
토인비 67
통과의례 279
통일성 292
통합적 세계 292

ㅍ

「파초우」 174
「파충류동물」 65
팸 모리스 134
페시미즘 121
『평정의 시학을 위하여』 292
표층적 역설 46
『풀잎단장』 176, 177, 184, 189
프로이트 132
프로이트 성애론 133
『프로이트 성애론』 136, 137

ㅎ

「하관」 306
하인리히 두몰린 49
「한(恨)」 256
한광구 194, 204
『한국 현대시와 동양의 자연관』 186
『한국개화기의 문학사상연구』 14
『한국근대문학지성사』 51
『한국근대작가론고』 94

『한국낭만주의시 연구』 17
『한국대표시해설』 22
『한국무속연구』 24
『한국문학사』 63
한국시 131
『한국현대시 비판』 66
『한국현대시론』 193
『한국현대시사연구』 194
『한국현대시사의 대위적 구조』 185
『한국현대시의 무속적 연구』 27
『한국현대시의 의식탐구』 96
『한국현대시의 퇴폐와 작은 주체』 80
『한국현대시의식연구』 93
『한국현대시해석비판』 55
한영옥 96, 164
한영일 197
한용운 59, 61
『한용운시전집』 48
함구(緘口)의 시인 319
합일 289
『해와 달의 궤적』 243
해학 310
해학성 309
핵가족화 196
『햇빛 속에서』 243, 255
「향수」 71, 157
향천적 역동성 95
향토성 209
허무의식 298
『허무에 갇혀』 243
허무의 공간 276

허무주의 15, 116, 118
『현대문학산고』 66
현대시동인 280
현대시동인회 274
『현대시와 실천비평』 132
현재적 고통 288
형식주의 방법 134
홈식크니스 37
홍경균 219
「홍시」 65
홍일식 14
홍희표 195, 196
「화사」 136
『화사집』 134, 135
화합의 지평 60
화해로운 공간 111
화해의 공간 257
환상 275
환상성 275
「황마차」 73, 75, 98
황현산 80, 302
회귀 155
「회귀심」 202
회자정리 57
횔덜린 43
「흙을 만지며」 180, 183
희로애락 254
「흰 바람벽이 있어」 116, 118

김종태

1971년 경북 김천 출생. 고려대학교 국어교육과, 동대학원 국어국문학과 졸업. 문학박사, 시인. 1998년 『현대시학』으로 등단. 현재 호서대학교 국어국문학과 겸임교수.
e-mail : bludpoet@hanmail.net

저서 『한국현대시와 전통성』(하늘연못, 2001) 『정지용 시의 공간과 죽음』(월인, 2002) 『대중문화와 뉴미디어』(월인, 2003, 강현구 공저) 『문학의 미로』(하늘연못, 2003) 시집 『떠나온 것들의 밤길』(시와시학사, 2004) 편저 『시와 소설을 읽는 문학교실』(하늘연못, 2000) 『정지용 이해』(태학사, 2002)

한국현대시와 서정성

제1판 1쇄 발행   2004년 9월 11일
제1판 2쇄 발행   2006년 3월 21일

저   자 · 김종태
발행인 · 김흥국
발행처 · 도서출판 **보고사**
등   록 · 1990년 12월(제6-0429)
주   소 · 서울시 성북구 보문동 7가 11번지
전   화 · 922-5120~1(편집), 922-2246(영업)
팩   스 · 922-6990
메   일 · kanapub3@chol.com

ISBN 89-8433-259-3(93810)
ⓒ 김종태, 2004

정가 15,000원

www.bogosabooks.co.kr